성실 誠實 Sincerity

아메리칸 드림의 旅程
The Journey of the American Dream

성실(誠實) Sincerity

1판 1쇄 발행   2023년 10월 3일

지은이   이명선
발행인   이선우
기획·편집   하정아
펴낸곳   도서출판 선우미디어
              등록 | 1997. 8. 7 제305-2014-000020
              02643 서울시 동대문구 장한로 12길 40, 101동 203호
              ☎ 2272-3351, 3352 팩스: 2272-5540
              sunwoome@daum.net
              Printed in Korea ⓒ 2023. 이명선

값 25,000원

ISBN 978-89-5658-739-4 03810

성실 誠實
Sincerity

아메리칸 드림의 旅程
The Journey of the American Dream

이명선 회고록 Memoir by Myung Sun Lee

모든 게 감사하다

모든 것이 감사하다. 지난 시간을 돌아보면 감사가 넘친다. 천주님께, 가족과 친척과 친구들에게, 그리고 미국에게, 고맙고 고맙다. 넘치는 감사의 마음을 마땅하게 표현할 길이 없다.

나는 한국에서 태어나 미국이라는 나라에 와서 미국의 고위층 인사들과 교류하면서 사업을 했다. 20여 년 전부터 큰아들 제임스에게 회사 경영권을 넘겨주는 일을 계획하고 2010년에 인수인계를 했다. 그 뒤에도 회사 업무에 관여를 많이 하다가 경영에서 완전히 손을 뗀 것은 2012년 5월이다.

지금은 이사회 이사장으로 일 년에 한 번씩 회의를 주재하고 경영에 관한 자문과 인사권 감사에 참여한다. 1976년에 시작해서 수십 년 동안 일구고 키운 회사지만 모두 내려놓고 은퇴의 삶을 즐긴다.

지난 수년 동안 자서전을 쓰라는 권유를 여러 차례 받았다. 자서전 집필이 필요하다 생각했지만 엄두가 나지 않았다. 회사 경영에서 손을 놓은 지 10년이 넘었는데도 시간적인 여유가 없었다.

몇 달 전에 고등학교 후배, 김완신 미주중앙일보 논설실장을 만났다.

큰누이의 회고록 발간에 도움을 준 그에게 책도 전하고 감사 인사도 할 겸 마련한 자리였다. 그가 내게 자서전 집필을 권했다.

"선배님도 미국에 와서 성취한 일도 많고 인생 스토리가 많은데 자서전을 써야 하지 않겠습니까."

무슨 일이든 때가 있다. 그의 말을 듣고 이제야말로 내 지난 삶을 기록으로 모을 때라는 생각이 들었다. 이민자의 한 사람으로서 보고 겪고 느낀 생각들을 정리하고 싶었다. 자서전보다는 독자에게 좀 더 친근한 느낌을 주고, 내게는 마음을 자유롭게 풀어놓을 수 있는 회고록으로 방향을 정했다.

마침 올 하반기에 한국에서 여러 행사가 있다는 소식을 들었다. 10월 초에 서울고등학교 10회 졸업 동기 65주년 기념 모임과 서울대학교 상대 58학번 동창들의 65주년 기념행사가 있다. 10월 중순에는 공군 장교 48기 동기 모임이 있다. 서울고 동기동창회는 지난 몇 년간 팬데믹으로 인하여 만나지 못했는데 올해부터 모임을 다시 시작한다고 한다. 공군 장교 동기들은 매달 17일에 만난다는데 나는 거의 참석하지 못했다. 가을에 한국을 방문하여 여러 모임에서 친구들을 만날 생각을 하면 벌써부터 마음이 설렌다.

오랫동안 만나지 못했던 한국과 미국의 동기동창들이 어떻게 살았느냐고 물을 때마다 난감한 적이 많았다. 많은 세월 속에 담겨있는 무수한 이야기를 어떻게 선별하고 요약할 수 있는가. 이민사를 겸한 회고록을 발간하면 소통의 도구가 되겠구나, 하는 생각이 들었다. 신부님께 고해하듯 내 마음과 생각을 고백하고 싶었다. 이 책을 집필하게 된 직접적인 동기라고 하겠다.

나를 아는 친구들은 극소수다. 대부분 표면적인 나를 알고 있을 뿐이다. 미국에 와서 그저 운이 좋아 성공한 동기라고 쉽게 생각하는 친구도 있다. 술술 풀리기만 하는 인생이 어디 있는가. 한 가정의 가장으로서 눈물과 고충이 있었다. 사업가로서 경쟁 업계와 인간관계 속에서 매우 치열하게 살았고, 역경과 고난이 많았다.

수년 동안 언론에 발표했던 글과 인터뷰 기사가 꽤 되는데 여기저기에 흩어져 있는 글을 한군데로 모으고 싶었다. 이 책이 내 인생을 정리 정돈 해주고 내 명함과 이력서가 되기를 바라는 마음이다.

미국에 이민 오기 전 내 삶의 정신적 토대는 정직과 끈기였다. 이곳에 와서 더욱 확실하게 깨달은 두 가지 주요 덕목도 정직과 끈기다. 성공적인 삶을 살기 위한 조건이 있다면 역시 정직과 끈기다. 이 땅에서 살아갈수록 거듭 확인하는 성공의 비결이다. 내 자녀들, 내 후손들, 내 이민 후배들이 이 책을 통해 정직과 끈기의 진면목을 발견할 수 있다면 더할 나위 없이 기쁘겠다.

책 제목을 정하는데 오래 고심했다. 기도하고 묵상하는 가운데 한 단어가 생각났다. 성실(誠實). 내 개인의 삶과 회사 운영에 근간이 되고 토대가 되어준 두 가지, 정직과 끈기의 정신을 품고 있을 뿐만 아니라 지치지 않고 전진할 수 있는 열정까지 나타내주는 단어다.

성실(誠實), 정성스럽고 참되다는 뜻이다. 충성된 마음으로 삼가고 섬기는 마음이다. 충실하게 익은 곡식이 곳간에 보화처럼 가득 찬 형상이기도 하다. '뿌린 대로 거둔다'는 금언의 압축어 같기도 하다. 다산 정약용 선생은 말했다. 인생양간 소귀재성(人生兩間 所貴在誠), 사람이 소중하게 여길 바는 성실함에 있다고.

오늘의 내가 있기까지 많은 사람들의 후원과 기도가 있었다. 제일 먼저 돌아가신 부모님께 감사 인사를 드리고 싶다. 나를 낳아주시고 길러주시고 물심양면으로 지원해주셨다.

아내에게 깊이 감사한다. 결혼 전 이름은 장세은, 천주교 세례명은 헬렌, 결혼한 후에는 이세은이 된 그녀는 내가 비즈니스를 하는 동안 자녀 셋을 훌륭히 키웠고, 늘 바쁘게 움직이는 나를 깊은 이해로 응원해주었다. 내 생각에 귀를 기울여주고 적시에 꼭 필요한 조언을 해주어 내가 올바른 판단과 선택을 하도록 도와주었다.

내가 폐업이 공시된 회사를 인수하고자 했을 때, 평탄하고 평화로운 삶이 깨질 수 있는 위험이 많았음에도 불구하고 그녀는 자신과 아이들을 생각하지 말고 내가 하고 싶은 일을 하라고 격려해 주었다. 오늘의 'Houston Fearless 76'가 있게 한 일등 공신이다. 내가 아무리 최선을 다한다 해도 아내에게 다 갚지 못한다는 것을 알고 있다.

Houston Fearless라는 회사명은 회사와 함께 인수했다. 76이라는 숫자는 회사를 인수한 1976년에서 아이디어를 얻었다. 내 정체성을 나타내주고 이전 회사와 변별성을 갖는 이름을 갖고 싶었고, 마침 미국 독립 200주년이 되는 해라서 회사명 뒤에 이 숫자를 붙였다. 이 책에서는 주로 HF76으로 표기할 것이다.

맏아들 James 현우에게 감사한다. 이루고 싶은 꿈과 목표가 있었을 텐데 아비의 사업을 이어받아 더욱 탄탄하게 성장 발전시켰다. 둘째 아들 Edwin 현석에게 감사한다. 몸과 맘으로 형과 회사를 응원하고 도와주면서 자기 전문 분야에서 최선을 다하는 아들이다. 딸 Monica 현숙에게 감사한다. 간호사로 일하다가 다복한 가정을 이루어 우리 부부에게 기쁨을 주는 딸이다. 자녀들 각자가 하고 싶은 일을 하면서 건강하고 행복하게 살아주어 고맙다.

내 인생이 글로 다시 태어날 수 있도록 도와준 하정아 작가에게 감사한다. 아울러 이 책을 정성을 다하여 편집 출판해준 선우미디어 이선우 대표님에게도 감사 인사를 드린다.

나는 지금 팜 스프링스 PGA West 골프 코스 커뮤니티 Palmer Residental 단지 안에서 이 프롤로그를 쓰고 있다. 집 뒤뜰로 나가면 골프 코스 잔디가 싱그러운 얼굴로 반긴다. 왼편에 아담한 호수가 있는데 호면에 일렁이는 잔물결이 그지없이 평화롭다.

San Jacinto 산자락이 골프장 안쪽으로 길게 내려와 있다. 아침이면 일출의 광휘(光輝)가 산등성이 전체를 감싸 안고 영롱하게 빛난다. 생명력이 뿜어 나오는 그 찬연한 빛 가운데 서서 심호흡을 하면 심신이 정화되는 것 같다. 은총과 축복 속에 감사 기도가 절로 나온다. 산에서 내려온 빅혼(Bighorn), 산양 일가족이 우리 집 뒤뜰 수영장에 자기 모습을 비추면서 뒷마당에 피어 있는 라벤더를 둘러싸고 보라 꽃 향을 음미하는 모습이 그림 같다.

나는 골프를 좋아해서 30년 전에 이 집을 구입하고 PGA West 골프 클럽 멤버가 되었다. 아내와 함께 골프 라운딩을 마친 후 클럽에서 시원한 맥주 한 잔을 마실 때면 더없이 행복하고 감사하다.

모든 것이 만족스럽다. 원하는 사람과 결혼했고, 오고 싶었던 미국 땅에 와서 살고 있다. 축복받은 사람이라고 자부한다.

이제는 사랑하고 나눌 일만 남았다.

2023년 가을이 오는 길목에서

이별선

차례

^{Chapter} **4 가족이라는 이름의 열차**

Chapter 9 아직도 못 다한 이야기

| 에필로그 |

∽

아침이면 일출의 광휘(光輝)가

산등성이 전체를 감싸 안고 영롱하게 빛난다.

생명력이 뿜어 나오는 그 찬연한 빛 가운데 서서

심호흡을 하면 심신이 정화되는 것 같다.

은총과 축복 속에 감사 기도가 절로 나온다.

∽

Chapter 1

성실과 끈기와 집념으로

성실한 소년 시절

고해성사(告解聖事) | 6·25전쟁 | 서울 수복과 1·4후퇴 | 12년 개근상(皆勤賞) |
이국(異國)에 대한 동경(憧憬) | 스포츠 섭렵(涉獵)

유학을 꿈꾸며

유학 설계도 | 열린 대학 생활 | 수정된 유학의 꿈 | 소위 임관식에서

똘 소위

전화위복(轉禍爲福) | 오산의 미국 문화 | 여의도 군(軍) 병원

서울고 럭비부 창설 첫 해 우승을 했는데 나는 쿼터백 포지션으로 활약했다. 고 2때로 1956년.
서울고 홍보실에 이 사진이 지금도 걸려 있다.

공군 소위 시절, 1962년

공군장교 훈련 동기들과 함께, 뒷줄 왼쪽에서 세 번째가 필자. 1962년

성실한 소년 시절

∞ 고해성사(告解聖事)

나는 1939년 6월 13일 서울에서 아버지 이인태(李仁泰)님과 어머니 조응직(照應織)님 사이에서 3남 2녀 중 둘째 아들로 태어났다. 4대째 가톨릭 집안으로 명동 성당에서 한 살 때 유아세례를 받았다. 내 가톨릭 본명은 보니파시오(Boniface)다. '좋은 운명'이라는 뜻의 라틴어다.

여섯 살인가 일곱 살 때부터 매주 일요일이면 성당에서 고해성사를 했는데 토요일만 되면 고민이 되었다. 사제님에게 무엇을 고해야 하나. 내가 잘못한 것이 무엇이 있나. 엄마에게 거짓말한 적은 없는지, 말씀을 듣지 않은 적이 있었는지, 화를 내지는 않았는지, 누구를 미워한 적은 없는지, 지난 일주일 동안 일어났던 사건과 내 느낌들을 기억해내야 했다.

5~10분에 걸쳐 고해를 마치고 나면 신부님은 성경 어느 어느 구절을 외우라고 말씀해주셨다. 죄를 사함 받고 집으로 돌아오는 길은 날아갈 듯 마음이 홀가분했다. 다음에는 고해할 내용을 줄여야지, 엄마 말씀을 잘 듣고 착하게 살아야지, 맘먹곤 했다. 고해는 내 영혼을 씻어주는 고마운 의식이었다.

일주일에 한 번씩 수녀님이 우리집을 방문해서 나와 내 동생들을 모아놓고 일상을 점검하셨다. 이것을 외워라, 이 부분을 읽어야 한다, 라며 숙제도 내주셨다. 그러니 나는 거짓말을 할 수 없었고, 남에게 해가 되거나 싫어하는 일을 할 수가 없었다. 고해성사를 통하여 지은 죄를 사함 받기는 했지만 고백할 때 몹시 부끄러웠다. 다음에는 그렇게 하지 말아야지, 라고 작심하다 보니 아예 난처하고 괴로운 고해성사를 해야 할 상황을 만들지 않으려고 노력했다. 그러다 보니 내 행동을 돌아보고 양심에 비추어보는 습성이 나도 모르게 생겼다.

죄를 고백하면 그 죄가 얼마나 무겁든지 간에 주님께서 모두 사해주시지만, 깜박 잊고 고하지 않은 죄는 사함을 받지 못한다 하니 어린 나로서는 꽤 심각했다. 어릴 적부터 반추(反芻)하고 성찰(省察)하고 반성(反省)하는 습관은 내 인격 형성에 매우 커다란 영향을 주었다.

∞ 6·25전쟁

나는 서울 중구 덕수궁 인근에 있는 덕수초등학교에 다녔다. 초등학교 5학년, 열한 살 때 6·25 전쟁이 일어났다. 우리 가족은 인현동에서 살았는데 피난할 시간도 없이 사흘 만에 서울이 함락되었다. 우리는 3개월 동안 지옥 같은 환경 속에서 살았다.

전쟁 전에는 아버지가 했던 건축 사업이 잘 되어서 우리 가족은 부유하게 살았다. 전쟁이 터지자 아버지는 부르주아라는 죄목으로 내무서(內務署)에 여러 차례 끌려가 매를 많이 맞았다. 갈비뼈가 부러지고 등이 터지는 등 심한 고초를 당했다. 사형대로 끌려갔다가 과수원으로 도망쳐서 겨우 생명을 보존하셨다.

우리집은 넓은 마당과 화초가 잘 가꾸어진 정원이 딸린 이층 저택으로 큰 방이 7~8개가 있었던 것으로 기억한다. 그 동네에서 제일 좋은 집이었다. 어느 날 우리 가족은 골방으로 쫓겨났다. 집이 크고 좋아서 인민군 장교들이 접수했기 때문이다. 전쟁 후에 대법원장이 이 집을 구입했다.

평화롭던 서울은 전쟁으로 인해 공포의 도가니로 변했다. 인천 상륙작전 때 미 군함이 인천에서 발사한 폭탄이 서울 한복판까지 날아와 떨어지곤 했다. 여기저기에 떨어진 폭탄이 터지는 소리에 고막이 찢어지는 듯했다. 꽝! 하는 소리와 함께 옆집이 내 눈앞에서 통째로 날아가

기도 했다.

큰아버지 집이 폭격을 당해 큰아버지와 큰어머니, 그리고 3남 1녀 자녀 중 사촌 남동생이 그 자리에서 목숨을 잃고, 사촌 형과 누이가 부상을 당했다. 나중에 빨간 마후라의 표상, 공군이 된 이명희 사촌 형은 그때 집에 있지 않아 화를 면했다. 형은 공군 2기생으로 나중에 별 두 개를 단 공군 소장이 되어 김해 비행단장까지 진급했다. 사촌누이는 다리에 파편을 맞아 내내 통증으로 고생했고 지금도 고통 속에 살고 있다.

언젠가 명희 형의 여자 친구인 간호사가 사촌누이의 다리에 난 상처를 치료해주는 광경을 목격했다. 냄새나는 고름을 짜내고 소독을 하면서 얼굴 표정 한 번 찌푸리지 않고 친절하고 부드러운 음성과 손길로 시종일관 돌보아 주는 것을 보고 큰 감동을 받았다. 그녀는 내 사촌 형수님이 되었다. 나는 그때부터 간호사에 대해 좋은 인상을 갖게 되었다. 이 경험은 훗날 간호사 장세은 씨를 만나 결혼을 결심하는 데 큰 영향을 주었다. 나는 지금도 사촌 형수님을 존경한다.

∞ 서울 수복과 1·4후퇴

서울이 수복되었구나 했는데 곧바로 1·4 후퇴를 했다. 우리 가족은 서울역에서 부산으로 퇴각하는 군용 화물열차를 간신히 탈 수 있었다. 그해 겨울은 유난히 추웠다. 화물 차량(車輛)의 앞 칸과 뒤 칸을 서로 연결해놓은 틈에 끼어 가는지라, 우리는 바깥 공기에 대책 없이 노출되었다. 기차가 달리면서 양쪽으로 갈라놓은 바람이 우리가 웅크리고 있는 공간으로 세차게 몰려 들어와서 숨쉬기가 힘들었다. 너무 추워서 얼어 죽을 것만 같았다. 온 가족이 서로의 몸을 밀착하고 잔뜩 웅크렸는데도 날카로운 바람이 뼛속까지 파고 들어왔다.

도무지 견딜 수 없었던 우리는 천안에서 내렸다. 온 가족이 손가락 동상에 걸려 고생을 많이 했다. 한번 가렵기 시작하면 피가 나도록 긁고 싶었다. 약도 없어서 가려울 때마다 김칫국물에 두 손을 담그곤 했다. 동상 회복에 꼬박 3년이 걸렸다.

2~3일 동안 천안에서 휴식을 취한 후 우리는 부산행 기차를 탔다. 서울을 떠난 지 30여 일 만에 부산에 도착해서 아버지와 누님을 만났다. 아버지는 인민군들에게 시달리는 일상이 너무 괴롭기도 하고 우리 가족이 머물 거처도 마련할 겸, 한 달 전에 이미 누님과 함께 부산에 내려와 있었다.

피난 생활이 시작되었고 그곳에서 초등학교를 졸업했다. 서울중학교 분교가 부산에 있어서 국가시험을 치르고 입학했다. 1학년을 마칠 즈음 서울로 복귀했다. 부산에 머문 기간은 2년이었다.

서울중학교 본교는 인왕산 중턱에 있는 경희궁 안에 자리 잡고 있었다. 영국군이 학교를 차지하고 숙소로 사용하고 있어서 우리는 작은 건물에서 공부했다.

학교는 나중에 강남 서초동으로 이전했다. 내가 고등학교에 들어가기 전까지는 6년제였는데 고등학교에 들어가는 해에 중학교와 고등학교가 분리되어 국가시험을 다시 치러야 했다. 중학교에 들어갈 때 시험을 치렀는데 3년 후 다시 고등학교 입학시험을 치른 것이다. 시험이 얼마나 어렵고 경쟁이 심한지 많은 수험생이 합격하지 못하고 떨어져 나갔다.

9·28 서울 수복과 탈환을 현장에서 목격했다. 끌려가던 포로들이 총에 맞아 죽어 넘어지던 광경이 뇌리에서 평생 지워지지 않고 남아있다. 이 사건은 내 삶에 정신적으로 많은 영향을 주었다.

전쟁은 인간이 할 짓이 아니다. 적군이든 아군이든 인간의 생명은 소중하다.

∞ 12년 개근상(皆勤賞)

나는 초중고 12년 동안 내내 개근상을 받았다. 전쟁의 아수라장에서, 서울과 부산을 오르내리면서, 나는 학교가 열리는 날에는 단 하루도 결석하지 않았다. 외할머니가 돌아가셨을 때는 장례식에 참석해야 해서 학교에 도무지 갈 수 있는 형편이 아니었다. 장례식 전날, 고민하는 내게 선생님이 조언해주셨다. 내일 아침에 등교했다가 조퇴해라.

아무리 아프고 힘들어도 학교에 갔다. 눈비가 내리고, 비바람이 몰아치는 폭풍우 속에서도, 번개와 천둥이 요란해도, 등교했다. 한번 맘먹은 일은 끝까지 마치고 싶었다. 고등학교를 졸업하면서 3년 개근상장과 크고 무거운 이희승 국어대사전을 상품으로 받았다. 우등상도 자랑스러웠지만 개근상이 더욱 소중했다.

12년 개근이 담고 있는 의미의 무게가 크다. 인성 파악에 설득력 있는 척도가 되는 그 이상으로 한 인생의 미래까지, 많은 것을 유추할 수 있게 한다. 책임감의 가치를 아는 어른도 아니고, 철없는 유년기와 사춘기 시절로 이루어진 12년이다. 부모님의 가르침과 안정된 가정 분위기도 큰 몫을 했지만 내 자신의 의지와 노력도 그에 못지않았다고 생각한다.

나는 내 두뇌가 매우 우수한 편은 아니라고 생각했다. 하지만 내가 나를 믿는 구석이 있었는데, 그것은 한번 하겠다고 맘먹으면 꾸준히 해서 끝장을 보는 끈기였다. 끈기는 기다림과 인내와 희망 등 긍정적인 마음 체계가 갖추어져 있어야 지속할 수 있는 근성으로 나중에 비즈니스를 할 때 지대한 역할을 했다.

초등학생 4학년 때 치렀던 전교 암산대회가 기억난다. 4, 5, 6학년 대상이었는데 5, 6학년 선배들을 제치고 내가 1등을 해서 표창장을 받았다. 담임선생님이 몹시 놀라워하던 표정이 아직도 눈앞에 선하다. 숫자에 특별한 재능이 있다는 것을 처음으로 알게 된 사건이었다.

∞ 이국(異國)에 대한 동경(憧憬)

중학교 2학년 때였다. 친구들과 함께 미국대사관 USI(United States Information) 홍보관에서 상영하는 영화 한 편을 관람했다. 영화 제목은 잊었지만 몇몇 영상이 또렷이 뇌리에 남아 잊히지가 않았다.

농부 한 명이 아침 일찍 일어나 트랙터를 몰고 농지로 나가 광활한 밭을 고르는 장면이 화면 가득 펼쳐졌다. 농부는 점심때가 되자 샌드위치를 먹고 음료수를 마신 다음 오후 내내 밭을 갈았다. 그는 하루 종일 일했다.

드넓은 농토가 지평선과 맞닿아 있었다. 어린 내게 그 장면은 경이 그 자체였다. 나는 그때까지 그렇게 넓은 땅과 일직선으로 반듯하고 기다란 지평선을 본 적이 없었다.

다음 장면은 점입가경이었다. 비행기가 그 넓은 농토 위를 낮게 나르면서 비료를 뿌리는 것이 아닌가. 산이 많아 사방이 능선으로 둘러싸인 한국이 이 세상의 전부였던 내게 이 모든 광경은 공상적인 외계(外界)였다. 그토록 광활한 농지에서 오직 농부 한 사람이 그 많은 일을 하다니…. 비행기가 비료를 뿌리고 스프링클러가 물을 주고…. 나는 뛰는 가슴을 한동안 진정시켜야 했다.

'아, 세상에 저렇게 넓고 확 트인 곳이 있구나. 나도 나중에 저런 나라에서 살면서 할 수 있는 일이 있었으면 좋겠다.' 그때부터 아메리칸드림이 마음 깊은 곳에 자리 잡게 되었다. 나는 굳게 다짐했다. 언제든 저 나라에 가서 살리라. 내 꿈을 실현하리라.

그때 한국은 농토가 협소했다. 산비탈을 일구어 만든 다랑이 논에 소가 농지를 갈고 강수량에 따라 수확량이 결정되는 천수답이었다. 게다가 국토는 적군과 아군이 번갈아 가며 밀고 밀리는 전세로 인하여 형편없이 망가져 있었다. 어디를 가나 슬프고 피폐한 얼굴들이 있었고 건물이며 도로며 온전한 곳을 찾기 힘들었다.

이 영화가 내게 준 영향은 말로 표현할 수 없을 만큼 지대했다. 그 뒤 여러 차례 미 대사관에 가서 영화를 관람했는데 그때마다 미국에 가야 한다는 결의가 더욱 단단해졌다.

∽ 스포츠 섭렵(涉獵)

나는 아버지를 닮아 스포츠에 관심이 많고 재능도 꽤 있었다. 중학교 2학년 때 당수도(唐手道)라 불리는 태권도(跆拳道)를 했다. 1년 반 동안 열심히 해서 단(段) 벨트까지 땄다. 나무 기둥에 밧줄을 감아 주먹치기를 연습하다보니 내 손은 여기저기 굳은살이 박였다. 기왓장 2~3장, 벽돌 1장을 거뜬히 깼다.

도장 선생님이 간곡히 충고했다.

"네 생명이 위험에 빠졌을 때만 주먹을 써라. 아무 때나 함부로 네 주먹을 휘둘렀다가는 상대방이 불구가 될 수 있고 심지어는 생명을 잃을 수도 있으니 내 말을 명심해라."

나는 그의 충고를 가슴 깊이 새겼다. 주먹을 함부로 휘두르지 않겠다는 서약까지 했다. 그런데 그토록 단련한 주먹을 지금까지 써먹을 기회가 전혀 없었다. 그만큼 생명을 위협받을 만한 사건이 없었다는 의미이기도 해서 감사하다.

태권도를 하니 탄탄한 근육만 남았다. 뛰고 달리다 보니 군살 없이 마른 신체가 되어 사나이로서는 볼품이 없어 보인다는 생각이 들었다. 태권도로 만든 근육과는 다른 다양하고 우람한 근육을 키우고 체력을 강화시켜주는 운동을 찾게 되었다. 태권도장 옆에 있는 큰 체육관을 드나드는 역도 선수를 보니 근육이 탄탄해서 보기 좋았다.

서울고등학교에 입학하자마자 역도부에 들어가 약 10개월 동안 열심히 운동했다. 등, 어깨, 팔다리 등, 근육이 있어야 할 곳마다 생긴 굵은 알통을 바라볼 때마다 행복했다. 문제는 바벨을 수없이 들어 올리니 키가 자라지 않고 몸이 옆으로 퍼지기만 한다는 점이었다.

레슬링이 눈에 띄었다. 남자라면 해볼 만한 운동이라는 생각이 들어서 레슬링을 일 년 정도 했다. 나는 빠르고 유연했다. 챔피언십 대회에 나갔는데 상대를 이기기는 했지만 갈비뼈를 심하게 다쳤다. 3개월간 치료를 받으면서 고생을 많이 했다. 그 길로 레슬링과 작별했다.

고등학교 재학 당시에 김원규 교장 선생님이 계셨다. 그는 미국 방문을 마치고 돌아오는 길에 악기를 많이 기증받아 학교 밴드부를 창설했다. 나는 밴드부에 들어가 색소폰을 불었다. 밴드부에서 연습과 연주를 하는 동안 운동을 하고 싶다는 열망이 샘솟았다. 아버지가 스포츠맨이어서 멋진 사람이라고 느꼈으므로 나도 아버지의 뒤를 이어 스포츠맨이 되고 싶었다.

서울고등학교는 그 당시 이북에서 내려온 교사들이 많았다. 김원규 교장 선생님도 이북에서 내려온 분이어서 동병상련을 느꼈는지 이들의 남한 정착을 도왔다. 교직원 전용 기숙사를 지어 숙식을 제공하고, 가구와 집기 일체를 공급해주었다. 대부분의 선생님들은 대학 강단에 설 만한 자격과 실력을 갖춘 분들이어서 우리들은 수준 높은 교육을 받을 수 있었다. 서울고등학교에서 재직했던 선생님 중 80~90퍼센트의 선생님이 나중에 경희대, 성균관대, 단국대 등으로 옮겨 교수님이 되었다. 그중에 기억나는 선생님으로는 조영식 역사 선생님이 경희대 총장이 되었고, 이성삼 음악 선생님은 경희대학교 음악대학 학장이 되었다.

그 당시 서울, 경기, 경복고등학교는 공부 잘하는 학생들이 모인 트로이카로 유명했다. 이 세 학교 중의 한 군데를 졸업했다는 이력은 매우 남다르게 받아들여졌다. 특별히 서울고 교사진의 실력이 매우 빼어나 졸업생들이나 재학생들의 자존감이 매우 높았다.

그런데 아쉽게도 서울고는 공부만 하고 운동을 모르는 학교라는 불명예를 안고 있었다. 서울 시내 고등학교 대항 스포츠 경기 때마다 늘 져서 다른 학교의 빈축을 샀다.

나는 아버지에게 서울고에 럭비부를 신설하고 지원해 달라고 부탁했다. 아버지는 흔쾌히 약속하셨다. 아버지의 친구 중에 조병화 시인이 있었다. 일반 대중은 그가 유명한 시인이라는 것만 알고 운동을 좋아하는 스포츠맨이라는 사실은 잘 모른다. 그는 와세다 대학에서 공부할 때 럭비 선수로 활약했다. 아버지는 고려대 출신이지만 럭비 입문은 그보다 선배였다. 두 사람 모두 스포츠를 좋아하고 이북 출신이라는 공통점이 있어서 서로 잘 통했다.

그 조병화 시인이 서울고에 국어 교사로 부임했다. 그는 약주를 몹시 즐겨서 술통이라는 별명으로 불렸다. 그는 우리에게 럭비 볼을 잘 다루는 테크닉을 비롯해서 국어, 영어, 수학까지 가르친 팔방미인이었다. 그는 나중에 경희대학교 국어국문학과 교수로 영전되었다. 그가 우리 동기들에게, 특별히 내 인생에 끼친 영향은 지대했다.

언젠가 영어 수업 시간에 말을 안 듣는 학우를 교탁 앞으로 불러 세운 그는 넓고 두꺼운 출석부로 그의 머리통을 탁 소리 나게 치면서 말했다.

"이 고깃덩어리 같은 놈아, 정신 차려라."

그의 음성이 아직도 생생하다. 고깃덩어리라는 단어가 가슴에 들어와 인장처럼 박혔다. 그의 말 한마디는 지금도 내게 죽비소리가 되어주고 있다. 가끔 비즈니스를 하다가 힘이 들고, 살기가 팍팍하게 느껴지고, 적당히 꾀를 부리고 싶어질 때마다, 나는 그 말을 나 자신에게 던진다. 명선아, 이 고깃덩어리 같은 놈아, 정신 차려라.

마침 조병화 선생도 계시니 아버지는 좋은 기회라고 판단하셨을 것이다. 아버지는 유니폼을 지원하고 코치를 모셔왔다. 그렇게 해서 서울고 최초로 럭비부가 창설되었다. 그 당시 럭비 최강은 배재, 한성, 양정 고등학교로 이들은 서로 돌아가면서 챔피언이 되었다.

럭비부가 신설된 첫 해, 우리 서울고는 전국경기에서 우승하여 챔피언이 되는 이변을 연출했다. 서울고가 드디어 공부만 잘하는 학교에서 운동까지 잘하는 학교로 거듭난 것이다. 나는 쿼터백으로 활약했다. 그때 찍은 럭비팀 사진이 지금도 학교 홍보실에 전시되어 있다.

나는 아버지에게 감사했다. 아버지의 후원에 보답하기 위해 공부뿐만이 아니라 운동도 잘하겠다고 결심했다.

유학을 꿈꾸며

∞ 유학 설계도

내 인생은 단계마다 시험을 치러야 하는 난관이 있었다. 중학교 입학 시험부터 시작해서 대학 입학 때까지 단 한 차례도 빠지지 않고 국가시험을 보았고, 장교 시험과 미국 유학 시험을 비롯해서 점점 강도 높은 시험을 치러야 했다. 사회에 나온 후에는 치열한 상대 평가 시험에 못지않은 경쟁의 바다를 헤엄쳐야 했다. 내 운명은 도전과 응전의 대결이라고 할 수 있겠다.

서울 상대 입학은 힘들었다. 서울고에서도 추천 기준이 까다로웠다. 떨어질 확률이 많아서 자칫 명문고의 위상을 실추시킬 것을 우려했기 때문이다. 수재들이라고 정평이 난 학생 80명이 상대를 지원하고 입학 시험을 치르면 18명이 합격하는 정도였다.

나는 상대에 지원서를 넣고 시험을 보러 갔다. 서울 상대에 입학할 수 있는 커트라인이 358점이었다. 1점 차이로 수많은 지원자의 비운이 엇갈렸다. 전국에서 수재와 영재라고 불리는 학생 3천 5백 명이 몰려들었다. 상과 150명, 경제학과 150명, 무역학과 20명 등, 총 320명 정원이니 10대 1이 넘는 경쟁률이었다.

지정된 교실에 들어가니 50명이 시험을 치르도록 준비되어 있었다. 어머니가 함께 와서 밖에서 기다리고 있었다. 나중에 들으니 마침 어머니 친구의 아들도 나와 같은 시험을 치르러 왔기에 두 분이 서로를 격려하고 위로하며 시간을 보냈다고 했다.

시험을 치른 지 1~2주 후에 합격자 발표가 났다. 내가 시험을 치른 교실에서는 50명 중에 나와 어머니 친구의 아들 둘만 합격했다. 어머니가 얼마나 기뻐하시던지 효자 노릇을 단단히 했다. 지방에서 올라온 학생 한 명은 합격통지서를 들고 고향에 내려가자 군수가 악대까지 동원하고 역으로 마중 나와 축하해주었다는 얘기를 들었다.

내가 공부를 잘한 이유가 있다. 우선 체력이 받쳐주었다. 중학생 때부터 운동으로 신체 단련을 해서 웬만한 일에는 지치지 않았다. 밤새워 공부를 해도 체력이 떨어지지 않을 정도였다.

그에 못지않게 정신력 또한 강했다. 끈기와 집중력은 내 인생 자산 일호다. 정직과 진실이 인성적 무기라면 끈기와 집중력은 정신적 병기(兵機)였다. 나는 지금까지 살아오는 동안 필요할 때마다 적재적소에서 이 네 가지로 승부를 걸곤 했다. 이 네 가지를 합치면 열정과 성실이라는 시너지가 분출되어 하고자 하는 일에 매진할 수 있었다.

천주교 미사 언어가 라틴어다. 이해할 수 없는 그 언어가 주는 톤에 불만이 무척 많았지만 익숙해져갔다. 인내와 끈기가 없으면 라틴어 이해는 불가능하다.

한때 천주교 미사 형식이 힘들어서 개신교에 나갔다. 친구를 따라 영락교회에 갔더니 한경직 목사님이 계셨다. 설교가 귀청에 쏙쏙 들어와 안겼다. 나는 영락교회에 나가고 싶어서 부모님께 말씀드리고 힘들게 허락을 받았다. 아버지는 그런 면에서 마음이 열린 분이다.

나는 성가대에 들어가 활동했다. 영락교회는 신자 수가 많아서 2부로 예배를 드렸다. 성가대는 1부와 2부 예배시간에 봉사를 했다. 한 목사님은 1부와 2부 예배 설교를 똑같은 내용으로 했는데 같은 설교를 두 번째 들어도 전혀 지루하지 않았다. 은혜롭고 좋았다. 이때 들은 설교가 내 인격 형성에 많은 영향을 주었다고 믿는다. 고등학교 동기동창 4~5명이 성가대에서 함께 활동했다. 최희웅, 김익풍, 김춘길, 유준학, 그리고 일 년 후배 김일진이 그들이다. 안타깝게도 춘길이와 준학이는 몇 년 전에 고인이 되었다.

고등학교 3학년이 되자 나는 모든 것을 내려놓고 대학 입시공부에 몰입했다. 운동도 그만두었고 교회 출석도 멈추었다. 수면을 하루 4시간으로 줄이고 공부했다. 예습 복습을 철저히 했다. 예습은 수업 시간에 선생님이 중요하다고 강조하는 대목을 놓치지 않게 해주는 비결이었고, 복습은 요점을 잘 파악해서 정리할 수 있게 해주는 비법이었다.

교과서 위주로 예습과 복습을 철저히 했다. 한국의 대학 입학시험이 일본 교과서와 리뷰 집에서 많이 발췌된다는 정보를 얻은 후에는 일본 대학에서 출제한 시험문제집과 리뷰 번역본을 구입해서 독파했다. 그 예상은 적중해서 학교 시험도 잘 치를 수 있었다.

어머니의 뒷바라지도 대단했다. 나는 국쟁이라는 별명이 있을 만큼 국을 좋아했지만 반찬 투정은 하지 않았다. 무국과 김치만 있으면 밥을 맛있게 먹었다. 어머니는 어디선가 케첩을 구해 와서 끼니때마다 내 밥 위에 얹어주셨다. 케첩이 영양 보충을 해주는 보약이라고 생각하셨던 것 같다. 나는 케첩을 밥에 비벼 먹기도 하고 반찬처럼 떠먹기도 했다. 나는 케첩을 지금도 좋아한다. 요즘은 케첩이 설탕과 인공감미료를 첨가한 가공식품이어서 건강에 오히려 해롭다고들 한다. 플라시보 효과였는지 모르겠지만, 케첩은 대입시험 공부에 지친 내게 힘을 실어준 영양보충제이자 엄마의 사랑 비타민이었다. 케첩은 내 Soul Food이다.

대학에 들어가자마자 유학을 위한 구체적인 계획 수립에 착수했다. 급우 대다수의 일반적인 희망이 졸업 후 은행 입사였다. 은행 중에서도 특히 한국은행, 산업은행, 외환은행을 선호했다. 무역회사도 인기 있는 유망 직장 중의 하나였다. 유학을 염두에 둔 나는 가능한 한 영어에 관련된 과목을 많이 선택했다. 내가 선택하는 과목은 당연히 친구들과 차이가 있었다.

유학 신청을 할 수 있는 조건이 단과대학별로 달랐다. 이과는 1학년

1학기를, 문과와 상과는 3학년 1학기를 마쳐야 문교부에서 실시하는 국사(國史)와 토플 영어, 두 과목의 유학 시험을 치를 자격을 얻는데 그 관문을 통과하기가 쉽지 않았다.

이 시험에 합격하고 곧바로 군에 입대하면 1년 만에 제대할 수 있었다. 대학 재학 중에 입대하면 1년 6개월, 보통은 2년 8개월 동안 군 복무를 해야 하는데, 이들에 비하여 1년이라는 기간은 대단한 특혜였다. 유학을 꿈꾸는 학생들은 이 기간을 손꼽아 기다려 시험을 치르고 군에 입대했다. 나는 그때가 오기만을 고대했다.

∞ 열린 대학 생활

신입생 파티가 열렸다. 320명이 넓은 운동장에 모였다. 커다란 드럼통에 막걸리가 찰랑찰랑 넘치도록 담겨있었다. 우리 신입생들은 선배들이 퍼주는 대로 고분고분 받아마셨다. 내가 언제 술을 마신 경험이 있었어야지. 술에 취하면 어찌 된다는 것을 알았을 법도 한데, 그때까지 술을 한 번도 입에 댄 적이 없는지라, 술을 마시면 취한다는 사실을 머리로만 알고 몸은 완전 무지 상태였다. 나는 그날, 말 그대로 기절초풍 했다.

운동장이 풀밭이었는데 나뿐 아니라 신입생 대부분이 기절을 했는지, 술에 취해 잠이 들었는지, 여기저기 바닥에 쓰러져 있는 진풍경이 벌어졌다. 대명천지 한 대낮에 막걸리에 취해 땅에 등을 맞대고 누워 몽롱한 기분에 빠져드는 느낌이 참 좋았다. 오랫동안 시험이라는 긴장에 시달려왔던 몸과 마음이 완전히 이완되어 이 세상에서 더 이상 바랄 바가 없었다.

하늘을 바라보며 안온한 평화를 맛보았다. 그때 바라보았던 청명한 하늘빛이 아직도 가슴에 남아있다. 눈을 감으면 수천수만 개의 작고 미세한 동그라미가 명멸했다. 밝게 빛나는 그 방울 하나하나마다 내 보랏빛 꿈이 실려 끝을 알 수 없는 대기 속에서 춤을 추었다. 시음(始飮)의 기분 좋은 기억은 내 음주 성향에 영향을 주었다. 술을 많이 마시지는 않지만 한 잔을 마셔도 기분이 좋아진다.

대학 1년 동안은 태만과 자만으로 보냈다. 대학 입학을 위해 쏟아부었던 열정이 빠져나가자 그동안 놓쳤던 재미를 되찾고 보상받고 싶다는 심리가 발동했는지도 모른다. 1학년 때부터 2학년 1학기까지는 전공과목이 한두 개에 그치고, 취업에 전혀 반영되지 않는 역사나 철학 등 기초교양과목으로 채워져 있었다. 2학년 2학기가 되어서야 전공과목이 시작되고, 성적순에 따라 유망 기업체에 추천서를 써주었다. 이 사실을 알았기에 최소한 출석 일수를 지키는 선에서 최대한 수업을 빼먹었다.

안암동에 캠퍼스가 있었다. 그 당시 출석 점검은 각 과목 강의 시간에 교수가 하지 않았다. 아침에 학교 사무실에 가서 등교 신고를 하면 출석을 관리하는 직원이 학생의 이름 옆에 도장을 찍었다. 그는 상대 선배였는데 성이 공(貢)씨여서 우리는 공 선생이라고 불렀다. 그는 천여 명의 학생 얼굴을 일일이 기억할 만큼 영민했다. 다른 사람 이름을 대면 아니라고 대번에 잡아냈다. 출석 도장을 찍고 나면 집에 가든 말든 수업에 들어오든 말든 아무도 상관하지 않았다.

나는 출석 도장만 찍고 맘에 맞는 친구들과 어울려 조조할인 영화를 보러 가거나 당구장에서 시간을 보냈다. 일 년 동안 내 당구 실력이 급격히 늘었다. 한때는 자장면을 시켜 먹어가면서 당구를 치고, 11시 반이 되어 30분 후에 통금이 된다는 경고사이렌이 울릴 때까지 당구를 쳤다. 농땡이를 정말 많이 쳤다. 실컷 놀았다.

지방에서 올라온 학생이 여럿 있었는데 그들 대부분은 지방 고등학교의 군(郡)이나 면(面)에서 단 한 명의 수재로 합격한지라 학교에 친구들이 별로 없었다. 서울대는 서울과 경기 출신이 유난히 많아서 지방에서 올라온 그들은 많이 외로웠다. 나는 그들에게 먼저 다가가 친구가 되었다. 그들과 어울려 당구도 치고 홍릉에 가서 막걸리를 많이 마셨다.

대학 3학년 때 나는 지방 출신 친구들의 응원에 힘입어 학생 대의원 2명 중의 한 명으로 뽑혔다. 곧바로 4·19가 일어났는데 학생 대표로서 앞장서지 않을 수가 없었다. 데모대의 선봉에 섰다. 우리가 캠퍼스를 빠져나가지 못하도록 학장님과 교수님들이 학교 정문을 잠그고 지켰다. 우리는 담을 넘어 국회의사당으로 진출했다.

슬로건은 '부정선거를 몰아내자'였다. 플래카드도 없고 슬로건을 적은 팻말 하나도 없이 맨손으로 우우 함성을 지르며 쏟아져 나갔다. 동대문에 크고 작은 태극기를 파는 가게가 있었는데 그곳에서 무료로 나눠준 태극기를 흔들면서 길거리로 뛰어나가 구호를 외쳤다. 청와대로 진출하는 도중에 옆 친구가 진압군의 총에 맞아 쓰러졌다. 우리의 젊은 피는 세차게 들끓었고 눈물과 땀으로 온몸이 범벅이 된 채 더욱 큰 소리로 구호를 외쳤다. 학생들이 봉기를 들어서였는지 이승만 박사가 하야하고 민주주의가 한 걸음 진보했다.

교양과목 중에 기억에 남아있는 인상 깊은 강의가 있었다. 심리학 교수의 첫 강의였는데 음식과 영양에 관한 내용이었다. 인간이 냉면이니 비빔밥이니 특정 과일을 먹고 싶은 이유는 우리 몸이 원하기 때문이란다. 우리 몸이 그 음식 속에 들어있는 영양소가 필요해서 먹고 싶은 마음이 든다는 것이다. 매우 신선하고 설득력이 있어 깊이 공감했다. 나는 지금도 그 컨셉을 내 식생활에서 실천하고 있다. 먹고 싶은 음식이 있으면 찾아 먹기. 내 몸이 필요로 하는 영양소를 공급해주어야 하니까.

∞ 수정된 유학의 꿈

5·16혁명이 성공하여 박정희 정권이 들어섰다. 교육제도가 하루아침에 바뀌면서 유학 제도가 사라졌다. 3학년 1학기를 마치고 국가 유학 시험에 합격하면 군 복무를 1년 만에 마치고 유학한다는 희망도 물거품이 되었다. 군대에 가지 않은 공무원이나 요직에 있던 사람들은 일터에서 모두 쫓겨났다. 세상이 일시에 뒤바뀌었다. 아니 뒤집혔다.

3학년이 되기만을 기다려왔던 나는 낙심천만이었다. 이럴 줄 알았더라면 진즉 군대에 갔을 텐데, 이런 세상이 올 줄 어찌 상상이나 했겠는가. 학도병으로 가면 1년 6개월 만에 제대할 수 있었는데 나는 그조차도 이미 늦어버린 것이다.

1년 만에 끝낼 수 있었는데, 적어도 1년 반 만에 제대할 수 있었는데, 내 의지와는 상관없이, 아무 잘못한 것도 없이, 이 모든 기회가 사라졌다 싶으니 눈물이 폭 쏟아졌다. 가슴이 터질 듯 답답하고 억울한 심경을 도무지 설명할 길이 없었다.

나중에 미국에서 공부하면서 이때를 자주 회상하곤 했다. 미국은 사회 진출과 관련된 교육제도가 거의 바뀌지 않을뿐더러, 바뀐다 해도 그 바뀐 법으로 인하여 기존의 제도 아래 있던 학생들이 불이익을 당하지 않도록 그 법을 시행하기 전, 충분히 홍보하고 수년간의 유예 기간을 준다. 내 상황에 대입하자면 그 새로운 제도의 영향을 받지 않고 계획한 대로 유학시험을 치를 수 있는 것이다. 새로운 법은 신입생들에게 적용하여 그들로 하여금 대비할 수 있게 하는 것이다.

한동안 진로를 고민하다가 공군 장교 시험을 치르기로 작정했다. 공군 장교가 되면 비상시에는 영내에 머무르지만 평상시에는 집에서 출퇴근할 수 있고 주말에는 집에서 쉴 수 있었다. 어려운 시험을 치러야 하지만, 관문을 통과하기만 하면 일반 군 복무보다 내 적성에 맞을 거라고 판단했다. 군 복무 기간은 4년 4개월이었다. 청춘에게 그 기간은 참으로 길었다.

졸업을 3개월 앞두고 공군 장교 모집에 지원서를 낸 다음 시험공부에 돌입했다. 국사와 영어 두 과목을 치러야 했다. 지원 분야에 따른 실기도 준비해야 했다. 영어는 유학을 염두에 두고 공부했기 때문에 어느 정도 자신이 있었지만, 국사는 중·고등학교 때 실력이 전부인지라 몹시 걱정이 되었다. 두 달 동안, 국사책과 참고서를 거의 외우다시피 했다.

2월 어느 날, 대학을 졸업한 지 며칠 지나지 않아 서울 상도동에 있는 공군사관학교에 시험을 치르러 갔다. 군대 복무를 하지 않았다는 이유로 직장에서 쫓겨난 상급 공무원들이 대거 몰려왔다. 수재 중의 수재들이 다 모였다. 200명을 뽑는 시험에 3천 명이 응시했다. 15대 1의 경쟁률이었다.

내 인생은 시험의 연속이었다. 거익태산(去益泰山), 갈수록 힘들고 어려운 경쟁률을 뚫어야 했다. 피곤한 인생이지만 그렇다고 시험을 외

면할 수도 없었다. 그것은 내 삶의 목표를 쟁취하기 위해서 반드시 넘어야 하는 관문이었다.

나는 장교 시험에 합격하고 2월 말에 입대했다. 장교 훈련이 4개월간 대전에서 있었다. 대전에 내려가니 날씨는 매섭게 춥고 훈련은 무지막지하게 힘들었다. 매일의 일정을 마무리하는 훈련이 있었으니 훈련장에서 대전 유성 온천장까지 총을 메고 걷거나 뛰는 일이었다. 1~2시간이 걸리는 거리였는데 몸이 약한 사람들이 쓰러질 때가 많아서 우리 뒤에는 앰뷸런스 자동차가 늘 뒤따라왔다.

4구대로 나뉘어 뛰었는데 낙오자가 많은 구대는 혹독한 기합을 받았다. 전우애를 기르고 실천할 수 있게 하기 위한 전략이었다. 그 훈련은 단순히 걷거나 뛰는 것만으로 이루어지지 않았다. 지휘자의 구령에 따라 땅바닥에 엎드려 기거나 굴러야 했다. 곳곳에 패여 있는 차가운 물웅덩이와 살얼음이 덮여있는 땅바닥을 구르다 보면 군복이 흠뻑 젖고 곧바로 꽁꽁 얼었다. 해병대 훈련 강도가 세다하지만 공군 장교 훈련도 그에 못지않다고 생각한다.

체력이 좋은 나는 전우들을 도와 함께 뛰었다. 전우들 태반이 직장생활을 하다가 온 사람들인지라 나보다 두세 살이 더 많았다. 내가 가장 어린 축에 속했다. 어느 때는 내 어깨에 3정의 총을 짊어지고 뛰었다. 전우를 돕는 것은 곧 나를 돕고 나를 살리는 길이었다.

숙소에 돌아오면 옷에는 꽁꽁 언 진흙 덩어리들이 달라붙어 있고 물과 땀으로 온통 젖은 몸은 덜덜 떨렸다. 그래도 어느 누구 한 사람

감기에 걸리지 않는 게 신기했다. 인간은 정신력으로 사는 존재다. 정신만 깨어있으면 무엇이든 불가능할 게 없는 영적 존재다.

4개월간 훈련을 마친 후 소위 임관식이 있었다.

∞ 소위 임관식에서

첫 번째 이야기

소위 임관식이 대단했다. 군악대까지 동원된 잔치였다. 소위 배지를 받는 의식에 참여하는 심정이 복잡다단했다. 지난 시간들이 주마등처럼 스치면서 꿈만 같았다. 4개월 훈련이 얼마나 혹독했는지 대학 4년보다 더 길게 느껴졌던 시간이었다. 훈련을 통과하지 못한 낙오자들도 꽤 있었다. 훈련을 마친 우리들은 얼마나 행복한지 모두들 마음이 날아갈 듯 들떴다.

임관식을 축하하러 온 축하객들이 많았다. 결혼한 동료들은 아내와 자녀와 많은 가족에게 둘러싸여 함박웃음을 지었다. 내 축하객으로는 어머니와 남동생 명삼이가 왔다.

가족이 있는 사람은 그렇다 치고 싱글인 사람들도 모두 여자 친구나 장래를 약속한 애인이 있었다. 가만 보니 나만 여자 친구도 애인도 없었다. 문득 남자로서 좌절감과 쓸쓸함을 느꼈다. 내가 대학 생활을 잘못했나? 내가 어찌 지냈기에 여자 친구 한 명 없나? 내가 그렇게 매력이 없는 인간인가?

나 자신을 돌아보았다. 모든 힘을 미국 유학에 쏟았다. 직장을 찾는 일도 염두에 두지 않고 오직 영어 공부만 했다. 동창들이 여자 친구를 사귈 때 나는 미국 유학 준비만 했다. 여자 친구 사귀는 일도 쉽지 않았다. 여자 손을 잡으면 결혼해야 하는 풍조였으므로 그쪽으로는 아예 마음을 접고 살았다. 신경을 온통 유학에만 집중하느라 동기들이 어찌 사는지 주변을 돌아보지 않았으므로 자세한 내막조차 알 기회가 없었다.

그런데 소위 임관식에서 갑자기 뒤통수를 맞은 기분이 든 것이다. 몹시 쓸쓸했다. 아메리칸드림만 생각하다가 세월도 청춘도 여자도 다 놓치는구나, 싶으니 심정이 착잡했다.

2개월간의 관리장교 훈련을 마치고 오산기지에서 복무한 지 8개월 후에 세은 씨를 만났다. 극심한 훈련도 마치고 안정적으로 일하는 때라서 이성에 대한 열망이 더욱 강한 때이기도 했다. 남자의 계절, 늦가을이기도 했다. 세은 씨에게 빠질 수밖에 없는 이유가 내외적으로 많았다.

두 번째 이야기

4개월간 훈련을 받으면서 가까운 동료끼리 별렀던 일이 하나 있었다. 그것은 식당에서 배식하는 사병들을 잡아 족치자는 모의였다.

우리는 늘 배가 고팠다. 훈련을 마치고 나면 어찌 그리도 배가 고팠는지. 식당에 가서 식반을 들고 줄을 서면 뱃속에서 꼬르륵 소리가 요란했다. 식단이 고정되어 있었다. 보리밥과 콩나물국과 김치, 허여멀건 콩나물국에 돼지고기 기름이라도 한두 방울 떠 있으면 수지맞은 날이었다.

우리는 배식 사병에게 밥 좀 한 주걱 더 달라, 국에 콩나물 가닥 좀 더 떠주라, 김치 좀 더 많이 얹어라, 사정하곤 했다. 배식 사병들은 어쩌면 그렇게도 하나같이 눈썹 하나 꿈쩍하지 않고 우리의 간절한 요청을 귓등으로 흘려버리는지. 그렇게 하라고 교육을 받았을 것이다. 하기야 달라는 대로 다 퍼주었다가는 밥과 반찬을 몇 배로 준비한다 해도 충당이 안 될 터였다. 머리로는 그걸 알면서도 매번 실망을 시키니 서운함이 쌓였다.

우리는 그들을 협박했다. 우리가 조만간 임관식을 마치고 장교가 되는데 그때 두고 보자, 너를 반절 죽여 놓겠다, 너를 이 주먹으로 날려버린다, 온갖 불평과 위협에도 그들은 못 들은 척, 표정 하나 바뀌지 않았다. 꾀 많은 동료는 배식을 받은 밥을 순식간에 먹어 치우고 다시 줄을 서서 처음 배식을 받는 것처럼 행동하지만 그들은 용케도 알아보고 그에게는 밥을 주지 않았다.

임관식을 마치자마자 소위 계급장을 단 우리 몇몇은 식당으로 몰려갔다. 괘씸한 사병들을 혼내주기 위해서였다. 그런데 한 명도 보이지 않았다. 상부에서 그들에게 휴가를 주어 영내에 머물지 않도록 미리 조치를 취한 것이다.

우리가 순진했던 것이다. 우리 이전에 훈련받은 선배들도 똑같은 과정을 거쳤을 것이다. 그들도 얼마나 배가 고팠을 것인가. 우리하고 똑같이 앙심을 품고 복수하리라 별렀을 것이다. 경험 많은 상관들이 이를 알고 미연에 사고 방지를 한 것이다.

지금은 소시지랑 고깃국이 배식된다고 한다. 그때는 달걀이니 육류는 구경도 할 수 없고 상상도 할 수 없었다. 장교 식반에 마른 꽁치라도 한 조각 얹히면 봉 잡은 날이었다.

생각해보면 건강 음식을 먹었다. 국가가 돈이 없으니 단백질을 콩으로 보충했다. 콩이 가장 가격이 쌌다. 콩나물, 얼마나 건강식인가. 그래서인지 4개월 훈련을 마치고 나자 모두들 체격이 건장해지고 건강이 좋아졌다.

문제는 꽁보리밥을 먹고 뀌는 방귀였다. 훈련을 마치면 꿀잠을 잤다. 새벽 2시나 3시에 비상이 걸리면 신속히 일어나 장비를 갖추고 연병장으로 뛰쳐나가야 해서 잠이 늘 부족했다. 취침 시간 10시만 되면 모두들 잠에 취했다. 여기저기서 온갖 음향으로 코를 골아대고, 다양한 길이와 높낮이로 뽕뽕, 방귀를 뀌어대어서 잠을 이룰 분위기가 전혀 아니었지만 다들 잠을 잘 잤다. 나도 깊은 잠이 들면 그렇게 코를 골고 방귀를 뀌었을 것이다. 꽁보리밥을 먹고 뀌는 방귀 냄새는 참을 수 없을 만큼 역겨웠다. 그 냄새가 지금도 잊히지 않는다.

똘 소위

∞ 전화위복(轉禍爲福)

소위 임관식을 마치고 2개월간 근무처에 따른 관리장교 기술 훈련을 받았다. 그 당시 대부분의 군사 관련 훈련과 교육은 대전에서 이루어졌다. 나는 재무 담당 분야에서 훈련을 받았는데 주산(珠算) 실력, 부기(簿記) 실력, 보고서 작성 등, 매뉴얼이 많았다. 군에서 필요한 업무를 수행할 수 있는 능력 평가 기간으로 경쟁이 매우 심했다.

두 달간의 훈련을 마치는 8월에 접어들자 어디에 배속될지 몹시 궁금했다. 관리장교 훈련에서 받은 점수로 임지를 배속한다고 팀장 대위가 말했다. 관리 장교 20명 중에는 서울 출신이 많았다. 나를 비롯한 모든 사람이 서울로 배속 받기를 원했다. 서울에 배속되면 집에서 출퇴근을 할 수 있고 여러 면으로 편리했다. 내 훈련점수는 일등이었다.

웬일인지 오산기지로 내 임지가 배정되었다. 몇 명이 서울 근교에 있는 공군 관련 임지로 배속되었다. 서울로 가는 것을 확신하고 있었기에 당황한 표정으로 서 있는데 교관이 다가와서 내 어깨를 다독여주었다. 이해해 달라는 말 한마디를 하고 떠나는 그의 표정이 고뇌로 가득 차 있었다. 그도 군 시스템과 상부의 명령에 어쩔 수 없었을 것이다. 일개 장교가 어떻게 그 결정에 반항하고 번복시킬 수 있는가. 나는 오산으로 갔다.

한국 공군 비행장이 5군데 있었다. 서울, 수원, 대구, 김해, 그리고 오산. 공군기지마다 각각 특기사항이 있었다. 서울에 있는 비행장은 한국 공군 본부이고, 수원은 공군 비행장 중에서 전투기 보유 규모가 가장 컸다. 대구와 김해는 주로 공군 물자 보급과 저장소 역할을 했다.

오산 공군기지는 경기도 평택시 송탄에 있다. 美공군에서 관리하는 공군기지인지라 편의상 송탄보다 영어 철자가 짧고 발음이 쉬운 오산으로 명칭이 굳어졌다. 한국과 미국 합동 작전사령부가 있고, 한국 공군 30경보단이 주둔해 있었다. 시설은 미국과 한국 두 나라의 군부대가 공동으로 나눠 썼다.

오산에서 나는 재정담당 관리장교로 월급을 분배하는 임무를 수행했다. 업무실에는 책임자로 중령 한 명과 전반적인 일을 도와주는 사병들이 있었다. 월급을 현금으로 지급하던 시절이었다. 나는 주판을 잘 두었는데 손이 빠르고 정확했다. 오산에서는 백령도, 강릉, 제주도, 평택 기지를 함께 지원 관리했다. 월급날이 되면 이들 부대에서 근무하는 재정담당 관리장교들이 비행기를 타고 오산기지로 날아왔다.

　나는 평택에 있는 은행에서 돈을 찾아와 하루 종일 돈을 세었다. 정확한 계산이 필수여서 내 책임이 컸다. 밖에서는 헌병이 지키고 밤새 월급을 세어 나눠주면 각 부대에서 올라온 장교들이 현금이 든 포대를 짊어지고 헌병들의 호위 아래 비행기를 타고 각자의 부대로 떠났다. 매달 월급날이 돌아올 때마다 반복되는 큰 행사였다. 보통 때는 그렇게 바쁘지 않았다.

　장교는 세계의 신사(紳士)다. 직급은 소위에 지나지 않지만 국적과 상관없이 장교의 기본 품격(品格)이 있다. 국제군법에도 장교에 관한 대목이 있다. 그 중의 하나가 모든 사병은 장교에게 경례를 붙여야 한다는 규율이다. 미국 사병은 한국 장교를 만나면 경례를 붙여야 한다. 그러나 오산에서는 그런 일이 드물었다.

　어느 날 아침, 키가 큰 미(美) 사병이 길을 걷다가 나와 눈이 마주쳤다. 경례를 붙여야 할 상황인데 경례를 하지 않았다. 나는 그를 불러 세웠다. 이름이 뭐냐 물으니 당황한 음성으로 대답했다. 나는 장교의 격을 갖추어 말했다.

　"나는 장교 리(Lieutenant Lee)다. 다음에 나를 만나면 반드시 경례를 붙여라. 앞으로 조심해라. 너를 지켜보겠다."

　그는 미안하다면서 절도 있게 경례를 붙이고 떠났다. 놀라는 눈치가 역력했다. 그가 이곳 오산에 온 지 얼마나 되었는지는 모르지만 지금까지 이런 예가 없었다는 것을 짐작할 수 있었다. 내가 너무 심했나, 잠깐 생각해보았다. 그러나 규율은 규율이다. 사병이 장교에게 경례하는 것은 국제법이다. 미군이든 한국군이든 이 오산기지의 모든 장교와 사병과 윗사람들이 알고 시행해야 하는 항목이다.

열흘쯤 지난 어느 날, 나는 복무하는 사무실에서 과장인 중령과 함께 있었다. 그때 밖에서 누군가가 큰소리를 질렀다. 왁자한 가운데 누군가가 나를 찾는 소리가 나서 밖을 내다보았다. 정복 차림의 미 사병이 나를 보자마자 우렁찬 인사와 함께 경례를 붙였다.

"Lieutenant Lee, I am here to say, I am so sorry that I didn't salute.(리 장교님께 경례하지 않은 점을 사과드리러 왔습니다.)"

나는 얼떨결에 그의 인사를 받아주었다. 전혀 기대치 않았던 일이었다. 나는 그의 이름도 잊었고 그와의 에피소드도 잊은 지 오래전이었다. 나는 내심 감격했다. 나는 그에게 악수를 청하면서 고맙다고 인사했다. 이게 무슨 일이냐며, 내 직속상관인 중령이 놀랐다. 국제법은 명분일 뿐, 미군기지이니 그들에 대해서 한국 군인이 이러쿵 저러쿵 얘기할 여건이 아니었다.

이 일이 기사화되어 미 공군 신문에 실렸다. 그 뒤부터 오산 공군기지에서는 미국인 사병과 한국인 장교가 경례를 하고 경례를 받아주는 아름다운 풍경이 연출되었다. 그때부터 고급장교들 사이에 나는 '똘소위'가 되었다. 자기들이 생각하지 못하는 것을 생각하는 사람으로 반듯하고 똑똑하고 대단하다 해서 상사가 붙여준 별명이다. 그들은 이 소위 때문에 美 사병들의 인사를 받아주느라 하루에도 수십 번씩 팔을 쳐들어야 해서 팔이 아파 출근을 못 하겠다며 너스레를 떨었다.

원래 내 별명은 아우성이다. 가만히 앉아있지 않고 활발하게 움직이면서 아우성을 친다고 동창생들이 붙여준 별명이다. 오산에서 또 다른 별명을 얻게 되었다.

✄ 오산의 미국 문화

오산 공군기지에 한미 합동 작전사령부가 있었다. 한국인 장교들은 수십 명 정도로 수천 명에 이르는 미군에 비하면 비교적 소수였지만 대령, 소령을 비롯해서 장성급 고위층이 많았다. 미군들이 주둔하고 있는 까닭에 타 지역의 부대와 차별적인 문화가 있었다.

오산기지는 인근 여러 부대에 있는 레이더 사이트를 지원했다. 레이더 사이트에서 복무할 장병들을 파견하고 물자를 보급했다. 오산기지는 미군과 연계되어 본부 같은 느낌을 주었다.

나는 오산기지에서 복무하는 동안 미국이라는 나라와 그 사람들을 자연스럽게 알게 되었다. 미국인들을 사귀고 그들의 행습(行習)과 음식 문화를 가까이에서 접함으로써 미국 유학의 꿈을 안고 있는 내게는 새옹지마(塞翁之馬), 전화위복(轉禍爲福)이 되었다. 여호와이레, 사람은 한 치 앞을 모르고 불안 속에서 염려하지만 미래를 아시는 분의 뜻은 다르다.

오산에 근무하는 모든 한국인 장교들은 미군 장교 클럽(Officer's Club) 시설을 사용할 수 있는 권한이 있었다. 장교만이 출입할 수 있는 그곳에는 영화관, 식당, 당구장, 탁구장 등이 있었다. 한화를 쿠폰으로 바꾸어 달러처럼 사용할 수 있었지만 한국인 장교들의 월급은 5,500원 정도여서 감히 기웃거릴 엄두를 내지 못했다.

어느 날, 마음이 잘 통하는 동료 장교 넷이 의기투합했다. 혼자서는 쑥스러워서 들어가지 못하니 그룹으로 미군 식당에 가서 미국 음식을 시식해보자는 호기를 부린 것이다. 한 사람당 5달러 쿠폰 한 장씩 들고 갔다. 메뉴 중 가장 싼 음식이 햄버거와 콜라였다. 주문을 하고 음식을 받아들기는 했는데 햄버거를 먹을 줄 아는 사람이 일행 중에 아무도 없었다. 접시에 펼쳐놓은 두 개의 동그란 빵 조각 위에 채소와 햄버거 스테이크라 부르는 패티(patties) 등이 어울려 얹혀 있었다. 우리는 나이프로 그 빵 한 쪽을 자르기 시작했다.

식당에서 일하는 한국인 여종업원이 우리에게 다가와 햄버거 먹는 법을 친절하게 가르쳐 주었다. 양쪽으로 벌려놓은 빵 한 쪽을 한쪽 빵 위에 덮은 다음 칼로 자르지 말고 두 손으로 빵 양쪽을 들고 C자 모양 (C-shape)을 만들어 베어 먹으라고 했다. 우리는 그녀가 가르쳐 준대로 우적우적 베어 먹었다. 소스를 발라 먹는 것은 생각조차 하지 못했다. 모든 음식은 숟가락, 젓가락으로 먹는 것이라고 생각해왔던 우리는 음식을 손으로 잡거나 들고 먹는 미국인들의 식습관이 참 이상하다고 생각했다.

식사를 마친 우리는 한쪽 구석에 자리 잡고 있는 당구대로 몰려갔다. 한참 당구를 치고 있는데 종업원이 컵과 맥주를 쟁반에 받쳐서 가져왔다. 주문한 적이 없다며 사양했더니 그녀가 반대편에서 우리를 바라보며 미소 짓고 있는 미군을 가리켰다. 저 사람이 이미 값을 지불했단다.

나는 신선한 감동을 받았다. 일면식이 없는 한국 장교들에게 다가와서 맥주를 사겠다며 너스레를 떨지 않는 것은 그의 성격이 아니라 미국의 대표적인 문화였다. 나도 다른 사람에게 그렇게 해야겠다고 마음먹은 계기가 되었다. 나중에 미국에 와서 'Pay it forward'라는 아름다운 문화를 접하고 그런 기회가 있을 때마다 동참하면서 흐뭇한 마음으로 오산기지에서 만난 그를 떠올리곤 했다.

다른 사람에게 갚아라! 도움을 받은 당사자에게 직접 갚지 않고 다른 사람에게 좋은 일을 하는 것으로 그 은혜를 갚는 것. 얼마나 아름다운 풍습인가. 길거리에서 자동차가 멈추면 어느 누군가가 반드시 가던 길을 멈추고 다가와서 도와준다. 고맙다고, 감사를 표시하고 싶으니 연락처를 알려달라고 부탁하면 이다음에 똑같은 어려움에 처한 사람을 도와주라고 한다. 햄버거 가게 드라이브 스루에서 뒷사람의 음식값을 미리 지불해 주는 행렬이 몇 시간씩 지속되었다는 기사도 종종 접한다. 은혜의 사슬, 미국을 미국답게 오늘도 굳건하게 지켜주는 미풍양속 중의 하나다.

나는 오산의 독신자 장교 숙소(BOQ, Bachelor Officer Quarters)
에서 지냈다. 주말에는 영내를 벗어나 서울에 갈 수 있었다. 오산 기지
에서 숙식하는 장교들이 그리 많지 않았다. 가정이 있는 사람이 많았고
대부분 수원에 살고 있었다.

장교들은 비상 때는 주말에도 공군기지에 머물러야 하지만 평시에는
공군기지에서 운행하는 군용 버스를 타고 출퇴근을 했다. 서울에 사는
친구 4인방은 주중에는 장교 숙소에서 지내다가 토요일 아침이 되면
다른 일행과 함께 군용 버스를 타고 수원까지 갔다.

수원에 도착해서 역으로 가면 20~30분 후에 서울행 기차가 도착했
다. 우리는 기차 식당 칸으로 몰려가서 커피도 마시고 대화를 나누다가
서울역에 도착하면 각자 집으로 흩어졌다.

∞ 여의도 군(軍) 병원

오산 비행장에서 10개월 근무 후, 나는 서울 여의도 공군병원에 관
리 장교로 부임했다. 여의도 군 병원은 모든 시설과 물자가 미국 원조
로 이루어져 있어서 품질이 매우 좋았다. 의료 기기며 약 등이 모두
미국에서 원조 받은 물품들이었다. 병원에서도 내가 해야 할 일을 소신

껏 했다. 재무담당자가 맡은 책임은 병원에서 들고나는 모든 현금을 관리하는 일이었다.

그곳에서 중위로 진급했다. 장교는 소위로 임관한 지 2년째가 되면 특별한 하자가 없는 한 자동적으로 중위로 진급한다. 중위는 한 달에 한 주말씩 주번사관을 해야 했다. 주말 사령관인 셈이다.

어느 주말, 주번사관으로 근무할 때였다. 사병들의 군기가 빠져 기강이 영 말이 아니었다. 나는 연병장에 그들을 모두 집합시킨 후 계급이 제일 높고 연배도 높은 상사를 불러냈다. 그에게 곤봉을 주면서 나를 먼저 때리라고 했더니 못하겠다고 했다. 나는 그의 볼기를 두 대 때리고 나서 땅바닥에 엎드려뻗친 자세를 취한 뒤 나를 때리라고 지시했다. 나를 차마 때리지 못하고 시늉만 하면서 얼마나 곤혹스러운 표정을 짓던지.

이 광경을 많은 사람들이 보았다. 병원에서 일하던 의사 장교와 간호사들, 경내를 오가던 의료진과 직원들이 모두 지켜보았다. 그 뒤로 내가 주번사관을 할 때는 군기가 잡혀 질서정연한 분위기를 유지했다. 나는 개인적으로는 군 동료들과 친밀하게 잘 지냈지만 규율적인 면에서는 엄격했다.

내가 일하는 관리과에 서너 명의 사병이 있었다. 나는 그들과 잘 지냈다. 한 사람이 아무리 유능하다 해도 혼자 일할 수 없다. 팀원 간에 맡은 바 책임을 다할 때 관리과의 일이 원활하게 이루어진다. 사병들이라 해도 대학에 재학 중이거나 대졸자들이어서 인텔리들이었다. 서로 예의를 갖추고 친절하게 대하는 분위기 속에서 일했고 장교와 사병이 기 이전에 인간적인 유대가 강했다.

군인 월급을 현금으로 지급하는 일은 쉽지 않았다. 1원이라도 오차가 나면 안 되는 엄중한 업무였다. 컴퓨터나 디지털 계산기가 있는 것도 아니고 오직 주판에 의존하던 때라 정확한 계산과 점검에 집중하느라 온 신경이 예민하게 곤두섰다. 매달 월급 정산을 마치고 나면 나는 사병들에게 밥과 술을 대접하면서 그들의 노고를 풀어주었다. 군 동료들끼리 재미있게 잘 지냈다.

여의도에 간 지 1년 반이 지난 후, 공군 본부 예산과로 가게 되었다. 공군 본부에서 근무할 수 있는 최소 계급이 중위였다. 본부 어느 분과든 정규 퇴근 시간은 오후 5시이지만 이 분과에서 일하는 사람들은 정규 복무 시간 이외에도 야근이 많아서 장교들은 예산과 근무를 기피했다. 이곳에서 야근하는 사람들의 퇴근을 위해 군용버스가 밤 8시와 10시에 운행했다. 나는 거의 매일 밤 10시 퇴근버스를 탔다.

야근이 필요한 이유가 있었다. 국고에 돈이 없으니 미국에서 원조를 받아야 하는데 이를 위해서는 신청서를 작성해서 미국 고문단에 보내야 했다. 필요한 내역을 미국 측에서 원하는 양식에 맞춰 정확하게 작성해서 보내면 검토와 승인 과정을 거친 후, 돈과 물자가 왔다.

한국 국력이 얼마나 약한지 군인 월급만 국가에서 지급되고, 나머지 필요한 물자 공급은 1백 퍼센트 미국에서 원조를 받는 형편이어서 본부 예산과는 늘 일이 많았다.

그 분과에서는 장군 한 사람 휘하에 대령과 소령, 그리고 장교 30~40명이 팀이 되어 일했다. 나는 그곳에서 제대할 때까지 약 2년간 일하는 동안 서류 작성법을 철저하게 배웠다. 나중에 미국에 와서 미국인들을 대상으로 사업을 하면서 이때 경험이 큰 도움이 되었다.

모든 사람에게는 일생 동안 세 번의 행운이 찾아온다고 한다. 언제 어떤 기회가 찾아올지 알아채기란 쉽지 않다. 하지만 주어진 상황에서 그때그때 최선을 다해 기량을 쌓다보면 그 기회가 왔을 때 즉시 알게 된다는 것을 믿는다. 어느 누구보다도 자신이 준비된 사람이라는 것을 자기 자신이 제일 먼저 아는 것이다.

나는 업무 파악이 빠르고 일처리가 정확했다. 정직하고 성실해서 상사들의 칭찬을 많이 받았다. 한번은 서울과 경기도 일대에 홍수가 났는데 기지 안의 도로와 시설이 많이 유실되고 망가졌다. 이를 보수하는데 철근과 시멘트가 적잖게 필요했다. 이틀 만에 서류를 작성해서 보냈더니 곧 승인이 나서 돈이 들어왔다. 보통 한 달이 걸리는 일을 신속히 처리하니 모두들 좋아했다.

나는 여가시간이 날 때마다 토플 시험공부를 열심히 하고 타임지도 열심히 읽었다. 내가 공군본부 예산과에 들어가게 된 것도 과장이 권했기 때문이다. 군에 필요한 물자 보급을 미국으로부터 받으려면 영어를 자유롭게 구사하는 사람이 필요해서 뽑혀간 것이다.

4년 4개월 동안 군에 복무했는데 만기가 되는 마지막 해에 상부에서 요청이 들어왔다. 제대하지 않고 그대로 군에 남아있으면 대위 진급과 동시에 국가에서 미국 유학을 일 년간 보내주고, 공부를 마치고 돌아오면 한국정보부(KCIA, Korean Central Intelligence Agency)에서 일할 수 있도록 해주겠단다.

고려해 볼 만한 특혜였지만 정중하게 거절했다. 세은 씨와 미국으로 건너가 아메리칸드림을 이루자고 굳게 약속했기 때문이다. 만일 내가 그 요청을 받아들여 한국에 남아있었다면 내 운명은 지금과는 매우 다르게 되었을 것이다.

∞

다른 사람에게 갚아라!

도움을 받은 당사자에게 직접 갚지 않고

다른 사람에게 좋은 일을 하는 것으로 그 은혜를 갚는 것.

얼마나 아름다운 풍습인가. 길거리에서 자동차가 멈추면

어느 누군가가 반드시 가던 길을 멈추고 다가와서 도와준다.

고맙다고, 감사를 표시하고 싶으니 연락처를 알려달라고 부탁하면

이다음에 똑같은 어려움에 처한 사람을

도와주라고 한다.

∞

결혼과 이민, 제2의 인생

연애와 결혼

나의 그녀와의 첫 만남 | 공군 장교와 간호사의 로맨스 | 깔끔한 절교(絶交)와 그 이후 |
그 사람 없이는 살 수 없어 | 뒷조사를 당하고 | 얌전한 고양이가 하는 일 |
핑크레이디 칵테일 | 녹색 외투 | 백년가약을 두 번 맺은 사연

이민 초년생 부부의 눈물

물과 Water의 차이 | 블루 북(Blue Book) 유감(有感) |
MBA(경영학 석사)와 MS(컴퓨터 공학 석사) | 태중의 아기를 잃고 |
우직(愚直)이 준 선물

명동성당에서 결혼식을 올렸다. 1965년 8월 28일

결혼식에 참석한 신랑 신부 친구들.

결혼식 직후 양가 부모님을 모시고 우리집에서.

도미하는 아내를 먼저 떠나보내며
김포공항에서. 아내는 내가 선물한
녹색 코트를 입었다. 1965년

연애와 결혼

∞ 나의 그녀와의 첫 만남

1963년 4월 어느 토요일 오후였다. 수원에서 서울로 가는 기차 안에서 나는 조금 우울했다. 부모님이 편찮으시다는 소식에 걱정이 되어 친구들과 어울릴 기분이 아니었다. 친구들과 식당 칸에 가지 않고 객실에 혼자 남아 어느 좌석 앞에 서 있는데 대각선 방향에 앉아있는 한 아가씨의 참한 모습이 내 시야를 가득 채웠다.

그녀는 《현대문학》을 읽고 있었다. 문예지를 읽는 젊은 여성이라니, 그 자태가 하도 단아해서 나도 모르게 그녀를 유심히 쳐다보았다. 우연히 고개를 든 그녀와 시선이 마주쳤다. 겉보기에 서울 여성은 아니었다. 순진해 보이지만 말로 형용할 수 없을 만큼 사람을 끄는 매력을 발산하고 있었다.

그녀가 자기 옆 빈자리에 앉으라고 손짓했다. 나는 반가운 마음에 얼른 그녀의 옆자리에 앉았다. 마음이 힘들 때 누군가가 손 내밀어 쉴 공간을 나누어주는 것은 여여한 일이 아니다. 그녀가 내게 자신의 옆자리를 내준 것은 보통 일이 아니었다. 그것은 그녀가 평생 동안 내게 베풀어준 배려의 첫 신호탄이었다.

그녀는 경상도 김천에서 기차를 타고 서울로 가는 중이었다. 별다른 대화 없이 서울역에 도착해서 출구로 나가는데 그녀가 내 옆에 바싹 붙어서 따라왔다. 쫓기는 것 같기도 하고 불안해하는 표정이 역력했다. 그냥 헤어지기가 아쉬웠는데 그녀의 행동에 용기가 났다. 다방에 들어가 커피 한잔 마시겠느냐고 제안하니 선뜻 고개를 끄덕였다.

김천에서 기차를 탈 때부터 불량배 두 명이 그녀 주위를 배회하며 집적거려서 불안하고 괴로웠다고 했다. 그녀가 왜 내게 자기 옆자리에 앉으라고 손짓했는지, 기차에서 내려 왜 내 뒤를 바짝 따라왔는지 이해가 되었다.

간호사란다. 근무하는 병원 기숙사에서 지내는데 한 달에 한 번 정도 부모님이 계시는 김천에 다녀온다고 했다. 나는 간호사인 사촌 형수가 생각나 그녀를 다시 한 번 바라보았다.

우리는 다음날 만날 것을 기약하고 헤어졌다. 그 당시 종로 1가 영안빌딩 2층과 3층에 각각 향원과 돌체라는 음악다방이 있었다. 우리는 그중 한 곳에서 만나기로 하고 헤어졌다.

다음날 기대를 잔뜩 안고 3층에 있는 음악다방으로 올라갔다. 한 시간을 기다려도 그녀가 나타나지 않았다. 주소도 전화번호도 아무 정보를 나누지 않아서 연락할 방법이 전무했다. 실망감이 몰려왔다. 그녀가 불량배에게 쫓기는 중이라 잠깐 나를 이용했구나 싶으니 더 이상 기다릴 필요가 없다는 생각이 들었다. 풍선처럼 부풀었던 마음을 꾹꾹 접어 누른 채 다방에서 내려와 버스 정류장을 향해 걸어갔다.

누군가 뒤에서 나를 부르는 소리가 나서 뒤돌아보니 그녀였다. 그녀는 2층에서 한 시간 동안 기다려도 내가 나타나지 않아 복잡한 심정으로 앉아있는데 유리창 너머로 계단을 내려가는 나를 보았다고 했다. 그녀는 잠시 망설였다고 했다. 부를까 말까. 그러다가 그녀는 결정했다 한다. 이대로 다시는 만나지 못할 사람이라 해도 약속을 지키지 않는 사람이라는 인상을 주기는 싫었단다. 마침내 그녀는 다방을 벗어나 길거리로 나왔다. 시간이 한참 지난 터라 택시나 버스를 타고 이미 떠났다면 할 수 없다고 생각했는데, 마침 정류장에서 버스를 기다리고 있는 나를 발견했단다.

내 실수였다. 2층에서 만나자 해놓고 3층에서 기다렸던 것이다. 그녀나 나나 한 시간씩이나 기다렸으니 둘 다 대단한 사람들이다. 만일 내가 2층에서, 그녀가 3층에서 기다리다가 내가 먼저 나왔다면 단순한 에피소드가 될 뻔했다. 그렇게 그녀와의 인연이 시작되었다.

∞ 공군 장교와 간호사의 로맨스

그녀는 서울 동대문구 을지로 6가에 있는 국립중앙의료원(National Medical Center) 이비인후과 병동에서 일했다. 국립중앙의료원은 병상 침대가 350개로 꽤 큰 종합병원이었다. 6·25 전쟁 이후 스칸디나비아 반도 출신 의료인들이 주축을 이루어 설립한 외국인 병원으로 덴마크, 스웨덴, 노르웨이 등 북유럽에서 온 의사들과 간호사들이 많았다. 그 때문인지 스칸디나비아인 병원으로 알려져 있었다.

환자 진료와 더불어 인턴과 레지던트 훈련센터로도 각광을 받는 병원이었다. 서울대병원, 연세대학 세브란스 병원과 더불어 한국의 대표적인 3대 병원으로 외국의 최신 기술과 설비에 친절 본위의 서양식 서비스까지 곁들여 환자들이 선호하는 병원이었다.

세은 씨는 김천에서 간호전문학교를 졸업한 뒤, 크고 넓은 세상을 꿈꾸며 외국인이 운영하는 병원을 애써 찾았다고 했다. 미국 유학을 준비하고 있다고 했다. 단순한 관심이나 호기심을 넘어 유학이나 이민을 진지하게 꿈꾸는 사람은 열린 시야를 가진 사람이다. 해외에 대한 관심이 많았지만 비자 받기가 힘들었다. 관광 비자조차 없던 때였다.

그녀와 미국 생활에 대한 비전을 얘기하다 보면 시간이 가는 줄 몰랐다. 세상을 바라보는 시선과 각도가 비슷해서 좋았다. 서로 잘 통하고 공감대가 깊고 넓었다. 나는 그녀에게 빠져들어 갔다.

군인 신분인 나는 그녀를 자주 만날 수가 없었다. 그래도 어떻게든 만나는 시간을 마련했다. 사람은 맘만 먹으면 아무리 바빠도 얼마든지 그 일에 시간을 낼 수 있는 존재다.

나는 공군 장교로 소위 계급이었다. 월급이 5천 5백 원쯤으로 5급 공무원 수준이었다. 그녀와 함께 불고기를 한 번 먹으면 월급의 5분의 1이 날아갔다. 그래도 마냥 즐겁고 행복했다.

개인전화를 할 수 있는 환경이 아니었다. 어느 날, 한 장교로부터 우리가 근무하는 오산은 미군기지라서 서울로 개인전화를 할 수 있다는 말을 듣고 뛸 듯이 기뻤다. 그것도 잠시, 교환수가 전화를 바꿔주는 시스템이어서 원하는 상대방의 음성을 듣는 일이 얼마나 복잡한지를 깨닫게 되었다.

오산에 있는 한국인 교환수가 용산에 있는 한인 교환수에게 연락하면 용산의 교환수가 그녀의 기숙사로 전화를 연결해 주었다. 전화기가 그녀 방에 있는 것이 아니라 기숙사 한 층에 한 대가 비치되어 있었다. 3층에 살고 있는 그녀가 내 전화를 받으려면 절차가 길었다. 방에 사람이 없다고 하면 그걸로 끝이었다. 메시지를 남길 방법도 없었다.

어느 일요일에 당직을 서는 때면 할 일이 없었다. 텔레비전도 스마트 전화기도 없던 때였다. 그런 날은 그녀가 더욱 보고 싶었다. 오산과 용산을 오가며 교환수를 거쳐야 하는 전화를 대여섯 번 하면 겨우 한 번 정도 연결이 되었다.

전화 좀 제발 그만 하라고, 교환수의 핀잔을 받을 때도 있었다. 애인

음성을 듣고 싶으니 제발 도와달라고 사정했다. 가끔 오산과 용산의 한국 교환수가 내가 듣는 줄도 모르고 서로 나누는 말이 들릴 때가 있었다. 또 이 소위다. 이 소위 때문에 바빠 죽겠다, 그래도 연결해주자, 안쓰럽잖아, 이 아가씨는 참으로 행복하겠다, 등등.

민주주의와 사회주의 이념 간의 이데올로기 속에서 나라 간의 갈등이 고조된 냉전시대였다. 쿠반 크라이시스(Cuban Crisis)라고도 하고 휴먼 크라이시스라고도 한다. 흐루시초프와 케네디 간에 팽팽한 긴장감이 있어서 군부대의 분위기가 매우 경직되어 있었다.

1962년 소련이 군함에 미사일을 싣고 쿠바에 미사일 기지를 설치하러 가는데 미국이 당장 기선을 돌리라고 경고했다. 멈추지 않고 전진하다가 어느 선을 넘으면 그 배를 폭파하겠다고 엄포를 놓았다. 초비상 상태였다. 경고를 무시하면 영원히 돌아오지 못한다고 위협했다. 미국 전투기 조종사들은 엔진만 걸면 비행기가 뜰 수 있도록 조종석에 앉아 있었다. 미국이 그렇게 나오니까 소련은 결국 기선을 돌렸다.

나는 여자 친구에게 빠져서 업무를 소홀히 하고 군기가 빠졌다는 인상을 주지 않으려고 무진 애를 썼다. 그녀의 목소리가 듣고 싶어 전화 통화를 하기 위해 기회를 엿보느라 군부대에 도는 긴장감과는 또 다른 빛깔의 긴장감으로 하루하루를 지내면서 그녀를 만날 날만을 손꼽아 기다렸다.

언젠가 그녀가 기차를 타고 오산기지로 나를 찾아왔다. 애인이 면회 왔다고 야단이 났다. 나는 가지고 있던 모든 돈을 동전까지 털어 쿠폰으로 바꾼 다음 그녀와 함께 장교 클럽에 갔다. 둘이서 음식을 주문해서 먹고 탁구대로 가서 탁구를 쳤다. 고등학교 탁구 선수로 골드게임을 했던 그녀는 탁구를 잘 칠 뿐만 아니라 폼도 멋지고 예뻤다.

지금 그 광경을 생각하면 아련한 생각에 얼굴이 붉어질 때가 있다. 키 크고 등치가 큰 미국인 장교들 눈에 키작은 동양인 남녀가 탁구를 치는 모습이 어떻게 보였을까? 그때는 그런 생각은 안중에도 없었다. 그저 행복하기만 했다. 저녁 기차로 애인을 서울로 떠나보내는 심정은 경험해 본 사람만이 알리라. 로맨틱한 시절이었다.

∞ 깔끔한 절교(絕交)와 그 이후

마음이 잘 통하는 친구가 있었다. 친구는 자기 집에 나를 자주 초대했다. 특히 집안 제사가 있을 때마다 나를 불렀고 그의 부모님도 아들처럼 나를 반갑게 맞아주곤 했다. 나는 그의 집에 가서 맛있는 밥도 함께 먹고 대화도 많이 하면서 허물없고 즐겁게 지냈다.

나는 그에게 내 속을 털어놓았다. 세은 씨에 대한 감정을 토로할 때마다 그는 묵묵히 들어주었다. 격려나 응원도 하지 않고, 비판이나 부정적인 코멘트마저 일절 없었다. 나는 그런 그가 편하고 좋았다. 친구가 과묵하게 잘 들어주는구나 싶어 고마웠다. 친구와 세은 씨는 망년 파티에서 인사를 나누고 몇 번의 모임에서도 만나 안면이 있었다.

어느 날 친구가 청천벽력 같은 소식을 전해주었다. 지난 토요일 저녁에 명동 거리에서 세은 씨를 우연히 만났다는 것이다. 그녀가 어떤 남자의 팔짱을 끼고 지나가더라고 했다. 그녀가 자신을 알아볼까 봐 구석으로 얼른 숨었다고 했다.

배신감과 실망감이 이만저만이 아니었다. 그녀가 어떻게 내게 이럴 수 있나, 아니 이 정도밖에 안 되는 사람이었나, 도무지 믿어지지가 않았다. 그런 그녀를 좋아해서 오랫동안 만났던 나 자신에게조차 실망이 되었다.

그럴 수도 있지, 라고 말하지 말라. 나는 모태에서부터 가톨릭 신자라고, 내 어린 시절 엄격한 가톨릭 신자의 생활상을 이미 얘기했다. 내가 살아온 환경에서는 도무지 용납할 수 없는 행동이었다. 내 인생에 그렇게 품격 없는 인간은 조금도 비집고 들어올 틈이 없었다. 나는 순수와 정의감에 불타는 이십 대 청년이었다. 그녀의 이중적인 만남을 도무지 이해할 수 없었다. 그녀가 내 자존감을 조금만큼이라도 존중해주었다면 내게 진즉 말했어야 했다. 좋아하는 사람이 있다고.

그녀를 마지막으로 만났다. 그녀에게 헤어지자고 단칼에 폭탄선언을 했다. 아무 말 없이 내 말을 묵묵히 듣고 있던 그녀가 우리가 함께 찍은 사진을 달라고 했다. 우리의 데이트 코스는 보통 남산이었다. 을지로 6가에서 만나 장충동을 거쳐 남산에 오르곤 했다.

남산은 우리뿐 아니라 서울 지역 청춘남녀들의 대표적인 데이트 장소였다. 몰래카메라 맨들이 잠복해 있다가 커플 사진을 찍어 연인들에게 팔았다. 우리도 우리 두 사람의 모습이 찍힌 사진을 샀고 나는 그 사진을 늘 소중하게 간직하고 다녔다. 그것을 알고 있는 그녀가 그 사진을 달라는 것이었다.

아무 영문도 모른 채 사진을 건네주었더니 그녀는 다방 테이블 위에 놓여있던 성냥에 불을 붙이더니 그 사진을 태워 재떨이 안으로 떨어뜨렸다. 다음 날 아침 일찍 김천으로 내려간다기에 이별의 선물로 김천 가는 열차 일등석 표를 끊어주겠다고 말했다.

다음 날 아침 일찍 정거장으로 나갔다. 나는 신설동에 살고 있었기 때문에 그녀가 기차를 타는 서울역까지 가는데 한 시간 이상이 걸렸다. 밤새 한숨도 잠을 이루지 못해 온몸이 피곤했지만 정신은 또렷해서 살갗에 와 닿는 바람의 농도까지 감촉할 수 있었고 신경이 날카롭게 곤두서 있었다.

일등 좌석표를 끊어 그녀에게 건넨 다음, 플랫폼까지 함께 나갔다. 이른 아침이어서 기온이 쌀쌀했다. 나와 그녀를 가로막고 있는 차창에 서리가 내려앉아 있었다. 그녀가 나를 내려다보며 Adieu 라고 창문에 썼다. 나는 손을 흔들어 그녀를 배웅했다. 내심 멋지고 깔끔한 이별이었다.

그렇게 그녀와의 모든 것이 끝났다. 그녀와 함께 했던 모든 시간이 일장춘몽처럼 느껴졌다. 기차가 출발하자 나는 뒤돌아서서 플랫폼을 빠져나왔다. 그녀가 내 뒷모습을 바라보았는지는 나중에도 물어보지 않았다.

그녀는 내가 거침없이 쏟아내는 말을 들으며 단 한마디로 변명하지 않았다. 그저 놀란 눈으로 나를 바라볼 뿐이었다. 그녀가 해명할 기회를 주지도 않았다. 일방적으로 속사포처럼 얘기하고 일방적으로 절교를 선언했다. 군인의 기질을 최대한 발휘했다.

헤어져도 미련이나 아쉬움이 없다고 생각했다. 그녀가 내게 했던 말들, 내가 그녀에게 속삭였던 말들이 아직도 귀청을 간질이는데 어떻게 그럴 수 있나, 배신감으로 온몸이 경직될 판이었다. 그토록 도덕관념이 희박하고 불충(不忠)한 여자는 한시바삐 털어버리는 것이 상책이라고 생각했다. 그녀 때문에 한 시간이라도 할애하는 것은 낭비라고 생각했다. 내 스펙 정도면 얼마든지 다른 좋은 여성을 만날 수 있다는 생각도 하지 않았다. 분노에 휩싸여 절절 끓을 때니 이 생각 저 생각 할 겨를이 없었다.

일주일간 그녀와 연락 없이 지냈다. 그런데 이상한 일이 일어났다. 잠을 잘 수도 없고 밥맛도 사라졌다. 앉아있을 때든 서 있을 때든, 깨어 있을 때든 잠에 빠졌을 때든, 시도 때도 없이 그녀가 생각났다. 그때까지 살아오는 동안 이전에도 이후에도, 지금까지도 단 한 번도 느껴보지 못한 이상하고도 야릇한 감정이었다. 처음 느낀 이성에 대한 감정이었다.

그녀를 만나 시간을 함께 보낼 때는 특별히 애틋한 느낌이 없었다.

그저 좋은 여자라고 생각했다. 깔끔하고 단정해서 기숙사 사감 같은 인상을 줄 만큼 조금도 흐트러짐이 없는 여자였다. 단정한 몸가짐만큼이나 마음씨도 단아해서 맑은 호수 같은 여자였다. 그런 여자에 대한 이미지가 삽시간에 사라졌다.

사흘째가 되니 도무지 견딜 수가 없었다. 무엇이 어디서부터 잘못되었는지는 모르겠지만 이건 아니었다. 그녀의 얼굴이라도 한번 보아야 살 것 같았다. 내가 그토록 믿었던 사람인데, 같은 천주교 신자인데, 내가 좋은 인상을 갖고 있는 간호사인데, 나처럼 미국에 가고 싶어 하고 미래에 대한 꿈과 청사진이 큰 사람인데, 서로의 맘이 기가 막히게 잘 맞고 화통했는데, 그토록 정갈한 몸가짐과 마음씨를 지닌 여인인데, 이렇게 허망하게 헤어져도 되는 걸까? 친구의 말 한마디에 이렇게 성급하게 헤어지는 것이 옳은가? 만일 친구가 사람을 잘못 보았다면? 오래 사귄 세은 씨보다 친구의 말 한마디를 믿어야 하는 걸까? 더구나 나는 그녀의 생각을 한마디도 듣지 못했다. 진실이 무엇이든 간에 변명도 항의도 없었다.

그런 생각이 꼬리에 꼬리를 무니 견딜 수가 없었다. 일주일이 되는 날, 무조건 김천행 기차를 탔다. 그녀를 찾을 생각이었다. 김천이 뭐 그리 큰 곳일까. 읍보다도 작은 시골일 거라고 생각했다. 그곳에 사는 모든 장씨를 뒤지면 쉽게 찾을 수 있을 거라고 넘겨짚었다.

김천에 내려갈 때 심정이 절박했다. 그녀 없이는 도무지 살 수 없을 것 같았다. 난생처음 겪은 감정이었다. 자주 만날 때는 그저 참하고 품격이 있는 여성이구나, 정도로 생각했는데 헤어지고 나니 그 사람 없이는 아무것도 할 수 없다는 자각이 든 것이다.

그때까지 내게 여자는 그저 여자일 뿐이었다. 손위 아래로 누이가 있지만 나는 여자들의 세상에 대해서는 잘 알지 못했다. 나는 지극히 정상적인 청년이었고 스포츠맨십과 군인 정신으로 몸과 마음이 무장된 무사였고, 앞만 보고 달리는 목적 지향적 성향을 가진 남아였다.

물론 여성들과의 만남의 기회가 전혀 없었던 것은 아니다. 영락교회 성가대에서 활동할 때 이화여고 클럽이 있었다. 남녀 청춘이 음지에서 남몰래 만나 부적절한 사회 문제를 일으키는 것을 방지하고 오히려 개방하여 긍정적인 청춘 문화를 창출한다는 의미로 만들어진 모임이었다.

이 모임의 규칙은 여학생의 집에서 만나는 것이다. 남녀 학생들이 한 여학생 집에 모여서 시사 토론도 하면서 건전한 만남의 시간을 가졌다. 호스트가 된 부모는 쾌적한 장소를 제공하고 맛있는 음식까지 만들어 대접했다. 내게 호감을 보이는 여학생들이 간혹 있었지만 나는 특별한 감정을 느끼지 못했다.

사춘기 남학생이 오랜 기간 잦은 그룹 만남을 통해 꽃 같은 여학생들과 교류하면서 호르몬에 아무런 변화를 느끼지 못한 것은 내 탓만은 아니다. 사람은 만날 만한 사람을 만날 만한 때에 만나게 되어있다고 믿는다. 한 특정인에게 대책 없이 끌리는 이유는 케미컬의 작용이 아니면 도무지 설명할 수 없는 미스터리다. 여성을 사귈 기회가 많았음에도 불구하고, 20세가 넘을 때까지, 세은 씨를 만나기 전까지, 그런 감정을 한 번도 느끼지 못한 까닭을 설명하려면 그 외 딱히 납득할 만한 이유를 댈 수가 없다.

High School Sweetheart라는 말이 있다. 고등학교 시절이나 사춘기 때 만난 배우자를 말한다. 내가 상임이사로 활동했던 IMC 회장 Jack Lacy 부부가 그런 커플이었다. 그들 부부가 사는 집을 방문했을 때 두 사람이 서로를 하이스쿨 스위트 하트라고 불렀다.

나는 세은 씨가 High School Sweetheart는 아니지만 맨 처음 그녀를 만났을 때 사춘기 소년이 느끼는 감정을 느꼈다. 나의 이런 감정은 그녀를 만나기 이전에는 단 한 번도 느낀 적이 없고 그 이후로도 없었다.

김천에 내리니 만만한 도시가 아니었다. 다방에 들어가 전화번호부를 얻어 장 씨를 찾아보니 10여 명이 넘었다. 일일이 전화를 하는데 한 사람도 그녀와 비슷한 사람을 찾지 못했다. 기가 막혔다. 김천에 가기만 하면 좁은 땅이라 당장 찾을 줄 알았는데 낭패감이 심했다.

저녁이 되어 결국 그녀를 찾는 것을 포기했다. 큰집 사촌 형님이 공군 중령으로 대구 공군기지에서 복무하고 있었다. 형님이 근무하는 비행장에 찾아가 하루를 묵고 다음 날 프로펠러 수송기를 타고 2시간을 날아 서울로 돌아왔다.

집에 도착하니 동생이 반가운 소식을 전해주었다. 세은 씨가 전화를 했다는 것이다. 동생은 오빠가 대구에 내려갔다고 말했단다. 나는 그녀를 당장 만나러 나갔다.

∞ 그 사람 없이는 살 수 없어

일주일간 곰곰 생각해보니 억울했단다. 너무 놀라고 기가 막혀서 한마디도 하지 못하고 일방적으로 절교 선언을 들은 것이 믿을 수가 없었단다. 자신이 못된 인간으로 내게 평생 낙인찍힐 것을 생각하니 이건 아니다, 진실이라도 말하고 끝내자, 싶었단다.

사실 그녀는 헤어지면 헤어지는 거지, 자신도 큰 미련은 없었단다. 그래서 변명할 가치도 없다고 여겼단다. 하지만 진실이 밝혀지지 않고 관계가 끝나 자신이 나쁜 사람으로 기억에 남는 것은 참을 수 없는 모욕이라고 생각했단다. 그녀가 전화한 이유였다.

그녀의 해명이 시작되었다. 나 이외에 만나는 남자가 없다고 했다. 자신을 뭐로 보느냐고 따졌다. 그녀는 병원 근무 시간표를 보여주었다. 설령 남자가 있다 해도 그날은 병원에서 근무를 했기 때문에 물리적으로 남자를 만날 시간이 없었노라고 했다. 집안에서 여기저기 선을 보라 해도 거절하는 판이었는데 이럴 수 있느냐며 반격했다.

그것으로 족했다. 나는 뛸 듯이 기뻤다. 김천에 다녀왔는데 전화번호부에서 그녀 아버지를 찾지 못했다 하니 설명해 주었다. 아버지가 고등학교 이사장이어서 학교 이름 안에 있는 여러 부서별 직위와 함께 명기되어 있고, 집 전화번호는 전화기록부에 등재하지 않았단다.

친구에게는 여동생이 하나 있었다. 그와 그의 부모님은 그녀를 내게

묶어주려고 애를 썼다. 내가 세은 씨와 사귄다는 것을 알면서도 포기하지 않았다. 나를 집에 초대하고 여동생과 시간을 보낼 수 있도록 꾀를 내도 내가 꿈쩍하지 않으니 답답했을 것이다. 눈치 없는 나는 그런 분위기를 전혀 파악하지 못했다. 그의 여동생은 귀엽고 상냥한 아가씨였지만 이성적인 감정은 느끼지 못했다. 그저 친구의 여동생일 뿐이었다.

친구가 세은 씨와 나를 갈라놓기 위해 꾀를 낸 것이다. 그리고 그것이 성공할 뻔했다. 그런데 아니었다. 우리의 운명은 그렇게 쉽게 헤어지도록 디자인되어 있지 않았다.

10년 전, 한국 방문 중에 이 친구가 중병이 들어 병원에 입원해 있다는 소식을 듣고 병문안을 갔다. 온몸에 각종 호스와 모니터 선들을 주렁주렁 달고 있는 친구의 모습을 보니 마음이 아팠다. 친구는 겨우 들릴 듯 말 듯 한 목소리로 내 귀에 대고 속삭였다. 옛날 일로 미안하다고. 그는 나를 만난 지 2주 후에 영면했다.

생각해보면 그녀와의 만남이 참으로 기묘했다. 끊어질 듯 이어지는 일련의 사건들이 아슬아슬했다. 그녀와의 만남은 우연이었지만 필연이었다. 다시는 만날 수 없는 상황이 여러 차례 있었지만 어떻게든 연결이 되고 만나졌다.

맨 처음 그녀를 열차 안에서 만나고 서울역에서 헤어질 때 반가웠어요. 고마웠어요, 가볍게 인사하고 헤어지면 그만이었다. 다음 날 2층과 3층, 서로 다른 음악다방에서 한 시간씩 기다려도 상대가 나타나지 않았을 때 마음이 변했나 보다 하고 일찍 자리를 뜨면 그만이었다. 헤어지자고 했을 때 그녀가 열차 차창에 썼던 것처럼 그렇게 아듀 하면 끝날 일이었다.

무엇보다 문교부 정책이 바뀌지 않아 예정대로 일 년 동안 군 복무를 마치고 유학을 떠났더라면, 그래서 관리장교가 되지 않고, 오산으로 임지 배정을 받지 않았더라면, 그녀를 만날 수 없었을 것이다. 그때는 몰랐지만 모든 것이 한 사람과의 만남을 위해 거쳐야 할 과정이었다.

하기야, 운명적인 만남이었으니 아무리 여러 번 헤어진다 한들 우리는 결국 다시 만났을 것이다. 우리는 지금 60년 가까운 세월을 함께 하고 있다. 운명보다 더한 인연이다. 부부는 억겁의 인연이 있어야 만난다고 하지 않는가. 억겁(億劫)이 무엇인가. 무한한 시간이다. 겁(劫)이란 천상의 선녀가 지상으로 내려와 노닐 때 그 옷자락이 바위에 닿아 큰 바위가 닳아 없어질 때까지 걸리는 기간이다. 그 겁이 억만 번을 거쳐야 만날 수 있는 인연이니 얼마나 소중한 사람인가.

∞ 뒷조사를 당하고

사이가 깊어질수록 세은 씨가 힘들어하는 기색이 역력했다. 그녀는 인동 장씨(仁同 張氏) 양반 가문의 7남매 중 셋째 딸이었다. 경상도 김천에서 인동 장씨 가문은 대단했다. 아버지가 유난히 완고한 분이라고 했다. 결혼하려면 난항을 겪어야 하는데 그녀는 자신이 없다고 했다.

나는 그녀의 부모님을 찾아뵙기로 결심했다. 연약한 그녀에게 떠맡길 사안이 아니었다. 이럴 때일수록 정공법(正攻法)이 유효하다고 생각했다. 공군 중위 정복을 입고 김천에 있는 그녀의 집을 찾아갔다. 호랑이 굴에 제 발로 걸어 들어간 것이다.

남자 넷이 아랫목에 근엄하게 앉아있었다. 그녀의 아버지, 오빠, 형부, 그리고 남동생. 1대 4의 대결이었다. 여자라서 접근 금지 명령을 받았는지, 겁이 나서 도망을 쳤는지, 그녀는 그 방에 얼씬도 하지 않았다. 나는 정중히 인사를 드리고 나서 첫 일성으로 딱 한 문장을 말씀드렸다. 청(請)도 부탁도 아니고 결론이었다.

"이 사람은 제 아내가 될 겁니다."

그녀의 아버지가 아연실색한 표정으로 얼굴빛이 창백해지더니 방문을 박차고 나가버렸다. 남아있는 남자 셋은 할 말을 잃었는지 방안에는 한동안 무거운 침묵이 흘렀다. 그녀의 오빠는 은행장이라고 했다. 지금은 90세다.

그래도 손님인지라 점심상이 나왔는데 상차림이 고전적이었다. 양반 가문에서 손님 접대를 위해 시간과 정성을 들여 만든 음식들이었다. 식사 시간에 술을 한잔하겠느냐고 묻기에 좋다고 했더니 맥주를 두 병을 들여왔다. 그 집 남자들은 술을 하지 못해 인사성으로 마신 맥주 한 잔에 모두들 얼굴이 벌게졌다. 한 병을 혼자서 다 비우니 한잔 더

할 거냐고 물었다. 주시면 감사하게 마시겠다고 했더니 한 병을 더 들여왔다. 그렇게 맥주 대여섯 병을 혼자 비웠다.

나는 목이 탔다. 아니 간이 탔다. 말은 호기롭게 하고 애써 남자다운 패기를 보였지만 내 속은 알 수 없는 감정으로 소용돌이쳤다. 내 나이 겨우 스물넷이었다. 그 어려운 인생 선배들, 내 일생을 건 여자에 대한 결정권을 가진 사람들과 대면한 청년의 심정이 어땠겠는가.

그들이 나를 이상한 놈으로 본다는 느낌을 받았다. 아무리 많이 마셔도 추호도 흐트러짐이 없는 군인에게 술을 더 마시지 말라고 만류할 수도 없고, 이런 속도로 계속 술을 마시게 했다가는 경을 칠 일이 벌어지지 않을까 고심하는 표정들이었다. 마침내 그녀의 오빠가 좋은 생각이 떠올랐다는 듯, 당구를 칠 줄 아느냐고 물었다. 조금 한다고 응답했다.

오빠와 형부, 남자 셋이 동네 당구장으로 몰려갔다. 그들이 당구를 자주 친다는 것을 한눈에 알 수 있었다. 왠지 내 실력을 다 내보이면 안 된다는 생각이 들어서 처음에는 일부러 실수를 하고 엉성하게 쳤다.

당구를 못 치는 사람이 잘 치겠다. 맘을 굳게 먹는다고 실력이 한순간에 늘지 않는 것처럼, 당구를 칠 줄 아는 사람이 못 치는 사람처럼 쇼를 하는 것도 그에 못지않게 힘든 일이다. 이러지도 못하고 저러지도 못하고 폼만 버릴 것 같았다. 나중에는 그럴 것 없다, 내 실력을 실컷 보여주자 싶어서 양심대로 쳤다. 두 남자가 놀라는 표정을 짓더니 그 자리에서 그만 치자고 했다.

술을 더 이상 마시지 못하게 할 묘안이었겠지만, 혹은 당구로 이 버릇없는 녀석의 콧대를 단번에 꺾어주어야지 회심의 미소를 지었겠지만, 그것은 착오였다. 이미 말하지 않았던가. 대학 일학년 때 날마다 조조할인 당구를 쳤다고. 오빠와 형부는 80~120다마로 약하다고는 할 수 없지만 내 당구 실력은 300다마였다.

당구장을 나와서 저녁 6시 기차를 타고 서울로 돌아왔다. 열차 안에서 뒤늦게 세은 씨가 걱정되었다. 얌전하고 성실하게 병원 근무한다고 믿었던 딸이 어떻게 행동했기에 저런 깡패한테 걸렸나, 저놈 때문에 그 좋은 선(先)자리도 한사코 거부했구나, 라고 짐작하고 세은 씨를 몰아세우지는 않을까 하는 생각에 잠시 후회가 되었다. 곤혹을 치를 세은 씨에게 미안한 마음이 들었다. 하지만 나는 내 심장에 담긴 생각을 진실하고 떳떳하게 행동으로 옮겼을 뿐이다.

오빠와 형부가 아버지에게 뭐라고 했겠는가. 나중에 들은 이야기에 고소(苦笑)를 금치 못했다. 세 남자의 중론은 이랬단다. 딸을 주십시오, 라고 고분고분 청원하는 것은 고사하고 자기 아내가 될 거라고 큰소리를 치질 않나, 어려운 어른들 앞에서 겁 없이 술을 몇 병이나 마시지를 않나, 밤낮으로 당구만 쳐댔는지 선수 뺨치게 잘 치질 않나…. 그런 날라리가 어떻게 그 어렵다는 서울대 상대를 다녔겠으며 공군 장교가 될 수 있겠는가. 대학 졸업도 가짜이고 중위라는 것도 거짓말일 거다. 그런 주제에 미국까지 가겠다니 내 딸, 내 동생, 내 처제를 꼬드기기 위해 단단히 수를 쓰는 놈이다…. 철저히 뒤를 캐보라는 아버지의 명령이 떨어졌단다. 이들은 서울대학교에 가서 학적부를 조사하고, 우리 집 주변을 배회하면서 탐색했다고 한다. 현대판 암행어사가 여기저기에 출두한 것이다.

결혼에 대한 뜻을 굽히지 않자 세은 씨 부모님의 심한 반대가 있었다. 나는 장애물이라고 생각하지 않고 당연히 넘어야 할 고비라고 여겼다. 남자가 사랑하는 여인을 얻기 위해서라면 무엇인들 할 수 없으랴. 밤하늘의 별도 딸 수 있어야 하고, 토끼가 달 속에서 방아를 찧고 있는 절굿공이라도 빼앗아 올 수 있어야 한다. 나는 전설에 나오는 연인을 탈취해 간 괴물을 무찌르고 당당하게 연인을 구해 오는 무사 이상도 될 수 있다는 각오가 되어있었다.

결국 부모님의 허락을 받았는데 조건이 있었다.

"내 딸은 김장김치를 담근 적이 없네. 반찬을 만든 경험도 부족하네. 그대가 내 딸에게 반찬 타박을 할 텐가?"

나는 큰 목소리로 대답했다.

"No Sir!"

나는 굳게 서약했고 지금까지 그 서약을 어긴 적이 없다. 제때 밥을 안 준다고 서운함을 표시한 적은 있어도 반찬 타박을 한 적은 한 번도 없다.

아내의 결혼은 집안의 이변이자 혁명이었다. 그때까지 이 가문은 오직 중매결혼만 했고 단 한 명도 연애결혼을 한 역사가 없다고 했다. 세은 씨가 처음으로 그 두꺼운 벽을 깨고 연애결혼에 성공한 것이다. 우리의 영향을 받아 세은 씨의 여동생도 연애결혼을 했다.

우리 부부가 팔로스 버디스 큰 집에서 살 때 장인 장모님이 한국에서 방문 오셔서 몇 개월 동안 함께 지냈다. 장인은 커다란 테이블 위에서 족보를 정리하거나, 눈앞에서 넘실거리는 바다 파도를 바라보며 붓글씨를 쓰고, 손주들과 함께 즐겁고 평안한 시간을 보냈다. 라스베이거스에 모시고 가서 규모가 가장 크고 유명한 수중 테마 공연 "O(Water) 쇼"를 제일 앞자리에서 관람할 수 있도록 해드렸다. 티켓 한 장당 200달러를 호가하는 공연이었다.

"O쇼"는 라스베이거스 3대 쇼 중의 하나로 벨라지오 호텔에서 공연한다. 물의, 물에 의한, 물을 위한 유명 물 쇼로 리버럴한 서양식 공연의 극치를 보여준다. 경상도 양반이 물과 함께 1시간 반 동안 벌이는 인간의 현란한 행위예술과 익숙지 않은 현대 음악과 음향, 150만 갤런의 물과 최신 기술이 접목해서 만들어낸 스팩태클한 규모에 어떤 인상을 받으셨을지 짐작해보는 것이 즐거웠다. 두 분은 날마다 행복한 시간을 보내다가 한국으로 귀국하셨다. 그 뒤로도 장인과 장모님은 미국을 한 차례 더 방문하셨다.

귀한 딸을 꾀기 위해 서울 상대 졸업생이라고 거짓말을 하고, 공군 중위 장교복을 빌려 입고 나타나 큰소리를 쳤지만 프로 뺨치는 당구 실력으로 거짓말이 들통 난 날라리 건달이라고 딸의 앞날을 염려했던 장인이었다. 그분이 미국의 우리집에 오셔서 지내는 동안 내가 졸업한 대학교에 가서 학적부를 뒤지고 집 주변을 배회하며 뒷조사를 하게 했던 암행어사 사건을 추억하셨는지는 모르겠다.

∽ 얌전한 고양이가 하는 일

여의도 군 병원에서 관리장교인 내 임무는 재무 담당으로 매월 월급을 계산하는 일 이외에도 여러 가지가 있었다. 병원에서 지출하는 모든 돈의 내역을 정리, 추적, 감사(監査), 기록, 보관하는 일이다. 모든 돈의 지출 결제는 내 책임이었다. 금고 열쇠를 쥔 사람이었다.

의사, 간호사, 장교들이 월급을 가불하러 종종 오곤 했다. 차용증을 쓰고 현금을 내주었고 월급에서 제했다. 소령 직급을 가진 이비인후과장이 돈을 자주 꾸러 왔다. 나는 그와 가깝게 지내는 사이였지만 공사를 구분하여 그가 돈을 빌리러 오면 필요한 절차를 반드시 지켰다.

내가 미국 유학을 준비하고 있다는 것을 알고 있는 그가 어느 날 제안했다. 미국에 가면 수술하기가 여의치 않을 테니 한국에서 편도선 절제술을 하고 가는 게 좋을 거란다. 조금만 피곤해도 편도선이 자주 부어 그의 처치를 많이 받고 있던 터라 그는 내 상태를 잘 알고 있었다. 이미 유학을 다녀와서 미국의 복잡한 의료 상황과 절차를 잘 알고 있는 그가 하는 말을 귀담아들었다.

입원해서 수술 동의서에 사인을 하는데 한쪽만 하는 걸로 표시되어 있었다. 편도선 절제술은 매우 민감한 시술이라 한쪽을 떼어낸 후에 회복 경과를 보아가면서 안전하다 싶을 때 나머지 한쪽을 하는 것이 통상적인 절차다. 나는 왼쪽과 오른쪽 두 군데를 한 번에 모두 떼어내겠다고 했다. 의사가 놀랐지만 환자가 하겠다니 동의했다.

수술실에 들어가니 인턴과 레지던트 몇 명이 대기하고 있었다. 수술대에 올랐는데 내가 마취된 줄 알고 맘껏 떠들면서 하는 소리가 내 귀에 선명하게 들어왔다.

"자칫 동맥을 잘못 건드리면 이 환자는 죽는다."

아마도 집도의가 인턴과 레지던트들에게 주의를 주는 말이리라. 나는 겁이 났지만 모든 것을 하늘에 맡기고 눈을 꼭 감았다.

수술을 마치고 병동으로 옮겼는데 목과 얼굴 전체가 퉁퉁 부었다. 의료진 사이에 독한 인간이라는 소문이 났다. 통증에 시달리면서 내가 생각해도 무모한 결정을 했구나 싶었지만 수술을 성공적으로 마쳤고 동맥이 잘리지 않아 이렇게 숨을 쉬고 있지 않은가. 모든 게 감사했다. 후유증 없이 회복되기만을 고대했다.

병원에 입원해 있는 동안 세은 씨와 내 어머니가 병문안을 왔다. 병원 접수대에서는 이명선 중위의 여자 친구라는 아가씨가 출현했다고 작은 소동이 일어났다. 말없이 얌전한 이 중위에게 여자가 있었다니 세상 참 알 수 없는 일이라며 모두들 놀라서 수군거렸다. 동료들에게 여자 친구가 있다는 말을 단 한 번도 하지 않은지라 참한 싱글이라고 여겨서 좋은 여성을 소개해줄까 하고 기회를 엿보던 사람들, 왜 저 사람은 여자 친구가 없을까 궁금해 했던 사람들이 기가 막힌다며 짓궂게 놀렸다.

사실 나는 공군 병원에서 인기가 많았다. 서울대 나왔지, 유학도 간

다하지, 성실하게 일 잘하지. 혼기를 앞둔 여성들에게는 괜찮은 신랑 감임에 틀림없었다. 노골적으로 대시해오는 간호사 아가씨들도 많았다. 직간접적으로 좋은 사람을 소개해주겠다고 나서는 사람도 꽤 있었다. 하지만 나는 일편단심, 오직 세은 씨 외에는 맘에 차는 사람이 없었다.

얌전한 고양이, 부뚜막에 먼저 오른다는 속담이 한동안 병동 공기를 흔들었다.

∞ 핑크레이디 칵테일

우리가 만나면 세은 씨는 불고기를 먹고 나는 술을 마셨다. 세은 씨는 술을 마시지 못해 한 잔도 입에 대지 않았다. 그녀의 집안이 원래 남자든 여자든 술을 마시지 못했다.

우리가 데이트하던 시절에 반도 호텔이 있었다. 서울에서 가장 높고 멋진 8층 건물이었다. 8층 꼭대기에 분위기 좋은 칵테일 라운지가 있다는 얘기를 들었다. 나는 공군 중위 유니폼을 멋지게 차려입고 세은 씨와 함께 엘리베이터를 타고 반도 호텔 라운지에 올라갔다.

서울의 야경과 이국적인 라운지 분위기가 기가 막혔다. 나는 칵테일

스카치를 주문하고 웨이터에게 물었다. 여자 친구가 술을 하지 못하니 알코올 성분이 없거나 가장 약한 것이 있느냐. Pink Lady가 있다고 했다.

세은 씨와 나는 멋지게 건배를 하고 각자 잔을 들었다. 그런데 그녀의 얼굴이 삽시간에 분홍빛으로 물들었다. 반응이 너무 빠르다는 생각이 들었다. 그 불그스레한 얼굴빛이 얼마나 예쁘고 사랑스러운지.

나는 로맨틱한 기분이 되었다. 그런데 가만히 보니 긴장이 풀어지고 기분이 좋아야 할 그녀가 오히려 괴로워하는 빛이 역력했다. 이건 아닌데, 하는 걸 느꼈다. 그 뒤로 술을 권한 적이 한 번도 없다.

그녀는 늘 단정했다. 나는 가끔 그녀가 못하는 술이라도 한잔 마시고 나긋하게 몸과 맘이 풀어져 내게 기대온다면 얼마나 낭만적일까, 생각한 적이 있다.

어느 때 보면 그녀는 참 대나무 같다. 딱딱하고 꼿꼿하고 흐트러짐이 전혀 없다. 언행이 느슨하게 풀어져서 내게 애교랑 어리광을 부리면 무드도 있고 좋으련만, 그녀는 마음을 놓은 적이 별로 없는 것 같다. 그 점이 아쉽기는 하다.

나는 낭만적이다. 분위기가 맞으면 술맛이 좋아서 쉽게 취하지 않고 즐기는 편이다. 그녀의 여동생 남편인 동서는 술을 매우 잘했다. 그들이 미국 뉴저지에 살 때 어쩌다가 만나면 둘이서 밤새도록 술을 마실 만큼 맘이 잘 맞았다.

∞ 녹색 외투

세은 씨와 맘껏 연애했다. 행복했다. 우리 둘은 만날 때마다 미국에서 이루어질 미지의 삶에 대하여 많은 이야기를 나누었다. 미국에 가자, 가능하면 빨리 가자, 당신이 간호사이니 먼저 가서 현지에 적응하고 캘리포니아 RN 라이선스 취득 정보도 알아보고 공부해라. 제대하자마자 나도 뒤따라가마.

우리 둘이 앞으로 백년해로하자 굳게 약속했다. 미국으로 갈 준비도 순조롭게 진행이 되고 있고, 군 제대 날짜도 다가오고, 결혼 날짜도 잡혀 있어서 우리는 이 세상에서 가장 행복한 연인이었다.

그녀와 수없이 만나 연애하는 동안 선을 넘지 않았다. 기회가 없었던 것은 아니지만 결혼 전까지는 그녀를 온전히 지켜주고 싶었다. 천주님께 먼저 신고하고 싶었고, 부모님 앞에서 서약 먼저 하고 싶었다. 무엇보다도 허접한 곳에서 허술하게 그녀를 맞이하고 싶지 않았다. 감정을 추스를 수 없을 때마다 나는 내 자신을 타이르곤 했다.

'이 여인은 평생 내 배필이 될 사람이다. 신부님 앞에서 혼배미사를 드려 천주님께 이 사람은 내 사람이라고 신고하고, 양가 부모 앞에서 서약하고, 가족 친척 친구들 앞에서 승인을 받은 후에 첫날밤을 치르고 싶다.'

유아세례를 받고 어릴 적부터 신부님께 고해성사를 하면서 내 의식은 선과 악, 좋은 행실과 나쁜 행실이라는 이분법적인 시선으로 이 세상을 살았는지도 모르겠다. 지금은 미국에서 오래 살아서인지 나이가 들어서인지 그런 게 뭐가 그리 대수인가 하는 생각이 가끔 들 때가 있다.

그녀와 사귀는 동안, 나는 자제심을 발휘해야 할 때가 많았고 그때마다 감히 초인적이었다고 생각한다. 나는 진실과 성심과 인격이 사람을 사람답게 만들어 준다고 믿는다. 인간을 존엄하게 해주는 정신력은 동물적인 속성을 능가할 때 발휘된다고 확신한다.

1965년 8월 28일, 명동성당에서 혼배성사를 올린 후, 우리는 부산 해운대로 신혼여행을 떠났다. 첫날밤을 맞는 심정이 얼마나 벅차던지. 심장이 터질 것만 같았다. 나비 날개처럼 하늘거리는 잠옷 가운을 걸친 그녀가 하늘에서 내려온 천사 같았다.

사촌 형이 외무부에 있었다. 그에게 아내의 여권을 부탁했다. 혼배성사를 올린 지 2개월 후에 아내는 LA에 살고 계시는 명덕 형님 댁으로 떠났다. 형님이 아내에게 방문비자 초청장을 보내주었다. 나는 군에 매인 몸이라 그녀와 함께 떠날 수 없어 유학생 배우자 비자가 아니라 방문비자가 필요했기 때문이다.

천주교 세례명이 Anthony인 명덕 형님은 7년 전에 이민하여 자리를 잡고 있어 막내 누이 명순이도 이미 그곳에 건너가 살고 있었다. 형님은 맏이어서인지 너그럽고 책임감이 강한 분이었다. 하나 둘 이민 와서 의지하는 동생들을 귀찮아하지 않고 기꺼이 받아주고 거두어 주셨다. 결혼한 직후, 남편과 떨어져 홀로 LA 형님 댁에 도착한 내 아내를 미국 생활에 잘 적응할 수 있도록 여러모로 도와주셨다. 2005년도에 돌아가셨는데, 시간이 지날수록 감사한 마음이 깊어진다.

김포 비행장에서 그녀와 작별했다. 나는 그녀에게 외투를 선물했다. LA는 사막기후라 아침저녁으로는 쌀쌀하다는데 자동차도 없고 운전도 하지 않는 아내가 시댁 식구들에게 말도 하지 못하고 추위에 떨 것이 걱정되었기 때문이다.

칼라는 그녀가 골랐다. 내가 가장 선호하는 색이 녹색인데 그녀도 녹색을 가장 좋아한다고 해서 놀랐다. 녹색을 좋아하는 사람도 옷 빛깔을 녹색으로 고르기는 웬만해서는 쉽지 않다.

외투는 두껍지도 얇지도 않은 재질로 가벼우면서도 따뜻하고 부드러웠다. 가게에 있는 제품 중 최고급으로 샀다. 군인이 돈이 어디 있겠는가. 제대하면 퇴직금으로 서너 달 분의 월급이 일시불로 나온다는 것을 알고 있었던 나는 그 돈을 가불하고 그것도 모자라 월부로 그 외투를 구입했다.

다음 해 8월, 군에서 제대하자마자 나는 곧바로 LA행 비행기를 탔다.

∞ 백년가약을 두 번 맺은 사연

1966년에 4년 4개월간의 군 복무를 마치고 만기 제대했다. 제대한
지 2주 만에 서울을 떠났다. USC 대학원에서 경영학 석사 과정 가을
학기에 등록하려면 서둘러야 했다. 아내는 명덕 형님댁에 머물면서 나
를 기다리고 있었다.

내가 미국에 도착하니 문제가 있었다. 미국에서 살기 위해서는 결혼
증명서가 필요했다. 일 년 전에 결혼할 때 미국에 갈 사람들이니 한국
에서의 법적절차가 필요치 않다고 여기고 구청에 혼인 신고도 하지
않고 서류를 번역해 올 생각도 하지 못했다. 결혼 증명을 해야 하는데
뾰족한 수가 생각나지 않았다. 형님이 라스베이거스에 가면 즉석에서
결혼 증명서를 내준다고 귀띔해 주었다.

우리는 라스베이거스로 달려가서 판사 앞에서 결혼 서약을 했다. 교
회처럼 생긴 작은 건물로 들어가 초 간단(秒簡單) 결혼식을 마친 후
결혼 증명서를 손에 쥘 수 있었다. 형과 형수가 증인이 되어주었다.
그날이 바로 1966년 8월 28일, 일 년 전 한국에서 결혼식을 올렸던
날짜와 똑같은 날이었다. 우리는 그날 사하라 호텔에 머물렀다.

다음 날, 네바다주 라스베이거스를 떠나 캘리포니아주 엘에이를 향
해 대여섯 시간을 운전해서 달려오는데 감개가 무량했다. 우리 두 사람
은 미국에서 살겠다는 일차적인 각자의 목표를 이루었다. 이제 많은

난관과 이슬아슬한 순간들을 극복하고 인생을 함께 하겠다고 방향키가 언제 망가질지 모를 작은 배를 타고 거친 풍랑이 곳곳에 호시탐탐 도사리고 있는 인생의 망망대해를 향해 정처 없이 돛을 올렸다.

나도 한 여자에게 인생을 건 모험을 하겠다고 나선 용기 있는 남자지만 그녀도 나 못지않게 무모한 여성이었다. 내 어디가 미더워서 부모형제의 반대를 무릅쓰고 예까지 따라왔는가? 여자 팔자는 두레박 팔자다. 남자 하나 잘 못 만나면 자신은 물론이고 자신이 낳을 자식의 앞길도 막막해진다. 자신의 인생을 그렇게 허술하게 결정할 수 있을까? 그녀가 물론 단순하게 결심하지는 않았겠지만 어떤 결정을 하든 여성 편에서는 손해다.

그녀에게 물어보았다. 내 어디가 맘에 들어 열차에서 만났을 때 초면인 남자에게 옆에 앉으라고 했느냐고, 그렇게 선뜻 다방에서 함께 차를 마실 용기가 났느냐고. 음악다방에서 한 시간 동안이나 나타나지 않는 남자를 기다렸느냐고. 그녀가 대답했다. 처음에는 장교복을 입은 사람이라 일단 신분 검증이 된 사람이구나 싶었다고. 자신을 바라보는 눈동자에서 빛이 나는데 가슴이 서늘할 만큼 눈이 부셨다고. 안광(眼光)이 그렇게 별빛처럼 살아있는 사람을 처음 접한지라 자신도 모르게 마음이 끌렸다고. 몸집은 작지만 단단해 보이고 공군 장교복이 근사하게 잘 어울렸다고. 미안한 표현이지만 예뻤단다. 깔끔하고 실질적인 그녀의 성격처럼 표현도 눈앞에서 그림을 보여주듯 선명했다.

그녀가 막상 결혼을 결심했을 때 여러 차례 자신에게 물었다 한다.

왜 너는 그의 평생 동반자가 되려 하는가. 대답이 쉽게 나오더란다. 결단력과 추진력이 있어서 뭔가를 이룰 사람이라는 생각이 들었다고 했다. 살아있는 눈빛을 믿고 자신의 인생을 걸었다고 했다. 그녀의 말속에서 사람은 외모보다는 내면이 우선이라는 옛 어른들의 말씀에 동의했다.

나도 솔직히 고백했다. 처음에는 그녀가 문학에 관심 있는 교양 있는 여성이고 단순히 간호사라는 점이 끌렸노라고. 나중에는 이런 조건 저런 이유는 모두 다 사라지고 당신 없이는 도무지 살 수 없을 것 같았노라고. 오직 그대의 따뜻한 미소와 마음씨만 생각났노라고.

그녀는 지금도 책을 많이 읽는다. 요즘에는 Jon Krakauer의 회고록 『Into the Wild』를 읽고 있다. 그녀가 뒤뜰의 카우치 흔들의자에 작은 몸을 포옥 파묻고 따스한 햇살과 미풍 속에서 책을 읽는 모습이 사랑스럽다. 시간이 흐를수록 그녀가 내 배필이라는 사실이 더욱 소중하게 느껴진다. 천국이 따로 없다는 생각을 한다.

우리는 집안사람이나 선후배의 소개로 만난 것도 아니고, 기차 칸에서 우연히 만나 두 사람의 의지로 키워온 관계여서 우리 두 사람의 지난 역사를 아는 사람도 없고, 우리를 가까이에서 지켜보아 주고 지지해 주는 사람도 없었다. 기쁜 일이든 슬픈 일이든 오직 우리 두 사람만이 나누고 짊어져야 했다.

미국에서 반세기가 넘는 세월을 사는 동안 수많은 사람들을 만났고 가깝게 지내는 사람들도 많지만 우리가 처음 만났던 이야기를 아는 사람은 극히 드물다.

이민 초년생 부부의 눈물

∞ 물과 Water의 차이

아내의 고생은 두 사람이 아파트에 들어간 순간부터 시작되었다. 나는 미국에 올 때 수중에 있는 돈이라고는 150달러가 전부였다. 그런데 대학원 등록금이 550달러였다. 형이 은행에 가서 보증을 서주어서 돈을 빌릴 수 있었다.

내가 대학원에서 공부하는 동안 아내도 RN 라이선스 시험공부를 했다. 다행히 첫 시험에 합격해서 라이선스를 따고 굿 사마리탄 병원에서 근무를 시작했다. 아내의 지원으로 나는 멈추지 않고 공부할 수 있었다.

USC에 입학하면 바로 전공과목을 공부하는 게 아니라 첫 6개월 동안 랭귀지 코스에 등록해서 영어를 공부한다. 그 과정을 성공적으로 이수해야 전공과목을 이수할 수 있다. 그러니까 정식 입학이 아니라가(假) 입학인 셈이다. 나는 1967년 봄 학기가 되어서야 2년제 전공학과 석사 프로그램에 등록할 수 있었다.

MBA(경영학, Master of Business Administration) 과정을 공부하면서 나는 work permit을 받아 일을 했다. USC에서 소개해준 유태인 CPA 회사에서 파트타임을 구할 수 있었다. 가난한 유학생에게는 아파트 렌트비가 큰 부담이 되었다.

아이들을 기르면서 많이 힘들었다. 제임스가 유치원에 다닐 때였다. 아이를 데리러 학교에 갔더니 선생이 물이 무슨 뜻이냐고 물었다. 아이가 하루 종일 Mul-, Mul-, 하면서 울었단다. 그 말을 들은 나는 마음에 통증을 느꼈다. 어린 것이 긴 시간 내내 얼마나 갈증에 시달렸을까. 물이 얼마나 마시고 싶었을까. 물과 워터의 거리가 이토록 먼가. 우리 부부가 우리를 위해 사는 건지 아이를 위해 사는 건지 혼란스러웠다. 이거는 아니다 싶었다.

우리 부부는 그때부터 집에서는 영어만 사용하기로 했다. 그 결정 때문인지 아이 셋 모두 한국어가 서툴다. 그런데 딸이 제 아이들에게 한국어를 가르친다. 아침이면 손자들이 카톡에다가 한국어로 안부 인사를 보낸다. 참으로 신통하다.

내가 연애결혼을 했기 때문에 자녀들의 배우자 선택에 일체 간섭하지 않았다. 다만 문화와 음식이 다르니 되도록이면 한국인과 결혼하는 게 좋을 것 같다고 부모의 희망사항을 내비쳤을 뿐이다. 아이 셋은 아무도 한국인과 결혼하지 않았다.

∞ 블루 북(Blue Book) 유감(有感)

공부를 하는데 어떤 클래스는 정말 힘들었다. Human Behavior라는 과목이 있었는데 주어진 아젠다에 대한 토의를 많이 했다. 교수는 뒤에 앉아 학생들이 토의하는 과정을 지켜보면서 학생 각자에게 점수를 매겼다.

이 학과 때문에 마음고생을 무지했다. 다른 과목은 예습 복습을 철저히 하니까 큰 문제없이 따라갈 수 있었는데 이 과목은 도대체 어찌해야 되는지 감이 잡히지 않았다. 아니 어찌해야 하는지 알고는 있지만 물리적으로 마음먹은 것처럼 되지 않으니 더욱 고달팠다.

미리 주어진 아젠다에 대해서는 철저히 준비를 했기 때문에 주제 발표는 무난히 할 수 있었다. 문제는 토의 시간이었다. 상대방이 하는 질문을 알아듣지 못해서 I beg your pardon? Could you speak slowly again please? 무슨 뜻인지요? 천천히 다시 한 번 말해줄래요? 등의 말을 너무나 자주 해야 하는 나 자신조차 민망했다. 정말이지 힘든 과목이었다.

다음 강의 시간에 시험을 친다는 말을 제대로 알아듣지 못해서 낭패를 당한 적도 있다. 하루는 강의실에 들어갔더니 Blue Book이라는 공책이 모든 학생의 책상 위에 놓여 있었다. 시험 시간이라고 했다. 모두들 시험을 치르기 위해 학교 서점에 가서 블루 북을 사 가지고 왔는데 나는 아무 준비 없이 교실에 나타난 것이다.

　나는 무척 당황했다. 나는 머릿속이 하얗게 텅 비는 감정을 느꼈다. 시험공부는 고사하고 시험을 본다는 사실조차도 몰랐던 것이다. 더구나 무슨 시험을 이렇게 치르나. 객관식 문제가 프린트된 시험지도 없고, 주관식이라 해도 한두 문제가 적힌 A4 용지가 적어도 배부되어야 하지 않는가. 시험지를 학생 스스로 준비해야 한다니, 난감하기가 그지없었다. 옆에 앉아있던 학우가 여분으로 가져온 블루 북 한권을 내게 건네주었다.

　나는 그날 처음으로 블루 북이 시험지라는 것을 알게 되었다. 블루 북은 줄이 쳐진 공책으로 그 노트에 교수가 칠판에 제시하는 토픽에 대하여 자신의 생각을 주어진 시간 안에 기승전결로 조리 있게 쓰는 것이다.

　심장이 요동쳤다. 이 시험에서 낙제점수를 받을 거라고 생각하니 상심이 컸다. 그래도 정신을 집중해서 최선을 다하자 마음먹고 심호흡을 몇 번 한 다음 생각을 차분하게 풀어나갔다. 끙끙대다가 시간이 끝나서 블루 북을 절반도 채우지 못하고 제출했다.

　성적표를 받아보니 의외로 B 플러스였다. 하도 놀라서 교수님을 찾아갔다. 시험지를 절반도 채우지 못했는데 이렇게 좋은 점수를 주었으니 교수님이 혹 실수하셨는지, 다른 학생과 혼동을 하신 것은 아닌지, 확인하러 왔다고 솔직하게 얘기했다. 교수는 길이가 다소 짧기는 하지만 요점을 제대로 썼다면서 환하게 미소를 지었다.

대학원 공부를 하면서 가슴 아픈 일이 많았다. 마지막 학기였는데 어느 날 저녁에 아내는 일을 가고 나는 제출해야 할 숙제를 타이핑했다. 숙제가 길어서 시간이 무척 많이 걸렸는데 너무나 피곤해서 고대로 쓰러져 깜박 잠이 들었다. 문득 잠을 깨보니 어린 제임스가 내가 정성 들여 타이핑 해놓은 종이 위에 연필과 크레용으로 여기저기 선과 동그라미를 그려놓고 구겨놓았다.

나도 모르게 화가 나서 아이를 옆으로 밀쳐버렸다. 서럽게 우는 아이를 품에 안고 달래며 내 눈에서도 눈물이 흘렀다. 인간이 제 자식에게 이럴 수도 있구나, 싶어 심히 고통스러웠다. 나는 밤새워 타이핑을 다시 해서 다음 날 학교에 무사히 제출했다.

∞ MBA(경영학 석사)와 MS(컴퓨터 공학 석사)

클래스 정원은 20~25명이었다. 나보다 나이가 많은 사람들이 꽤 있었다. 급변하는 시장경제에 대응하고 발맞추기 위해 과거에 알았던 지식을 업그레이드하려는 목적으로 등록한 기업의 고위급 인사들이 많았다. 학비 전액을 보조해주는 직장 펀드로 공부하고, 학교 숙제도 비서가 규정에 맞춰 다시 타이핑 해준다고 했다. 내 숙제 페이퍼는 지우고 고친 흔적이 많았는데 그들의 페이퍼는 매우 말끔하고 정연했다. 나는 여러 가지로 불리해서 다른 사람보다 몇 배나 더 열심히 노력해야 했다.

경영학은 어카운팅, 즉 회계가 필수다. 내게는 회계학 공부에 아무 문제가 없었지만, 몇몇 사람은 매우 힘들어했다. 아무리 설명해주어도 대차대조(貸借對照) 개념조차 이해하지 못하고 헤맸다. 특정 기간 동안 현재 기업이 보유하고 있는 경제적 자산과 부채, 자본의 잔액에 대한 정보를 일목요연하게 정리하는 작업을 이해하지 못하는 그들이 나는 더 납득되지 않았다.

나는 급우 두 명의 공부를 도와주면서 자신감을 얻었다. 내가 그들보다 잘하는 것도 있다는 인식은 알게 모르게 학교생활에 많은 영향을 주었다. 자신감을 갖고 긍정적인 마음으로 학교 공부를 하면서 친구를 많이 사귀었다. 시간이 흐르면서 나는 학생들 대부분이 엔지니어링을 전공한 학생들이라는 사실을 알게 되었다.

엔지니어링을 전공하고 제조업 비즈니스 계통에서 일하면서 직급이 올라 디렉터가 되고 매니저가 되고 보니 경영학적인 두뇌 시스템이 필요하다는 것을 절감한 사람들이었다. 대학원에 들어온 이유였다.

MBA 과정은 2년 프로그램으로 첫해에는 이론과 학술적인 공부를 하고, 2년 차가 되면 수백 건의 케이스 스터디를 한다. 회사가 어떻게 흥하고 망하는가를 연구 분석하는 것이다. 이들은 현장 체험감각을 접목해서 그만큼 더 많은 것을 배우고 흡수한다는 것을 알 수 있었다.

이 공부가 비즈니스를 하는데 무용지물은 아니지만 나는 이보다 더 필요한 공부를 해야 했다.

그 당시 Made in USA 제품은 세계에서 최고의 품질을 보장하는 트렌드이자 인장이었다. 미국은 이미 개발된 테크놀로지를 기반으로 산업이 급발전하여 디지털 매뉴팩처링에 대한 기술 연구가 막 태동하고 있었다. 디지털 매뉴팩처링이 뭔가. 설계, 개발, 제조, 유통, 물류 등 제품의 전 생산 과정에 컴퓨터 기반 시스템을 통한 정보통신 기술을 적용하여 제조업에 혁신을 가져다주는 미래 산업이다.

나는 고민하다가 엔지니어링(engineering)을 공부해야겠다고 결심했다. 엔지니어링은 과학적, 경제학적, 사회적인 지식의 총체를 활용하여 제품, 도구, 건축, 시설을 만들 수 있는 방법을 연구하는 실용 학문이다.

나는 원래 경영학 석사과정을 마치고 박사과정을 공부하려고 마음먹고 있었다. 카운슬러를 만나 진로에 대한 고민을 털어놓으니 학교를 졸업하면 무엇을 하고 싶으냐고 물었다. 박사과정을 공부하고 싶다고 했더니 경영학 박사학위를 받으면 진출할 수 있는 분야가 넓지 않다고 했다. 리서치연구소나 교수나 정부 연구원 등으로 한정되어 있다고 했다.

고민이 되었다. 아메리칸드림을 좇아 이곳까지 왔으니 비즈니스를 하고 싶다고 말했다. 카운슬링을 통하여 DBA(doctoral Business Administration) 코스는 아메리칸드림을 이루기 위한 과정과는 다소 거리가 있다는 것을 깨닫게 되었다.

한국으로 돌아가려면 박사 학위가 필요하지만 나는 이곳에서 살면서 사업가가 되기로 결정했으니 박사 학위가 필요치 않다는 결론을 얻었다. 공부의 진로 방향을 수정해야 했다.

학과를 바꾸기 전, 신중을 기하기 위해 한국을 방문했다. 공부를 마치고 한국에 돌아오면 무엇을 할 수 있고 무엇을 선택할 수 있는지 시장 현황을 탐색하기 위해서였다. 삼성기업에 가서 인터뷰를 하고 성균관 대학에도 가보았다. 한국이 변했는지 내가 변했는지 꼭 집어 말할 수는 없지만, 이상하게도 코드가 맞지 않았다. 이 사람들과 이렇게 평생 이렇게 일해야 한다 생각하니 마음이 답답해졌다. 나는 이미 한국의 문화권에서 벗어난 이방인이었다. 내가 설 자리가 없어 보였다. 한국이 잘 못하고 있는 것이 아니라 이미 내 의식이 달라져서 맞지 않다는 것을 깨달은 것이다. 게다가 대학 동기들은 이미 무역 회사나 큰 기업에서 고위 직급으로 자리를 잡아 안정된 삶을 살고 있었다.

결론은 쉽게 났다. 미국에 머물기로 결심했다. 한국에 돌아가는 것만이 애국하는 길은 아니라는 생각이 들었다. 미국에서 공부하고 미국에서 일하면서 한국에 필요한 것을 돕는 편이 낫겠다는 생각이 들었다. 한국과 미국의 기술 혁신 정도나 속도 차이도 그렇거니와 기업이 활발하게 기술을 개발하고 추진할 수 있도록 돕는 국가 정책과 시스템도 큰 몫을 담당한다고 판단되었다.

나는 미국으로 돌아왔다. 한국방문은 재정과 시간 낭비가 아니었다.

내가 미국 땅에 머물러야 할 이유를 더욱 확고하게 해준 계기가 되었고 정말로 진지하게 새로운 분야를 공부해야 한다는 명분을 확실하게 해 주었다. 이로써 나는 흔들리지 않고 공부에 매진할 수 있었고 어려운 공부를 성공적으로 마칠 수 있었다. 경영학 석사과정을 마치자마자 곧 바로 컴퓨터 사이언스 엔지니어링 석사과정으로 학과를 바꾸었다.

나는 학사 과정에서 컴퓨터 사이언스를 공부하지 않았기 때문에 대학원 등록 과정에서부터 난관이 있었다. 하지만 경영학 석사 과정 GPA가 3.83으로 한 과목만 B+를 받고 모두 A를 받아 성적이 좋았기 때문에 예외로 받아주었다. 이 정도면 충분히 공부할 수 있는 잠재 능력이 있다고 학교 측에서 판단한 것이다. 그 대신에 석사를 공부하기 위한 필수 과목 대여섯 개를 이수해야 했다. 미적분, 통계학, 컴퓨터 언어(terminology) 등 평소에 공부하지 않았던 분야인데다가 한 과목, 한 과목이 매우 어려웠다. 나는 컴퓨터 사이언스 엔지니어링 석사를 공부하면서 이 모든 과목을 동시에 공부해야 했으므로 참으로 힘들었다.

미국에서는 어느 대학 어느 학과에 들어갔는가도 중요하지만 대학 졸업 여부가 매우 중요하다. 대학을 10년 다녔네, 들어가기는 했는데 졸업을 하지 못했네 하는 이야기가 흔한 이유다. 대학에 들어가면 그 어느 때보다도 더 세게 공부해야 한다. 누가 강요해서가 아니라 뜻이 있어서 스스로 선택했다고 보기 때문에 기대치가 매우 높다. 공부하라고 독려할 필요가 없는 것이다. 각자 제 신세 알아서 인생에 대한 책임을 스스로 감당해야 하는 것이다.

특히 대학원에서는 D를 맞으면 A를 두 개 이상 맞아야 상쇄가 되어 진급할 수 있고, F가 하나라도 있으면 만회할 기회를 주지 않아 보따리를 싸가지고 나가야 한다. 특히 MBA는 최소한 B를 맞아야 졸업할 수 있다. 더러 대학원에서 정규 기간보다 3~4년 더 공부해서 학위를 따는 사람도 있는데 그것은 만족스러운 성과를 기간 내에 내지 못했지만 적어도 F 학점을 받지 않았다는 의미이기도 하다.

미국인들은 현실적이다. 공부를 하다가 적성에 맞지 않고 이건 아니다 싶으면 곧바로 공부를 멈추고 미련 없이 학교 문을 걸어 나가 다른 활로를 찾는다. 대학원은 공부를 제대로 하겠다고 스스로 선택해서 들어온 곳이라 여겨서 자율적이지만 공부 강도가 세다.

한국인들은 미국인들의 사고와 다르다. 공부하고 싶어서 대학에 들어가기보다는 직장을 구하는데 필요한 스펙의 일환으로 인식하는 경우가 많다. 일단 학교에 들어가면 끝내야 한다고 생각한다. 학교를 마치지 못하면 낙오자라고 여기기 쉽다. 취직과 직결된 문제이고 사회적 문화적인 요인이 많이 작용한다고 본다. 미국인들처럼 좀 더 현실적이고 건설적인 사고의 전환이 필요하다고 말할 수도 없는 이유는 사회구조 때문이다.

미국 대학과 대학원은 교육제도가 엄격하다. 500여 쪽의 텍스트북을 교재로 선택하면 챕터를 하나도 빼지 않고 공부한다. 중간고사 기말고사 연말 고사 이외에도 매주 혹은 격주로 치르는 퀴즈와 벼락 시험을 치러야 한다. 종종 에세이 형식의 주관식 페이퍼도 규정된 포맷에 맞춰 작성해야 한다. 학기가 시작되면 그 학기에 공부할 강의계획서를 나누어주는데 따로 언급하지 않아도 제시된 날짜에 정확히 숙제를 제출해야 하는 것이다.

그러니 공부하지 않을 수가 없다. 한번 밀리면 도무지 따라잡을 수 없을 만큼 뒤처지게 된다. 일주일에 4시간 강의가 있다면 그 강의를 위해 적어도 3배 이상의 시간을 예습과 복습을 해야만 교수의 말이 귀에 들리고 재빨리 캐치할 수 있다. 텍스트 북 챕터 1과와 2과 진도를 한 강좌에 다하기 때문에 공부하지 않으면 실력 없음이 고스란히 드러난다. 공부하지 않으면 오래 버틸 수 없는 시스템이다.

컴퓨터 사이언스 공학 공부는 정말 힘들었다. 통계학 시험을 보는데 10문제였다. 풀 수 있을 때까지 능력껏 해보라고 했다. 나는 그중 7문제에 답을 했는데 A+를 맞았다. 한국의 정서로서는 이해할 수 없는 시스템이었다. 한국에서는 시험문제가 열 개면 10개를 다 풀어야 한다. 3개를 풀지 못하면 다른 7개를 다 맞아도 이미 30퍼센트가 감점이다.

미국 교육은 넓고 깊으면서도 인간의 자율성을 중시한다. 자신 있는 시험문제를 골라 최대한 실력을 발휘하면 된다. 선택의 폭이 주는 차이는 엄청나다고 할 수 있다. 내가 대학원 공부를 성공적으로 마쳤기 때문에 얘기하는 편견이 아니다. 나는 미국의 교육 시스템과 커리큘럼을 진심으로 존중한다.

1971년, 컴퓨터 사이언스 엔지니어링을 공부할 때, 그때에는 도무지 믿기 어려운 일들이 이미 활발하게 논의되고 있었다. 언젠가는 인간이 화성에 가고, 은행에 가면 직원이 아니라 기계에서 원하는 금액의 돈을 그냥 인출할 수 있다는 말이 있었지만 그것을 믿는 사람은 그리 많지 않았다. 그 외에도 허무맹랑하게 들리는 내용이 많았다. 오늘날 보라. 결국 그렇게 되지 않았는가. 요새 그런 주제는 전혀 새삼스럽지도 놀랍지도 않은, 그저 평범한 이야기에 지나지 않는다. 자동차가 수직으로 떠서 하늘을 날고 수직으로 내려와 정차하는 지금은 더욱 허황한 이야기가 떠돈다. 하지만 공상과학 만화 같은 그런 이야기도 조만간 우리의 일상이 될 것이다.

∞ 태중의 아기를 잃고

내가 대학원에서 공부하는 동안, 아내는 굿 사마리탄 병원에서 밤번 간호사로 일했다. 정규적인 수입이 있지만 우리에게는 아파트 렌트비가 여전히 부담스러웠다.

나는 캠퍼스 안에 있는 Placement Center Department(직업소개 센터)를 찾아가 파트타임으로 일할 수 있는 곳이 있는지 알아보았다.

마침 11개 유닛 아파트에서 아파트 매니저를 구한다고 했다. 그곳에 찾아갔더니 학교 소개장이 필요하다 해서 가져다주었다.

매니저 일에 대한 보수가 매력적이었다. 침실이 두 개 딸린 아파트 유닛 하나를 렌트비를 내지 않고 살게 해준단다. 무료가 아니라 나머지 10개 유닛을 관리해주는 대가였지만 우리는 공짜처럼 느꼈다. 그동안 렌트비에 대한 부담이 워낙 컸기 때문인지 매니저 일이 전혀 힘들게 느껴지지 않았다. 세입자들의 렌트비를 걷어주고 그들과 주인 중간에 서서 쌍방의 필요 사항을 전달하면 그만이었다.

방 하나는 우리 부부가 쓰고 남동생 명삼이와 여동생 명순이가 방 하나를 나눠 썼다. 큰아들 제임스를 거기서 낳았다. 아파트 매니저 일을 3년 동안 했다. 68년에 그 아파트에 들어가 71년까지 살았다.

아내는 도보로 10분 걸리는 굿 사마리탄 병원에 출퇴근했다. 둘째를 임신한 아내가 야간 근무에 들어간 어느 날이었다. 한밤중이었는데 아내가 일하는 병원 응급실에서 전화가 왔다. 아내가 일하다가 쓰러졌다고 했다. 급하게 찾아갔더니 아내가 침대 위에 누워서 울고 있었다. 유산이 됐다고 했다.

큰 쇼크를 받았다. 임신한 아내를 밤에 일하게 해야 하는 남편의 마음이 얼마나 괴로웠는지. 임신 14주 차여서 가장 위험한 시기라 집에서 쉬어야 했는데 출근해서 힘들게 일하다가 유산이 된 것이다. 상심이 컸다. 아내에게 너무나 미안했다. 이렇게 고생시키려고 미국에 데려온 게 아닌데 싶어서 뭐라고 할 말이 없었다. 나는 그때 결심했다. 아내를 더 이상 고생시키지 않겠다고.

나는 의사에게 아이를 보고 싶다고 부탁했다. 의사는 죽은 아이를 보면 오랫동안 뇌리에 남아 있어 정신 건강에 좋지 않으니 안 보는 게 좋겠다고 조언했다. 그래도 나는 꼭 보고 싶었다. 남자아이였다. 아이를 보고 나니 가슴이 더욱 찢어지는 것 같았다. 가슴에 뚫린 구멍, 흉혈(凶穴)에서 통곡이 새어 나왔다.

아내는 처음에는 아침에 일했다. 그녀가 일하는 병동은 아침 7시에서 오후 3시까지, 오후 3시에서 오후 11시까지, 오후 11시부터 아침 7시까지 3교대 근무였다. 제임스가 태어나고 산후 휴가가 끝나자 아내는 직장에 복귀해야 했다. 그녀가 일할 동안 아이를 돌봐줄 사람이 필요했다. 마침 집에서 가까운 곳에 사는 한인 할머니가 흔쾌히 봐주신다기에 제임스를 맡겼다. 그런데 아이가 한 달 내내 기관지염을 달고 살았다. 영양이 부실해서 늘 아프고 비실거렸다. 아내는 근무 시간을 낮에서 밤으로 바꾸었다. 낮에 아이를 보다가 저녁에 내가 학교 공부를 마치고 돌아오면 병원에 출근했다.

아내는 밤에 일하고 집에 돌아오면 낮에 쉬지도 못하고 어린 제임스를 돌보아야 했다. 늘 수면 부족과 과로에 시달렸다. 주 5일을 그렇게 일하니 몸과 맘이 얼마나 고단했을까. 그런 중에 이런 불상사가 터진 것이다. 고난의 시간이었다. 이때 만들어진 응어리는 평생 풀리지 않고 내 가슴 한편에 자리 잡고 있다. 이 응어리가 삶을 열정적으로 살게 해준 동기가 되었다.

삶은 계속되었고 어쨌거나 살아야 했다. 그 때 일만 생각하면 지금도 마음이 울먹해진다.

∞ 우직(愚直)이 준 선물

컴퓨터 사이언스 공학 석사 과정을 공부하는 동안, 얼마 지나지 않아서 저녁에도 공부할 수 있는 클래스가 있다는 것을 알게 되었다. 나는 강의 몇 과목을 밤에 듣고 낮에는 일을 하기로 했다.

이민국에 가서 정규 학기에도 일을 해야 하니 여름 방학 때처럼 20시간 일정하게 일할 수 있는 work permit을 내달라고 부탁했다. 방학 기간 동안에는 20시간 일을 할 수 있는 허가를 받기 쉽지만 학기 중에는 안 해주었다. 공부에 지장을 준다는 이유에서였다.

돈이 필요해서 일을 해야 한다고 했더니 창구 직원이 기다리라고 했다. 나는 그녀의 말을 믿고 하염없이 기다렸다. 그런데 아무도 나를 부르지 않았다. 오후 4시 반쯤 되니 직원들이 한두 명씩 퇴근하는 모습이 보였다. 아침 10시부터 오후 4시 반까지 줄곧 기다렸던 나는 암담했다.

그때 내게 기다리라고 말했던 직원이 밖으로 나오다가 나를 발견하고는 깜짝 놀랐다. 당신이 기다리라고 해서 기다렸다고 했더니 그녀는 자신의 두 손을 입가에 가져다 대고 어쩔 줄 몰라 했다. 한동안 나를 바라보고 서 있던 그녀가 잠시만 기다리라고 말하더니 안으로 들어갔다. 잠시 후에 나온 그녀가 나를 수퍼바이저에게 안내했다. 그는 내게 몇 가지 질문을 한 뒤 학교에서 세 가지 증명서를 떼어가지고 오라고 했다.

파트타임으로 일을 해도 괜찮다는 증명서, 정규 학기에 일을 해도 공부에 지장이 없다는 허락 증명서, 그리고 스폰서의 사인. 나는 앞의 두 가지는 할 수 있는데 마지막 한 가지는 어렵다고 말했다. 미국에 들어올 때는 스폰서가 있었지만 지금은 연락처도 모르고 어디에 사는지도 모른다고 솔직하게 얘기했다. 그는 두 가지만 준비해도 괜찮다고 했다.

학교 수퍼바이저를 만나 사정을 얘기하니 당장 두 장의 증명서를 만들어 주었다. 이민국에서는 주중 20시간 동안 파트타임으로 일할 수 있다는 허가증을 내주었다.

이민국 창구에 있던 여성은 흑인이었고 수퍼바이저는 백인이었다. 이 두 사람 사이에 어떤 얘기가 오갔는지 알 수는 없지만 내가 원했던 결과를 얻게 해주었으니 고마운 사람들이다. 미국에 오래 살면서 이 창구 직원이 내게 한 말의 진의를 깨닫게 되었다.

기다리라는 그녀의 말은 완곡한 거절의 표현이었다. 직설적이지 않은 미국인들의 화법이었다. 더구나 이민국에 일을 보러 온 사람들이니 얼마나 초조하고 기막힌 사연이 많겠는가. 이민국이 해결해 줄 수 없는 문제를 요청하는 수많은 사람에게 잠시만 기다리라고 말하고 오래 부르지 않으면 기껏 한두 시간 기다리다가 포기하고 가는 것이 통상이었을 것이다. 그녀는 당연히 내가 잠깐 기다리다가 돌아갔을 거라고 믿은 것이다.

퇴근 시간까지 기다리는 나를 발견하고 얼마나 놀랐을까. 그는 상사에게 이렇게 말하지 않았을까? 지독한 아시안 한 명을 만났다고. 이러저러해서 기다리라 했더니 아직도 저기서 기다리고 있다고. 근성 있는 인간이라고. 한국에서 학사 학위를 받고 USC에서 공부하는 유학생인데 이미 MBA, 경영학 석사과정을 마치고 MS, 컴퓨터 공학 석사 과정 마지막 학기를 공부하는 사람이라고. 그의 이력을 볼 때 충분히 학업과 직장 일을 병행해도 넉넉히 감당하고도 남을 인간이라고. 기다리라고 말한 것은 내 실수이지만 나는 이민국의 직원이므로 약속을 지키지 못하면 이민국의 위신 실추이고 신뢰에 금이 가는 판이니 어찌해줄 수 없겠느냐고. 법이 연루된 중대사안도 아니고 이미 일할 수 있는 신분이 확인된 사람이 시간 좀 늘려달라는 부탁이니 도와달라고.

그러니까 수퍼바이저가 두말하지 않고 사인해 준 것이다. 스폰서가 없어서 증명서를 못 하겠다고 내가 배짱을 부려도 괜찮다고 한 것이다. 사실이든 아니든 알 게 뭔가. 내 목적을 달성했는데. 다만 즐거운 상상을 해보는 것이다. 내 멋대로 시나리오를 썼지만 태반이 맞을 거라고 믿는다.

그들에게는 우직한 인간이지만 내게는 자연스러운 행동이었다. 기다리라고 해서 기다린 것에 대하여 무슨 말을 덧붙일 수 있는가. 아, 장시간의 기다림이 관건이라고? 왜 중간에 창구에 가서 묻지 않았느냐고? 그 부분에 대해서는 할 말이 없다. 나는 정말 우직한 인간이다. 목적을 이룰 때까지 포기하지 않는 근성이 있는 것 같다.

인디언들의 기도는 늘 응답받는다. 비가 내리지 않아 농사를 망칠 상황이 되면 그들은 기우제를 드린다. 그 기우제는 늘 긍정적인 기도 응답을 받는다. 비결이 있다. 비가 내릴 때까지 기우제를 멈추지 않는 것.

Arthur Young/Venture Magazine이 공동 주관한 Entrepreneur of the Year(올해의 기업인상)을 수상하고. 1987년

밴 나이스에 있던 Extek, Microfilm 복사기 제조 회사를 인수하는 장면. LA의 한 호텔 컨퍼런스 룸에서 상대방과 우리 측 변호사, 회계부장 앞에서 Extek 회사 CEO와 내가 회사 열쇠와 인수 비용을 적은 체크를 서로 교환하고 있다. 1988년

IMC 이사장 Jack Lacy 부부와 우리 부부가 한국의 신라 호텔에서. 1991년

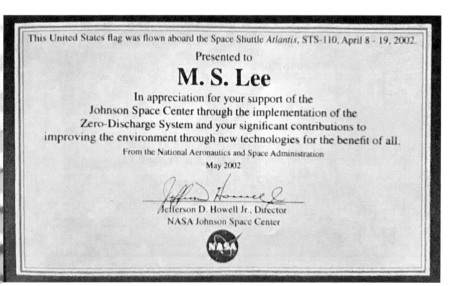

NASA로부터 받은 Zero Discharge System 설치 관련 감사장. 2002년

싱가폴에서 열린 IMC 컨벤션에 참여한 HF76 전시 부스 앞에서. 2002년

일본 도쿄에서 열린 제 40회 JIIMA(Japan Image Information Management Association) 컨벤션에 미국 대표로 참가해서 개막식 테이프를 끊었다. 그곳에서 세미나 강연도 했다. 2002년

HF 로고

James H. Lee
President & CEO

This Service Award Certificate

is proudly presented to

M.S. Lee

in appreciation for

40

years of loyal
and dedicated
service to HF

2 DECEMBER 2016

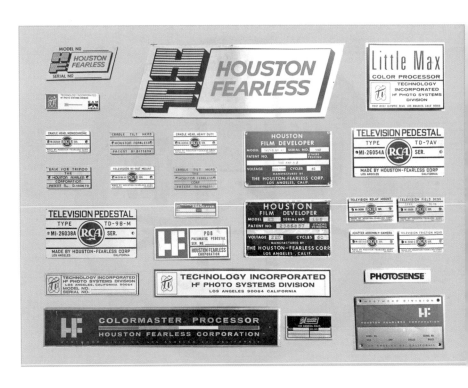

Television Pedestal Co를 위하여 HF 그룹에서 제작해준 기계들의 시리즈.

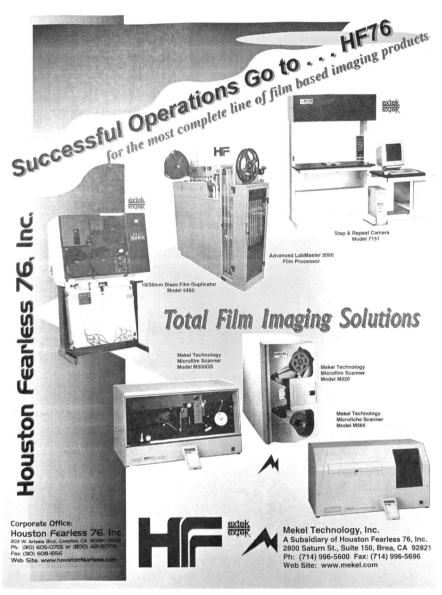

HF76 그룹에서 제작한 상업용 제품 카탈로그 : 마이크로 필름 초고속 현상기, 복사기, 스캐너.

Clean Water Solution 제품 카탈로그

HF 소프트 볼 유니폼.

월트 디즈니 콘서트홀에서 열린 한미동맹 70주년 기념, 마에스트로 금난새가 지휘하는 오케스트라 공연 카탈로그에 실린 광고. 2023년 6월 28일

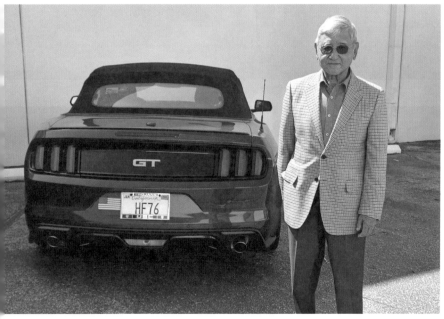

HF76, 내 자동차 머스탱의 라이선스 번호.

HF76 홈페이지 www.hf76.com에 소개된 회사 이미지 모음

SR-71, 블랙버드 프로그램에 참여하고 서포트했던 회사들의 로고모음 액자. 왼쪽에서 세 번째 칼럼 중간에 HF 로고가 보인다. 회사 벽에 걸려 있다.

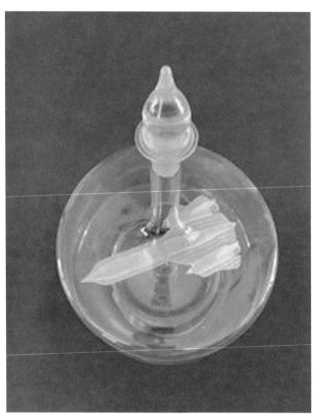

SR-71 모형.
공군에서 감사장과 함께
보내주었다.

SR-71, Black Bird의 퇴역식이 세크라멘토 북동쪽에 위치해 있는 Beale 공군기지에서 있었다. 이날
이후 이 비행기는 화려한 과거를 뒤로 하고 박물관으로 이동했다. 오른쪽 앞줄 세번째가 필자다.
1998년

인공위성 탐지 안테나 1

인공위성 탐지 안테나 2

Motion Picture Film Processors

Deployable Shelter Systems

Deployable Shelter Systems

Deployable Shelter Systems

Enviromental Control Units (ECU)

Fuel Tanks

Motor Generators

Ground Support Systems

Uninterruptible Power Supply (UPS)

Generators

Ground Support Systems

Jack & Caster

Ground Support Systems

Deployable Shelter Systems

SR-71 정찰기를 비롯해서 여러 정보를 전달받는 원형 안테나. HF76가 특수 디자인과 기술로 제작했다.

ECU(Environmental Control Unit). 세계 어느 나라, 어느 환경에서든, 아무리 춥거나(-50F) 더워도(+50F) 적당한 온도와 습도로 군사 작전에 최대 효과를 제공하는 시스템. 모든 재료를 Stainless titanium으로 제작하여 장기간 작동이 가능하다. HF76에서 연구하고 설계하여 제작한 장비로, 300여 대를 생산하였고 아직도 사용 중이다.

Mobile Shelters

MPC, Mobile Processing Center.

세크라멘토 공장 내부 전경.

HF76의 CEO 제임스 리가 전기발전기를 배경으로 서있다. 2010년

이동식 방탄 Shelter : 이 Shelter 여러 개를 연결
하면 큰 오피스가 된다. 이 안에 각종 맞춤형 기기
및 시스템을 설치할 수 있는 기능을 갖추고 있다.

공군기지 안에 전시되어 있는 이동형 Environment Control System.

내 직장 이력

∞ CPA Firm

허가증을 받은 나는 CPA 주식회사에서 일주일에 20시간씩 파트타임으로 일했다. 개인이 운영하는 공인회계사 주식회사로 회계사 8명이 일하고 있었다. 나는 이 회계 사무실에서 거래하는 회사 10여 군데에 한 달에 한 번씩 파견 나가서 그 회사의 재무 장부를 정리해 주었다.

LA 다운타운에 봉제공장이 많았다. 회사 사장들이 영수증과 수표책(checkbook)을 가져오면 일목요연하게 정리해서 손익계산서를 만들어 주었는데 매우 만족해했다. 그 방면의 회사 사장이나 지도자급 인사들은 거의 유태인들이었다.

나는 오늘은 5시간 동안 A라는 공장에 가서 재무를 정리해 주고 내일은 B라는 회사에 가서 재무를 정리해 주는 식으로 여러 회사를 돌아다니면서 일했다. 회사마다 장부를 정리하는 사람이 없으니 한 달 내내 쌓아놓았다가 내가 가면 어수선한 그 서류들을 내놓았다.

이 공인회계사 사무실에서 일하는 동안, 터득한 기술이 한 가지 있다. 직원들은 연필을 입에 물고 계산기를 두드렸다. 오른손으로 계산기를 두드리다가 계산된 숫자를 적기 위해 작업을 멈추고 입에 물었던 연필을 빼서 오른손으로 종이에 적은 다음, 다시 연필을 입에 물고 계산기를 두들겼다. 그러다가 다시 멈추고 입에 물었던 연필을 빼서 종이에 숫자를 기입하는 일을 반복했다.

나는 좀 더 효율적인 방법이 없을까 연구하다가 양손을 모두 사용하면 좋겠다는 생각이 들었다. 그래서 왼손으로 계산기를 익숙하게 다룰 때까지 반복해서 연습하고 또 연습했다. 빠르고 효율적으로 일하기 위해서였다. 그 방식을 마스터했더니 오른손으로 하던 일을 멈추지 않고 작업할 수 있어서 일 처리 속도가 급속도로 빨라졌다. 직장 동료들이 내가 양손을 자유자재로 사용하는 것을 보고 많이 놀랐다.

크리스마스 즈음에 일한 보수를 체크로 받았는데 너무 많은 금액이 적혀있었다. 나는 깜짝 놀라서 상사를 찾아가 체크를 보여주면서 계산이 잘못됐다고 말했더니 내가 일을 잘해서 준 감사의 보너스라고 했다. 이 공인회계사 사무실 사장 이름이 AC Presser다.

이 회사에서 일한 기간은 길지 않지만 이때 쌓은 실력과 경험이 장래 비즈니스를 하는데 큰 버팀목이 되어주었다. 상사 Presser와도 좋은 인간관계를 맺었는데 나중에 내 회사를 운영하면서 그의 도움을 많이 받았다.

내가 살아온 시간을 되돌아보면 인간의 삶은 자연과 같다는 생각을 한다. 봄이 와서 그 역할을 충분히 해야 여름이 오고, 여름이 가야 가을이 찾아온다. 겨울이 오려면 먼저 가을이 가야한다. 이 순서가 바뀌면 어찌 되겠는가.

인생도 마찬가지다. 순리가 있고 섭리가 있다. 순리와 섭리에 거스르지 말아야 한다는 옛 어른의 말씀이 조금도 그르지 않다. 요점은 이거다. 삶의 단계마다 찾아오는 일들을 최선을 다해서 열심히 하는 것이다. 최대한 경험하고 익혀서 내 자산으로 만드는 것이다. 그때는 알 수 없지만 언젠가는 그 자산이 긴요하게 쓰일 때가 온다. 그렇게 사람은 성숙하고 완숙해지는 것이다.

∞ Zep-Aero 회사의 첫 동양인 직원

컴퓨터 사이언스 공학 석사 과정 마지막 학기에 풀타임으로 일한 회사가 LAX(LA 국제공항) 인근에 있는 엘 세군도(El Segundo)라는 도시에 소재한 Zep-Aero다. 이 회사는 메디컬 부품을 제조 생산했다. 특히 비행기 안에서 사용하는 노란색 산소마스크를 제작 판매했는데 그 당시 이 특수 마스크는 전 세계적으로 오직 세 군데에서만 만들

수 있었다. 유럽 한군데, 미국 동부, 그리고 엘 세군도로서 내가 일하고 있는 회사였다. 이곳은 소수인종이 일한 역사가 없을 만큼 취직이 힘든 회사로 정평이 나 있었다.

나를 인터뷰한 사람이 이 회사의 제너럴 매니저이자 부회장으로 Burrell Johnson이었다. 육 척 장신의 미국인 BJ는 태평양 전쟁에 해병대로 참가했던 사람이라 동양인에 대해서 잘 알고 있었다. 나중에 나를 채용한 이유가 궁금하다고 했더니 그가 대답했다.

무엇보다도 당신의 학교 성적표가 기가 막히더라. 게다가 학기를 마치면 석사 학위를 2개나 취득하는 건데 그런 사람이 드물다. 게다가 인터뷰할 때 보니 의자 끝에 엉덩이를 걸치고 앞으로 바싹 당겨 앉아있더라. 당신이 열심히 일할 자세가 되어있고 직업이 절실히 필요하다는 의미로 받아들였다. 그것을 증명하듯, 눈동자가 살아있어 초롱초롱 빛나더라. 그런 사람은 열심히 일한다는 것을 잘 알고 있다.

그의 세밀한 관찰력에 감명을 받았다. 그가 나를 좋게 봐주어서가 아니라 그가 지닌 지도자적 자질에 경의를 표하고 싶었다.

그가 말하기를 이 엘 세군도 회사를 팔려고 시장에 내놓았는데 어카운팅, 즉 회계가 엉망이어서 걱정이라고 했다. 이 회사를 사고 싶어 하는 회사가 있기는 한데 받아야 할 돈과 갚아야 할 돈의 금액과 내역이 정리되어 있지 않아서 가격 산정을 할 수가 없기 때문에 팔수가 없다고 했다. 그는 내게 3개월이라는 시한을 받았다며 그 안에 이 문제를 깨끗하게 해결해 주기를 부탁했다.

주경야독(晝耕夜讀), 나는 낮에는 회사에서 일을 하고 저녁에는 학교에 가서 공부했다. 3개월 안에 엉키고 설켜서 가닥을 잡을 수 없는 모든 재정 문제를 깨끗하게 정리하기 위해서는 고도의 집중력을 발휘해야 했다. 학교에서 공부하는 MBA도 도움이 되었지만 CPA 회사에서 일한 경험이 매우 큰 도움이 되었다.

열심히 일했지만 한 가지 문제가 있었다. 회계부서에서는 전임자를 내보내고 백인 여자 셋이 일하고 있었는데 두 사람이 일하는 태도와 능률이 영 엉망이었다. 가만 보니 이 회사는 이 두 여자 때문에 손실이 많이 나고 있었다.

이렇게 하면 어떻겠느냐고 내가 효과적인 방식을 제안해도 귓등으로 흘려들었다. 내가 부탁하거나 지시하는 일도 제대로 하지 않았다. 나는 BJ에게 가서 저 여자들을 해고시켜야 한다고 말했다. 이들의 근무 연한이 많아서 안 된다는 응답이 돌아왔다. 그렇다면 나는 일을 못 하겠다, 계획한 3개월이라는 기간에 일을 마칠 수가 없다고 잘라 말했다. 결국 두 명을 해고하고 일 잘하는 사람 한 명을 새로 영입하니 일이 순조롭게 잘 진행되었다.

사람들이 내게 와서 이것저것을 물었다. 이 사람들이 회사를 팔려고 내놓은 쪽 사람들인지, 아니면 살 회사에서 파견된 사람들인지 도무지 알 수가 없었다. 내 위치가 매우 중요했다. 내 말 한마디에 회사의 가격이 달라질 수 있기 때문이었다. 그들에게 어느 쪽 사람이냐고 직접 물어볼 수도 없었다. 어찌할 바를 모르다가 마음을 정했다. 내 신조대로 정직하게 말하자.

나는 어느 편 회사에서 온 사람인지 상관하지 않고 그들에게 필요한 내용을 사실대로 얘기해주었다. 양측 회사에 신뢰할 수 있는 인간이라는 평판을 얻게 된 계기가 되었다는 것을 나중에야 알게 되었다. 정직, 이것은 수십 년 비즈니스를 하는 동안 확고한 토대가 되었다.

3개월 후에 이 회사는 좋은 조건에 팔렸다.

∞ Puritan Bennett 코퍼레이션

회사의 새 주인은 캔자스주에 있는 Puritan Bennett이었다. 손실이 나는 이유를 면밀히 연구한 뒤 시장 가격 이상의 가치가 있다는 결론을 내리고 전액 현금을 주고 인수했다. 이 회사는 병원 중환자실에서 주로 사용하는 특수 산소마스크와 산소공급 용품을 제조 판매하는 회사였다.

나는 주인이 바뀐 회사에서 풀타임 어시스턴트 매니저 격으로 일했다. Zep-Aero가 Puritan Bennett이 되었지만 내게는 책임이 더 늘었다는 사실 이외에는 특별한 변화가 있는 것도 아니어서 익숙하게 일할 수 있었다. 디비전 제네럴 매니저 BJ도 같은 직책으로 새 회사에서 일했는데, 마케팅을 주로 하느라 출장이 잦아서 나는 그의 업무를 대행하는 경우가 많았다.

회사를 인수한 뒤, 나는 손해가 난 이유를 찾는 일에 착수했다. 지난 몇 년간의 장부를 정리하면서 이유를 알아냈다. 구매과장이 회사에 필요한 제품을 구입할 때 구매 가격이 일반 시장 가격보다 월등히 높았다. 인벤토리도 필요 없는 것들이 많이 쌓여있었다. 생산 과정도 불필요한 공정이 많았다. 나는 이런 부분들을 하나씩 시정해나갔다. 대학원에서 공부한 경영학 공식들을 대입하고 조합하여 정석대로 일했다. 2~3년이 지나자 손해가 수익 창출로 바뀌었다.

캔자스에 있는 퓨리탄 본사에서는 가끔 이 지사에 사람을 파견해서 감사(監査)를 했다. 본사에서는 내가 한 일을 보고 깜짝 놀랐다. 크레딧을 많이 얻었고, 본사에 가면 정중한 대접을 받았다.

3년 일하고 나니 내가 할 일이 별로 없었다. 출근해서 한 시간 동안 일하고 나면 무료했다. 내가 이 작은 회사에서 일하는 것을 만족스러워하지 않는다는 사실을 알고 두 사람이 접근해왔다. 젊은 마케팅 매니저와 나이 든 엔지니어링 매니저였다. "당신처럼 유능하고 재능이 많은 사람과 우리 두 사람이 힘을 합쳐 회사를 설립하자."면서 우리 셋 모두 금방 백만장자가 될 수 있다고 꾀었다.

나는 단호히 거절했다. 내가 몸담아 일했던 회사의 기밀을 빼내어 다른 회사를 차리는 것은 이전 회사를 배신하는 행위이고 자기 자신을 속이는 악이라는 판단이 섰기 때문이다. 그렇다고 이 회사에 오래 머물 생각은 없었다.

고민 끝에 BJ에게 내 마음을 솔직하게 털어놓았다. 이제 내가 할 일이 별로 없다. 회사는 미래가 있지만 현재로서는 그저 현상 유지하는 것 밖에 없어서 지루하다. 내가 할 일은 다 한 것 같다. 커피나 마시고 노닥거리면서 돈을 받기는 싫다. 좀 더 도전적인 일을 하면서 성장할 수 있는 일을 찾고 싶다. 내 직무를 담당할 사람을 채용하면 내가 기꺼이 훈련을 시켜주겠다.

그는 그렇게는 안 된다면서 퇴사를 극구 만류했다. 회사 본부에 보고가 들어갔는지 캔자스 본사의 부회장이자 제너럴 매니저인 Gus Maier가 직접 나를 찾아왔다. 이 디비전은 당신이 없으면 안 된다고, 간곡히 말리면서 캔자스에 있는 코퍼레이션에 경리부장으로 발령을 내줄 테니 그곳에서 일하면서 천천히 결정하라고 권유했다. 일단 캔자스에 와서 회사를 둘러본 다음 결정해도 늦지 않다고 했다.

그는 엘 세군도 디비전의 제너럴 매니저 BJ보다 더 높은 상사였다. 하버드에서 MBA를 전공한 수재였다. 그에게 나는 멀리 서부에 떨어져 있는 디비전의 일개 사원에 지나지 않았다. 사람을 잃지 않고자 애쓰는 태도가 강압적이지 않고 정중해서 고마웠다. 성실하게 일했을 뿐인데 고위층에 있는 그가 내 존재를 알아주는 사실이 고무적이었다. 이 회사에 가치 있는 사람이라는 생각이 들어 기뻤다.

나중에 내가 CEO가 되었을 때 상사로서 회사 사람들을 소중하게 여기게 된 배경에는 이 사람의 영향이 컸다.

∞ Kansas로 이주하고

Puritan Bennett 본사에서 우리 부부에게 비행기 표를 보내주어서 함께 갔다. LA에서만 살다가 서부를 벗어나 중부에 발을 디딘 것은 그때가 처음이었다. 캔자스 본사는 엘 세군도보다 그 규모가 열 배는 컸다. 미드웨스트에 사는 사람들은 인상이 좋고 친절했다.

그런데 아내가 주거지 옮기기를 몹시 주저했다. 아이들 전학에 따른 학교 적응 문제도 있고 이사할 생각을 하니 번거롭다고 했다. 아내의 의사를 회사에 전달하니 회사에서 즉답이 왔다. 집에서 가장 중요한 서류와 귀중품만 챙겨가지고 2주간 여행을 다녀오면 자기네가 다 알아서 이삿짐을 옮겨 놓겠단다.

아내는 그 말에 반신반의했다. 나는 아내의 의중을 다시 한 번 확인하느라 부연 설명했다. 우리 몸만 옮기면 된다더라. 모든 가구와 물건을 고대로 옮겨놓겠다고 하더라. 그렇다면 할 만하지, 아내가 마침내 마음을 결정했다. 1973년도였다.

우리 가족은 2주 동안 샌프란시스코, 시애틀, 스포케인, 덴버 등, 여러 곳을 여행했다. 캔자스 집에 도착하니 모든 가구와 물건들이 예전에 있었던대로 자리 잡고 있었다. 집안 구조가 달라서 가구 위치를 정하기가 쉽지 않았을 텐데, 참으로 인상적이었다. 한국도 지금은 이삿짐센터에서 이런 방식으로 옮겨준다고 하는데 그 당시에는 상상할 수 없는 일이었다. 다음 날 이삿짐센터에서 우리에게 돈을 보내주었다. 자기 회사 직원들의 부주의로 식탁 구석이 조금 긁혔으니 양해해 달라고 했다. 참 정직하고 친절했다.

주말마다 회사 사람들의 초대를 받았다. 250여 명의 직원 중 동양인은 오직 나 하나뿐이었다. 그들은 정중하고 예의가 발랐다. 서부 사람들처럼 영악하지 않고 순수한 면이 많았다. 마이너리티로서 나는 인간적인 대접을 제대로 받는다고 느꼈다. 도와주려고 애를 쓰는 그들의 선량한 마음씨에 감동을 받았다.

캔자스의 겨울은 무지 추웠다. 빙판길이 미끄러워 자동차 운전이 어려웠다. 병원에서 일을 했던 아내는 겨울이 되자 빙판길 운전이 무섭다면서 일을 그만두었다. 우리 가족은 차츰 중서부 지역의 문화와 기후에 적응해 나갔다.

토네이도도 복병이었다. 토네이도 경보가 내리면 온 가족들이 지하실로 내려가 남서쪽 코너에 웅크리고 앉아서 토네이도가 지나가기를 기다려야 했다. 집마다 방향이 다르고 설계가 다르지만 토네이도의 회전 방향이 거의 일정해서 남서쪽이 가장 안전하거나 피해가 가장 적다고 했다. 지붕이 날아가고 건물 전체가 다 쓸려나가도 지하실은 비교적 안전했다. 서부에서 온 우리는 토네이도라는 두렵고 엄청난 자연의 위력을 체험했다.

이곳 중서부의 지하실 구조와 가구 배치는 집집마다 대동소이했다. 사람들은 중요한 물건이나 서류 등을 지하실에 보관했다. 겨울에는 지하실이 따뜻해서 이곳에서 보내는 시간이 많았다. 지하실에 온갖 장식을 해놓고 사는 것을 보았다.

캔자스로 이사할 때 새집을 샀다. 지상 2층과 지하실이 있어 3층 건물이었다. 풋볼을 차면 볼이 울타리까지 날아가 닿지 않을 정도로 마당이 넓었다. 2에이커 크기인데 캔자스는 땅이 커서 집도 크고 대지도 넓었다. 그 집은 내 평생 최초의 집이었다. 집이 커서 아이들이 참으로 좋아했다. 집을 사는 과정에서 크레딧 보증 등, 회사에서 음양으로 많이 도와주었다.

그 집에서 아내가 결혼반지에 박혀있던 다이아몬드를 잃어버렸다. 집도 크고 마당도 넓어서 도무지 찾을 수가 없었다. 아내가 그것을 찾으려고 며칠 동안 방마다 엎드려서 카펫 위를 더듬으며 애를 썼다. 나는 울면서 안타까워하는 아내를 위로하며 약속했다. 잊어라, 내가 나중에 더 큰 사이즈로 사주마.

나중에 반지를 사주었는데 아내는 그것을 큰 며느리한테 주었다. 5년 전에 나는 정말로 큰 사이즈의 다이아몬드 반지를 그녀에게 사주었다. 그녀는 지금 그 반지를 늘 착용하고 매우 행복하게 지낸다.

제임스가 초등학생이었는데 운동을 잘했다. 축구팀에 들어가 매우 활발하게 학교생활을 했다. 학교 축구팀이 리그에 올라 축구 시합에 나간다고 했다. 결승전 응원을 하러 아내와 함께 경기장에 갔다. 청명한 어느 가을날이었다.

게임이 시작되기 전, 관중석에 앉아있는데 상대편 선수들이 우리 앞을 지나가면서 나누는 얘기가 고스란히 귀청에 내려앉았다. "저놈을 조심해야 한다." 그들은 내 아들 제임스를 가리키면서 양쪽 눈초리를 위로 찢는 시늉까지 했다. 백인 동네에 와 있다는 것을 실감했다.

이건 안 되겠다는 생각이 들었다. 아이들을 위해 다시 LA로 가자고 결심했다. 이곳에서 살다가는 아이들이 왕따 당하고 외톨이가 되겠다는 생각이 들었다. 아이들은 사실 너무 어리고 본토 영어를 사용하기 때문에 자신이 동양인이라는 사실을 인지하지 못하는 것이 보통이다. 그러나 부모의 입장에서는 그런 소리를 듣고 도무지 그곳에서 살 수가 없었다.

캔자스 회사에서 2년간 일했다.

∞ 서부로 회귀하다

나를 영입한 부회장 Gus를 만나 회사를 그만두겠다고 말했다. 그가 오하이오주 데이튼에 있는 테크놀로지 회사의 코퍼레이션에 부사장으로 영전되어간다는 소식을 들은 직후였다.

나는 의아했다. 주식회사의 부회장이라는 직함을 가지고 4개의 디비전을 총괄하는 직위에 있는 사람이 무엇이 부족해서 다른 회사로 옮기는 것일까? 조건이 좋으면 미련 없이 직장을 옮기는 미국 시스템에 의문이 많았다. Gus의 경우, 그의 능력을 높이 평가한 상대 회사에서 영입했나 보구나, 라고 짐작할 뿐이었다.

그가 왜 그만두느냐고 물었다. 아들의 축구 시합에 응원 갔다가 겪은 일을 얘기하니 할 말이 없는지 한참 침묵했다. 잠시 후에 그가 천천히 입을 떼었다.

"내가 2주 후에 옮기는 주식회사에 딸린 계열사가 네 군데다. LA 쪽에 한 군데가 있는데 재정적으로 문제가 있는 곳이다."

그가 내게 그곳에 갈 의향이 있는지 물었다. 나는 무조건 가겠다고 대답했다. 아들을 생각하는 아비의 단심(丹心)이 만들어낸 결심은 참 으로 용감했다. 보수나 직함이 중요하지 않았다. 재정적으로 얼마나 큰 문제를 안고 있는 회사인지, 그래서 내가 가족을 먹여 살릴 수 있을 지 현실적인 사안조차 전혀 고려하지 않았다. 내 아들이 기를 펴고 살 수 있다면 지옥에라도 들어갈 수 있다는 의분(義憤)이 온통 내 가슴을 채웠다.

가솔을 이끌고 서부로 향하는 마음이 뿌듯했다. 캔자스에서의 격 있 는 생활에 대한 미련이 일말도 없었다. 그들이 아무리 친절하고 예의가 바르다 해도 내 아들에게 야만적인 태도를 보여준 땅이다. 아비가 아들 에게 줄 수 있는 가장 좋은 선물 중의 하나가 배척이나 외면당하지 않고 자신이 지닌 기량을 자유롭게 펼치며 제 뜻대로 살 수 있는 환경 을 마련해주는 것이라고 생각했다.

캘리포니아에 도착하자마자 팔로스 버디스에 집을 샀다. 학군이 좋다고 해서 선택한 지역이다. 2천 스퀘어피트 크기로 예쁜 수영장이 있고 침실이 세 개인 아담한 집이었다. 롱비치와 잇닿은 바다가 집 앞에 펼쳐져 있었다. 밤에는 인간이 꽃피운 아름다운 항구도시 롱비치가 별처럼 반짝이고 오른쪽으로는 태고의 분위기를 고스란히 간직한 명상적인 바다가 펼쳐져 있었다. 시선을 정면으로 하면 아름다운 카탈리나 섬이 저 멀리에 그림처럼 떠 있었다. 햇볕 좋은 날에는 그 섬이 매우 가까이 다가와 있곤 했다.

시시각각 달라지는 바다의 표정을 어찌 다 말로 형용할 수 있을까. 바다는 감정을 지닌 어떤 영체(靈體)다. 날이 흐린 날은 흐린 날대로, 햇볕이 좋아 밝은 날은 밝은 대로 영감적이고 고즈넉하고 아름다웠다. 썰물과 밀물 때면 바다의 높이가 순간순간 달라지곤 했다. 나는 달의 인력과 그 존재 이유를 바다를 통해 체험하고 깨달았다. 하느님께 드리는 감사가 절로 터져 나오곤 했다.

그곳에서 딸 모니카를 낳았다. 두 번째 집도 팔로스 버디스에 샀는데 5천 5백 스퀘어피트로 매우 넓었다. 1983년도에 한국에 사시는 장인과 장모님이 오셔서 몇 달간 지내다가 귀국하셨다.

Houston Fearless와의 운명적인 만남

∞ 첫 대면

서부로 돌아와 새롭게 일하게 된 회사는 Houston Fearless로 West LA에 있었다. 필름현상 기계를 제조하는 회사로 역사가 깊었다. 1920년에 텍사스주 휴스턴에서 이 회사를 처음 설립한 하워드 휴즈(Howard Hughes)가 헙 휴스턴(Hub Houston)이라는 사람과 합작해서 휴스턴(Houston) 이라는 회사를 만들고 Fearless 라는 카메라 회사를 사들였다.

그 당시에 필름현상은 필름을 든 여자 일꾼 100명을 일렬로 줄을 세워놓고 화학물질, 뜨거운 물, 찬물에 교대로 집어넣었다가 뺐다가 하는 과정을 거쳤다. 호루라기를 불어서 보내는 신호에 따라 여자들이 필름을 화학물질에 넣었다가 뜨거운 물에 넣었다가 찬물에 넣는 식이었다. 이 과정을 하워드 씨가 엔지니어 20명을 고용해서 고속으로 자동화시키는 기계를 발명한 것이다.

필름현상이 가속화된 이후, 영화 산업이 급속도로 발전했다. 하워드 휴즈는 3년 후에 Houston Fearless를 팔고 휴즈 에어 크레프트(Air Craft)라는 회사를 만들었다. Houston Fearless는 투자 주식회사에서 인수했는데 3~4년 후, 운영이 부실해서 재정상태가 말이 아니었다. 이 투자 회사는 Houston Fearless를 오하이오 데이튼에 있는 Technology 주식회사에 팔았다. 바로 Gus가 일하는 회사였다. 이 회사 Houston Fearless에 Gus가 나를 재무담당자로 보낸 것이다.

며칠 지내다 보니 실질적으로 많은 문제가 눈에 보이기 시작했다. 매해 제너럴 매니저가 바뀌고 영수증 정리와 관리가 엉망이었다. 한 예로 5백 달러를 쓴 기록이 있기는 한데 영수증이 없었다. 담당자에게 물으니 회사 이사장이 하와이로 휴가를 가는데 경비로 주었다고 했다.

며칠 후, 이사장까지 참여한 중요 임원 미팅이 있었다. 나는 재정 문제를 얘기하다가 이사장에게 5백 달러를 회사에 돌려주라고 요구했더니 무슨 소리냐며 깜짝 놀랐다. 나는 당당하게 말했다. 당신이 체어맨이 되어가지고 이러면 되겠느냐. 회사 재정에서 5백 달러를 쓰지 않았느냐. 그 돈은 개인이 써서는 안 되는 돈이다. 당신의 휴가는 사적인 영역이니 그 돈을 회사에 갚아야 한다. 그는 당황스러워하면서도 한편으로는 감동했다. 그는 5백 달러를 회사에 갚았다.

나는 이 일로 신임을 얻게 되었다. 그런데 회사의 비용을 아무리 줄이려고 노력해도 가망이 없다는 결론에 도달했다. 1년 반 동안 이사장이 쓴 경비까지 받아내며 열심히 노력했지만 미래가 보이지 않았다. 해결할 문제가 한두 가지가 아니었고 내가 발 벗고 나선다 해도 해결될 일도 아니었다.

우선 공장 부지가 7만 스퀘어피트로 제품 생산 규모에 비해 너무 컸다. 절반 정도의 규모가 적당하다고 생각했다. 근로자도 250명으로 상대적으로 너무 많았다. 또 노동조합 문제가 많았다. 직원을 줄일 때 젊은이부터 내보내고 나이 든 경력자를 우대했다. 그것은 평균 임금이 많이 나간다는 것을 의미하고 제품 단가를 높이는데 일조하는 정책이었다. 더구나 경쟁 회사가 생겨 소비자들을 다 빼앗기고 있는데 경영시스템을 새롭게 바꿀 생각은 하지 않았다. MBA를 공부할 때 배운 지식으로 20페이지 분량의 보고서를 작성하고, 이 회사가 잘되지 않는 이유를 자세히 적은 소견서를 첨부해서 이사장과 제너럴 매니저 Gus, 두 사람에게 보냈다.

나는 그곳에서 일하는 동안 두 명의 매니저와 잘 지냈다. 엔지니어링 매니저와 마케팅 매니저였다. 세 명이 자주 만나 함께 밥을 먹으며 신뢰를 쌓았다.

∾ 삼인방 뭉치다

나는 보고서를 제출하면서 회사를 떠나겠다고 말했다. 오하이오주 데이톤에 있는 Gus가 이 소식을 듣고 자기가 일하는 곳으로 오라고 했다. 집도 주고 자동차도 주고 월급도 많이 주고 은퇴도 보장해주겠다고 했다. 나는 캔자스도 견디지 못하고 캘리포니아로 왔는데 오하이오는 더더군다나 못 간다고 그의 제안을 일언지하에 거절했다.

그러면서 내가 왜 이렇게 이 문제에 대해서 예민하게 반응하는가, 생각해보았다. 아들의 미래를 위해서라고는 하지만 내면을 깊이 들여다보면 문제의 중심에 내가 있었다. 내 자신이 충격을 받고 상처를 입은 것이다. 사실 아이는 그런 인종차별을 직접 당한 것도 아니고 자신은 미국인이라는 정체성에 추호도 의심이 없는 어린 나이라서 대수롭지 않게 받아들였겠지만 내게는 도무지 용납할 수 없을 만큼 심각한 문제였다.

Gus가 잠시 숨을 고르더니 놀라운 소식을 전했다. HF(Houston Fearless) 회사를 팔 예정이라고 했다. 내부 요직 인사들만 아는 모종의 일이 진행 중이라는 것을 알 수 있었다.

기계를 제조 판매하는 회사가 망했다든가 판다는 소문이 나면 판매 실적이 떨어진다. 애프터서비스를 받을 수 없기 때문이다. 이 회사에서 만드는 기계는 특수해서 고장이 나면 그 회사 부품을 써야 하는데 회사가 사라지면 아무리 비싼 기계라 할지라도 무용지물이 될 확률이 높다. 그 소문 때문에 손실이 큰 회사가 더 큰 손해가 나는 것이다.

회사 연구팀에서는 회사를 liquidation, 즉 빌딩과 기계를 따로따로 팔아 버리고 폐업할 것인가 아니면 공매를 할 것인가, 두 가지 선택 사이에서 고심하고 있다고 했다. 나는 재정 부분을 정리해 주겠다고 제안했다. 며칠 후 폐업 공시가 났다. 직원들은 다른 직장을 찾기 위해 동분서주했다.

며칠 가만히 생각하니 이 회사를 없애기에는 아쉬움이 많았다. 1920년에 시작했으니 역사가 길고 화려한 회사다. 모션 픽처 필름 프로세서, 카메라 전동 돌리(Camera dolly) 및 기타 필수 장비를 개발하여 전체 엔터테인먼트 산업에 최초로 제공함으로써 영화 산업 발전에 혁혁한 공을 세웠다.

이후, 모션 픽처 산업을 위한 필름 프로세서 및 지원 장비의 개발 분야에서 인정받는 선두 업체가 되었고, 마이크로필름 시장의 급속한 확장에도 발 빠른 행보를 이어온 우수기업이다.

이 회사에서 만든 현상기가 가장 유용하게 쓰인 적이 2차 세계대전 때였다. 공군 전투기가 전투에 투입될 때, 폭탄이나 총알이 나감과 동시에 목표물 위에 떨어지는 장면이 촬영된다. 속히 현상된 필름은 작전을 짜는데 큰 역할을 했다. Houston Fearless는 고속 현상기 수백 대를 제작해서 미 전역의 공군기지에 보낸 회사다.

역사가 있는 회사라서 많이 아까웠다. 나는 영국인 계통 엔지니어링 매니저와 미국인 마케팅 매니저를 만나 밥을 먹으면서 상의했다. 이전에 회사를 함께 인수하자고 의기투합했던 사람들이다. 우리는 다시 우리의 의리를 확인하고 한 가지 결론에 도달했다. 우리 셋이서 이 회사를 사자. 아니다, 회사를 사자는 말을 내가 먼저 하고 그들을 설득했다. 그들은 처음에는 놀라서 어떻게 감히 그런 생각을 할 수 있는가, 불가능하다고 회의를 보였다.

그들의 말이 맞았다. 우리 세 사람에게는 가진 것이 아무것도 없었다. 그러나 내가 확신에 차서 말을 하니 그들이 귀를 기울였다. 명선 당신이 한다면 함께 하겠다. 우리는 당신의 두뇌와 능력을 믿는다. 결국 우리는 한마음이 되어 회사의 일부, 특별한 기계와 회사 이름을 사기로 합의했다. 회사에서 일하던 사람이 폐업하는 회사를 사들이는 Management Buyout을 하기로 했다.

내가 앞장서기로 했다. 나는 이 회사에 대한 비전과 야망이 있었다. 혼자서 인수하고 싶은 마음이 간절했지만 자신이 없었다. 마케팅 분야와 엔지니어링 분야에 문외한이었다. 중요한 두 분야에 대한 노하우가 없는 내가 혼자 일을 벌였다가는 망하기 십상이어서 이 두 사람이 꼭 필요했다.

나는 그들에게 제안했다. 무슨 일이든 함께 하고, 작은 유익이나 수익도 똑같이 3등분 하자. 우리 셋이서 각자의 분야에서 최선을 다한다면 충분히 성공할 여지가 많다. 우리는 구두로 약속하고 계약서 한 장쓰지 않았다.

나쁘게 말하면 사람을 이용했다고 할 수 있다. 반대로 말하면 인재 영입이었다. 직장을 잃은 그들에게 새로운 도전을 주고 함께 일 할 수 있는 기회를 제공한 것이다. 내가 그들과 차별적인 대접을 받는 것이 아니라 각자 분야에서 최선을 다해 꿈을 이루고 그 수익을 똑같이 나누자는 페어 게임으로의 초청이었다.

그들이 누구인가. 큰 회사의 주요 분야에서 각자 독보적인 활동을 했던 사람들이다. 머리 좋고 유능하고 경험이 많은 인물들이다. 그저 아무 생각 없이 내 말에 현혹될 사람들이 결코 아니었다. 수지타산이 맞고 해볼 만하다 싶으니 동의한 것이다. 서류 사인과 공증으로 신뢰를 확인하는 미국인들이 계약서조차 쓰지 않았으니 대단한 세 사람이었다.

사업의 시작은 사람이다. 내가 보는 눈이 있다면 이 두 사람은 진실한 인물들이다. 셋이 뭉치면 이루지 못할 일이 없다. 가느다란 막대기도 석대가 되면 부러뜨리기가 힘들다.

이미 회사는 설립한 거나 진배없었다. 이제 실천만 남았다고 느꼈다.

∽ 비즈니스 플랜과 실행

우리는 비즈니스 플랜을 만들었다. 당장 인수에 필요한 40만 달러를 구하는 일은 큰 도전이었다. 용접 기계 등 꼭 필요한 기계까지 사려면 최소한 50만 달러가 필요했다. 50년 전 50만 달러는 지금 시세로 치면 5백만 달러 값어치와 맞먹는다. 내게 있는 현금은 6천 달러가 전부였다.

두 사람에게 가진 돈이 얼마냐고 물으니 집을 담보로 클레딧 라인을 열면 2만 달러를 융자받을 수 있다고 했다. 우선 우리 세 사람이 각각 2만 달러씩 출자하고 나머지는 내가 책임지고 돈을 구해보기로 했다.

나는 LA시에 가서 담당부서 직원을 만났다. 비즈니스 플랜을 주고 전후 사정을 설명한 뒤 내가 지금 이 회사를 사고 싶은데 돈이 필요하다, 내가 사지 않으면 이 좋은 회사가 캘리포니아에서 사라진다, 미래 지향적인 이 사업체가 사라지면 캘리포니아의 큰 손실이다, 라고 설득했다. 그가 매우 고무적이라며 신중히 들어주었다.

그는 주지사 사무실에서 일하는 재정 담당자를 소개시켜주었다. 나는 그를 만나 비즈니스 계획서를 주었더니 SBA(Small Business Administration)에 가서 이 계획서를 주고 그곳에서 개런티를 받으라고 했다. 지성이면 감천이라고 LA 시의 California Job Creation Corporation에서도 보증을 서주었다. 금액은 SBA에서 26만 5천 달러, LA시에서 7만 달러였다. 이 두 기관이 보증을 서주었다는 의미는 우리가 만일 은행에 돈을 갚지 못하면 우리 대신 은행에 부채를 상환해 주는 것으로 웬만큼 좋은 크레딧이 아니면 얻기가 쉽지 않다. 우리 세 사람이 각각 2만 달러씩 출자한 6만 달러를 합치니 얼추 40만 달러가 모아졌다.

SBA에서 보증한 돈을 빌리기 위해 나는 5~6년 전 Zep-Aero에서 일할 때 알게 된 Bank of America 매니저 Don Johnson을 만났다. 나는 그를 DJ라고 불렀다. 그가 보니 위험 부담이 매우 큰 사업인데 내가 하겠다고 하니 걱정을 하면서도 상사인 부행장을 소개해 주었다. DJ는 그에게 이 친구가 보통 아니니 그가 하는 말을 재고해 달라고 간곡히 부탁했다는 말을 나중에 들었다.

어차피 내가 돈을 갚지 못하면 SBA에서 대납할 테니 돈을 받아내는 절차가 까다로울 뿐 은행으로서는 크게 염려할 일은 아니었다. 융자금에 대한 이자만 해도 결코 손해 보는 장사가 아니었다. DJ하고 부행장이 내기를 했다 한다. DJ는 회사가 성공하는 쪽에, 부행장은 망하는 쪽에. 진 쪽이 이긴 사람에게 저녁을 크게 내기로 했단다.

회사를 산 뒤에도 기계 구입 등, 부대적으로 들어갈 돈이 필요했다. 나는 이 회사의 폐업을 결정했던 이사장을 만나 10만 달러를 빌려달라고 부탁하면서 6개월 전까지 팔았던 기계에 대한 애프터서비스를 책임진다는 조건을 제시했다.

이 업계에서는 기계 한 대를 팔면 보통 6개월간 애프터서비스를 해주는 것이 관례다. 일리가 있었는지, 수지타산이 맞는다는 결론을 얻었는지 흔쾌히 수락했다. 나는 차용증을 써주고 돈을 받았다. 이사장이 사인하기는 했지만 그의 상사, Gus Maier의 최종 승인이 있었다.

내게도 나쁜 조건은 아니었다. 기계 수리를 좋은 평판을 얻는 기회로 활용할 수 있기 때문이다. 그 돈으로 인수한 회사에 인벤토리로 남아있던 기계를 모두 사들였다.

우리는 모든 기계를 Carson에 있는 1만 3천 스퀘어피트 공장으로 옮겼다. 직원 5~6명을 데리고 나왔는데 모두 일당백의 유능한 직원들과 테크니션들이었다. 그들은 어차피 회사가 폐업을 하니 새롭게 직업을 구해야 하는데 자신이 익숙하게 일했던 분야에서 좋은 조건으로 일할 수 있게 해준다니 거절할 이유가 없었다.

그 외 마케팅 매니저, 엔지니어링 매니저 그리고 나, 세 명이 전부였다. 이렇게 회사를 나누어 따로 차려 나올 경우 1~2년 안에 망할 확률이 50퍼센트라는 게 업계의 분석이었다. 맞는 말이다. 보이지 않는 복병처럼 어둠 속에 산재해 있던 기술적인 문제들이 예상치 못한 곳에서 예상치 못한 시간에 동시다발적으로 터져 나오기 때문이다.

우리 파트너 세 명은 각각 일을 분담하기로 했다. 다른 두 매니저들은 기존의 디파트먼트에서 유능하게 일했던 인재들이니 그 부분을 계속 맡기로 하고 나는 재정분야를 담당하기로 했다. 회사를 인수할 때는 세사람의 합의아래 내 이름을 대표로 등재했다.

한동안 우리 세 명은 월급을 받을 수가 없었다. 1달러도 소중했다.

우리는 간신히 현상 유지를 하는 정도였다. 나는 밤낮을 가리지 않고 전천후로 일했다. 새벽에 출근해서 공장을 쓸고 닦는 청소부가 되는가 하면, 모든 분야를 진두지휘하는 매니저가 되기도 하고, 사람을 뽑는 인사과장이 되기도 했다. 운영자의 무상 노동력 투입은 두 파트너나 직원들에게 실제 가치를 뛰어넘는 시너지 효과를 발휘했다.

우리는 필름 현상기 부품 생산부를 신설하고 제품을 만들기 시작했다. 어떻게든 이 사업을 일으켜야 했다. 세 남자의 인생이 걸린 사업이었다. 망하면 많은 사람의 삶도 함께 무너질 판이었다.

어느 날, 필름 현상 기계 하나를 팔았는데 막판에 상대편에서 계약을 취소하겠다고 했다. 우리 회사가 망한다는 소문을 들었단다. 기계를 산 회사가 망하면 애프터서비스에 문제가 발생한다는 것을 잘 아는 사람이었다. 섬세하고 복잡한 기계인지라 시장에 나와 있는 같은 기종을 찾기가 힘이 들고, 찾았다 해도 부품이 달라 맞지 않는 경우가 많기 때문이다. 결국 쓸모없게 되어 큰 낭패를 당하게 되는 것이다.

나는 구매를 포기한 그를 탓할 마음이 전혀 없었다. 입장을 바꿔놓고 보더라도 굳이 위험을 감수할 필요가 있는가. 기계 값이 1~2백 달러짜리도 아니고 비싼 물건인지라 신중히 결정해야 하는 마음이 고스란히 이해가 되었다. 나는 그의 입장에 서서 그가 염려하는 점들을 인지하고 있다는 것을 솔직하게 얘기하고 나서 우리를 한번 믿어 보라고, 우리 경영진의 사활이 걸린 이 회사의 회생을 위해 이렇게 애쓰고 있으니 기계를 못 쓰게 될 경우는 희박하다고 설득했다. 비즈니스를 떠나 진실하고 간절한 마음이 전달되었는지 그가 마음을 돌리고 기계를 사 갔다.

기계가 팔렸다는 소문이 업계에 나자, 여기저기서 기계를 주문하기 시작했다. 그리고 그놈들 참 잘하더라, 애프터서비스도 참 좋더라는 입소문이 났다. 그렇게 한두 개씩 기계 판매량이 늘어 매출액이 2천만 달러가 되었다.

5년 후인 1982년에 IRS(Internal Revenue Service, 조세청)에서 세무조사가 나왔다. 며칠 후 IRS 디렉터에게서 편지가 왔다. 보통 편지가 아니고 IRS 로고가 찍히고 사인이 들어간 상장 같은 편지였다. 회사 재정이 참으로 투명해서 고맙다는 인사와 더불어 앞으로 수년간 당신 회사는 IRS 감사를 받지 않을 거라는 내용이었다. Vender(물건 공급업체)랑 은행 매니저가 매우 기뻐했다. 물건을 구입할 때 신용이 나쁘면 현금을 주어야 하고 은행에서 대출을 받을 때도 힘이 들지만 크레딧이 좋고 평판이 좋으면 외상 구입과 대출이 용이했다. 한때 Line of Credit조차 얻기 어려웠는데 언젠가부터 쉽게 얻을 수 있었다. 이런 소문이 업계에 빠르게 돌았다. 회사는 번창하기 시작했고 고용인 숫자도 늘어났다. 고생 끝에 낙이 찾아온 것이다.

나는 아침에 출근해서 내 오피스 책상 앞에 앉으면 몸에 늘 지니고 다니는 두 개의 성경 구절을 꺼내어 읽었다.

"구하라 그리하면 너희에게 주실 것이요 찾으라 그리하면 찾아낼 것이요 문을 두드리라 그리하면 너희에게 열릴 것이니(마태복음 7장 7절)"

"내가 또 너희에게 이르노니 구하라 그러면 너희에게 주실 것이요 찾으라 그러면 찾아낼 것이요 문을 두드리라 그러면 너희에게 열릴 것이니(누가복음 11장 9절)"

구하고 찾고 두드려야 한다. 그래야 얻을 수 있고 찾을 수 있고 문이 열린다. 능동적인 액션이 있어야 열매가 있고 보답이 있다. 주고 찾게 해주고 열어주는 것은 신이다. 하지만 조건이 있다. 먼저 구하고 찾고 문을 두드려야 한다. 진인사대천명(盡人事待天命), 큰일을 앞두고 사람이 할 수 있는 일을 다 한 후에, 하늘에 결과를 맡기고 기다리는 것이다.

이 성경구절은 원래 물질적인 구함에 대한 제언이 아니요 성령님의 임재를 간절히 구하라는 영적인 말씀인줄 알고 있지만, 나는 복수적으로 해석하고 받아들인다.

이 회사를 인수하기 전에도 나는 내 분야에서 최선을 다하여 열심히 뛰었다. 공부할 때는 공부했고, 군에서는 군인으로서 맡은 일을 충실하게 했다. 미국에 와서는 공부도 일도 최선을 다했다.

은퇴한 지금, 예전에 비하여 활동 영역이 많이 줄었지만, 나는 여전히 최선을 다한다. 사람 챙기는 일도, 골프도, 그리고 내 주변에 다가오는 모든 사람과 사건에도 관심을 쏟는다. 천성이기도 하고 성격이기도 하다.

∞ 마케팅 매니저 Derrill Macho

파트너 셋이 뭉쳐 회사를 이끌어 가는데 선의의 경쟁이 있었다. 아무도 입을 떼지는 않았지만 언젠가는 트로이카 시대가 막을 내리고 셋 중 한 명이 이 회사를 맡아야 할 때가 오리라는 것을 우리 셋은 인지하고 있었다. 우리는 파트너이기도 하고 동지이기도 하고 경쟁자이기도 했다.

나이가 많은 엔지니어링 매니저는 이 회사를 인수할 생각이 전혀 없다면서 일찌감치 경영권을 포기했다. 2년 후인 1978년에 그는 은퇴를 선언하고, 자기 지분을 현금화해서 자신의 고향 영국으로 돌아갔다.

이제 남은 사람은 마케팅 매니저 Derrill Macho와 나 둘이었다. Macho는 대학 풋볼 선수 출신으로 일손이 굉장히 정확하면서도 효율적이고 머리 회전도 빨랐다. 언젠가는 우리 두 사람 중 한 명이 회사를 인수할 때가 올 거라고 예견하고 있었다.

회사가 자꾸 커지니 1만 3천 스퀘어피트 공간으로는 부족했다. 필요한 장소 물색도 그렇지만 빌딩을 구입할 자금 조달을 어찌해야 할지 또다시 연구하기 시작했다.

마침내 주정부에서 산업발전을 위한 융자 특혜로 근로자 한 명당 5만 달러를 개런티 해주는 Industry of Development Bond가 있다는 정보를 알게 되었다. 일종의 고용 증가가 목적인 채권으로 조건에 부합하면 사업 자금 융자금에 대한 이자를 시중의 절반 정도로 낮추어 주는 파격적인 제도였다.

융자금도 엄청나서 근로자 고용 한 명당 5만 달러를 지원해주는데 최대 180만 달러까지 얻을 수 있었다. 우리는 그 당시 근로자 수가 30~40명이어서 조건이 맞았다. 우리는 그 액수를 지원받아 캠튼에 있는 빌딩을 구입한다는 대담한 계획에 도전했다.

결국 180만 달러의 펀드를 받아 150만 달러를 주고 Compton에 있는 3만 스퀘어피트의 공장을 구입하고 30만 달러의 현금을 손에 쥘 수 있었다. 1987년도에 있었던 일이다. 그 당시 우리의 재정 능력으로 이렇게 큰 덩치의 건물을 구입하겠다고 나선 내가 무모하다고 느꼈을까. 그 돈을 빌린 후에 Macho의 인정을 받았다. 그는 내게 어떻게 이렇게 놀라운 실력이 당신에게 있었느냐면서 깜짝 놀라 고개를 저으며 말했다.

"I never heard about it. 나는 이런 경우를 들어본 적이 없어요."

그는 나중에 고백했다. 자신도 이 회사에 대한 열정과 애정이 있어서 한 때는 해볼 마음이 있었다고. 그런데 당신과 함께 일을 하면 할수록 자신이 도저히 경쟁할 수 없는 사람이라는 것을 확인했다고. 진심으로 당신을 존경한다고.

칼슨에서 캠튼으로 회사를 옮겼다. 새로 구입한 캠튼 빌딩은 가구를 만들어 전시하던 회사였다. 회사 용도에 맞게 내부 시설을 재정비하는 데 상당한 시간과 재정이 필요했다.

회사 빌딩 소유권은 Macho과 내가 50퍼센트씩 똑같이 나눠 갖기로 했다. 회사를 옮긴 후, 우리 두 사람은 업무 분담을 또다시 확인했다. 나는 재정을 책임지고 그는 마케팅을 담당하기로 했다. 서로의 분야에 간섭하지 않는 조건이기도 했다.

회사 규모가 점점 커지자 우리 두 사람은 원래 계획을 수정해야 할 때가 왔다는 것을 직감했다. 근로자 수가 100~250명으로 증가하니 운영 시스템도 바꿔야 했다. 맨 처음 웨스트 LA에 있던 회사를 인수한 때로부터 10년쯤 경과한 때였다.

우선 회사 공동 경영자로서 우리 두 사람 중 한 명에게 불상사가 일어나면 어찌 대처할 것인가에 대한 방안을 상의했다. 우리는 서로의 영역을 오픈해서 상대방의 중요한 업무를 공유하자는 의견에 합의를 보았다. 담당분야에 선을 긋지 않고 필요할 때나 응급상황에 처하면 서로 돕자는 취지였다.

그때까지는 해마다 세계 여러 곳에서 열리는 정규 컨벤션이나 엑스포에 Macho 혼자 참석해왔었는데 이후부터는 두 사람이 함께 행사에 참가하기로 했다. 세계 시장도 점검하고 경쟁사들이 개발한 신상품도 직접 보고 정보를 수집할 수 있는 좋은 기회로 경영자에게는 매우 중요한 이벤트였다. 각 회사의 CEO나 중요 인사들과 안면을 트고 관계를 넓힐 수 있는 절호의 기간이고 소비자들이나 소비자 단체에서 나온 사람들과 인터뷰를 통해 그들의 생각을 듣고 질문에 답할 수 있는 시간이기도 했다.

나도 재정 관련 중요한 내용을 그에게 모두 오픈하기로 했다. 나는 재정 업무의 전후 계획과 실행에 그를 동참시켰다. 피치 못할 사태가 발생하여 둘 중 한 사람만 남게 되어도 회사 일을 순조롭게 처리할 수 있는 방안을 마련한 것이다.

그 뒤부터 우리는 중요한 컨벤션에 함께 참석했다. 유럽이나 남미 등지에도 많이 갔다. 하지만 우리 두 사람은 결코 같은 비행기를 타지 않았다. 심지어는 뉴욕이나 플로리다 등 국내 행사에 갈 때도 시간차를 두어 서로 다른 비행기를 탔다. 우리는 어떤 유익이든 공평하게 나누었고 회사에 필요한 경비도 두 사람이 똑같이 나누어 부담했다.

∾ HF를 단독 인수하다

어느 날 박람회에 두 사람이 함께 참여했다. 오랜만에 회사 현장을 떠나 그와 독대하는 기회가 있었다. 우리는 지나온 수년간을 뒤돌아보며 회포를 푸는 시간을 가졌다. 그러다가 회사 운영에 대한 계획까지 깊은 속내를 드러내어 대화를 하게 되었다.

회사를 인수하고 엔지니어링 매니저가 파트너십을 포기하고 Macho 과 나 둘만 남았을 때 재계약한 내용이 있었다. 회사 주식과 회사 빌딩에 대한 지분을 우리 두 사람이 똑같이 나누기로 한 것이다. 그는 HF76 주식회사 부회장 직함을 가지고 있었지만 회사 지분은 CEO 직함을 가진 나와 똑같았다. 우리는 경영자 인수(MBO, Management Buy Out) 관계를 선명하게 했다.

Macho는 자녀가 없고 수양딸이 한 명 있었다. 마리나 델 레이 인근에 집을 두 채나 구입하고 느긋한 생활을 했다. 그의 아내는 피닉스 출신으로 복잡한 도시환경보다는 한적하고 목가적인 전원생활을 좋아했다. 그는 시골로 이사하고 싶다는 속내를 드러냈다. 회사와 건물 지분에 대한 권리를 포기하고 자기 몫을 현금화하고 싶다고 했다. 은퇴하겠다는 표현이었다. 나는 그의 의견을 존중했다.

그가 소유하고 있는 회사 株에 대한 50퍼센트 지분과 내가 가지고 있는 건물에 대한 지분 40퍼센트를 맞바꾸기로 합의를 보았다. 회사 株는 경영권자의 운영방식에 따라 얼마든지 변동성이 있는 반면 건물은 부동산으로서의 가치가 시대적인 변동이 있을 수는 있지만 개인의 역량에 좌우되는 것은 아니기 때문이다. 그 당시 회사 株와 빌딩 지분이 거의 같은 값을 지니고 있었다. 현명하고 납득할 만한 합의였다. 이로써 나는 회사 株 100퍼센트, 빌딩 지분 10퍼센트를 소유하게 되었다.

이러한 결과를 도출하기까지 작은 갈등이나 의견 충돌이 전혀 없었다. 서로를 신뢰하고 인격을 존중했다. 우리 둘 사이에는 오랜 세월 동안 가족하고는 또 다른 동지애가 형성되었는데 전우애만큼 돈독했다.

Macho은 내가 만난 미국인 중에 존경할 만한 인물이었다. 거짓말하지 않는 인간, 정직하고 진실한 인간이었다. 그도 내가 거짓말하지 않는 인간, 정직한 인간이라는 것을 알기에 나를 전적으로 믿었다. 재산권 분할에는 동양과 서양이라는 문화차이조차 개입할 수 없었고 오직 신뢰와 정직성만이 지대한 역할을 했다.

나는 그에게 상당 시간 월급을 줄 테니 평소에 가고 싶었던 곳곳을 여행하면서 은퇴할 곳을 물색하라고 제안했다. 그는 감사하다면서 은퇴하고 콜로라도주 두랑고(Durango)로 당장 이사했다. 2년 동안 그는 회사를 떠나있었지만 나는 약속대로 그에게 월급을 지급했고, 건강 보험과 자동차 등 모든 베네핏도 변함없이 주었다.

몇 년 후, 나는 그가 가지고 있는 빌딩 지분 90퍼센트를 모두 인수했다. 그 돈을 갚을 때 부동산 가격이 맨 처음 그가 가지고 있던 지분의 두 배로 올라있었지만 현 시세에 맞춰 2배로 갚아주었다. 그는 제일 잘 나갈 때 그의 지분을 모두 현금화하면서 매우 고마워하고 만족해했다.

1987년 HF76를 Compton으로 이전할 때 빌딩 가격이 150만 달러였다. 부동산 가격이 계속 올라서 현재는 1천 2백만 달러에 사겠다는 사람들이 있다. Macho에게 지불했던 가격의 몇 배가 되었다.

그가 회사를 떠날 때 내게 속내를 드러낸 적이 있었다. 자기도 회사를 소유하고 싶은 마음이 없잖아 있었고 자신도 있었다고 고백했다. 그러나 경쟁해서 명선 리의 열정을 이길 수 없어 포기했다고 했다.

내게 HF76는 자신이 있고 없고의 문제가 아니라 열망이었고 아메리칸드림의 표상이었다. 나는 그렇게 솔직하게 말해준 그가 고맙고 회사 인수를 포기해줘서 고마웠다. 그래서 그가 원하는 것을 다 들어주었다. 그와 나는 평생 친구가 되었다. 요즘도 우리는 서로 안부를 주고받으며 지낸다.

Macho는 나보다 한 살 아래다. LA에 오는 것을 싫어해서 나는 콜로라도주에 있는 그의 집을 서너 차례 방문했다. 언젠가 그의 집에 갔더니 300에이커의 임야를 현금을 주고 구입해서 전원생활을 즐기고 있었다. 그가 소유한 마초 목장(Macho Ranch)에는 소 50마리가 평화롭게 풀을 뜯고 말들이 뛰놀고 있었다.

소를 키우는 이유가 합리적이었다. 목장을 활용하지 않고 그냥 두면 세금이 많이 나온다고 했다. 소를 방목하면 세금이 줄어들 뿐만 아니라 무성한 풀을 정리할 수 있고 소를 길러준 값을 받으니 일석삼조라고 했다. 소 주인이 따로 있어서 매년 봄이 되면 어린 소들을 들여놓았다가 3개월 정도 지나 두 배로 자라면 소를 찾아가는데 수수료를 많이 준다고 했다. 아이디어가 좋았다. 미국인의 합리적인 사고방식을 느낄 수 있었다. 며칠 동안 그곳에 머물면서 전원 분위기를 즐겼다. 드넓은 목장을 바라보니 영화에서 보았던 서부 활극이 생각났다.

Macho는 솔직하고 친근하게 말을 잘했다. 은퇴도 하고 자신의 집이어서 편안해서인지 내게 속 깊은 이야기까지 털어놓았다. 그는 누이 한 명과 함께 자라다가 중학생 때 집을 뛰쳐나왔다고 했다. 부모가 천대를 많이 해서 더 이상 견딜 수가 없었단다. 그는 고아처럼 홈리스처럼 떠돌이 생활을 했지만 곧게 잘 성장했다. 영특하고 재능이 많아서 전액 장학금을 받고 대학 공부를 마친 후 승승장구 했다. 가족과 연락하지 않고 지냈지만 자신의 앞날을 잘 개척했다.

그는 삶이 안정되자 남편을 여의고 홀로 된 어머니를 찾아갔다. 어머니는 어찌 된 영문인지 그토록 오랜만에 만난 아들인데도 반기지 않았다. Macho는 내게 덤덤하고 무심한 듯 말했지만 쓸쓸한 기색이 완연했다.

나는 친어머니가 아니냐고 차마 묻지 못했다. 그가 어머니로부터 받았을 상처를 생각하니 마치 내가 당한 것처럼 가슴 한편이 아팠다. 미국에서는 상당히 많은 사람이 친부모가 아닌 환경에서 자란다.

그가 들려준 이야기를 듣고 부모 자식 간의 사랑과 자녀교육을 생각해 보았다. 한국인 부모의 전적인 사랑과 신뢰 속에서 성장한 것을 당연한 것으로 알고 지냈던 나는 새삼 돌아가신 부모님께 감사를 드렸다.

회사 빚은 15년 전에 청산하고, 빌딩 융자금은 2019년에 완전히 갚았다. 회사의 모든 지분이 온전히 내 소유가 되고 내 이름으로 변경하자마자 재산 목록을 작성하고 변호사를 불렀다. 우리 가족 다섯 명이 똑같은 권리를 갖는다는 원칙 아래 회사 지분과 빌딩에 대한 부동산 지분을 똑같이 나누기로 결정했다. 회사를 어느 땐가는 팔게 될 터인데 그때 급하게 결정하지 않고 회사 株와 건물 가격을 균등하게 배분하기로 한 것이다. 아내도 20퍼센트, 나도 20퍼센트, 각 자녀들도 각각 20퍼센트씩 갖기로 했다. 나는 세금까지 모두 냈다. 모두들 기쁘게 동의했다.

　나는 세 자녀에게 확실하게 밝혔다. 나는 앞에 명시한 재산 이외에는 너희들에게 더 줄 의향이 없다. 네 부모에게 문제가 생기면 너희가 3등분 하면 될 것이다.

　나머지 자산에 대해서는 아내와 의논 중이다. 우리가 한때 몸담았던 교육기관에 장학금 형태로 기부할 생각도 있고, 기타 여러 모양으로 사회 환원을 준비하고 있다. 아내는 김천대 간호학과의 전신인 김천간호 전문학교 1회 졸업생인데 이 학교를 위한 장학재단 설립도 생각 중이다.

　나는 제임스에게 말했다. 네가 회사의 CEO로서 무거운 책임을 맡아 고생은 하지만 최고의 권위를 누리며 월급을 많이 받지 않느냐. 네가 회사를 잘 운영하면 온 가족을 비롯해서 네 지분이 올라가니 괜찮은 아이디어라고 생각한다. 불만이 있으냐, 물으니 없다고 했다.

Houston Fearless76 그룹의 탄생

∞ 개요

HF를 인수할 때 위기가 큰 만큼 내 아메리칸드림을 이루어 줄 수 있는 발판이 될 수 있다고 생각했다. 도산 직전의 큰 회사를 일으키기란 쉬운 일은 아니었다. 어떤 어려움이 닥쳐올지 짐작할 수도 없는 상황에서 선택은 참으로 어려웠다. 아내에 대한 걱정도 많았다. 자칫하면 그녀를 또 고생길에 빠뜨릴 수 있다는 염려가 컸다.

더구나 조건 좋은 회사에 매니저로 오라는 제안을 받은 직후였다. 심한 갈등 속에 있다가 좋은 아이디어가 하나 떠올랐다. 아내의 결정에 맡기자. 아내가 좋다 하면 힘내어 해보는 것이고, 싫다 하면 깨끗이 미련을 털자. 잠시 동안은 서운하겠지만 조만간 그 일을 잊을 테고 열심히 노력하다 보면 언제든 기회가 다시 온다고 믿고 위로하면서 기다리자.

아내는 대답 대신 침묵했다. 그동안 많은 고생을 하고 이제 겨우 안정된 생활에 접어들어 살 만하니까 다시 큰 위험부담이 있는 일을 남편이 하겠다 하니 심정이 복잡했을 것이다. 나는 아내에게 단도직입적으로 말했다. 당신이 원하지 않는다면 나는 이 회사를 인수하지 않겠다. 그녀가 마침내 입을 떼었다.

"나랑 아이들 생각은 하지 말고 당신이 원하는 대로 하세요."

고마웠다. 내가 아내를 내 비즈니스의 제0순위 파트너로 여기는 이유다. 그녀가 이 정도만으로도 충분히 만족하니 편안히 삽시다, 했으면 회사를 인수하지 않았을 것이다. 나는 솔직히 아메리칸드림을 이루기 위하여 이 회사를 인수하고 싶은 의욕이 넘쳤지만 한편으로는 하워드 휴즈처럼 훌륭한 경영을 할 수 있을까 고민이 되기도 해서 심정이 복잡했는데 아내가 깔끔하게 정리해 준 것이다. 그렇게 HF76은 탄생했다. 50년이 가까운 시간이 지난 지금 그때를 돌아보면 참으로 아슬아슬한 순간이었다.

처음에 초고속 사진 현상기 제작에서 시작된 HF76 사업은 오늘날 크게 번창해서 크게 두 갈래로 나눠진다. 상업용 제품 제작과 판매, 그리고 군수품 제작과 공급이다. 커머셜 부분에서는 사진에 관련된 세 종류의 기계, 즉 현상기, 복사기, 그리고 스캐너를 제작 판매한다. 군수품은 군과의 긴밀한 보안과 소통 시스템 아래 필요한 물품을 제작 공급한다. 군수품은 한국에도 회사 직원들과 함께 나가 있다.

정부 일을 한창 할 때는 회사 직원이 300명 정도였는데 절반은 국방부, 나머지 절반은 상업용 제품 제작에 투입했다. 지금은 70~80명 정도다.

나는 지난 30년간 회사를 아날로그 방식으로 운영했다. 아들 제임스는 디지털 세대다. 아직도 아날로그로 남아 있는 시스템들이 많은데, 디지털로 전환하는 과도기에 있다.

HF76 그룹은 현재 Compton 소재, 3만 스퀘어피트 크기의 빌딩에 자리 잡고 있다. 본격적인 공장은 10만 스퀘어피트 빌딩으로 새크라멘토에 있는데 주로 군수품을 제조한다. 캠튼 공장은 상업용 제품을 주로 취급하고 코퍼레이션 역할을 한다. 캠튼 사무실은 내가 사는 팔로스버디스에서는 자동차로 30분, 베케이션 홈이 있는 팜 스프링스에서는 2시간이 걸린다.

인터넷에 HF76 홈페이지를 열면 회사의 설립 역사와 철학, 사업 개요, 군 제품과 상업용 제품, 개발하고 발명한 시스템과 기계 등이 도표와 사진을 곁들어 잘 나타나 있다. 회사의 웹사이트 주소는 www.hf76.com이다.

∞ 마이크로필름 관련 업계를 석권하고

Oscar Fisher 사진 현상기 제작 회사가 뉴욕에 있었다. 경쟁사인데 CEO가 나이 들어 언젠가는 마켓에 나올 거라고 짐작했다. 나는 그에게 연락해서 회사를 팔 생각이 있으면 내가 살 의향이 있다고 얘기했다. 다른 사람과 계약하기 전에 미리 그에게 알린 것이다. 정확히 2년 후 그가 회사를 팔고 싶다고 연락했다. 나는 그 회사를 인수했다. 뉴욕에 있는 모든 기계와 설비를 캠튼으로 옮겼다. 1982년도였다.

Extek은 Dr. Falmer가 설립한 회사로 밴 나이스(Van Nuys)에 공장이 있었다. 자신이 연구하고 발명하고 제작한 필름 복사기로 많은 돈을 버는 회사였다. 언젠가 컨벤션에 가서 이 회사 전람회를 구경했는데 회사 홍보 부스가 우리 회사 것보다 10배는 더 커 보였다. 그만큼 제조 품목이 많고 그에 따른 신상품도 많다는 의미다. 나는 부스에 서 있는 닥터 팔머에게 다가가 인사하면서 언젠가 이 회사를 팔 생각이 있으면 연락하라며 비즈니스 카드를 주고 헤어졌다.

5년 후에 그가 전화를 해서 자기 회사를 아직도 살 의향이 있느냐고 물었다. 비밀리에 만나서 얘기하기로 하고 전화를 끊었다. 나는 그를 만나 회사를 인수하는 대신에 조건이 한 가지 있다고 말했다. 그때가 1988년도였다.

그에게 단도직입적으로 말했다. 2년간 당신에게 월급을 줄 테니 비밀을 공유하고 회사 내막 일체를 내게 인계하는 한편, 내 회사 테크니션들에게 기계 제작과 조작법을 가르쳐달라. 그는 흔쾌히 동의하고 약속을 지켰다. 그는 내게 책임완수와 약속을 중요하게 여기는 미국인의 장점을 추가로 확인시켜준 사람이다.

회사 인수를 위해 은행에 갔더니 얼마든지 돈을 가져다 쓰라고 했다. 나는 일주일 만에 그 회사를 75만 달러를 주고 샀다. 나는 5년 상환의 적지 않은 융자금을 3년 만에 모두 갚았다. 마이크로필름 현상기를 제작하는 회사가 필름 복사기 제작사까지 인수하니 모노폴리 (monopoly), 독점기업이라는 소문이 돌았다.

Houston Yuma는 애리조나에 소재한 회사로 영화 필름을 현상하는 기계를 제작했다. Hub Houston이 친구 하워드 휴즈와 파트너로 설립했는데 1980년대부터 휴스턴의 두 아들이 운영하고 있었다. 나는 이 회사도 인수했다. 1997년의 일이다.

이 회사를 인수할 때의 일이다. 그곳에 갔더니 회장실에 놓여 있는 책상이 무척 중후하고 고급스러워서 눈에 들어왔다. 하워드 휴즈가 사용하던 책상이라고 했다. 하도 맘에 들어 그 아들에게 제안했다. 저 책상도 팔아라. 그랬더니 아버지가 쓰던 거라서 차마 그럴 수 없다, 아버지가 사용하던 옛날 구식 카메라도 그런 이유로 팔지 못하고 보관한다고 했다. 나는 그의 의견을 존중해서 갖고 싶은 마음을 접었다.

프리웨이 사진 촬영을 하는 Mekel이라는 회사가 있었다. 과속으로 달려 규정 속도를 위반하면 자동으로 사진이 찍히는 사진기를 제작했다. 스캐너를 제작하는 사업도 시작했는데 이 회사에 문제가 있었다. 한 남성이 과속으로 달리다가 사진이 찍혔는데 옆 좌석에 여자가 앉아 있었다. 그의 아내가 아니었다. 부인이 남편과 이 스캐너 회사를 고소했다. 사생활을 침해했다는 이유였다. 소송을 당한 그 회사가 거의 망할 지경에 이르렀다.

나는 이 회사의 장래가 유망하다고 판단하고 CEO에게 회사를 팔의향이 있는지 타진했다. 1999년에 150만 달러를 주고 이 회사를 인수했다. 은행에서 백 퍼센트 융자를 해주었다.

2001년에는 뉴욕에 있는 ASI, 필름 복사기와 현상기를 제조하는 Fuji USA를 인수했다. 이로써 HF76은 초고속 필름 현상기, 복사기, 스캐너를 보유하여 세계적으로 굴지의 회사가 되었다. 내가 처음 시작했던 마이크로필름 현상 기계를 비롯해서 관련 회사 다섯 개를 인수함으로써 모든 기계가 짝을 이루는 세트가 되었다. 필름에 관한 모든 제품을 한 회사에서 일괄적으로 제작 생산하는 시스템을 갖추게 된 것이다. 이는 우리 회사에서 한 가지 기계를 사면 다른 네 종류의 기계도 함께 구입해야 한다는 것을 의미한다. 기계가 같은 시스템 안에서 제작되어 사용한 부품이 대동소이하고 다른 곳에서는 찾기가 힘들기 때문이다.

HF76에서 제조한 마이크로필름 복사기가 美 국회 도서관과 국방부 리서치 디파트먼트를 비롯해서 미 전역 공공기관에 들어가 있다. 한국과 일본은 물론이고 동남아시아와 유럽 등, 세계 여러 나라 곳곳에도 들어가 있다. 그로 인해 연관된 회사들과 긴밀한 소통 시스템을 갖추었다. 지금은 폐업한 코닥 필름 회사가 대표적인 예다. 코닥은 필름 제작 전문 회사였고 우리 회사에서 제작하는 필름 현상기는 세계적으로 독보적인 상품이었다.

코닥은 해마다 새로운 필름을 출시하는데 시장에 내기 전에 우리 회사에 스펙(Specification)을 보내 신상품에 대한 정보를 미리 알려주었다. 일명 제품 성분 명세서(Specialized Detail Chemical Substance Lists)이자 화학물질 확인명세서(Chemical Substance Confirmation Statement)다.

이 서류를 전송받으면 우리는 이 필름 성분에 맞추어 현상기 기작과 부대 기구들을 정확하게 재구성하여 빠르고 깨끗하게 현상할 수 있는 시스템을 갖추었다. 코닥은 2012년 1월에 파산보호 신청을 하고 2023년에 폐업해서 모든 업적이 과거가 되었다. HF76도 코닥과의 연계점이 사라졌다.

마이크로필름은 잘 간수하면 500년 동안 보존할 수 있다. 반영구적이다. 미국 정부는 역사적 가치나 장기보존의 가치를 지닌 기록이나 문서를 컴퓨터에도 보관하지만 모두 마이크로필름으로 보존한다. 똑같은 문서를 마이크로필름 형태로 유타와 앨라배마 두 지역에 지하실 깊이 파묻어 천재지변이 발생한다 해도 안전할 수 있도록 보관하는 것이다. 동부에 자연 재난이 발생해서 이 필름이 손상되더라도 유타의 것이 있고 유타에 재난이 발생하여 망가지더라도 앨라배마의 것이 보존되는 것이다. 이를 고치려고 손을 대면 금방 발각된다. 이것이 아카이브(archive)다. 아카이브는 바꾸거나 고칠 수가 없어서 영구 보존이 가능하다.

근래 필름 산업은 하향 길을 걷고 있다. 발전하고 개발할 수 있는 최고 꼭짓점까지 와있기 때문이라고 해석하고 싶다. 한 마디로 현상 유지 산업이다. 내가 이 산업을 유지하면서 미래형 산업을 연구하고 개발하고자 끊임없이 활로를 개척하고 개발한 이유이기도 하다.

나는 새롭게 인수한 다섯 개의 회사 중 한 곳은 시장에 팔고 한 곳은 폐쇄하고 나머지 세 곳은 HF76에 병합시켰다.

∞ 오염 제어 시스템을 발명하고

美공군의 방어시스템이 강력하다. 항공정찰은 이 시스템의 일부로 매우 민감한 부분이다. 항공정찰이 크게 기여한 역사는 베트남 전쟁에서 찾을 수 있다. 그 당시 SR-71 정찰기는 목표물을 정찰하면서 동시 촬영을 했는데 필름 사이즈가 엄청나게 컸다. 현상과정이 특수해서 우리 회사만이 감당할 수 있었다. 그 미션에 맞춰 주문 제작한 HF 초고속 현상기를 美 공군 기지에서 관리했다. 온도 등이 잘 맞아야 적지에 나가 찍어온 정찰 정보 필름을 신속하고 완전무결하게 현상할 수 있다. 흠집이 나거나 흐리면 안 된다. 현상된 사진을 확대경으로 판독하면 사람 수, 담배 피는 모습, 자동차 번호까지 보인다.

필름 표면의 구성물질은 은과 케미컬을 합성해서 만드는데, 이 필름을 현상할 때 맹독이 나온다. 그 이유로 국방부와 EPA(Environmental Protection Agency, 환경보호국)가 자주 충돌했다. 자연환경보호와 공해방지에 대한 인식이 높아지자 EPA의 영향력도 덩달아 격상해서 국방부과 법정 다툼까지 하게 되었다. 법원이 EPA의 손을 들어주면서 공군기지의 사진 현상실에서는 현상을 하지 못하게 되었다.

공군기지에 우리 회사가 발명한 'Zero Discharge System, 오염물질의 완벽 처리 시스템'을 설치하게 된 배경이다. 국방부에서 필름을 자유롭게 현상할 수 있게 되자 항공정찰이 개시되고 활발해졌다. 'Zero Discharge system'은 사진 현상실에서 독성 물질이 건물 밖으로 한 방울도 나가지 않게 하는 시스템이다. 독성물질을 분리하는 과정에서 나오는 은(銀)은 덩어리 형태로 수거하여 재활용하고, 나머지 화학물질은 수분을 제거하고 슬러지(sludge)라는 찌꺼기 형태로 만들어 따로 처리한다.

Zero Discharge System을 시작으로 국방부에서 필요한 여러 기계와 시스템을 개발, 생산, 공급하는 계약을 체결하게 되었다.

NASA(National Aeronautics and Space Administration, 美항공우주국)에서 이 소식을 듣고 'Zero Discharge system'을 원해서

그곳에도 들어가게 되었다. NASA가 쏘아 올린 우주선에서 촬영하는 사진이 얼마나 많은가. 그전까지는 NASA에 있는 사진실에서 현상을 할 수 없었는데 이 기계를 설치한 이후, NASA의 시스템 자체가 완전히 바뀌게 되었다.

우주선에서 사진을 찍을 때 햇볕이 있을 때와 없을 때의 온도 차이가 화씨 400도다. 온도가 올라가면 디지털 카메라는 작동하지 않지만 필름 카메라는 작동한다. 우리 회사는 우주선이 특별한 장치를 통해 사진을 찍어 보내오는 수많은 필름을 Zero Discharge System으로 클린해서 현상해준다.

NASA는 우리 회사에 감사장을 보내고 나를 비롯하여 우리 회사 간부를 특별히 초대하여 국빈 대우를 해주었다. 우리는 NASA 내부를 관람하고 기념사진을 찍었다. NASA에서는 감사장과 함께 우주에 다녀온 성조기를 내게 선물로 주었다. 큰 영광이었다. 사업을 하면서 인류의 복지에 이바지한다는 보람을 또다시 느꼈다.

Zero Discharge System은 일명 HF-PCS(Pollution Control System, 오염물질의 완벽 처리 시스템)의 여러 기능 중 사진 현상실에 맞도록 특화한 것이다.

이 HF-PCS는 정말이지 HF76의 마스터피스라고 자랑할 만한 시스템이다. 극단적인 예로 화장실에서 큰일을 보고 물을 내리기 직전 단계의 오염수를 이 시스템에 넣으면 식수보다 더 깨끗하게 되어 나온다.

∞ Zero Discharge System의 도용(盜用) 수난(受難)

Zero Discharge System에 얽힌 이야기가 있다. 이 시스템의 성능에 대한 좋은 소문이 널리 퍼졌다. 중국 회사에서 이 기계를 사고 싶다고 연락이 왔다. 공산 국가인지라 미 정부의 규제를 몰라 연방정부 상공부(Department of State)에 문의했더니 판매해도 된다는 승인이 났다.

계약 과정 중에 중국에서 열 명으로 구성된 팀이 회사를 내방했다. 우리 회사는 군 관계 일도 하기 때문에 보안이 매우 엄격하다. 이들이 왔을 때 일반 상업용 계통의 제품만 보여줬다. 팀 중에 한 명이 정보계통의 사람이라는 느낌이 확 났다. 태도며 눈빛이 예사롭지 않았다. 공군에 제품을 납품한다는 말이 새지 않도록 매우 조심했다.

이 시스템을 납품한 지 1년 후에 중국에서 애프터서비스가 필요하다는 연락이 왔다. 그래서 부사장과 테크니션 몇 명으로 구성된 팀을 만들어 중국으로 파견했다. 부회장이 돌아와서 하는 보고에 아연실색했다.

이 중국인들이 우리에게서 구입해 간 기계를 강당 테이블에 분해해서 널어놓았더란다. 부품들을 해체해서 시스템을 연구한 다음 똑같은 기계를 만들려고 했던 것이다. 우리가 만드는 기계마다 블랙박스를 설치한다는 사실을 이들이 알 턱이 없었다. 이 블랙박스는 기계를 열거나 해체하면 소프트웨어가 무용지물이 되어 작동되지 않도록 해놓은 장치다. 이를 몰랐던 중국 기술자들이 블랙박스를 건드려 작동이 안 되니까 우리를 부른 것이다. 기계를 복사하려고 연구하는 중에 블랙박스라는 복병에 걸린 것이다. 그다음부터는 일체 연락하지 않고 통신을 끊었다.

부사장이 또 한 가지 놀라운 사실을 보고했다. 중국이 앞으로 큰 문제에 봉착할 거라고 했다. 논밭에 오염된 물과 화학물질을 정제도 하지 않고 그냥 뿌린다고 했다. 채소도 오염된 공장수를 주어 기른다고 했다. 그러니 그 땅에서 나오는 농산품은 모두 오염되었다는 의미다.

전문가에 의하면 한번 오염된 땅이 회복하는 데는 50년에서 100년까지 걸린다고 한다. 중국은 환경에 대한 관념이 없기 때문에 오염된 땅을 쓰지 못해 앞으로 50년 이상 버티지 못하고 망할 거라고 예측한다. 중국에서 날아오는 미세먼지로 인한 문제도 매우 예민한 터에 그의 보고에 마음이 무척 무거웠다.

∞ 역사 속으로 사라진 코닥(Kodak)

이스트만 코닥(Eastman Kodak)에서 초대해서 갔다. 코닥의 공식 명칭이 이스트만 코닥(EK)이다. 회사 헤드쿼터가 뉴욕주의 로체스터 시에 있었다. 1980년대 로체스터 도시 자체가 이스트만 코닥으로 도배

되다시피 했다. 길 이름과 빌딩 이름이 코닥이거나 코닥에 관련된 것들이었다.

코닥은 다우지수에서 선정한 미국의 대표적인 회사 30위 안에 든 유수기업이었다. 코닥이 한참 잘 나갈 때 주가(株價)는 한 주당 100달러를 상회했다. 주식 가격을 결정하는 것은 매 분기마다 발표하는 재정 보고다. 회사의 수익성이 주식 가격과 깊은 관련이 있다.

1870년에 설립된 이래 이 회사는 과거 150년간 필름뿐 아니라 인화지 등 사진에 관한 제품들을 만들면서 전 세계 필름계를 석권하고 그 왕좌를 누려왔다.

아날로그에서 디지털로 넘어가는 비즈니스 트렌드 속에서 코닥은 고심하다가 전자 영상 테크놀로지 시장에 제일 먼저 뛰어들었다. 아날로그에서 디지털화하는 일에 매우 심혈을 기울였다. 그런데 그 과정에서 수익보다는 손해가 눈덩이처럼 불어났다. 필름에서는 돈을 많이 벌고 전기카메라와 필름 개발 비용으로 엄청난 손해를 보았다. 그러자 회사 주가가 하락했다. 마침내 Board of Directors 미팅에서 이 분야의 개발에 투자 분량을 작게 배정했다. 디지털화하는 연구개발을 멈춘 것이다. 장기적으로 보면 최악의 결정이고 매니지먼트의 큰 실수였다.

코닥은 파산보호신청을 한 이후 완전히 폐업하기까지 10년이 넘는 시간이 걸렸다. 워낙 큰 기업이어서 파산 과정을 정리하는 시간이 많이 걸렸다. 코닥의 실패는 오늘날 산업계에 큰 교훈을 주었다. 미래 산업에 대한 장기적인 안목과 계획을 수립하는 일에 등한시한 매니지먼트의 실패가 보여준 표본이다. Board of Decision Making, 회사의 방향과 미래 산업 준비, 장기적인 연구에 대한 비전과 결정이 얼마나 중요한가를 보여준 실물 교훈이라 할 수 있겠다.

후지나 다른 필름업계에 자꾸 밀리면서 주가도 4~5달러로 추락하더니 급기야 1달러 아래로 떨어졌다. 역사적인 이스트만 코닥이 역사의 뒤안길로 사라지는 모습은 충격적이었다. 단기적인 수익에만 급급해서 장기적인 안목으로 미래를 준비하는 안목이 없음으로 인하여 빚어지는 결과를 확연하게 보여주었다. 코닥이 누렸던 권좌를 지금은 일본의 후지가 차지했다. 후지는 포기하지 않고 전자필름을 개발해서 전 세계를 석권했다.

기업은 미래 산업을 보는 비전이 있어야 하고 그 개발에 투자해야 한다. 우리나라의 경우 현대나 기아 자동차는 연간 수익을 많이 내지만 주가(株價)는 상대적으로 오르지 않는다. 반면 삼성전자, SK하이닉스의 반도체 산업은 수익은 많지 않지만 주가가 높다. 그 상관관계를 알아야 하고 미래에 투자할 수 있는 안목을 지녀야 한다. 미국에서 주목해야 할 기업은 일론 머스크가 운영하는 테슬라다.

∞ 군(軍) 관련 제품에 대하여

HF76은 상업적인 목적으로 시작한 회사였다. 괄목할 만한 시스템과 기계 발명으로 업계의 주목을 받고, 점차 美 국방부와 NASA까지 알려지게 되었다. 공군의 신임을 얻어 국방부에서 필요로 하는 여러 가지 시설물과 시스템을 제작해서 공급하고 다양한 프로젝트를 함께하는 군 장비 회사로 자리 잡게 되었다. 그중의 하나가 정찰기가 찍은 사진을 현상하는 작업이다.

우리 회사와 계약을 맺은 공군기지가 새크라멘토에서 40마일 북쪽에 있다. 새크라멘토에 있는 우리 회사 디비전에서 파견한 직원 2~3명이 이 공군기지에 만반의 준비를 갖추고 대기하고 있다가 정찰기가 도착하자마자 정찰기가 찍은 사진 필름을 즉시 현상해준다. 시간적으로 긴박하고 예민한 문제라서 신속히 처리할 수 있는 초고속 필름 현상기가 비치되어 있다.

Zero Discharge System이 공군 사진실에 들어가 큰 역할을 했다. 회사가 필요해서 자체적으로 투자 개발했는데 군에서도 절실히 필요한 시스템이라 기금이 나왔다. 이 시스템을 군에 설치할 때 우리 회사원 몇몇을 그곳에 보냈다. 이들은 그곳에 상주하면서 기계를 관리하고 정비한다.

이라크 전쟁에 미 공군이 전선에 투입되었을 때 우리 회사 테크니션들도 함께 파견했다. 그들은 군 정찰기와 폭격기가 찍어온 필름을 초고속으로 현상하고 복사하는데 필요한 전기, 급수시설, 발전기, 컴퓨터 등을 즉석에서 조립 가동할 수 있고 해체할 수 있는 시스템을 갖춘 오피스를 사막 한가운데 설치하고 관리했다. 일명 ECU(Environmental Control Unit)으로 상황에 맞게 주문 제작한 제품이다.

이라크나 사우디아라비아 사막이 얼마나 더운가. 더운 지방에서는 에어컨디셔너 기능을 수행하고, 알래스카 등 추운 지방에서는 히터로 작동하는 장치가 내장되어 있다.

소규모의 작전 본부가 이동하는 셈이니 보안과 관리가 보통 일이 아니다. 단시간에 정확히 설치하고 또 기계가 원활하게 작동할 수 있도록 관리해서 군에서 필요로 하는 업무를 수행해야 하는 것이다. 또 필요할 때 오피스 내부를 신속하게 해체하여 이동 가능케 해야 한다. 응급상황에 처했을 때, 자체 폭파하는 기능도 탑재되어 있다. 이런 기능을 가진 제품과 이 기계들을 다룰 수 있는 테크니션들은 우리 회사만이 보유하고 있다.

이 외에도 군과 협력하여 제작하고 현지에 설치 관리해주는 기기 종류가 다양하다.

* 미 국방부와의 사업 이야기

HF76 비즈니스는 미 국방부과 연계사업이 50퍼센트, 상업용이 50 퍼센트였다. 나는 양쪽 모두 전력을 다해서 운영했다. 국방부(Department of Defence)와의 사업은 DOD Contract라고 해서 매년 계약을 갱신해야 했다. 그런데 계약이 갱신되지 않으면 회사에 지장이 많았다. 국방부 계통에서 일하는 직원과 테크니션들이 50퍼센트를 차지하고 있기 때문에 계약이 성사되지 않으면 이 직원들의 거취가 난감하기 때문이다.

1989년도에 美국회는 비싼 유지비용 문제로 SR-71 비행기의 사용을 취소했다. 이 프로젝트에 종사하고 있던 직원 100여 명을 30~40명으로 줄여야 하는 상황이 되었다. 그나마 U-2 관련 사업은 계속되어 회사원 전원을 내보내야 하는 사태는 막을 수 있었지만 다수의 직원을 해고해야 하니 고민이 많았다.

나는 국방부에 3개월 동안 계약을 연장해 달라고 요청했다. 회사원들이 실업자가 되지 않도록 다른 직장을 구할 시간이 필요했다. 승인을 받아 회사원들의 이직을 최선을 다해 도와주었다. 국방부에서 어느 정도 보조도 해주었다. 그 과정에서 美 국방부가 내게 크레딧을 주었다.

美 국방부는 군인과 물자를 해외로 파견할 때, 비행기, 탱크, 기타 기계들을 제조한 회사의 기술자와 함께 보낸다. 기계에 고장이나 문제가 발생했을 경우 신속하게 정비하고 최상의 컨디션 유지에 필요한

관리를 할 수 있는 전문가의 손이 필요하기 때문이다.

예를 들어 전투기나 폭격기가 폭격과 동시에 촬영된 필름을 가져오면 초고속 필름 현상기로 사진을 재빨리 정교하게 현상해서 공군 지휘관들과 전문가들이 판독할 수 있어야 하는데, 기계가 고장 나면 그런 낭패가 없는 것이다.

2003년에 발발한 이라크 전쟁 때 美 국방부 작전명이 사막태풍(Desert Storm)이었는데 그 작전에 우리 회사가 합류했다. 이동식 작전실, 현상기 등, 필요한 시스템을 공군에 지원하고 정찰기와 관련된 촬영과 현상을 위해 파견 명령을 받았다. 사우디아라비아로 기계 장비를 보낼 때 기술자까지 함께 보내야 하는 것이다.

이 일은 매우 중요해서 내가 직접 나서서 진두지휘했다. 동부에 있는 공군기지에 장비를 실어 보내고 나도 직접 그곳에 날아갔다. 군에서 기계를 몇 날 몇 시에 어디까지 이동시키라는 지시가 내려오기를 기다렸다가 새벽 1시든 3시든 기술자 몇 명과 함께 약속된 비행장 격납고에 물품을 옮기고 대기했다. 비행기가 도착하면 물품을 실어주고 파견 직원들과 작별 인사를 나누었다.

기계나 물품을 보낼 때에 함께 파견하는 엔지니어나 테크니션 모두가 민간인이다. 군 관계 업무에 필요한 직원을 채용할 때는 군인 출신들을 많이 뽑기는 하지만 매우 위험한 업무여서 신중하게 대처했다. 그런데 이런 작전에 참여하고 싶어 하는 지원자가 많았다.

나는 군대와 함께 해외로 파견 나가는 회사 직원들에게 생명 보험과 위험수당 등을 지급했다. 정부의 지원을 일부 받기도 했다. 작전의 위험성을 알면서도 지원자가 많은 것을 보고, 막강한 미국 국력의 탄탄한 토대를 느꼈다.

해외로 보내는 장비는 대부분 기계 자체에 자동 폭발 장치를 설치한다. 후퇴할 경우에 주둔하고 있던 장소를 황급히 벗어나야 해서 장비를 가져올 수 있는 여건이 되지 않으면 이동식 오피스와 그 안에 있는 물품들을 그대로 두고 떠날 수 없다. 기밀과 정보들이 노출될 수 있기 때문이다. 이런 응급상황에 대비해서 원격조종으로 자동 자체 폭발할 수 있는 시스템을 탑재하는 것이다. 이 모든 것이 극비에 해당하고 내 회사 직원들의 생명이 연루된 문제라서 상당히 신경을 썼다.

이라크 작전은 대대적인 성공으로 끝났다. 정교한 레이더 장치로 목적한 이라크 시설들을 완파시킬 수 있었고, 목적한 임무를 마칠 수 있었다. 우리 회사 역할이 지대했다. 이 작전으로 회사의 위상이 올라갔다.

군에서 프로젝트 제품을 의뢰할 때는 펀드가 함께 나왔다. 30만 달러가 나왔는데 어느 때는 50만 달러가 들어가는 프로젝트도 있었다. 나는 20만 달러를 더 들여 기간 내에 제품을 완성했다. 그렇게 하다 보니 군과 좋은 관계가 되고 크레딧을 많이 얻었다. 개인 회사가 국방부와 35년 넘게 지금까지 계약 관계를 맺고 있는 경우는 흔치 않다.

나는 평소에 미국에 빚진 마음과 감사한 마음이 있기 때문에 어떤 방식으로든 이 나라에 보답하고 싶었다. 작은 힘이지만 코리안 아메리칸으로 미국 정부에 공헌했다는 자부심이 있다.

제대한 후에 우리 회사에 입사하고 싶다는 공군 장병 지원자들이 많아서 인사과장이 즐거운 비명을 질렀다. 회사가 앞으로 인력이 필요할 때를 대비해서 이력서를 미리 보내는 것이다. 회사원들이 은퇴해서 빈자리가 나면 신문광고를 내지 않아도 입에서 입으로 전해져서 지원하는 사람들이 많았다.

　스몰 비즈니스지만 공군에서는 매년 우리 회사와 계약을 갱신했다. 이라크 전(戰) 이후, 공군과 우리 회사는 10년 계약을 체결했다. 매우 이례적인 케이스로 전에는 이런 경우가 단 한 번도 없었다고 한다. 지금은 예비역과 현역으로 26년을 복무하고 해군 대령까지 진급했던 제임스가 CEO로 회사를 운영하고 있으니 군과의 관계가 더욱 좋다. 얼마 전에도 2천만 달러 상당의 계약을 했다. 기계제작 비용과 순이익을 합한 금액이다.

* 미 국방부의 저력

　군(軍)에서 주관하는 미팅이 있다. 비행기 제조 회사나 사진 필름 현상기에 관련된 프로그램 매니저들을 모아놓고 국방 지도부가 준비 보고서를 가지고 와서 미션을 브리핑하는데 극비에 이루어진다. 그 과정이 매우 과학적, 효율적, 민주적이다. 나는 이 미팅에 참석할 때마다 큰 감동을 받곤 했다.

　군대라서 수직적인 명령 체계이지만 회사 매니저들 개개인의 생각을 존중하고 반영하는 모습에 감동을 받았다. 전문가의 의견을 경청하고 예우하는 태도가 매우 겸손해서 인상적이었다. 생각해보라. 비행기가 고장 나거나 필요한 기계가 고장 날 경우 군 관계자들이 그 방면의 전문가들보다 어떻게 더 잘 알겠는가. 협업과 팀워크의 시너지 효과를 아는 사람들이다.

그들의 작전 미팅은 완전무결했다. 수직적, 하향적이지 않고 사람들의 의견을 존중하고 반영하는 화합적인 미팅이었다. 민주적인 회의의 표본을 샘플로 보여주는 듯해서 감명을 받았다.

대다수의 사람들은 미국이 도덕적, 정치적, 경제적으로 타락해서 조만간 멸망한다면서 많은 우려를 한다. 미국은 그렇게 쉽게 무너질 나라가 아니다. 미국에서 1년 동안 지출하는 군비(軍費)가 전 세계 1위다. 장담할 수는 없지만 이 금액은 세계 2위부터 10등까지 합친 것보다 더 많을 거라고 짐작한다.

미국에서 사는 세월이 길어질수록 미국의 힘을 실감한다. 미국 국방 수준도 최고이지만 미 시민들의 자발적인 참여와 봉사, 열정과 진실, 그리고 어느 나라 국민 못지않은 애국심은 국가방위력을 능가한다고 믿는다.

요즘 국제적인 문제가 복잡하고 국제분쟁도 많다. 우크라이나와 러시아의 장기화 되어가는 전쟁, 중국과의 갈등과 긴장 등, 매우 예민한 사안에 직면해 있다. 만약 미국이 힘든 상황에 닥치거나 궁지에 몰리게 될 경우, 국민이 협력하여 어려움을 능히 극복하리라고 믿는다. 9·11

사태나 진주만 공격을 보더라도 시민의 힘이 컸다.

미국의 국력을 비하하는 사람들이 적지 않다. 나는 미 국방부가 작전 수행하는 과정을 직접 보면서 저력을 느꼈다. 또 이라크 작전에 합류해서 그들의 회담에 참여하고 작전 내용과 목적과 수행 과정을 들으면서 강대국의 면모를 확인했다.

미국은 만만한 나라가 아니다. 무엇보다도 시민 정신이 살아있기 때문이다. 미국은 이민자들로 구성된 나라다. 그렇게 이루어진 나라의 시민들이 애국심을 발휘하는 현장을 목격하고 뉴스를 들을 때마다 나는 이 나라가 오래오래 강력한 국력을 유지할 거라고 믿는다.

∞ SR-71의 위력

SR-71은 1964년에 美 우주 항공 회사 Lockheed에서 매우 특별하게 제작한 초고도 전략 정찰기다. 블랙버드(Blackbird)라는 애칭을 지닌 이 비행기는 속도가 마하 3배 이상이고, 8만 5천 피트 상공을 난다. SR-71은 그 당시 이 세상에서 인간이 만든 작품 중에 가장 빠르고 제일 높이 떠서 나는 비행기로 주목을 받았다. 이 작품이 나오기까지 얼마나 오랫동안 연구하고 기획했을 것인가.

물의 비등점은 화씨 212도다. SR-71은 이륙할 때 거센 공기 마찰로 인하여 동체 밖의 온도가 화씨 600도에서 800도까지 급속도로 올라간다. 비행기 동체가 불덩이 그 자체다. 그런데 그 안에는 조종사와 정찰 내비게이터 2명이 타고 있다.

HF76는 SR-71 프로젝트와 매우 밀접한 관계를 맺고 있었다. 맨 처음에는 SR-71 정찰기가 찍어온 사진을 국내에서 현상하는 작업을 했는데, 점차 외국 전쟁에 개입하게 됨에 따라 회사 기술 팀도 현상기와 함께 현지에 파견해서 초고속 현상을 하게 되었다. 외국의 사막이나 오지에서 정찰기가 찍어온 사진을 초고속으로 판독하기 위해서는 컴퓨터 시스템이 필요하다. 이를 위해 전기와 발전기, 기타 장비 등 여러 가지 서포트 시스템을 개발 생산하여 납품하는 관계로까지 발전했다. 현상기 비즈니스로 시작할 때는 직원 대여섯 명으로 충분했지만 지금은 더 많은 직원들이 군 관계 일을 한다.

1976년도 말쯤, 공군기지의 초대를 받아 SR-71 내부를 관광할 수 있는 기회가 있었다. 일반 비행기와 다른 이착륙 시스템, 조종사들의 일상을 가깝게 접할 수 있었다.

SR-71이 이륙하는 광경을 직접 보았다. 얼마나 엔진 파워가 센 지 귀를 막아야 했고 온몸이 뒤흔들렸다. 그렇게 굉장한 소음은 난생처음 경험했다. 이 비행기에 들어가는 파워가 퀸 메리호 선박에 들어가는 엔진보다 몇 배나 크다고 했다.

비행기가 공중에 떴을 때 보았는데 수초 후에는 보이지 않았다.

SR-71 정찰기가 나는 속도는 총알이 나가는 속도보다 빨라서 육안으로는 도무지 따라갈 수가 없다. 냉전기에 소련에서 제일 빠른 최신 전투기 MIG-25가 SR-71을 격추시키기 위해서 4천 발의 미사일을 쏘았지만 실패했다. 미사일이 날아가는 사이에 사정거리를 벗어나 엄청나게 먼 위치에 가 있었기 때문이다.

SR-71은 성능이 좋은 대신에 유지비용이 너무 많이 들어 1989년에 美 국회에서 보이콧을 놓아서 1998년에 퇴역식을 하고 현재는 박물관 신세를 지고 있다. NASA에서는 1999년도까지 이 블랙버드를 연구 플랫폼으로 사용하기도 했다. 우리 회사도 정책 변화에 발맞추어 시스템을 재정비했다.

SR-71 비행사들은 특수 제작한 우주복을 입는다. 이 옷을 입으면 산소마스크를 통해 산소를 공급받을 수 있다. 고도가 높은 대기에는 산소가 부족하기 때문에 우주선의 테크놀로지를 활용한 것이다.

이 비행기는 한번 뜨면 장시간 비행한다. 2011년, 리비아의 무아마르 알 카다피 암살 때에도 정찰 임무를 수행했다. 조종사들은 음식과 음료 섭취를 엄격하게 컨트롤한다. 한번은 두 사람 중 한 명이 설사가 났다. 그는 우주복을 입고 임무를 마친 후 지상에 내려올 때까지 화장실에 갈 수가 없었다. 그 뒷이야기는 독자의 상상에 맡기겠다.

SR-71은 레이다에 걸리지도 않고 걸린다 해도 하도 높고 빨라서 미사일이 날아가는 동안 사라지니, 격추가 불가능하다. 그래서 정찰기로 많이 사용했다. SR-71의 위력과 놀라운 기능은 전쟁 중에 빛을 발한다. 이 비행기는 베트남 전쟁 때 진쟁터와 인근 국가들의 정찰 업무로 많은 활약을 했다. 남한과 북한과 소련 상공에 많이 떴다.

1980년 초에 미 공군에서 SR-71 모형을 보내왔다. 유리로 조각한 비행기 모형을 호리병 모양의 유리 진공관에 진열, 특수 제작한 감사 트로피였다. 트로피 아래에는 M.S. LEE, ENTREPRENEUR, H.F. 76 NORTH라고 명시되어 있다. NORTH란 북가주에 소재해 있는 군 관계 공장을 의미한다. 군 관련 제품 제작이 기밀이어서 NORTH를 암호처럼 사용했다. 군사기밀이라서 이 소중한 트로피를 어느 누구에게도 자랑하지 못하고 집안에 가둬두었는데, 이제는 기밀이 해제되어 세상에 공개할 수 있게 되었다.

내 사랑 Houston Fearless76

⌒ 회사 경영시스템을 정비하고

나는 회사를 인수한 뒤 운영방침을 개선하고 시스템을 정비했다. 그중 대표적인 것이 다섯 가지다.

첫째는 근무 시간의 혁신이다. 직원들이 주 5일 근무를 하면서 심한 교통체증에 시달렸다. 출퇴근하느라 길 위에서 보내는 시간이 비효율적이라고 생각했다. 나는 직원들을 모아놓고 효과적인 출퇴근 시간에 대한 토의 시간을 마련했다.

하루에 10시간, 나흘 근무제를 제안했더니 모두들 좋아했다. 나흘 동안 40시간을 근무하고 사흘을 쉬는 것이다. 그런데 매주 월요일마다 생산성이 무척 떨어졌다. 사흘 동안 긴장이 풀린 상태로 지내다가 출근하면 적응이 어려워서 즐겁지 않은 감정으로 일하는 블루 먼데이(Blue

Monday, 월요병) 현상이 나타난 것이다.

나흘 근무제를 실시한 지 3개월 후에 회의를 소집했다. 그동안의 성과와 장단점을 토의한 뒤 원래대로 하루 8시간 근무로 돌아갈 것인지 10시간을 고수할 것인지에 대한 찬반 토론이 있었다. 그 결과 10시간을 고수하되 각자가 좀 더 노력하자는 방향으로 결론이 났다. 그다음부터는 효율성이 떨어지지 않게 되었다.

회사는 금요일에도 문을 열어야 하므로 아이디어를 냈다. 기계생산부에서 일하는 사람들은 월요일부터 목요일까지 10시간 동안 근무하고, 오피스 직원들은 각자가 원하는 요일에 출근해서 일주일에 40시간을 일하되 월 단위로 근무시간표를 미리 작성하여 주5일 동안 근무하는 인원이 고르게 분포되도록 부서별로 관리했다. 특히 금요일에는 모두가 공평하게 돌아가면서 사흘을 쉴 수 있도록 서로 양보하고 배려하는 자율성을 보여주었다. 이 근무제는 모두에게 환영을 받았다.

두 번째는 피고용자의 상해 보험 개선이다. 우리 회사는 용접을 비롯, 중장비 설비와 기계 제작이 많아서 직원 상해보험료(Workers Compensation Insurance)가 매우 비쌌다. 프리미엄이 한 달에 1만 달러가 넘었다. 어쩌다가 사고가 일어나면 보험료가 상대적으로 무척 많이 올라갔다.

나는 사원들에게 제안했다. 안전 수칙을 잘 지켜서 사고가 한 번도 일어나지 않은 달에는 사고가 일어났을 때 보험 회사에 덤으로 지불해야 하는 돈을 모든 회사원에게 나눠준다는 내용이었다. 보험회사에 줄 돈을 사원들에게 돌려준다는 이 아이디어는 폭발적인 반응을 얻었다. 그다음 달부터 사고율이 현저히 줄었다. 어느 때는 5천 달러가 절약되기도 했다. 나는 약속대로 보험료 차액을 직원들에게 똑같이 나누어주었다.

세 번째는 Profit Sharing Plan이다. 연말이 되면 회사 이익금을 산출하여 그 금액의 일정 분량을 직원들에게 나눠주었다. 기본급에 성과급을 추가로 지급한 것이다. 그랬더니 생산력과 효율성이 급격히 올라갔다.

네 번째는 직원들에게 주는 보험 혜택을 미국 내 어느 회사와도 비교할 수 없을 만큼 최고 플랜으로 구성했다. 건강보험은 물론이고 안경, 치과 진료까지 최저 비용으로 치료받을 수 있도록 과외로 지급하는 fringe benefit, 비공식적인 혜택을 제공했다. 개인이 지불하는 금액은 10퍼센트 정도였다. 그러다 보니 다른 회사로 옮기지 않고 우리 회사에서 수십 년 동안 일하다가 은퇴하는 직원이 많았다.

다섯째로 교육 플랜이다. 나는 직원들의 교육 수준이 어떻든 회사 주인인 나와 동급으로 대접했다. 회사가 성장하는 이유는 직원들이 회사를 사랑하고 헌신하기 때문이라고 믿었기 때문에 내가 받는 유익을 이들과 함께 누려야 한다고 생각했다. 인성을 바꾸고 삶의 환경을 개혁할 수 있는 유일한 길은 교육이라고 믿는 나는 공부하기를 원하는 직원에게는 학비를 보조해주었다.

직원의 후손에게도 교육의 기회를 줄 수 있는 방안을 연구했다. 그렇게 나온 제도가 직계자손의 교육을 위한 장학금이었다. 직원의 자녀나 손자녀가 고등학교를 졸업하면 1천 달러를 지급하고, 그들이 대학에 입학하면 또 1천 달러를 주었다.

결과적으로 공부하고자 하는 젊은이들은 2천 달러를 장학금으로 받았다. 블루칼라 노동자들의 자녀가 교육을 받아야 삶이 개선된다는 생각에서 만든 이 장학제도는 여러 젊은이들에게 인생의 삶의 질과 방향을 바꾸어주는 획기적인 동기가 되었다.

고등학교 졸업반이었던 아들이 공부를 하지 않고 기타를 사달라고 해서 네가 고등학교만 졸업하면 회사에서 1천 달러를 준다더라 하니까 공부를 하더란다. 그런 사람이 서너 명 되었다. 어떤 자녀는 대학 갈 생각조차 하지 않다가 장학금 이야기를 듣고 열심히 공부해서 대학에 갔다고 했다.

크리스마스 파티나 이런 저런 행사장에서 회사원 아내들을 만나면 감사하다면서 나를 어찌나 세게 껴안아 주는지 숨을 쉬기가 어려울 지경이었다. 그들의 감사 인사를 받으면서 큰 보람을 느꼈다. 이 프로그램은 지금도 계속 운영 중이다.

우리 회사는 해마다 크리스마스 파티 겸 망년회를 성대하게 했다. 직원과 그들의 전 가족을 초대해서 300명 이상이 모였다. 이 파티를 위해 회사에서는 몇 달 전부터 호텔을 예약하고 경품을 준비하고 여러 이벤트를 준비했다. 모든 경비를 회사에서 조달했는데, 직원들이 좋아해서 큰 이슈가 되었다.

그 외에도 근로자들의 사기진작을 위해 매월 그달의 우수 사원, 그해의 최우수사원을 뽑아 포상했다. 그 대상자는 근로자들이 직접 뽑을 수 있게 했다.

401K 은퇴연금 플랜을 마련하고 4천 달러까지 1대 1 매칭을 해주었다. 이렇게 한마음으로 일하다 보니 노동자들의 근로 조건 개선과 복지 등을 대변해주는 유니온(Union, 노동조합)에서 직원들에게 회원으로 가입하라는 제안이 들어왔을 때 직원들 모두 보이콧을 했다. 재정적으로 안정된 직장인데다가 회사에서 주는 베네핏이 많고 일하는 환경이 좋았기 때문이다.

76년도에 회사를 시작한 이래 30년 동안 회사 주식에 대한 수익 배당을 한 적이 없다. 주주가 오직 나 한 사람이었다. 내가 받는 배당금 전액을 회사 발전 기금으로 내놓았다.

회사 성장 요소 중의 하나가 근로자들이다. 미국, 특히 샐러드 볼이라 불리는 캘리포니아에 사는 사람들은 시간당 50센트만 더 준다 해도 미련 없이, 너무도 쉽게 직장을 바꾼다. 일할 곳은 많고 인력은 모자라니 어쩔 수 없는 현상이다.

사람들이 자꾸 바뀌면 회사로서는 큰 낭비가 아닐 수 없다. 사람을 임용하면 한동안 신입자에게 업무를 가르쳐 주는 경력자를 붙여주어야 하므로 이중으로 급료가 나간다. 실컷 업무를 가르쳐 놓으면 곧 이직을 한다. 그런 일이 반복되다 보면 생산성은 떨어지고 임금으로 지불하는 액수는 늘어난다.

나는 이런 악순환을 방지하기 위해 숙련된 직원들이 회사를 떠나지 않고 오랫동안 머물게 할 수 있는 방법을 고안했다. 5년 단위로 일한 연한에 따라 연말에 보너스를 지급하는 제도였다. 5년 근무자에게는 1주일, 10년은 2주일, 15년은 3주일, 20년은 4주일간의 급료를 유급휴가와는 상관없이 과외로 지급했다. 이 포상 프로그램은 직원들이 효율적으로 일하고 생산력을 높이는 데 매우 긍정적인 영향을 주었다고 자부한다.

회사의 명예이고 자랑인 괄목할 만한 상을 두어 차례 받게 된 배경에는 경영진의 노력과 회사 근로자들의 회사사랑에서 비롯되었다고 믿는다. 1987년에 Arthur Young/Venture Magazine Entrepreneur of the Year (올해의 기업인 상)을 받고, 1997년에는 Employer Excellence Award by Governor of California라는 타이틀로 캘리포니아 주지사가 수여하는 훌륭한 기업인 표창장을 받았다.

비즈니스란 늘 성장만 하는 것이 아니고 손익이 오르락내리락할 때가 있다. 비즈니스의 성공은 이 고점(高點)과 저점(低店)에 현명하고 유연한 대응이 아닐까 싶다.

언젠가 손실이 매우 큰 기간이 있었다. 회사원 20퍼센트를 감원해야 할 상황에 맞닥뜨린 것이다. 사원들을 전부 모아놓고 내 심정을 솔직히 털어놓았다. 지금 시장 경제가 좋지 않아 기계 판매가 줄어 어쩔 수 없이 감원을 해야 한다. 누구를 내보내야 할지 결정하는 일로 무척 괴롭다. 아이디어가 있으면 얘기해 달라.

무거운 침묵이 흘렀다. 내가 나서야 했다. 무겁게 입을 떼었다. 여러분에게 선택권을 주겠다. 감원할 것인지 아니면 월급을 20퍼센트 감봉할 것인지 둘 중 하나를 선택하라. 여러분의 결정에 따르겠다.

이구동성으로 월급을 깎으라고 했다. 나는 참으로 기뻤다. 사람은 이기적이어서 이런 경우에 다른 사람들이 쫓겨나든 말든 자신은 최종까지 축출되지 않고 남을 거라고 생각한다. 그러므로 자기 월급이 깎이더라도 동료들을 내보내고 싶지 않은 마음은 참으로 대단한 것이다.

목구멍이 포도청 아닌가. 마음을 선하게 먹는다고 해결되는 일이 아니라 실제적으로 자신의 재정에 심각한 영향을 줄 수 있는 결정이다. 20퍼센트 삭감은 비율적으로 큰 액수였다. 그런데도 가족 같은 마음으로 죽어도 함께 죽고 살아도 함께 산다는 결정을 해준 회사원들에게 마음 깊은 곳에서부터 존경심이 샘솟았다. 나는 이들과 끝까지 함께 하겠다는 결심을 새롭게 했다. 이들이 잘 살 수 있도록, 이들에게 더욱 많은 유익을 줄 수 있도록, 회사를 더욱 잘 운영해야겠다고 굳게 마음먹었다.

사원들의 호응에 힘입어 단 한 명도 해고하지 않고 그 직원들을 다 이끌고 갈 수 있었다. 한참 후, 회사 재정이 본 계도에 올랐을 때 나는 삭감했던 금액을 모두 소급해서 사원들에게 돌려주었다. 그 후 지금까지 사원을 감원한 적이 없다.

나는 사업을 하면서 "고맙습니다"라는 인사를 많이 받았다. 이제 그 인사를 내게 했던 사람들에게 다시 되돌려주고 싶다. 감사합니다, 악수하며 붙잡은 손을 따뜻하게 다독여 주고 싶다.

1700년대 조선의 정조가 했던 말이 있다. '홍의입지(弘毅立志) 관간어중(寬簡御衆) 공심일시(公心一視) 임현사능(任賢使能). 넓고 굳센 뜻을 세우고 관대함과 간소함으로 무리를 이끌며 공평하고 사사로움이 없는 마음으로 일관되게 다스리고 어질고 능력 있는 이에게 일을 맡기라.'

한창 일할 때, 이 문장을 알지 못했지만 나는 이런 마음으로 일하고 사람들을 대했다. 순간순간마다 최선을 다했고 그것으로 만족한다. 사람은 끝없이 성장하고 깨닫는 존재다.

∞ 회사 직원 고용의 원칙

나는 회사 직원이나 테크니션을 채용할 때 백그라운드 심사를 엄격하게 했다. 직원의 능력과 인성은 회사가 성공하는 조건 중의 하나이기 때문이다. 더구나 우리 회사는 美 국방부와 비즈니스 계약 관계 속에 있어서 철저한 보안이 필요하기 때문에 사람 선정은 매우 중요하다. 처음부터 꼭 일할 만한 사람을 제대로 뽑아야 한다. 잘못된 사람이 들어오면 내보내기도 쉽지 않고 시간적 경제적 손해가 많을 뿐만 아니라 여러 가지 문제를 일으킬 소지가 있어서 에너지 소모가 많기 때문이다.

그래서인지, 우리 회사 직원들은 한결같이 성실하게 일해 주었다. 생산성이 계속 올라가고 믿을만한 기업이라는 평판을 많이 받았다. 美국방부와의 계약을 많이 따낼 수 있었던 강력한 배경이라고 믿는다. 신뢰성과 책임감이 없으면 개인이 운영하는 작은 회사가 정부와 협업할 수 있겠는가.

나는 특히 인사과장 인선을 가장 중요하게 생각했다. 정직성과 공정성을 갖춘 사람을 찾았다. 인사과장을 선임한 후에는 그가 100퍼센트 자신의 재량을 발휘하도록 모든 재량권을 일임했다. 그가 직원 채용 지원자의 이력과 백그라운드 검사를 끝내고 검증된 사람을 기안해서 올려 보내면, 나는 가능한 한 오케이 사인을 하고 인터뷰에서 합격점을 주는 것으로 그의 결정을 신뢰하고 후원했다.

회사 직원 고용 원칙 중의 하나는 내 친척이나 지인의 부탁에 의한 인선 배제였다. 公과 私를 확실히 구분했다. 주변에 친인척이 얼마나 많은가. 형제자매들이 많으니 조카들을 비롯해서 일가친척이 많았다. 선후배와 가까운 친구들의 자제들도 있었다. 그들 중에는 내가 고용한 타인들보다 더 유능한 인재들이 많았고, 그들은 HF76에 들어와 일하기를 원했다. 갈등이 많았지만 단호히 끊어 원성을 많이 듣기도 했다.

일을 하다 보면 항상 좋은 일만 있는 것이 아니라서 어떤 상황을 맞이할지 모르는데, 힘든 결정을 해야 할 상황에 부닥치면 나 자신조차 흔들려 회사원들의 사기(士氣) 문제나 공평성에 흠을 낼 가능성이 있다고 생각했다. 이런 곤란한 상황을 미연에 방지하고 싶었다.

원칙을 고수하는 일이 쉽지 않았다. 많은 친인척이 나를 혈연조차 돌아보지 않을 만큼 지독한 인간, 자신이 만든 원칙에 유별난 원칙주의 자라고 여기고 서운했을 것이다. 하지만 처음부터 철저하게 통제했더 니 언제부터인가 더 이상 이 문제를 거론하지 않게 되었다. 결과적으로 HF76 직원 중에는 친척이 단 한 명도 없다.

내 친인척에게는 그렇게 엄격했지만 헌법에 보장된 인권 보장은 잘 지켰다. 인종이나 나이 부분에서는 차별하지 않았다. 또 회사 내에 형 제자매나 부부, 또 인척이 함께 일하는 것은 제한을 두지 않았다. 언니 와 동생 두 자매가 서로 다른 분야에서 일하는 사람도 있고, 부부 중 남편은 강철을 다루는 일을 하고 아내는 오피스에서 일을 하기도 했다.

나 자신에게 적용했던 친인척 고용 배제 규정을 철저하게 지킨 직원 들이 있었으니, 각 디비전의 제너럴 매니저들이었다. 그들은 자기가 소 속되어 있는 디비전 내에 자신의 형제자매나 친인척을 고용할 수 없었 다. 예상되는 부작용을 미리 차단하고자 한 규정이었는데 그런 일로 잡음이 없었으니 성공한 원칙이라고 하겠다. 모든 인사 문제를 인사과 장에게 일임한 것도 자연스럽게 통제할 수 있는 효과를 주었다.

모든 신입사원은 백그라운드 검사를 통과할 때까지 가입사(假入社) 상태가 된다. 백그라운드 검사를 마치는데는 보통 2~3개월이 걸리는 데 불합격하면 고용이 취소된다. 지원자의 백그라운드 체크를 전문회 사에게 맡기는데 하자가 많이 나왔다. 보통 범죄와 연루되어 있거나 금전 문제에 얽힌 사람이 많았다.

백그라운드 검사에 합격하고 인사과장 및 회사 중역들과의 면담을 통해 입사한 사람들은 쉽게 회사를 떠나지 않고 성실하게 일하고, 회사 또한 그들을 해고하지 않았다.

내가 정한 이 원칙을 한두 번 깨뜨린 적이 있었는데, 낭패를 보았다. 한국 사람인데다가 아는 사람이 부탁하는지라 거절하지 못하고 고용했다가 유쾌한 결말을 맺지 못한 것이다. 원칙을 정하면 그에 따르는 것이 좋다는 교훈을 얻었다. 그 원칙은 모두에게 공평하기 위해 만들어 놓았기 때문이다.

HF76의 새 CEO 제임스 리는 내 아들이지만 일반 사원이 아니라 가업을 잇는 차원이어서 앞서 얘기한 원칙을 뛰어넘는 케이스라고 하겠다.

∞ Made in USA 자동차와 애국심

나는 회사를 운영하면서 몇 가지 규칙과 원칙을 세웠다. 그중의 하나가 미국산 애용이다. 특히 회사 업무용 차량은 반드시 Made in USA 제품을 구입했다.

HF76 회사에는 업무용 차량이 많다. 대형 트럭, 소형 트럭, 밴, 승용차 등등 종류도 각양각색이다. 지사장들에게 자동차를 사 줄 때 그들이 원하는 종류를 사 주되 유일한 조건이 있었는데, 미국산 자동차이어야 한다는 점이었다. 외제 자동차가 아무리 성능이 좋고 가성비가 좋다 해도 나는 미제를 고집했다. 지금도 그 원칙이 지켜지고 있다. 내 개인적으로는 링컨 SUV Nautilus와 포드 머스탱을 타고 다닌다. 머스탱 자동차 등록 번호판은 HF76다.

군 관계 제품을 제작 납품하는 회사의 CEO로서 양심 차원의 선택이라기보다는 6·25 전쟁 때 대한민국을 도와준 미국이라는 나라를 향한 고마움과 애국심의 발로였다. 이렇게 작은 행위가 이 거대한 나라에 무슨 도움이 될까 싶기도 하지만 내 나름대로 조금이라도 은혜를 갚고 싶은 마음으로 이 방침을 고수해 왔다. 남이 알아주든 말든, 이상하게 생각하든 말든, 미국을 지지하고 미국이라는 나라에게 감사한다.

한때 미제 자동차의 질과 성능이 외제 자동차에 비해서 많이 떨어졌다. 그래도 나는 미제 자동차를 샀다. 기계 제작에 필요한 부품도 모두 미제를 사용했다. 회사 정책으로 만들어 초지일관했다.

미국산 애용 운동은 회사원들에게 많은 호응을 받았다. 자신이 근무하는 회사 회장은 동양인이지만 미국을 사랑하는 이민자라는 인상을 준 것 같다. 이러한 소문이 군 관계자에게 들어가 좋은 코멘트를 받은 적이 있다.

칭찬받기 위해서가 아니라 사람이란 모름지기 은혜를 갚을 줄 알아야 한다는 믿음을 실천한 것뿐이다. 나는 아시아에서 온 이민자이지만 내가 살고 있는 이 나라를 사랑하고 이 나라가 잘 되기를 바란다. 이런 마음과 행동은 이 땅에 사는 나와 내 가족, 그리고 내가 사랑하는 사람들을 사랑하는 또 하나의 길이라고 생각한다.

미 대륙에서 미국이라는 나라가 지니고 있는 프리미엄을 누리며 살고 있는 나는 미국이 강해지기를 원한다. 나와 내 가족이 이 땅에서 자유롭게 일을 하고 돈을 벌고 행복을 누릴 수 있는 이유는 이 나라가 민주주의를 수호하고 개인의 자유와 권리를 보장하기 때문이다. 이 나라는 튼튼한 국력으로 내가 아무 염려 없이 아메리칸드림을 이룰 수 있게 해주었다. 사람은 가족을 사랑하고 자기가 몸담고 있는 회사를 사랑하고 또 자기가 살고 있는 나라를 사랑해야 한다고 생각한다.

∞ 소프트볼 리그 HF 팀

회사가 한창 성장해서 100여 명이 일할 때였다. 북가주 디비전이 위치해 있는 카운티에 소프트볼 리그가 있었다. 회사 직원 몇몇이 소프트볼을 매우 좋아한다는 사실을 알고 팀을 만들었다. 10명이상이어야 해서 공군 몇몇을 영입, 회사 직원 6명 공군 6명으로 훌륭한 팀이 이루어졌다. 나는 스폰서로서 유니폼과 기타 소프트볼 팀에 필요한 비용을 감당했는데, 팀원 각자가 자체적 자율적으로 솔선수범하여 팀을 운영했다.

매 주말마다 시합을 하는데 10개 팀이 출전했다. 직원들은 HF, 회사 로고가 들어간 유니폼을 입고 뛰었다. 낮 시간이 긴 여름에는 근무를 마친 후에 날마다 모여서 연습했다. 1980년부터 1990년까지 10년 정도 지속했는데 서너 차례 우승했다. HF는 강팀에 속했다.

나는 직원들이 좋아하고 그들에게 필요한 것들을 가능한 한 지원하려고 노력했다.

∞ '올해의 기업인상'을 수상하고

회사가 한창 성장할 즈음, 나는 회사 회계 감사를 Arthur Young CPA 주식회사에 맡겼다. 미 전국 5위 안에 들 만큼 공신력을 인정받은 회사였다. 이 회사에서 CPA 감사를 하고 사인한 재정보고서를 제출하면 정부나 은행에서 좋은 크레딧을 받았다. 이런 이유로 회사의 장래를 생각해서 신망 있는 회사에 재무 감사를 맡긴 것이다. 다른 CPA 회사보다 비용이 세기는 하지만 그만큼 가치가 있었다.

1986년 어느 날 회사에 출근했더니 넥타이를 맨 정장 차림의 낯선 신사 두 명이 사내 이곳저곳을 오고 갔다. 아무도 그들에 대해서 보고하지 않았고, 나 또한 직원이 보고하지 않는데 군이 물어볼 필요성을 느끼지 못했다. 타 회사에서 홍보차 들른 세일즈맨들이라고 짐작했고, 중요한 일이라면 보고할 거라고 생각했다.

이들은 직원 여러 사람들과 대화를 나누는 것 같았다. 나중에 알고 보니 Arthur Young CPA 회사와 파트너십을 맺은 곳에서 파견 나온 사람들이었다. 이들은 자사가 회계 업무를 담당하고 있는 회사의 재정 시스템을 직접 확인하기 위해 각 회사를 방문하고, 현장 검사를 마치면 여러 파트너 앞에서 브리핑을 한다고 했다.

1987년에 Arthur Young CPA 회사에서 연락이 왔다. 자기 회사와 Venture Magazine이라는 잡지사 공동 주관으로 'Entrepreneur of the Year(올해의 기업인 상(賞))'을 수여하는데 5개의 후보 회사 중에 우리 회사가 포함되었다고 했다. 그중 한 곳을 뽑아 시상하는 기념식에 참석하라는 통지였다. 몇 개월 전에 낯선 신사 두 명이 와서 사내를 오가며 살핀 이유를 그제야 알게 되었다. 직원들에게 알고 있었느냐고 물으니 그들이 비밀로 하라고 해서 침묵했단다.

이 상을 수여하는 방식이 오스카상으로 불리는 아카데미상과 비슷했다. 5개 분야에서 각각 5명의 후보를 선정하고 시상식 당일에 한 사람이나 한 그룹에게 시상하는 것이다. 나는 가족과 회사 임원들을 대동하고 시상식에 참석했다. 10명씩 앉을 수 있는 테이블이 그룹별로 지정되어 있었다. 각각 5개 분야에서 후보로 선정된 회사 사람들도 들뜬 표정으로 속속 모여들어 축제 분위기였다.

이 상의 의의와 선정 기준 등을 발표한 뒤, 후보 회사들을 명명했다. 최종으로 선정된 회사 이름을 호명하는데, HF76 이명선이었다. 얼마나 놀랐는지 모른다. 신문 지면도 장식했다. 은행의 공신력이 급격히 올라간 것은 물론이다. 한인이 CEO로 있는 회사로서는 최초의 수상이었다. 폐업하는 회사를 인수하여 힘들게 운영해온 지난날들이 주마등처럼 스치며 만감이 교차했다. 몇 년 후에는 철강회사를 운영하는 백영준이라는 한인이 이 상을 받았다.

지금도 이 상이 있다. 2020년에 이 기관에서 아들 제임스에게 연락이 왔다. 미스터 명선 리가 아직도 살아 있느냐고 물었단다. 그렇다고 대답하니 깜짝 놀라서 그렇다면 그를 위한 이벤트를 준비하겠다고 했단다. 그해 수상식에서 스피치를 하라고 했다.

베벌리힐스 힐튼 호텔에서 개최되는 시상식 연단에 올라 15분~20분 정도 스피치를 했다. 회사 운영방식과 특징 등을 설명해달라고 미리 부탁을 받았는데 나만 볼 수 있는 스크린 두 개가 양쪽에 있었다. 내가 말을 하면 스크린에서 다음 할 말을 미리 알려주었다. 준비한 원고를 미리 전달하기는 했지만 이런 용도로 쓰일 줄은 꿈에도 생각하지 못했다. 세상에 태어나서 그런 스피치는 처음 해보았다. 온 가족과 회사 임원들이 참석했는데 참으로 영광스러운 순간이었다.

∞ IRS 감사(監査)가 준 교훈

20년 전, IRS(美 국세청)에서 나온 감사(監査) 결과에 얽힌 에피소드가 아직도 잊히지가 않는다. 회사 운영 초기에는 IRS로부터 재정이 투명해서 고맙다는 편지까지 받았는데 잘못했다는 통보를 받은 것이다. 양심에 떳떳하게 운영한다고 자신했던 나는 의아하고 실망했다. 이유가 궁금하기도 했다. 전후 사정을 알고 나서는 美 국세청의 철두철미한 규정에 머리를 흔들었다.

회사 간부 중에 30년을 근무하고 은퇴한 사람이 있었는데 하도 고마워서 은퇴 기념 포상 휴가로 부부 동반 알래스카 크루즈를 보내주었다. 비행기 티켓과 크루즈 승선, 기타 부대비용에 총 6천 달러를 회사에서 지불했다. 그 일이 감사에 걸린 것이다.

처음에는 이해가 되지 않았다. 내가 내 직원에게 휴가 비용을 대준 것이 무엇이 잘못되었다는 말인가. 그들의 설명이 가관이었다. 당신이 직원에게 6천 달러를 보너스로 지급하고 그로 하여금 소득세를 내게 해야 했는데 그 과정을 무시했다는 것이다. 세법을 잘 몰라서 일어난 일로써 그도 나도 고의가 아니었다고 해명했다. 그들이 회사 간부에게 charge of the refund, 수익에 대한 세금과 벌금을 청구하겠다고 하기에 환불 책임을 내가 지겠다고 해서 마무리가 되었다.

IRS 감사에 걸린 적이 또 있다. 언젠가 회사에 현금 순환이 원활치 않았다. 나는 내가 사는 십을 담보로 은행에서 크레딧 라인을 얼이 30만 달러를 융자받아 회사 용도로 사용하고 나중에 그 금액을 돌려받았는데, 그것이 문제가 된 것이다. 내가 운영하는 회사라 할지라도 개인 돈을 회사 운용에 썼으면 이자를 받고 그에 대한 세금을 내야 했단다.

미국은 이만큼 철저하다. 규정을 몰랐다는 변명은 통하지 않는다. 내 회사일지라도 재정에 관한 한 公과 私를 엄격히 구분해서 일을 처리해야 하는 것이다. 이런 과정을 겪으면서 나는 큰 교훈을 얻었다. 법대로 원칙대로 해야 마음이 편하고 자유롭다는 것. 미국은 준법정신이 살아있기에 저력이 있는 나라라는 생각을 거듭했다. 이런 마음으로 일하다 보니 지난 50년 동안 사업을 하면서 단 한 번도 개인이나 단체로부터 고소를 당한 적이 없고, 단 한 번도 개인이나 단체를 고소한 적이 없다.

∽ 브리핑과 디브리핑

1975년도에 시민권을 취득하고 1976년도에 HF76 회사를 인수할 때, 회사와 軍의 관계를 전혀 몰랐다. 회사의 인사 기록을 점검하던 중, 엔지니어링 디파트먼트에서 일하는 테크니션 한 명이 공군기지에서 극비리(Highly Classified Secret) 등급의 일을 한다는 것을 알게 되었다.

  나는 그 직원이 적을 둔 회사 사장인 까닭에 미국 정부의 인증을 받아야 했다. 이 직원이 국방부의 프로젝트를 계속하기 위해서는 그의 상사인 나 스스로 백그라운드 체크(Background Check) 과정을 거쳐야 했던 것이다. 미국 내 일반 회사나 기관에서 직원을 채용할 때 행하는 등급의 검사가 아니고 매우 치밀한 조사였다.

  인증에는 세 종류가 있다. Confidential Class, Secret Class, 그리고 Top Secret Class다. 이 직원이 하는 일을 내가 감독하기 위해서는 최고의 비밀 등급인 Top Secret Class 인증을 받아야 했다. 조사가 진행되는 동안, 잘못한 일도 없는데 괜히 지난 과거를 되돌아보면서 불안한 시간을 보냈다. 마치 어릴 적에 고해성사를 준비하는 마음이었다.

  출생지, 부모, 부모의 직업, 형제자매와 그들의 직업, 이 모든 혈연들의 거주지, 내 학력, 지금까지의 이력 등 세밀하게 신상을 조사한 후 아무런 하자가 없다는 인증을 받았다.

  인증 절차가 끝나고 나는 회사 임원 몇몇과 함께 국방부에서 주관한 미팅에 처음으로 참석했다. 그 안에 들어가니 군 관계자들이 모두 정중하고 예의 바르게 대해주었다. 키 작은 동양인이라고 이상하게 보는 눈길을 전혀 느끼지 못했다. 인정받은 사람을 완전히 신뢰하는 것이 미국인의 방식임을 알게 되었다.

  미 국방부 고위층과 고급 장교들의 회의 과정을 지켜보며 감탄했다. 미국의 방위에 관련된 사업과 계획을 토의하고 결정하는 자리였다. 그들의 계획 속에 우리 회사가 담당할 일이 있고 그것을 알아야 하니 이 미팅에 초대한 것이지만, 이렇게 극비의 미팅에 참석한 감상이 남달랐다. 사명감을 느꼈다고나 할까. 어쩌면 군에서 의도했던 바이기도 할 것이다.

6·25전쟁으로 미군 4만 5천 명, 한국군 13만 5천여 명, 남한 국민 24만 5천 명, 중공군 140만 명이 사망했다. 한국과 북한과 중공은 직접 관계된 전쟁이지만 미국은 유엔을 통해 지원을 나온 군인들로 4만 5천 명이 남의 나라 전쟁을 도우러 와서 희생된 것은 보통 일이 아니다. 이들의 존재로 인하여 적국의 행동을 컨트롤할 수 있었으니 부지불식간에 얻은 효과는 지대하다 할 것이다. 내가 한국에 사는 동안 맘껏 공부하고 누렸던 자유는 한국을 지켜준 미군의 존재 때문이었다고 믿는 것이다.

미국에 와서 미국 시민이 된 후, 미국에 도움이 되는 일이라면 무엇이든 하겠다고 마음먹은 터에 우리 회사가 군 관계 제품을 만들게 되었으니 이 얼마나 의미 있는 일인가. 나는 군 관계 일이라면, 군이나 정부가 우리 회사의 힘이 필요하다고 요청하는 일이면, 다른 모든 것을 제쳐두고 최우선으로 해결했다. 일개인의 작은 힘이지만 마음으로부터 이들에게 최대한 은혜를 갚겠다고 마음먹었기 때문이다.

군 관계 제품을 다룰 때 상업용 제품을 취급했지만, 상업용 제품 제조 현장에서는 군 관계 제품을 만들거나 다루지 않았다. 그러니까 군에 납품하는 제품을 제조하는 기술자나 테크니션들은 상업용도 함께 다루었지만 상업용 제품 파트에서 일하는 테크니션들은 군 관계 제품 제조에는 관여하지 않도록 했다. 국가 기밀이기도 했지만 질서와 보완을 생각해서였다.

디비전이 여러 군데 있을 때여서 우리는 편리상 각 지사를 익명으로 불렀다. 새크라멘토에 소재한 공군기지와 합력해서 일하는 회사 디비전은 HF76 North, 유마 디비전은 HF76 South, 뉴욕에 있는 오스카 피셔는 HF76 East, 닥터 Palmer로부터 인수한 밴 나이스 디비전은 HF76 West로 각각 명명했다. 지역이 서로 멀리 떨어져 있어서 크리스마스 망년 파티도 네 번에 걸쳐 각각 다른 날짜에 진행했다. 새크라멘토 사업을 다른 디비전에서 일하는 일반 사원들에게 노출하지 않을 수 있어서 여러 모로 편리했다.

군과의 연계사업으로 보안이 매우 철저했다. 나는 외국으로 출장을 가거나 장기 여행을 떠날 때는 출발하기 전에 회사의 Security Officer에게 꼭 브리핑을 했다. 이 직원은 정부에 가서 특별 교육을 받고 회사 보안 문제를 관장했다. 나는 어디를 들를 예정이고 어디에 머물 건지 누구를 만날지 일정을 알려주고, 비상 연락처를 언제나 남겨두었다. 다녀와서는 떠나기 전에 브리핑했던 내용과 다른 부분을 보고했다. 수상한 사람과 접촉했거나 접근하지 않았는지 보고하는 것이다. 이를 디브리핑이라고 한다. 나뿐만 아니라 외국에 다녀온 모든 직원은 반드시 이 규약을 따라야 했다. 여행 중에도 양쪽 일을 빈틈없이 했다.

회사 직원들에 대한 마음도 똑같았다. 건강보험이나 은퇴연금 등,

일반 회사들이 사원들에게 지급하는 베네핏 이외에도 직계 자손 장학금, profit share, 기타 행사 참여 보조 등은 이런 마음가짐에서 나왔다. 그런데 오랫동안 함께 일한 직원들조차 내 의도를 잘 아는 사람이 적다는 것을 은퇴를 앞둔 어느 날 알았다.

은퇴할 즈음, 회사 간부들과 회식 자리를 마련했다. 화기애애한 분위기 속에서 이런저런 이야기가 오가는 가운데 지난 수십 년간 내가 회사를 운영해 온 방침의 근간에 대해서 얘기하고 미국인에 대한 감사와 은혜를 언급했더니 그제야 몇몇이 고개를 끄덕였다.

미국이 6·25전쟁에서 한국을 도와주고, 현재까지도 안전보장 동맹 관계로 우리나라의 든든한 방패가 되어주고 있는 사실이 고마워서 이 나라를 위해서 조금이나마 유익한 일을 하고 싶었다고 구체적으로 설명했다.

부사장은 솔직하게 고백했다. 이 조그마한 회사가 수익을 생각하지 않고 여러 모양으로 사원들에게 아낌없이 재정을 사용하니 걱정스럽기도 하고 한편으로는 의심스러웠다고. 그렇게 하지 않아도 되는데 굳이 사원들을 유난히 챙기는 것이 의아했다고. 그런데 이제야 이해가 간다고.

30여 년 동안 큰아들 제임스에게조차 얘기하지 않고 마음속에 간직했던 생각을 토로하고 나니 후련했다.

∞ 경영 철학

내 경영 철학은 첫째도 정직 둘째도 정직이다. 나는 정직성 때문에 IRS에서 고맙다는 편지까지 받았다. 정직에 더하여 끈기가 있다면 더 바랄 것이 없을 것이다. 비즈니스 성공의 열쇠 역시 정직과 끈기다. 나는 회사를 운영하는 큰아들 제임스와 회사원들에게 정직과 끈기를 정말 많이 강조했다.

이 세상을 가장 아름답고 단순하게 사는 길은 정직하게 사는 것이라고 성현들은 말했다. 동감하고 공감한다. 성경에서는 더욱 차원 높은 정직과 진실을 말하고 있다.

"여호와여 주의 장막에 머무를 자 누구오며 주의 성산에 사는 자 누구오니이까 정직하게 행하며 공의를 실천하며 그의 마음에 진실을 말하며"(시편 15:1~2).

정직은 내가 지금까지 살아오면서 체험으로 얻은 소중한 자산이기도 하다. 정직하면 반드시 보상이 뒤따른다. 언제 어느 상황에 처하든지, 정직은 그만한 가치가 있다고 생각한다. 나는 내 자녀들이나 회사원들이 이 진리를 끝까지 명심했으면 한다.

나는 Zep-Aero 회사에서 풀타임으로 일할 때도, 회사를 사고파는 상황에서 신경전을 벌이는 양자 사이에서 오래 갈등하지 않고 정직하기로 맘먹었다. 그리고 그것은 내내 보상을 받았다. 각 회사 고위층 인사들은 내가 상황에 굴복하거나 비굴하지 않고 정직하게 소신껏 일하는 사람이라는 것을 알고 내가 원하는 장소와 좋은 자리를 내어주었다. 그런 처우를 받은 배경에는 성실함도 많은 도움이 되었겠지만 가장 중요한 포인트는 정직에 있다고 믿는다.

나는 이제 선택받기를 원하는 사람이 아니라 사람을 선택하는 위치에 있는 사람이지만, 인선에 가장 많은 비중을 두는 항목은 역시 정직성이다. 그것은 영리한 두뇌와 정확한 일 처리보다 더 믿을 만한 요소다. 영리한 두뇌를 지닌 사람을 키웠다가 오히려 배신을 당할 수도 있다. 믿는 도끼에 발등을 찍힌 사람은 상대의 정직성보다는 다른 요소에 무게를 두고 관계했기 때문이라고 생각한다.

끈기는 말 그대로 끈기다. 사람은 누구나 성취하고자 하는 욕구가 있다. 그것을 쟁취하느냐 마느냐 하는 문제는 오로지 끈기의 여부에 달려있다고 생각한다. 스포츠든 예술이든 어느 경지에 이르기 위해서는 만 번의 연습이 필요하다는 말이 있다. 만 번의 연습이란 끈기의 다른 표현이 아닐까 싶다. 하늘은 스스로 돕는 자를 돕는다는 말은 스스로 할 수 있는 일에 최선을 다하고 나서 하늘의 은총을 바라야 한다는 뜻이지 아무런 노력도 하지 않고 그저 가만히 앉아서 꿈만 꾼다고 이루어지지 않는다는 의미일 것이다.

사업을 하면서 고난과 고초가 왜 없었겠는가. 사업은 수많은 사람을 다루는 일이다. 나도 내 자신을 몰라 헤맬 때가 있고, 내 자신이 맘에 안 들어 작신 패주고 싶을 때도 많은데, 하물며 자기 마음 자기도 몰라

하는 이면적인 사람들을 수십 명 수백 명을 모아놓고 회사라는 이름으로 일을 하게 해서 돈을 버는 일은 보통 인내를 요구하는 일이 아니다.

회사 경영은 많은 사람들과의 갈등과 조율의 연속이라기보다는 그 상황을 바라보고 해석하는 나 자신과의 싸움이었다. 성현은 말했다. 이 세상에서 가장 큰 싸움은 자신과 더불어 싸우는 싸움이라고. 그 싸움은 인내와의 싸움이라고. 인내란 도무지 참을 수 없을 때 참는 것이라고.

어쩌면 나의 외골수적인 면이 회사의 어려움을 정공법으로 뚫는 비결이 아니었나 싶다. 에필로그에서도 썼지만, 정직·끈기·열정을 한 단어로 표현하면 성실(誠實)이다. 성실을 지렛대 삼아 비즈니스를 했고, 성실이 성공의 비결이었다.

회사 경영권을 인계하고

　회사 경영 일선에서 물러나기로 결심했다. 살면서 가장 미련한 행동은 멈춰야 할 때 멈출 줄 모르는 것이고 가장 아름다운 선택은 멈춰야 할 때 멈출 줄 아는 것이다. 나이 70이 넘어가자 순발력이 떨어지고 어떤 선택을 해야 할 때 결정이 늦어진다는 것을 나 스스로 인지하기 시작했다. HF76은 생활용품을 만드는 회사가 아니라 섬세한 설계를 통해 커머셜 기계를 비롯해서 국방부에 납품하는 여러 가지 특수 중장비 기계를 제조하는 회사다.

　내가 언제까지 이 일을 할 수 있을지 늘 염두에 두고 있었지만, 이제 서서히 그 시간이 다가온다고 느꼈다. 그런 가운데 외부에서 회사를 사고 싶다는 연락이 자주 왔다. 그들도 30년을 경영해 온 내 나이를 고려한 것이다. 마치 수십 년 전 나이 든 CEO들에게 내가 먼저 다가가 회사를 사겠다는 오퍼를 넣었던 것처럼.

　2000년에 절반은 은퇴하다시피 했다. 완전히 손을 내려놓지 못한 이유는 여전히 남아 있는 미련 때문이었다. 30여 년간 내 영혼의 힘까지 끌어 모아 일군 회사 아닌가. 2010년이 되자 이제는 결정을 해야겠다는 생각이 확고해졌다.

어느 날 가족회의를 소집했다. 회사의 앞날에 대하여 진지하면서도 허심탄회하게 대화하는 시간을 가졌다. 내 자녀 중에 누군가가 맡아준다면 더할 나위 없이 기쁘겠지만 강요하고 싶지는 않았다. 아이들은 이 땅에서 태어나 대학에 가서 각자 적성에 맞는 공부를 했고 각자 원하는 꿈이 있었다. 그 길을 걷도록 격려하고 후원해왔던 내 입장에서는 자녀들이 원하는 일을 하면서 아메리칸드림을 이루고 행복하게 살면 그만이다. 아이들이 인수를 원하지 않으면 아쉽지만 시장에 내놓아 팔면 된다.

세 가지 가능성이 도출되었다. 하나는 전문 CEO 영입, 둘째는 시장에 파는 것, 마지막으로 두 아들 중 한 명이 가업을 이어받는 것. 전문 경영인을 고용한다 해도 문제는 많을 것이다. 이 회사에 눈독을 들이는 사람들이 많으니 시장에 파는 것은 문제없지만, 후회나 아쉬움이 남을 소지는 많다. 아이들이 맡겠다고 한다면 가장 이상적일 것이다.

다행히 큰아들 제임스가 해보겠다고 했다. 제임스는 그때 나이 42세로 Aero Space 주식회사에서 GPS 시스템 전문가로서 풀타임으로 일하고 있었다. 둘째 아들 에드윈은 다른 회사에 다니면서 자신의 전공을 살려 이 회사의 재정 자문을 돕겠다고 했다. 나는 두 아들에게 고마웠다. 아버지의 마음을 읽어줄 만큼 성숙한 어른으로 성장했구나 싶어 이중의 기쁨을 맛보았다.

제임스에게 3개월 동안 시도해볼 수 있는 시간을 주기로 했다. 그 기간 동안 내가 회사 주변에 있으면 제임스가 내게 의존할 수도 있고, 나 또한 아들이 아무리 미덥다 해도 두 눈으로 보고 있으면 걱정이 되어 이것저것 참견할 소지가 있다고 판단되었다.

2010년도에 인수인계를 했지만 계속 이 일 저 일로 상관하게 되어 완전히 손을 내려놓는 계기가 필요했다. 고심 끝에 우리 부부는 3개월 동안 집에서 멀리 떠나있기로 했다. 104일간의 세계 일주 크루즈를 하게 된 배경이다.

크루즈를 예약하고 기다렸다가 떠난 때가 2012년 5월이었다. 나는 해냈다. STC. Stop, Think, and Choose. 앞을 향해 달리던 길을 멈춰 서서 생각하고 선택하는 것. 이 세 가지를 성공적으로 실천한 나 자신이 대견했다.

잊지 못할 세 명의 Boss

　한국의 직장생활에 대해서는 아는 바가 없다. 대학 졸업 후 군에 입대하고 제대하자마자 유학을 왔기 때문이다. 군대라는 특수한 환경 속에서 여러 상사를 모셨지만 본격적인 사회생활은 미국에 와서 시작했다고 할 수 있다.

　미국에서 일하는 동안, 내 인생에 큰 영향을 준 보스는 세 명이다. 동서양의 문화를 뛰어넘는 그들과의 *끈끈한* 관계는 내 삶에 소중한 자산이 되었다.

　나는 일을 그만둘 때 상사에게 직장을 옮기거나 그만두어야 하는 이유를 선명하게 전달해서 감정적이거나 충동적으로 결정한 것이 아니라는 점을 분명히 했다. 내 꿈과 열정에 중점을 두어 말함으로써 오히려 지지와 격려를 받은 적이 많았다. 그렇게 서로간의 이해 속에 헤어졌기 때문에 언제 어디서 만나든 반가웠다. 나중에 거리낌 없이 필요한 도움을 요청할 수 있고 전폭적인 후원과 지지를 받을 수 있었다.

이곳은 직장을 옮기면 이전에 일했던 직장 동료나 상사들의 추천서가 필요하기 때문에 좋은 관계로 헤어지는 게 좋다. 비즈니스 사회는 나중에 어떻게 엮일지 모르는 세계여서 더욱 필요한 매너다. 이런저런 계산 때문이 아니라 내 성격상 깔끔한 인간관계, 언제 어디서 다시 만난다 해도 껄끄럽지 않은 사이여야 한다는 생각 때문에 불편하게 관계를 단절한 경우는 거의 없다.

첫 번째 상사는 CPA 회사에서 파트타임으로 회계 업무를 할 때 모셨던 AC Presser다. 이 회사에서는 대학원 마지막 학기에 시작해서 공부를 마치고 풀타임으로 직장을 잡아 떠날 때까지 일했다. 내가 맡은 일을 완벽하게 정리해 주고 후임자를 잘 훈련시켜 인수인계를 마친 후에 회사를 나왔다. 그는 아쉬워하며 고맙다는 인사와 함께 내 앞날을 축복해주었다.

오랜 후에 HF76을 인수하고 나서 회계를 맡아줄 CPA 회사를 선정할 때 그를 찾아가 회사의 회계를 부탁했다. 당신이 나라는 사람을 잘 알지 않느냐. 내가 회사를 시작한 지 오래되지 않아서 경비를 아껴야 한다. 당신 회사에서 최소한의 비용으로 우리 회사 재정 보고를 맡아주었으면 고맙겠다. 그는 흔쾌히 승낙하고 자신이 은퇴할 때까지 10년 동안 이 작업을 손수 맡아 해주었다. 그가 은퇴한 후에는 큰 CPA 회사로 옮겼다.

두 번째 잊히지 않는 상사는 Zep-Aero 회사의 Burrell Johnson이다. 그는 세계 2차 대전 때 해병대에서 복무하는 동안 아시아에 많이 머물렀던 사람이어서 동양인에 대한 이해심이 깊었다. 내게 많은 영향을 준 인물로 나중에 팔로스 버디스 시장까지 지낸 인물이다.

Zep-Aero에 입사한 해 크리스마스 즈음에 그가 우리 부부를 집으로 초대했다. 팔로스 버디스에 있는 그의 집을 찾아가는데 GPS가 없던 시절이라 구불구불 언덕길을 오르락내리락하면서 헤맸다. 우왕좌왕, 같은 길을 반복해서 오르내리니 경찰이 다가와서 이유를 물었다. 집을 찾지 못한다 하니 그가 우리를 목적지까지 에스코트해 주었다.

고개 넘어 해변에 있는 그 집은 천국 같았다. 롱비치 항구가 보이고 카탈리나 섬이 보이는 그 집 정원에 들어서니 넘실거리는 푸른 바다 풍경에 감탄이 절로 나왔다. LA에 있는 우리 집으로 돌아오는 길에 나는 아내의 손을 꼭 잡으며 언젠가는 우리도 이런 집에서 살아보자고 다짐했다. 나중에 나는 눈앞에 바다가 펼쳐져 있는 팔로스 버디스에 집을 샀다.

Zep-Aero 회사에서 나온 후에도 그와 유대관계를 유지했다. 내가 팔로스 버디스로 이사한 후에는 우리 두 사람 모두 팔로스 버디스 골프 클럽 회원이어서 그와 함께 골프도 같이 치고 저녁 식사도 함께했다. 한번은 저녁 식사를 함께 하는 중에 그가 쓰러져서 그의 집까지 데려다 준 적이 있다. 그는 집에서 8시간 동안 쓰러진 채 방치된 적도 있다고 했다. 그의 아내가 유방암으로 사망한 뒤 몇 년 후, 그가 토렌스 양로병원에 입원해 있을 때, 아내와 나는 꽃과 음식을 사 가지고 그를 자주 찾아갔다. 딸이 둘 있는데 딸들보다 내가 더 많이 찾아온다고 감격했다.

언젠가 그를 방문했더니 고민이 있다고 했다. 아내도 떠나고 자신도 아프니 두 딸에게 재산을 물려주어야 하는데 두 딸의 사이가 좋지 않아서 쉽지 않다고 했다. 주식, 예금 등은 똑같이 나누어 줄 수 있지만 피아노처럼 단 한 가지씩밖에 없는 물건들은 어떻게 분배해야 할지 고민이라고 했다. 한 사람이 어느 한 가지를 원하면 다른 딸이 고의로 자기도 원한다는 것이었다. 그중에서도 피아노를 두 딸이 모두 원하는데 합의가 안 되니 고민이라면서 어떻게 하면 좋겠느냐고 물었다.

며칠 후에 아이디어 하나가 떠올랐다. 그에게 찾아가 방법을 말해주었다. 돈이나 증권 등 둘로 똑같이 나눌 수 있는 것은 그렇게 하고, 유일한 품목은 가격대 별로 일련번호를 매겨 리스트를 만든 다음 둘을 불러 1번부터 선택할 수 있는 우선권을 교대로 주면 공평하지 않겠는가. 예를 들어 식탁에 대한 우선권을 가진 맏딸이 원하지 않으면 둘째에게 넘어가고 두 번째 리스트는 둘째가 우선권을 갖게 하는 것이다.

그는 내 아이디어에 무릎을 치면서 좋아했다. 나중에 찾아갔더니 알려준 방법대로 해서 모든 재산이 깨끗이 정리되었다고 매우 고마워했다.

그가 세상을 떠나 장례식에 갔다. 퇴역 군인 몇몇이 청록색 베레모 차림으로 서있었다. 해병대 의전 악대에서 두 명이 나와서 장례행렬 앞뒤에서 나팔을 불어주었다. 한 사람이 먼저 나팔을 불면 뒤편에 서 있던 사람이 그 음을 받아 에코처럼 나팔을 부는 광경이 인상적이었다. 군에서 제대한 지 몇 십 년이 지난 퇴역 군인을 나라에서 이토록 예우해주는 것을 보고 감명을 받았다. 미군의 전우애 정신, "우리 모두는 영원히 한 가족"이라는 시중의 말을 증명해주는 듯 했다. 미국의 국력이 왜 강한지, 그 바탕을 알 수 있었다.

세 번째 상사는 Gus Maier다. 이 사람에 대해서는 하고 싶은 이야기가 하도 많아서 따로 썼다. 나는 이 세 명의 상사를 통해 나 자신이 상사로 빚어졌다고 생각한다. 내가 내 자신의 상사가 된 것이다.

∞ Gus Maier 이야기

* 담판

Gus Maier는 1924년생으로 나보다 15년 연상이다. 한국 전쟁에 참전했다가 부상을 당한 적이 있는 퇴역 군인이다. 나는 그에게 늘 미안하고 고맙고 존경하는 마음을 갖고 있었다. 그는 내 직접 상사인 BJ의 보스였다. BJ는 내가 일했던 지사의 상사이고 그는 캔자스에 있는 Puritan Bennett 회사 코퍼레이션의 부사장 겸 제너럴 매니저였다.

그를 알게 된 것은 Zep-Aero가 캔자스에 있는 Puritan Bennett에 팔리면서다. Gus Maier가 일하는 Puritan Bennett은 중환자실에서 주로 사용하는 Bennett MA-1 Volume Ventilator이라는 산소공급 호흡기계를 제작 판매했다. 이 기계는 산소나 습도를 자동 조절하여 환자에게 공급한다.

Zep-Aero는 노란색 항공 마스크를 만들었다. 같은 산소 마스크를 취급하는 회사였기 때문에 Puritan Bennett에서 이 회사를 사겠다고 결정했지만 Zep-Aero 회사의 재무제표(財務諸表)가 엉망이어서 매매를 할 수가 없었다. 이 회사가 외부에서 받을 돈이 얼마인지, 주어야 할 돈이 얼마인지 모르니 매매 가격을 산정할 수 없는 것이다. 회사의 운명이 어찌 될지 불투명한 상황에 내가 입사했다.

Puritan Bennett에서는 Zep-Aero에게 3개월 시한부를 주었다. 시기적으로 매우 민감한 상태였다. 나는 최선을 다했다. CPA 회사에서 일한 경험이 매우 큰 도움이 되었다.

Gus는 자기 부하 직원들을 파견해서 이 회사의 재정을 검사했다. 그는 나를 만나 본 적은 없어도 파견한 직원들의 보고를 통해 내 신상을 환히 알고 있었다. 내가 작성한 보고서로 실력을 알아보았고, 부하 직원들이 미스터 리의 능력에 자기들도 놀랐다고 보고했다 한다.

3개월간 재정이 깨끗하게 정리되어 Puritan Bennett이 Zep-Aero를 인수했다. Zep-Aero은 팔렸지만 회사명은 그대로 사용했다. Zep-Aero of Puritan Bennett으로 일종의 지사가 된 것이다. 비즈니스를 살 때는 보통 이전에 사용하던 이름까지 함께 산다.

Zep-Aero의 내 직속 상사가 제너럴 매니저 BJ다. 나는 마케팅을 하느라 출장이 잦은 그를 도와 부매니저처럼 3년간 일했다. BJ 대신 내가 결제할 때가 많았다. 경영을 잘해서 회사가 많은 이익을 창출했다. 2개월마다 캔자스 코퍼레이션에서 감사관이 나와 감사를 하고 그 보고가 본부로 올라갔다. 플러스로 급반전된 회사 재정에 본부에서 매우 좋아했다.

3년이 지나자 회사 시스템이 완벽하게 정비되었다. 직원 고용을 잘하고 재정을 투명하게 해서 많은 수익이 났다. 내가 해야 할 일을 열정을 다 해서 했고 이제는 더 이상 할 일이 없다고 생각했다. 도전정신이 강한 나는 좀 더 넓은 세상으로 나가고 싶었다. 나는 BJ에게 내 복잡한 심경을 얘기하고 회사를 그만두겠다고 통보했다.

BJ가 깜짝 놀라 캔자스에 있는 Gus에게 연락했다. 일주일 후, 그가 캔자스에서 캘리포니아주 엘 세군도로 날아왔다. 그는 내게 단도직입적으로 묻고 자답했다. 월급이 적은가, 무엇이 불만인가, 우리가 어떻게 해주기를 바라는가, 원하는 대로 해주겠다. 우리는 당신이 필요하다. 절대 이곳을 떠날 수 없다.

나는 솔직하게 대답했다. 이 회사는 미래가 있지만 현재로서는 아무리 노력해도 현상 유지에 그칠 뿐이다. 내가 할 일을 다 했으니 더 이상 여기에 있고 싶지 않다. 시간 때우느라 커피나 마시며 돈을 받고 싶지 않다. 작고 못사는 나라에서 온 이민자인 나는 더 큰 열망이 있다. 넓고 자유로운 땅에 왔으니 아메리칸드림을 이루고 싶다.

내가 회사를 떠나려는 이유를 알게 된 그가 제안했다. 두 달 후에 코퍼레이션의 재정 담당자가 떠나는데 그 자리로 영전시켜 줄 테니 잠깐만 기다리라고 했다. 그와의 맨 처음 대면이었다. 그는 성품이 온

화하고 침착하지만 매우 명철하고 유능한 사람이었다.

보통 한 회사에서 다른 회사나 지사를 사면 그곳을 폐쇄하고 다른 지사와 합병하거나 코퍼레이션으로 옮긴다. Zep-Aero도 코퍼레이션으로 합병한다는 소문이 돌던 때였다. 그러나 BJ는 캘리포니아에 계속 머물러 일하고 싶어 해서 고민이 많았다. 결과적으로 회사는 그대로 엘 세군도에 남고 BJ도 이곳에서 은퇴했다.

나는 캔자스로 떠날 때 BJ와 좋은 감정으로 헤어졌다. 나중에도 끈끈한 유대관계를 유지했다. 내가 HF76 회사를 시작했을 때 그에게 도움을 요청하고 그가 흔쾌히 들어주었던 것도 좋은 인간관계를 맺었기 때문이다.

나는 지금도 수많은 사람을 만나고 헤어지지만 늘 좋은 관계를 유지하려고 노력한다. 마음속에 격언 하나가 있다. 전에 마시던 우물에 침 뱉지 말라. 다시 마실 수도 있는 상황을 빗대어 인간의 가변성을 꼬집은 말이지만, 결국은 품성에 관한 금언이라고 생각한다.

전에 일했던 회사나 상사를 비난하지 않아야 한다. 한때 자신과 자신의 가족의 생계를 의탁했던 사람과 기관의 허물을 들춰내는 것은 자기 인격을 스스로 깎아내리는 일이다.

* 영어 발음 교정 수업

캔자스에 가기 전에 Gus가 패서디나에 있는 개인 집 주소를 주면서 영어를 배우라고 했다. 나는 무시당한다는 느낌이 들어서 내심 서운하고 기분이 나빴다. 영어를 못하는 것도 아닌데 왜 나더러 영어를 배우라고 하는지 의아했다. 하지만 그의 제안을 따를 수밖에 없었다. 제안이라기보다는 상사의 지시였기 때문이다. 녹음기까지 건네며 회사에서 이미 레슨비를 지불했다니 거절할 수도 없었다.

패서디나 집에 찾아가니 50~60대쯤 되어 보이는 미국인이 반갑게 맞이해주었다. 그는 할리우드 배우들의 영어 발음을 교정해주는 전문가였다. 매주 2시간씩 10주 동안 그에게 발음교정을 받았다. 녹음기에 녹음한 수업내용을 반복해서 듣고 열심히 연습했다.

Gus가 나를 가만 보니 머리도 좋고 공부도 많이 했고 일을 매우 잘하는데 영어 발음에 악센트가 심해서 소통에 문제가 있다고 생각했던 것이다. 내가 지닌 재능과 능력을 최대한 끌어내어 회사에 플러스 알파가 되도록 하려면 원활한 소통이 필수라고 판단하고 교육에 투자한 것이다.

발음교정을 마치고 Gus에게 갔더니 어떻게 이렇게 발음이 좋아졌냐며 칭찬했다. 그때는 몰랐지만 나중에 많은 사람들을 인선하면서 인적자원의 가치를 알아본 Gus의 명철한 안목을 종종 떠올리곤 했다.

이때 익힌 영어 발음교정은 사업을 하는 데 큰 영향을 주었다. 어디에서 누구와 대화를 하든, 장애가 전혀 없었다. 경쟁자 모두가 미국인이니 영어는 내 재산 아닌가.

Gus는 내게 참 친절했다. 그가 오하이오주의 데이튼으로 직장을 옮길 때 나는 의아했다. 이렇게 좋은 직장과 직위를 버리고 왜 그곳에 가는 걸까? 미국의 유수 기업들은 재능 있는 실력자들 발굴에 심혈을 기울이고 좋은 조건으로 스카웃 해간다는 사실을 알게 되었다. 나는 그때 좋은 직원들을 오래 남아 있게 하는 방법을 많이 생각했다.

* Gus의 간곡한 충고

내가 Houston Fearless를 인수하기 위해 동분서주하던 때였다. 오하이오 데이튼에 있던 Gus가 LA로 나를 찾아왔다. 그는 심각한 어조로 현재 진행 중인 프로젝트를 그만두라고 간곡히 말했다.

"도산 직전의 회사를 인수하면 보통 3년 안에 50퍼센트가 망한다. 당신처럼 정직하고 깨끗하고 재능 있는 사람이 도무지 할 수 있는 일이 아니다. 이 회사를 인수하는 것은 실패할 확률이 매우 높으니 모험하지 말라."

나는 아무 말 없이 그의 말에 귀를 기울였다.

"나는 당신이 매우 탁월한 재능을 지닌 사람이라는 것을 잘 안다. 가망 없는 일에 매달려 그 재능과 시간과 에너지를 낭비하지 않았으면 한다. 그러니까 데이튼에 가서 나와 함께 일하자."

그는 내게 자동차도 주고 좋은 베네핏도 주겠다고 제안했다.

고민이 되었다. 마치 아버지가 아들을 염려하듯 오직 나 한 사람을 위해 바쁘고 소중한 시간을 내어 그 먼 곳에서 일부러 나를 찾아오지 않았는가. 하버드 대학에서 MBA를 마치고, 나보다 열다섯 살이나 연상이어서 지식과 경험이 많은 사람이 내게 진심으로 충고하고 있지 않은가.

그의 충언에 겁이 나고 염려가 되었다. 한편으로는 상사 밑에서 더 이상 일하고 싶지 않다는 의지가 더욱 강해지는 것을 느꼈다. 내 머릿속에는 여러 가지 생각이 분주하게 오갔다. 편하게 살려고 했으면 Zep-Aero가 최적지였다. 나는 내 아이디어로 회사를 경영하고 싶었다.

그에게 CEO가 꿈이고 남 밑에서 일하고 싶지 않다고 솔직하게 말했다. 기업가(Entrepreneur) 정신과 도전 의식이 강한 사람이라고 나를 변명했다. 내 마음이 확고하다는 것을 알게 된 Gus는 잘 되기를 바란다는 인사를 남기고 데이튼으로 떠났다.

휴스턴 피어리스를 인수할 때 여기저기서 끌어 모으고 빌린 돈을 모으니 40만 달러였다. 경매에 나온 기계를 사려면 10만 달러가 더 필요했다. 팔린 기계에 대한 애프터서비스를 6개월간 해준다는 조건으로 Gus가 융자를 해주었다.

그는 내가 회사를 인수할 때 이모저모로 많은 도움을 주었다. 그는 내 인생의 은인이자 롤 모델이다.

* 쓰리 마티니 런치(Three-Martini Lunch)

캔자스에서 Gus와 함께 일할 때였다. 점심시간에 회사 중역들과 식당에서 밥을 먹는데 2시간이 걸렸다. 이때 마티니를 석 잔씩 마시는 모습을 보고 놀랐다. 한국인의 정서로는 도저히 있을 수 없는 일이다. 어떻게 회사원이 근무시간에 술을 마실 수 있는가.

쓰리 마티니 런치(Three-Martini Lunch)를 그때 처음 경험했다. Noontime Three-Martini라고도 부르는 이 관행은 원래 비즈니스 점심 비용을 세금에서 공제받기 위해 생긴 문화다. 1990년대부터 점차 사라졌는데 그 이유는 직무에 적합하지 않고 비즈니스 임원의 여가시간이 감소된다고 판단했기 때문이다. 이 문제는 미국 세법과 맞물려 한동안 정계의 이슈가 되기도 했다.

백인 상류층에 있는 비즈니스맨들이 누리는 특권과 문화를 접하면서 동서양의 문화 차이를 절감했다. 그들의 의식과 행동이 때로 부럽기도 했다. 그들은 여유가 있고 느긋하다. 우리처럼 뛰어다니지 않는다. 느린 듯 하지만 일을 철저히 한다. 큰소리를 내지 않아도 카리스마가 넘친다.

* 크리스마스 파티에 두 보스를 초대하다

내가 그의 조언을 듣지 않고 회사를 인수했음에도 불구하고, 그는 내게 음양으로 격려와 성원을 보내주었다. 나를 전적으로 믿고 10만 달러도 빌려준 사람이었다. 완전히 빚으로 시작한 사업이라 많은 돈을 융자받았는데, 그 빚을 상환해야 하는 기간이 7년이어서 내심 부담이 컸다. 내가 3년 만에 그 빚을 다 갚으니 Gus를 비롯해서 다들 놀라워했다.

내 은행 크레딧이 급격하게 상승했음은 물론이다. 은행은 참 이상한 동네다. 필요할 때는 돈을 잘 빌려주지 않고, 돈이 필요하지 않을 때는 맘대로 가져다 쓰라고 권한다. 비가 올 때에는 우산을 주지 않고 햇볕이 쨍쨍한 날에는 우산을 쓰라고 권하는 격이다.

내가 HF76을 인수한 후에 Gus와 나는 각자 바빠서 자주 연락하지 못했다. 하지만 크리스마스 때마다 카드를 교환했다. 나는 우리 회사의 크리스마스 파티 겸 망년 파티에 내 상사였던 BJ와 Gus 두 사람을 불렀다. HF76 회사가 디비전이 다섯 개로 매우 잘나가던 때였다. 나는 파티에서 모든 직원들에게 두 사람을 소개했다. 그들은 감격했다. 많은 직원과 회사의 성장을 보고 들으며 매우 기뻐하고 진심으로 축하해주었다.

* Gus의 보스가 되다

1991년도쯤에 Gus가 LA로 나를 찾아왔다. 식당에서 저녁을 먹으면서 자기는 곧 은퇴한다고 했다. 나이 60세에 은퇴라니, 의아했다. 테크놀로지 디파트먼트에서 일하는 그는 유능한 지도자이고 아이디어가 무궁한 사람이었다. 지식과 경험이 특출했다. 신체도 건강한데 은퇴라니 무슨 일인가, 물으니 회사 정책이라고 했다.

그는 유럽 회사의 데이튼 소재 미국 지사에서 일하고 있는데 유럽에서는 회사 규정상 60세가 되면 무조건 은퇴해야 한다고 했다. 더 일하고 싶은데 정책상 그만두어야 한다는 뉘앙스로 들렸다.

순간적으로 많은 생각이 오갔다. 이 사람이 더 일할 생각이 있는 것인가. 진정 그렇다면 내 회사 하나를 그에게 맡길까. 아니다, 내 상사였던 사람을 고용하다니 어불성설이다. 더구나 퇴직금을 많이 받는다지 않는가. 일할 필요가 없고, 원한다면 다른 좋은 직장을 얼마든지 구할 능력이 있는 사람이다. 그러니 내가 함께 일하자고 권하는 것은 부적절하다.

오만 가지 생각이 머릿속을 채웠다. 한편으로는 이 사람과 함께 일하고 싶다는 열망이 컸다. 이 사람은 큰 회사에서 오랫동안 일했으니 사업에 대한 노하우가 많다. 배울 점이 많으리라는 기대로 설레기까지 했다. 더구나 그는 그 먼 곳에서 일부러 나를 만나러 오지 않았는가. 그의 속을 떠보는 것은 손해 보는 일이 아니다. 내가 실없는 사람이 되는 것도 아니다. 내 염려는 어쩌면 아시안 문화의 단면일 수 있다. 일단 부딪쳐보자.

나는 농담 섞인 어조로 그에게 제안했다.

"내가 디비전이 5개 있는데 이들을 관리하느라 정신이 없다. 당신이 도와주면 좋겠는데 사장할 마음이 있는가."

그저 흘려들을 줄 알았는데 매우 심각하게 받아들였다. 다음에 연락하자면서 헤어졌다.

며칠 후에 그가 전화를 해서 일할 생각이 있다고 했다. 나는 그가 내 제안에 거절할 줄 알았다. 한국문화에 비추어보면 도무지 있을 수 없는 일이었다. 그의 응답을 듣고 미국의 자본주의 문화가 피부에 와 닿았다. 그에게 현재 받고 있는 급료를 물은 뒤, 그보다 25%를 더 얹어주고, 캐딜락 자동차도 제공하겠다고 파격적인 처우를 전했다.

　그 당시 캐딜락은 회장만 타는 자동차였다. 올스 모빌의 단점을 일 년 동안 보완 연구해서 혁신적으로 개발한 야심작이었다. 제너럴 매니저는 통상적으로 올스 모빌을 탔다. 그가 매우 좋아했다. 캐딜락은 그가 평생 타보지 못한 자동차였다.

　나는 그에게 기꺼이 내 직위를 내어주었다. 또 바다가 눈 아래로 넘실대는 팔로스 버디스 동네에 있는 집을 렌트해 주었다. 그는 성장한 자녀들까지 캘리포니아로 불러와 살면서 남캘리포니아의 쾌청한 날씨와 아름다운 자연 풍광을 즐겼다. 그는 HF76에서 3년간 일했다.

　그는 매우 총명하고 주관이 뚜렷할 뿐만 아니라 업무에 능숙했다. 명철과 냉철 사이에서 균형을 이루는 경영을 했다. 그의 경영 방식은 디비전 콘트롤 시스템을 보안 적용한 것이었다. 그는 매년 사업 계획서를 작성할 뿐만 아니라 1년 계획, 3년 계획까지 만들었다. 일이 계획대로 진행되고 있는지 중간 과정을 점검하고, 플랜과 맞지 않으면 왜 그렇게 되지 않는지 역으로 돌아가 체계적으로 검사했다. 배울 점이 참 많았다. 그가 떠난 뒤 그의 경영 방식을 도입해서 회사를 키우는 데 큰 도움이 되었다. 사람에게 파격적인 투자를 한 판단이 옳았던 것이다.

그는 사적으로는 매우 예의 바르고 친절하지만 일을 할 때는 매우 냉정했다. 우리 한국 사람은 인정 때문에 여간해서는 회사 직원을 해고하지 못한다. 그는 매우 쉽게 했다. 감정이 개입되지 않는 그의 판단과 실행이 인상적이었다. 해고 이유와 근거가 합리적이었다.

회사의 주가(株價)는 정치적 경제적 상황에 따라 오르락내리락 한다. 회사는 매 분기마다 실적을 발표해야 한다. 큰 회사를 경영하는 사람이나 중역들은 이에 목을 맨다. 그래서 주가가 떨어지면 디비전을 줄이고 사람도 가차 없이 해고한다. 30년 동안 직원을 한 사람도 해고하지 못한 나는 가끔 Gus를 떠올릴 때가 있다. 그처럼 운영했다면 회사를 더 키울 수 있지 않았을까 종종 생각한다.

그가 일을 처리하는 태도를 보면서 장인(匠人)을 떠올린 적이 많다. 장인이란 숙련된 기술자, 그 분야를 석권한 매스터를 지칭한다. 그 분야에서 어느 누구도 대답할 수 없는 문제에 유일하게 답할 수 있는 사람이고, 어느 누구도 예상치 못하는 상황에 대비해서 그 해결책을 제시할 수 있는 사람이다.

나는 Gus가 난제(難題)를 만났을 때 당황하거나 해결책을 찾지 못해 고민하는 모습을 한 번도 본 적이 없었다. 서양인의 특성인지, 그만의 재능인지, 둘 다인지 모르겠다. 그런 구분이 뭐가 중요한가. 나는 그가 일을 처리하는 태도를 지켜보면서 많이 감탄하고 많이 느꼈다.

그는 은퇴한 뒤, 아들 집에서 가까운 미드 웨스트로 이사했다. 이유를 물으니 대답이 감동적이었다. 자기처럼 나이 든 부모가 자녀와 멀리 떨어져 살면 바쁜 그들이 늙은 부모를 돌보거나 문안하러 오갈 때 힘들단다. 자녀집에서 가까운 거리에 살면 그들의 시간과 재정도 아껴주고 자주 만날 수 있으니 일석이조라고 했다. 자녀가 힘들지 않게 하려는 배려가 참으로 인상 깊었다.

나는 미국에 살면서 미국인의 장점을 참 많이 보고 느꼈다. 미국인들, 특히 큰 회사 중역들은 합리적이고 이성적이다. 성격은 천차만별이지만 업무에 있어서는 즉흥적이거나 다혈질적으로 판단하는 경우를 거의 보지 못했다. 그 비결이 지금도 미스터리다. 문화라기보다는 가정교육이 아닐까 짐작한다.

Gus가 세상을 떠났다는 소식을 오랜 시간이 지난 후에야 들었다. Gus, 그는 멋진 사나이였다.

HF76와 한국과의 인연

∞ IMC 한국 전시회 무산 사건

코닥 회사 간부 중 마케팅 부분 부회장으로 있던 Jack Lacy라는 사람이 코닥에서 조기 은퇴한 후, IMC(International Micrographic Congress, 국제정보연맹)라는 비영리단체를 설립했다. IMC는 전 세계 마이크로그래픽 관련 제품을 전시할 수 있는 전시회를 기획하고 개최하는 조합이다.

Jack Lacy는 매년마다 전시회를 전 세계에 유치하고 주관했다. 작년에는 파리, 올해는 독일, 내년에는 스위스 식으로 전 세계를 누비며 전시회를 개최했다.

필름현상을 하는 우리 회사와 관련이 깊다 보니 그와 가까워졌다. 나는 IMC의 Board of Director 20명 중의 한 명이었다. 그중 4명의 간부를 뽑는데 재정 부분에서 상임이사로 선출되었다.

보통 전시회에는 30개 회사가 전시되는데 2~3년 전에 다음 개최지를 정한다. 전시를 희망하는 나라에 인력을 파견하거나 직접 방문해서 장소를 물색하고 규모에 따른 기획과 프로그램을 만드는 것이다. 제품 전시를 희망하는 각 나라 회사와 소통하여 부스 사이즈와 전시할 제품을 결정한다. 비영리단체이기 때문에 세금을 많이 내지 않고 운영을 할 수 있다. 전자 쇼와 성격이 같다.

유럽에서 전시회가 열릴 때마다 나는 빠지지 않고 참석했다. 이 전시회에 가면 경쟁사들의 신개발품을 알 수 있고 업계의 동향도 알 수 있다. 또 유익한 세미나와 강의가 많고 업계의 거물들을 직접 만나 안면을 틀 수 있다.

나는 부부 동반으로 전시회에 참석하면서 남미와 아르헨티나 등지 등, 현지를 여행했다. 전시회에 가서 보면 유럽이나 남미 여러 나라의 참여가 많고 아시아가 제일 뒤떨어졌다. 일본도 없고 싱가포르가 유일한 참가국이었다.

이 전시회를 한국에 유치하려고 무지 애를 썼다. 한국에는 이런 국제적인 행사 유치를 대행해주는 기관이 아예 없었다. 나는 한국 사람을 에이전트로 고용하고 어떻게든 일을 성사시키려고 노력했다.

한국 산업을 발전시키려는 애국심의 발로였다. 전 세계 30개국의 신상품들을 적은 경비를 들여 통합적으로 비교 관찰하고 직접 체험할 수 있는 전시회 아닌가. 물품 전시로 인한 유익뿐만 아니라 세계의 업계 정보와 트렌드를 알고 각 나라 회사의 중역들을 직접 만나 안면을 트고 친분을 쌓을 수 있는 소중한 기회다. 미래 지향적인 각종 세미나와 강연 또한 회사 발전에 큰 자산이 될 것임에 틀림없다. 우물 안 개구리를 벗어나려면 많이 보고 많이 접해야 한다. 전시회의 유익과 중요성은 아무리 강조해도 지나치지 않을 만큼 지대했다.

Jack Lacy를 설득해서 마침내 IMC 간부와 함께 한국을 방문했다. 한국에 소재한 코닥과 후지, 현대 지사의 딜러들과 지점장들이 함께 모여 미팅을 했다. 박람회 장소를 정하고 고려해야 할 지역적 특성과 보완할 점 등을 논의하는 자리였다. 내가 미국 측과 한국 측 통역을 맡았다.

회의 도중, 한국 측 임원의 발언에 찬물을 끼얹는 듯 분위기가 냉랭해졌다. 당신들이 여기 와서 우리 기술을 훔쳐 가려고 하는 거 아니냐, 라는 말을 듣고 아연실색했다. 도무지 곧이곧대로 통역을 할 수가 없어서 나는 얼버무렸다. 너무나 당황해서 통역을 하지 못하고 망설였더니 미국 측에서 무슨 뜻이냐고 자꾸 캐물어서 간단히 설명해주었다. IMC 팀에서는 이해할 수 없다는 듯, 고개를 갸웃거렸다.

첨단기술의 메카 미국이 모든 면에서 낙후된 한국으로부터 훔쳐 갈 게 무엇이 있겠는가. 떠난 지 오랜 세월 후에 다시 찾은 고국에서 한국인들의 소극적이고 부정적인 단면을 새롭게 확인하고 마음이 답답했다.

그 뒤로도 한국 측과 주최 측의 기대치가 서로 맞지 않아 어려움이 많았다. 한국에서는 몇 개의 회사가 참여하고 부스는 몇 개 설치할 것인지, 또 그 크기는 무엇인지 등등, 여러 가지 정보를 준비된 서류 양식에 기입해서 약속한 시간 안에 알려주어야 한다. 계약금도 내고, 여러 가지 부대적인 필요 사항들을 제 시간에 처리하고, 원활한 소통이 이루어져야 한다.

한국 측에서는 약속 시간을 잘 지키지 않고 차일피일 미루기만 했다. 약속 엄수가 얼마나 중요하고, 왜 이런 정보가 필요한지 설득력 있게 설명을 해도 돌아오는 반응은 번번이 실망스러웠다.

나는 마음이 답답했다. 한국에 유치할 만한 장소를 수없이 물색했던 참이었다. 호텔 여러 곳과 여러 지역에 자리 잡고 있는 각종 전시관도 둘러보았다. 삼성동에 있는 세계적인 전시관도 들러 의사를 타진했는데 여건이 맞지 않았다. 시간이 흐를수록 계획과 기대가 자꾸 어그러졌다.

IMC 체어맨이 이렇게는 도저히 안 되겠으니 한국 유치 계획을 취소하자고 했다. 한국은 이만한 행사를 유치할 만한 역량이 부족하다고 판단한 것이다. 이 계획은 IMC가 약 20만 달러를 손해 보고 무산되었다.

박람회 장소에 선금으로 지불했던 예치금을 돌려받지 못했고, 여러 회사에 홍보하고 강의실과 호텔 등에 지불한 선금도 돌려받지 못했다. 2년 전부터 이를 위한 재정이 나가기 시작한 터였다. 전시팀이 한국을 여러 차례 오간 출장경비도 큰 몫을 차지했다. 비영리기관인 IMC에게 20만 달러는 매우 큰돈이었다.

나는 부끄러웠다. IMC에서는 내세 책임을 묻지 않았다. 내가 징직하게 일 한 것을 알고 내 마음을 십분 이해했기 때문이다.

한국 사람은 약속도 잘 지키지 않는 경향이 많다. 약속과 신용의 가치와 중요성에 대한 개념이 약하다.

결국 전시회 개최국은 일본으로 결정되었고, 전시회는 성공적이었다. 일본인들은 정직하고 약속을 잘 지켰다. 일본은 마이크로필름 분야도 앞서 있었다. 나는 일본 전시회에서 '필름 현상 과정에 따른 기술적인 고찰'이라는 제목으로 강의했다.

한국은 마이크로필름이 대중화되어있지 않은 때였다. 한국은행에 마이크로필름과 현상기 등이 소규모로 들어가 있는 정도였다. 마이크로필름이 한국에 들어간 계기가 있다. 미국 은행 측에서 자기네와 비즈니스를 계속 유지하려면 마이크로 시스템을 필수적으로 갖추어야 한다고 한국 측에 요구했기 때문이다. 이 시스템을 갖추면 결제 내역이 이 시스템 안에 자동적으로 저장된다.

Jack Lacy는 나보다 5살 위인데 그의 아내 이름이 Lee였다. 그녀는 내 아내와 무척 친하게 지냈다. 잭은 조기퇴직하고 미국 샌디에이고에서 살고 있다. 코로나 전에 그의 초대를 받아 방문했더니 그의 아내가 치매에 걸려 이상한 소리를 해서 안타까웠다.

나는 미국인과의 관계가 원활하다. 마음을 내어주니까 서로 많이 통한다.

∞ 한국 기업들과의 인연

내가 태어나고 자란 고국에 무언가 기여하고 싶은 마음이 늘 자리 잡고 있었다. 마침내 기회가 왔다. 현대 그룹에서 미국에 수출한다는 목표로 시발 자동차를 만드는 초기 단계에 있던 시기였다.

미국은 신차가 출시되면 DOT(Department of Transportation)에서 주관하는 고속 충돌 실험을 통과해서 안전에 대한 성능이 검증되어야 시장에 내어 판매할 수 있다. 외국에서 수입한 모든 차량도 같은 과정을 거쳐야 한다. 한국에 HF76의 고속 충돌 테스트용 필름 현상 시스템이 들어가게 된 에피소드가 있다.

어느 날 우리 회사에 한 사람이 구식 현상기 모델 넘버를 가지고 와서 그것과 똑같은 기계를 만들어 달라고 부탁했다. 우리 직원이 살펴 보니 10년 전에 출시되었던 구모델이었다. 가격이나 테크닉이 도무지 우리 회사와 맞지 않아서 실랑이를 하고 있었다.

직원이 내게 와서 하는 말이 한국인 같은데 고집이 세서 자기 말을 듣지 않는다고 했다. 그를 내게 보내라고 했다. 그가 방에 들어와서 나를 보더니 깜짝 놀랐다. 한국인이 미국에서 어떻게 이렇게 큰 회사를 운영할 수 있느냐, 불가능한 일이라며 고개를 저었다. 한국 사람이 이렇게 높은 자리에 앉아있다는 것은 도무지 있을 수 없는 일이므로 유령 회사가 틀림없다면서 용무도 말하지 않고 그냥 떠났다.

일주일 후에 그가 다시 나타났다. 고속 현상기가 꼭 필요해서 다시 왔다고 했다. 그 제품을 한국에 팔 수 있는지 연방정부에 알아보니 승인이 났다. 우리는 그가 부탁한 기계를 최신형으로 최저가에 제작해 주었고, 그는 그 제품을 가지고 한국으로 나갔다. 현대 그룹의 직원이었다.

이 일에 한국측 딜러가 필요했다. 무역 회사를 운영하고 있는 대학 동창 조의진 씨를 회사 딜러로 영입했다. 현재는 두 번째 현상기까지 현대에 들어가 있다.

그 소문이 한국의 대기업 사이에 돌았다. 쌍용, 기아, 삼성 그룹 등지에서 연락이 왔다. 이를 계기로 고속충돌 테스트를 위한 특수 필름을 현상하는 시스템을 제공하기 시작했고, 한국 자동차가 미국의 자동차 고속충돌 테스트에 무난히 통과하게 하는데 일조함으로써 미국 수출에 기여했다. 한국에 일반 필름 현상 기계도 수출했다.

1994년 10월, 강남에 있는 성수대교의 상부 트러스트가 무너져서 30여 명이 사망하고 20명 가까운 사람들이 부상을 입었다. 1995년 6월에는 서초동에 있는 삼풍백화점이 붕괴되어 500여 명이 사망하고 천여 명이 상해를 입는 대형 사고가 났다. 내가 한국에 방문차 나갔더니 연이어 일어난 사고의 이유로 지목된 부실 건축 책임에 대한 갑론을박이 치열했다.

그런데 이 두 사고 모두 설계도를 찾지 못해 보수 공사를 하는데 우왕좌왕했다. 나는 그토록 낙후된 시스템에 충격을 받았다. 미국은 설계도가 완성되면 마이크로필름을 만들고 스캐닝을 해서 소프트웨어에 담아 보관한다. 그래서 언제 어디서든지 무슨 일이 일어나면 그 구조물이나 건축물의 설계도를 곧 바로 찾아내어 어디가 잘못됐는지를 즉시 알 수가 있다. 한국에는 스캐닝이나 마이크로필름 시스템이 없었다.

나는 이에 관한 내용을 한국에 있는 전자신문에 기사로 써서 발표했다. 그 후 한국에 이 설계도를 보관할 수 있는 마이크로필름 시스템을 넣어주었다. 이 시스템은 지문을 찍어 보관하는 데도 큰 도움을 준다. 미국에서는 모든 지문을 전산화해서 1~2분 안에 비슷한 지문을 찾아낸다.

이 기사가 나간 후 여러 곳에서 연락이 왔다. 한국 경찰청에서는 간부들을 우리 회사에 판견하고 그 인편에 고속으로 지문을 검색할 수 있는 마이크로필름 전산화 시스템을 경찰청에 보급했다. 그 기술이 동양에서는 제일 빠르다. 2년 후에 일본 경시청(警視廳)에서 와서 도움을 요청하기에 일본에도 들어갔다. 한국이 일본보다 2년 먼저 이 시스템을 갖추게 된 배경이다.

한국은 이 지문보관이 마이크로 시스템으로 들어간 덕분에 범죄자들이 공항과 항만을 통해 외국으로 도주를 시도할 경우, 99퍼센트가 잡힌다. 범죄 현장에서 채취한 지문을 지문보관 마이크로 필름 시스템에 넣어 전산화 할 때, 전과자들의 경우 인상착의와 인적 사항 등을 함께 보관하는데 이 정보가 항만과 비행장에 있는 검색 시스템과 연결된다.

검색대뿐만 아니라 곳곳에 설치된 카메라에 이들이 찍히면 즉시 알람 사인이 뜬다.

한국은 면적이 크지 않아서 항구와 비행장만 폐쇄하면 빠져나갈 수가 없다. 한국 경찰청에서는 이 마이크로필름 스캐너 덕분에 범인 검거와 관리가 빠르고 정확해졌다면서 감사장과 함께 대한민국 경찰국의 상징인 호돌이 인형을 선물로 주었다. 나는 한국에 기여한 보람을 느꼈다.

한국에 비즈니스 관계로 출장을 가면 사기업이나 국가 기업들을 돌아보고 시스템을 접할 수 있는 기회가 더러 있었다. 내가 미국에서 진행하고 있는 프로젝트나 미국에서 제조하는 제품들에 비하여 한국은 많이 뒤처져 있었다. 특히 군사적으로 한국의 미래에 도움이 되는 전망 사업들을 소개할 수 있지만, 알면서도 모르는 척, 필요한 곳에서 말할 수 없는 심정이 매우 힘들었다. 다행히 자제력을 십분 발휘하여 군 관련 기밀 등을 아무에게도 발설하지 않을 수 있었다.

얼마 전에 한국인이 미국의 비밀 정보를 빼내어 한국에 제공한 죄로 20년 징역 선고를 받았다는 뉴스를 접했다. 그의 심정이 충분히 이해되었다. 미국은 느린 듯 보이지만 틀림없는 시스템을 가지고 있기 때문에 언제든 발각이 된다. 미국에서 성공하고 미국에서 자유롭게 살기 위해서는 죄를 짓지 말고 법을 어기지 않아야 한다.

가족이라는 이름의 열차

내 뼈 중의 뼈, 내 살 중의 살

내 아내 헬렌 세은 여사 | 내 골육 2남 1녀 | HF76 그룹의 새 CEO, 제임스 리 |
신문 배달이 준 선물 | 한 배를 탄 운명의 사람들

부모님과 형제자매

아버지와 어머니 | 누님의 결혼축의금 | 남동생 명삼이 |
누이동생 명순이와 매제 김시왕

저자 이명선 회장과 아내 장세은 여사.

어머니와 3남 2녀. 명덕 형님의 渡美 직전, 기념으로 찍었다. 1958년

조병화 선생이 LA에서 시화전을 했을 때 구입했다.
1980년 즈음.

손자손녀들과 함께. 우리 부부 결혼 50주년을 맞아 온 가족이 알래스카 크루 즈를 가서 크루즈 선박 내 에 있는 스튜디오에서 찍 었다. 2015년

알래스카 크루즈 선박 스 튜디오에서 2남 1녀 자녀와 우리 부부.

애견 Yoyo와 함께 온 가족이 우리집에서. 1990년

딸 Monica와 사위 Alex, 손자 Elliot와 Jaxon,
손녀 Naomi. 2022년

손녀 Sophie와 손자 Alex. 2023년

Korean Heritage Night이 열린 Dodger Stadium
에서 손자 Jaxon과 손녀 Naomi와 함께.
2023년 8월 17일

결혼 58주년 기념일에 산타 바바라 비치
에서 두사람이 오붓하게. 2023년 8월

아내의 82세 깜짝 생일잔치를 팔로스 버디스에 있는 Avenue of Italy 식당에서
열어주었다. 2023년 7월 11일

생일 축하객들과 함께 한 아내.

미나가 팔로스 버디스에 있는 Peninsula High School을
졸업했다. 2022년

손자 알렉스의 Miramonte High Scho
졸업식에 참석했다. 2022년

내 뼈 중의 뼈, 내 살 중의 살

∞ 내 아내 헬렌 세은 여사

내 인생에서 가장 큰 행운은 아내를 만난 것이고, 내 인생 최고의 선택은 아내와 결혼한 것이다. 아내는 지금까지 내가 원하는 것을 할 수 있도록 마음으로부터 응원해주었다. 부창부수(夫唱婦隨), 자신의 유익을 돌보기 전에 나를 도와주려고 애썼다.

나는 아메리칸드림을 이루고 싶은 사람이었다. 열정과 도전의식이 많았다. 그러나 아내가 싫다는 일은 하지 않겠다고 마음먹은 터라 회사에서 새로운 계획을 결정하거나 진로에 변화가 있을 때마다 아내와 대화를 많이 했다.

파산 직전의 회사를 인수하고 싶었을 때, 그녀는 주저하지 말고 열심히 해보라고 격려해주었다. 처음에는 몹시 기쁜 마음으로 들떠 지냈는데 날이 갈수록 고민이 되었다. 나는 과연 하워드 휴즈처럼 현명하고 지혜로운 경영인이 될 수 있을까. 그때마다 아내는 당신은 할 수 있다며 용기를 주고 격려해 주었다.

아내에게 감사할 일이 많다. 그녀는 밤번 간호사로 일하면서도 내게 투정하거나 불만을 토로한 적이 없다. 비즈니스를 하는 남편을 위해 최선을 다해 내조해주었다. 와이셔츠를 늘 깨끗하게 세탁하고 다림질을 잘해서 출근하는 나를 챙겨주었다. 덕분에 나는 회사에서 항상 단정하고 구김 없는 복장으로 일을 할 수 있었다. 밤일을 하고 어린 자녀들을 기르면서 그렇게 하기는 쉽지 않았을 것이다.

내게 완벽한 배우자다. 그녀 없이는 오늘의 나를 상상할 수 없다. HF76을 인수할 때 그녀가 지금도 잘살고 있으니 더 이상 고생하거나 위험 부담을 안은 일에 뛰어들지 말고 편하게 삽시다, 했더라면 오늘의 HF76은 없었을 것이다.

아내는 1985년도에 직장을 그만두었다. 은퇴 후에 골프를 치기 시작했다. 처음에는 내가 가르치다가 티칭 프로에게 레슨을 받게 했다. 아내는 운동 신경이 좋다. 탁구를 잘 쳐서 고등학교 때 학교 대표 선수로 활약했던 그녀는 나보다 골프를 늦게 시작했지만 스코어가 급격히 좋아졌다. 지금은 나보다 실력이 더 좋다.

미국에서 가장 크고 유명한 컨벤션은 컴퓨터 사이언스 분야의 컨벤션이다. 내가 경영하는 회사 관련 컨벤션, PMA(Photo Marketing Association)도 그에 못지않게 크고 화려하다. 해마다 올랜도나 라스베이거스에서 개최하는데 골프 토너먼트도 더불어 열린다.

2003년에 올랜도에서 개최된 컨벤션은 우리 부부에게 잊을 수 없는 추억을 안겨주었다. 아내는 100여 명의 여성이 출전하는 골프 경기에서 핸디캡 없이 가장 낮은 스코어를 기록해서 메달리스트가 되었다.

남성부에서는 출전 선수들의 핸디를 모르니까 무작위로 몇 개의 홀을 지정하여 그중에서 가장 낮은 타수를 기록한 사람에게 챔피언 상을 주는 칼라웨이 방식(Callaway Scoring System)으로 진행했는데, 나는 그 경기에서 챔피언 트로피를 받았다. 우리 부부가 같은 해에 메달리스트와 챔피언이 되어서 PMA 매거진 첫 페이지를 장식했다.

∞ 내 골육 2남 1녀

나는 아들 둘과 딸 한 명이 있다. 큰아들 제임스는 Palos Vedes에, 둘째 에드윈은 버클리 인근 Orinda에, 딸 모니카는 Irvine에 살고 있다. 제임스는 슬하에 딸 둘, 에드윈은 남매, 모니카는 아들 둘과 딸 한 명을 두었다.

나는 사업하느라 바빠서 아이들이 한창 자라는 시기에 관심을 나누어줄 시간과 여유가 많지 않았다. 아내는 내가 사업에 몰두할 수 있도록 아이들 교육을 주관하고 잘 길러냈다. 어머니가 한국에서 오셔서 세 자녀를 기르느라 늘 바쁜 아내의 일손을 덜어주었다. 새삼 감사드린다.

앞집에 살고 있던 대학 2년 후배 신대식 부부에게도 늘 고마운 마음을 잊지 않고 있다. 자녀 교육에 가장 중요한 시기에 가장이 해야 할 일들을 대내외적으로 많이 도와주었다.

나는 그 당시 잦은 출장으로 한 해에 거의 30퍼센트 이상 집을 비웠다. 그래도 시간을 내어 자녀들이 운동을 할 수 있도록 배려했다. 세 자녀 모두 운동감각이 뛰어났다.

제임스는 야구를 잘했다. 팔로스 버디스에 리틀 리그 팀이 5~6개 있었는데 제임스는 올스타 경기에도 나갔다. 둘째 아들 에드윈은 스탠퍼드대학에서 경제학을 전공하고 USC 대학원에서 MBA, 경영학 석사 학위를 받았는데 골프를 잘 쳤다. 여덟 살 때 Los Verdes 퍼블릭 골프 코스에서 퍼딩 콘테스트를 하는데 100여 명 중에 1등을 했다. 에드윈이 골프에 재능이 있다는 것을 알고 나는 프로에게 아들의 코치가 되어 줄 것을 부탁했다.

남가주 고등학교 대항 골프 토너먼트에 나갈 대표 선수들을 선발하는데 팔로스 버디스 고등학교 3학년과 1학년에 재학 중이던 제임스와 에드윈 두 아들이 대표팀 6명 중에 나란히 뽑힌 적도 있다. 어릴 적부터 골프를 치는 두 아들을 돌보던 아내도 주니어 골프 경기에 스코어 키퍼로 자원봉사를 하며 활약했다.

세계 주니어 월드컵 챔피언십 대회가 매해 여름방학 때마다 열리는데, qualifying을 통과한 150명이 샌디에이고 토리파인 골프장에서 기량을 겨뤘다. 100명이 미국, 50명이 외국 출신이었다. LA에서는 응모자 수백 명 중 4명이 퀄리파잉에 통과했다. 여기에 뽑힌 한국인 2명이 에드윈과 찰리 위다. 우리 부부는 갤러리로 따라갔다. 풀 라운드를 나흘간 치는데 에드윈은 이 대회에서 10등을 했다. 150명 중에 10등은 대단한 성적이다.

　골프 경기가 열리는 나흘 내내 키 큰 백인 한 명이 계속 우리 뒤를 따라다닌다는 것을 느꼈다. 에드윈에게 관심이 많다고 했다. 나중에 알고 보니 그가 바로 스탠퍼드대학의 골프 코치였다. 에드윈이 스탠퍼드대학에 입학하게 된 계기를 제공한 사람이다. 골프 장학생 3명을 발탁하는데 아들이 거기에 합격했다.

　스탠퍼드 대학은 대학 캠퍼스 안에 18홀 골프장이 있을 만큼 골프 신예 육성에 힘을 기울이고 지원을 아끼지 않는 학교다. 골프 장학생 13명은 오전에는 강의실에서 공부를 하고 오후에는 골프장에서 골프를 쳤다. 타이거 우즈와 노타 베게이(Notah Begay III)가 그 학교 출신이다. 에드윈이 4학년 때 타이거 우즈가 골프장학금을 받고 신입생으로 입학했다. 타이거 우즈가 주니어 대회에 나왔을 때 아내가 스코어 키퍼(score keeper)를 맡기도 했다.

　에드윈이 프로 선수가 되지 않은 이유가 있다. 팔 근육을 기르기 위해 쇠기둥을 땅에 묻은 다음 그곳에 받쳐놓은 큰 타이어에 골프 볼을 세게 치는 연습을 많이 했다. 그때 어깨뼈가 탈골되었다. 학교 보험으로 수술을 받고 6개월 만에 완치되었지만 좌절감이 들었는지 프로 선수가 되는 것을 포기했다. 에드윈은 지금 미국 회사에서 근무하면서 HF76을 재정부분에서 틈틈이 돕고 있다. 요즘에는 한창 유행하는 실내 골프, 스크린 골프 비즈니스를 사이드로 구상하고 있다. 골프를 즐기는 아들이다.

딸 모니카는 University of Pennsylvania에서 간호학을 전공했다. 모니카가 간호대학을 졸업하고 뉴욕 대학 메디컬센터에서 일하던 해에 9·11 사태가 일어났다. 뉴욕 맨해튼 중심부에 있던 세계무역센터 쌍둥이 빌딩이 공격당하여 무너지는 참사가 발생했는데 한동안 딸하고 연락이 되지 않아 우리 부부는 며칠 동안 걱정이 많았다.

딸은 2002년부터 뉴욕 유니버시티, CISCH 메디컬센터에서 수술방 간호사로 일했다. 2003년에 한국 재벌가의 한 사람이 모니카가 일하고 있는 병원의 닥터를 한국으로 초빙해서 콩팥 이식 수술을 한 적이 있다. 그 닥터는 한국으로 원정 수술을 하러 가면서 모니카를 대동했다. 한국 사람이기도 하고 여러 가지 면에서 딸이 적격자라고 판단했던 것이다. 그는 그 당시에 의료계에 막 도입된 복강경(Laparoscopic) 방식으로 콩팥을 이식하는 수술을 최초로 성공시킨 의사였다.

모니카는 2남 1녀를 기르고 있다. 손자 손녀 모두 스포츠를 좋아한다. 나는 딸에게 약속했다.

"네 세 아이들에게 들어가는 모든 스포츠 비용은 이 아빠가 스폰서

한다."

아이들이 야구, 태권도, 축구 등 운동을 열심히 한다. 열세 살 손자가 태권도 블랙 벨트를 따고 열 살 먹은 손자도 그 아래 따를 딸 정도로 열심이다. 나는 지금까지도 이 아이들이 하는 스포츠 비용을 모두 후원하고 있다. 즐거운 투자다.

간호사 라이센스를 계속 갱신하고 있는 딸은 아이들이 자라면 간호 현장에 복귀할 계획을 가지고 있다. 사위는 하버드대학에서 컴퓨터 사이언스 엔지니어링을 전공했고 IT 관련 회사에서 Technical Chief Officer로 일하고 있다.

나는 9·11 사태가 일어난 해를 결코 잊지 못한다. 우리 부부는 그때 IMC 이사회 미팅에 참석차 워싱턴 D.C.에 머물러 있었다. 그곳을 떠나려던 날, 9·11 사태가 터졌다. 우리는 나흘 만에 비행기를 타고 귀가할 수 있었다.

또 하나, 9·11 사태 날짜와 연관된 일이 있다. 2000년 중반에 일본에 있는 Fuji 본사에서 메시지를 보내왔다. 필름 복사기와 현상기를 제조하는 후지 뉴욕 지사, ASI(Ascendant Solution Inc.)를 인수할 의향이 있느냐는 내용이었다. 나는 그럴 맘이 있다, 연구해보자, 라고 즉시 응답하고 1년간 조사한 뒤 마침내 인수를 결정하고 2001년 8월 말경에 일본으로 날아가서 Fuji 사업체를 방문했다.

Fuji 총본부가 있는 빌딩이 30층인데 완전무장한 경비원이 곳곳에 있고 호위도 철저했다. Fuji 이사장을 만나러 간 나는 VIP 대접을 받았다. 회사를 인수하기로 사인하고 법적 효력을 갖기 시작한 날짜가 바로 2001년 9월 1일이었다.

자녀 교육에 대한 내 생각은 이렇다. 아이들이 초·중·고등학교 때 이것저것 하고 싶다는 것을 다 가르쳐보라는 것이다. 재능을 발견할 때까지 다양한 기회를 제공해야 한다는 의미다. 직접 접해보아야 한다는 게 내 소견이다.

물론 공부는 기본이다. 나는 아이들이 뭔가를 하고 싶어 할 때 그것을 들어주는 조건이 있었다. 학교 아카데믹 성적에 A를 받는 것이었다. 다행히 아이들은 공부를 잘해서 모두 A 플러스를 받았다.

세 아이 모두 음악과 스포츠를 좋아했다. 제임스는 색소폰을 불다가 클라리넷으로 바꾸었는데 여간 재능이 뛰어난 게 아니었다. 중학교 졸업 때 지휘자로 뽑혔고 고등학교 때는 관현악단에서 활동하면서 클라리넷을 솔로로 연주했다. 한때 음대까지 갈까 고려한 적이 있었다. 에드윈과 모니카는 바이올린에 재능이 있었다. 둘 다 고등학교 오케스트라에서 열심히 활동했다.

아이들 모두 우리 부부처럼 스포츠를 좋아했다. 제임스는 야구를 잘해서 고등학교에 다닐 때는 올스타팀 피처로 나갔다. 축구도 잘했다. 아들을 서포트 하다가 축구 심판까지 자원봉사를 하기도 했다. 에드윈도 야구를 했고, 특히 골프를 잘 했다. 모니카는 고등학교 재학 내내 치어리더를 하면서 기계체조를 했다. 세 아이 모두 지금도 골프를 즐긴다.

음악이든 스포츠든, 각 사람에게 맞는 분야가 있고, 마음에 와 닿는 악기나 기구를 연습하고 숙련하는 동안 사고의 성숙을 가져온다고 생각한다. 악기든 체육 기구든, 그것을 다루는 사람과의 사이에 흐르는 소통이 있다고 믿는다.

∞ HF76 그룹의 새 CEO, 제임스 리

맏아들 제임스는 보스턴 대학교에서 사이언스 엔지니어링 학사과정을 마치고 스탠퍼드대학원에서 MS, 컴퓨터 공학 석사 학위를, USC에서 MBA, 경영학 석사 학위를 받았다. 고등학교를 마치고 공군 사관학교에 지원했는데 일곱 살 때 천식을 앓았던 병력 때문에 시험도 치르지 못했다. 대학을 졸업한 후, 해군 예비역 장교 시험을 보았다. 200명 중 2명을 뽑는 어려운 관문이었지만 우수한 성적으로 합격해서 아내와 함께 입학식에 참석했다. 제독이 내게 악수를 청하면서 제임스가 정말 똑똑한 청년이라고 칭찬했다.

해군 예비역으로 훈련을 받으면서 LA 공항 인근에 있는 Aero Space Cooperation에서 풀타임으로 일했다. 그 와중에도 틈틈이 HF에서 경영 수업을 받았다. 1990년부터 HF에서 파트타임, 1998년부터 풀타임으로 일하다가 2010년에 HF76의 CEO가 되었다.

제임스는 1년에 2주간, 매달 한 주말 동안 군사 훈련을 받았다. 나라에서 부르면 사흘 안에 집합 명령을 받은 곳에 도착해야 하고 필요할 때는 곧바로 전장에 투입된다. 계급에 따라 월급도 받는다. 美 군인은 현역이 1백 30만 명이고 예비역이 90만 명이다. 최소의 투자로 최대 효과를 얻는 시스템이다. 제임스가 매달 한 주말씩 훈련을 받으러 가거나 3년간 현역으로 복무할 동안 나는 그의 자리를 메워주었다.

제임스는 예비역으로 훈련받다가 2006년부터 2009년까지 해군 사관학교 교관으로 현역 소집을 받아 3년간 근무했다. 그 기간 동안 이라크 전쟁이 났는데 소령으로 진급하고 공병장교로 파병되어 10개월 동안 이라크 현지에 나가 있었다. 제임스 같은 유능한 교관이 필요하다고 특별히 요청을 했기 때문이다.

제임스가 이라크에서 근무한 이야기가 흥미진진하다. 도로나 시설이 파괴되면 복구를 위해 민간인에게 입찰(入札)하기 전에 먼저 엔지니어링 전문가에 자문을 구한다고 한다. 제임스가 이 도로는 100만 달러, 저 건물은 500만 달러라고 선정해주는 가격을 기준 삼아 낙찰가를 정하는 것이다.

이라크에는 김치도 있고 한국인과 잘 통한다고 했다. 축구도 좋아해서 제임스는 그들에게 축구를 가르치며 민간 외교활동을 펼쳤다. 나는 이라크에 축구공 열 개를 보내고 라면을 박스로 보내주었다. 제임스는 현지 주민들과 함께 찍은 사진을 보내주곤 했다.

제임스는 해군 대령까지 진급했다. 예비역으로 23년, 3년 동안은 해군사관학교와 전장에 파견되어 총 26년을 복무한 뒤 몇 년 전에 만기 제대했다.

제임스는 올해 만 55세다. 아버지의 사업을 물려받아 열심히 일한다. 그의 취미는 세일보트 타기다. 나는 아이들이 어렸을 때 구입한 세일보트에 아이들을 태우고 바다로 많이 나갔다. 그래서인지 아이들이 바다를 좋아한다.

해군사관학교는 매릴랜드주 애나폴리스(Annapolis)의 Chesapeake Bay에 있다. 강과 바다가 만나는 만(灣)에 있어서인지 세일보트가 유난히 많았다. 그곳에서 제임스가 현역으로 복무하고 있을 때 찾아갔더니 제임스 친구가 와 있었다. 그에게는 주문 제작한 세일보트가 있었는데 실내 장식이 독특하고 멋졌다. 그 배를 타고 두 사람은 자주 바다로 나간다고 했다.

그 친구가 갑작스럽게 심장마비로 세상을 떠나자 그의 부인이 큰 상심에 빠졌다. 제임스와 나는 조문 차 그녀를 방문했다. 제임스는 친구가 아꼈던 보트를 갖고 싶어 했다. 부인에게 의사를 타진하니 남편도 자신이 아끼던 배를 제임스에게 주면 기뻐할 거라면서 흔쾌히 수락했다. 25만 달러를 주고 그 배를 사서 레돈도 비치까지 육로로 가져오는데 1만 2천 달러를 지불했다. 세일보트 값은 2년에 걸쳐서 갚았다.

제임스는 최근에 사이드 비즈니스를 하고 싶다면서 세일보트 한 척을 70만 달러를 주고 프랑스에서 사 가지고 왔다. 지금 이 배는

Marina Del Rey 비치 인근에서 연안 관광 보트로 제 몫을 훌륭하게 하고 있다. 제임스는 선주(船主)로서 배를 빌려주고 그 이익금을 받는다.

회사는 지금 내가 운영했던 아날로그 방식으로부터 아들 세대에 걸맞은 디지털화가 되어가는 과도기에 있다. 나는 이 회사의 미래가 앞으로 어떻게 전개될지 자못 흥미롭다. 아들이 나처럼 앞만 보고 달릴지, 아니면 팔아버리고 제 가고 싶은 길을 갈지 나는 모른다. 아들도 나이가 있으니 언제까지나 이 회사를 붙들고 있지는 않을 것이다. 팔아넘길지 더 확장시킬지는 미지수다. 나는 호기심을 가지고 지켜보는 마음이다. 그가 어떤 결정을 내리든 그의 선택을 지지할 것이다.

∞ 신문 배달이 준 선물

캔자스에서 남가주로 내려오면서 새로운 둥지를 마련했다. 팔로스 버디스에 아담한 집을 사서 이사했다. 조그만 수영장이 있고 풍광이 좋았다.

제임스와 에드윈은 에너지가 많은 개구쟁이들이었다. 가끔 부모 말을 듣지 않았다. 어느 날 나는 두 아이를 앉혀놓고 일장 연설 같은

훈계를 했다. 너희는 행운아들이다. 이렇게 자유롭고 풍요로운 미국에
서 태어나 아무 어려움 없이 살고 있으니 얼마나 복 받은 인생이냐.
건강하고 능력 있는 부모를 두어 너희들 하고 싶은 거 다 할 수 있고
의식주 걱정이 없으니 얼마나 감사할 일이냐. 너희 부모는 일제 압제
시절과 한국 전쟁을 지나는 동안 죽을 고비를 여러 번 넘기면서 힘들게
살았다. 부모는 열심히 일해서 이만큼 이루었는데, 너희들은 정신 상
태가 이래 가지고 경쟁 심한 이 세상을 어찌 살아가려고 그러느냐. 이
렇게 좋은 환경 속에서 살면서 부모 말을 안 듣는 것이 옳으냐. 정신
차려라.

두 아들이 가만히 듣고 있더니 응수했다. 아빠 엄마가 힘들게 살아오
신 것 충분히 이해하고 존중한다고. 그러나 그건 부모님 일이지 우리
일이 아니니 그 시대의 논리로 우리를 얽어매지 마시라고.

"It was your problem, not ours."

가만 생각해보니 일리 있는 말이었다. 왜 아이들에게 비참한 이야기
를 해서 동정을 받으려 하나. 구시대의 부끄러운 나라의 역사를 이용해
서 아이들을 구속하고 협박하는 것은 옳지 않다는 생각이 들었다. 앞으
로는 이런 식으로 아이들에게 얘기하지 말자고 아내와 입을 맞추었다.

1983년도에 5천 5백 스퀘어피트의 집으로 이사했다. 팔로스 버디스
에 이만한 규모의 집은 구하기 쉽지 않다는 것을 아이들에게 알려주고
싶은데 쉽지 않았다. 아이들이 뭐든 원하는 대로 쉽게 얻을 수 있고
소중한 것의 소유를 당연하게 여길까 봐 다소 염려가 되었다.

대학에 다니는 제임스는 집을 떠나 있었고 에드윈은 고등학생이었다. 나는 에드윈이 집을 떠나기 전에 재정관리를 가르치고 경제관념을 심어주고 싶었다. 아들에게 제안했다. 돈을 벌기가 쉽지 않다. 네가 직접 돈을 벌어보아야 돈이 귀한 줄 알 수 있으니 일을 해보는 것이 어떠냐.

아들이 일자리를 알아보겠다고 선선히 대답했다. 대학 진학을 위해 강도 높은 학업과 잦은 골프 경기로 일정이 바쁜 아이라 큰 기대를 하지 않았는데 그렇게 대답하니 내심 반가웠다.

며칠 후, 신문 배달이 적당할 것 같다고 했다. 아침 일찍 시작하고 마치기 때문에 현재 스케줄에 크게 방해 되지 않을 거란다. 신문사에 전화하고 보급소와 연락이 닿아 며칠간 훈련을 받고 일하게 되었다. 내가 운전기사로 나섰다. 운전 이외에는 배달에 관련된 어떠한 일도 관여하지 않겠다고 아들과 약속했다.

아들은 주소를 확인하고 신문을 드라이브 웨이에 힘껏 던졌다. 아들이 가자는 대로 동네 골목골목을 누비는 일은 내게 쉽지 않았다. 아들에게 중요한 덕목을 가르치는 일이지만 하루 이틀도 아니고 새벽에 일어나야 하는 일과는 인내심을 요구했다. 나는 물리적 정신적으로 한 시간도 여유롭지 않은 몸이었고, 집에서나마 몸과 맘을 내려놓고 휴식하고 싶은 고단한 비즈니스맨이었다. 하지만 12년간 개근을 한 끈기의 남아 아닌가. 사랑하는 아들의 산교육에 이만한 투자는 당연히 해야 한다고 생각했다.

에드윈에게도 쉬운 일은 아니었다. 새벽에 알람이 울리면 아무리 몸이 고달파도 눈을 비비고 일어나야 했다. 비가 내리는 날에는 자동차에서 안에서 신문을 비닐봉투에 넣고, 던졌을 때 봉투가 터지거나 신문이 삐져나와 비에 젖지 않도록 봉투 입구를 기술적으로 잘 동여매야 했다.

얼마 지나지 않아 신문보급소를 통해 불평이 들어왔다. 구독자 중에 모일 모시 동안 휴가를 가니 신문 배달을 하지 말고 보관해두었다가 제시한 날짜에 한꺼번에 배달해달라고 요청했는데, 신문이 계속 배달되었다는 것이다. 심각한 실수였다. 집 앞에 신문이 쌓이면 빈집이라는 사실을 공공연하게 광고하는 셈이 되어 도둑의 표적이 될 수 있기 때문이다.

에드윈은 곧바로 실수를 인정하고, 더욱 신중하고 세심하게 살피며 일했다. 나는 내심 놀랐다. 공부면 공부, 운동이면 운동, 모두 잘하는 아이였지만 이런 일은 성가시고 힘들어 금세 포기할 줄 알았는데, 일을 하는 태도가 성실했다. 될성부른 나무는 떡잎부터 알아본다고, 나는 흡족해서 새벽마다 운전을 열심히 했다. 부자가 팀을 이루어 일을 하는 것은 그 일 자체보다 매우 큰 유익을 주었다. 서로에 대한 신뢰와 이해를 확인하고, 부자간의 사랑과 믿음을 쌓는 기회를 주어 돈으로 환산할 수 없는 플러스알파를 얻었다.

우여곡절을 겪으면서도 에드윈은 포기하지 않았다. 시간이 지나 급료를 받아든 아들의 얼굴 표정이 환했다. 나쁘지 않은 것이다. 생각보다 괜찮았다. 에드윈은 이 신문 배달을 몇 달 동안 성실하게 했는데 내가 제안해서 그만두었다.

상급생으로 올라가면서 학업과 운동을 병행하는데 무리가 된다 싶었고 나 또한 잦은 해외 출장과 회사 업무로 더욱 바빠져 에드윈을 도울 수가 없었기 때문이다. 작은 일에 충성할 줄 아는 사람이 큰일도 할 수 있다는 격언을 떠올리며 에드윈이 이 체험에서 얻은 교훈이 큰 열매가 되어주기를 바랐다.

이 경험은 에드윈에게 돈의 소중함을 터득하게 해준 산교육이 되었다고 믿는다. 아들은 지금 파이낸싱 계통에서 전문가로 일하고 있는데 참 잘한다.

∽ 한 배를 탄 운명의 사람들

* 신년 가족 모임

2남 1녀가 성장하여 집을 떠났다. 각자 배우자를 만나 가정을 이루는 과정을 지켜보면서 마음이 흐뭇했다. 아내와 나는 빈둥지 신드롬을 앓지 않으려고 애썼다.

각자 가정이 있고 직장이 있고 거리가 멀다보니 일 년에 한 차례도 만나기가 쉽지 않았다. 자녀 셋과 우리 부부까지 모두 네 가정인데 모임이 있는 날은 꼭 한 가정이 빠지곤 했다. 주로 Thanksgiving Day, Christmas, 그리고 New Year's Day에 만나기로 했는데 뜻대로 이루어지지 않았다. 바쁜 아이들 일정을 생각하면 부담스럽겠구나, 싶었다. 곰곰 생각한 끝에 새해에 한차례만 만나기로 했다. 그렇게 정하고 나니 아이들이 미리 휴가 계획을 세워 함께 만날 수 있었다.

설날 모이기로 결정한 것은 자라나는 2세들에게 한국 문화를 가르쳐주고 싶었기 때문이다. 떡국을 끓여먹고 세배를 했다. 세뱃돈을 주니 아이들이 무척 좋아했다. 신년 초이니 각자 지닌 새해 목표나 각 가정의 계획을 들을 수 있는 좋은 기회였다. 2005년도부터 10년 정도 그렇게 한 것 같다.

첫해는 정원의 섬이라 불리는 하와이주 카와이 섬으로 갔다. Airbnb 큰 집을 빌렸다. 온 가족이 일주일을 함께 지내며 오붓한 시간을 가졌다. 가족 모임을 마치고 각자 집으로 흩어졌는데 남자들과 여자들의 여행 후기가 천양지차였다.

모처럼 휴가를 얻어 집을 떠나왔는데 여전히 밥을 짓고 요리를 해서 대식구를 먹이고 빨래를 하는 등, 몸과 맘이 오히려 고단하다는 것이었다. 특히 며느리들의 입장을 생각한 아내가 내년에는 다른 방법을 시도해보자고 제안했다.

다음 해에는 멕시코 유카탄 반도에 있는 칸쿤(Cancun)으로 갔다. 호텔을 빌리고 식사와 청소 등 모든 서비스가 포함된 패키지 여행이었다. 세 번째 되는 해에 간 곳은 제 2의 칸쿤으로 불리는 멕시코의 로스

카보스(Los Cabos)다.

아이들이 하나 둘 태어나니 해외여행이 어렵게 되었다. 그래서 미국 내로 여행지를 바꾸었다. 그렇게 다녀온 곳이 샌디에이고 코로나도 비치와 잇대어 있는 라 코로나도 호텔, 디즈니 호텔, 팔로스 버디스 지역에 있는 테라네아 리조트(Terranea Resort) 등이다.

모든 경비는 내가 부담했다. 손자 손녀가 자라나는 모습을 보고 함께 대화를 나눌 수 있어서 좋았다.

아이들이 성장해서 집을 떠나 대학에 가니 그조차도 어렵게 되었다. 새해 설에 만나는 일도 여의치 않아서 일 년에 한 차례 적당한 시간을 내어 만나기로 했다.

올해는 7월 마지막 주에 만났다.

* 가족 골프게임

1. 라 코스타 골프 코스에서

온 가족이 모두 골프를 즐긴다. 30여 년 전, 샌디에이고에 있는 라 코스타(La Costa) 골프장에 온 가족이 출동했다. 온천도 하고 주변 풍광도 즐기면서 사흘간 가족 골프를 쳤는데 유쾌한 추억이 되었다.

아들 둘은 블루 티(Tee), 나는 화이트 티, 아내와 딸은 레드 티에서 쳤다. 우리 부부가 한 팀을 이루고 두 아들이 한 팀, 그리고 딸은 독립적으로 쳤다. 아들 둘과 우리 부부가 내기 게임을 하기로 했다. 파3와

파 5 두 홀 이외에는 매 홀마다 아들 팀이 우리 부부 팀에게 한 스트록씩 주기로 했다. 이긴 팀에게는 첫날 300달러, 이튿날 300달러, 마지막 날 400달러의 상금을 받기로 정했다. 딸은 각 홀마다 파(par)를 하면 3달러, 보기를 하면 2달러. 트리플을 하면 1달러를 받기로 했다.

첫날은 두 아들이 이기고 다음날은 우리 부부가 이겼다. 사흘째에는 17홀까지 타이(tie)가 되어서 게임의 묘미가 확 살아났다. 승부 근성은 매우 이기적이어서 사랑하는 가족일지라도 양보하고 싶지 않도록 만든다. 18홀을 치는데 점수가 같았다. 아내는 그린에 안착시켰고 에드윈이 친 공은 그린 경계에 떨어져 적어도 2타는 쳐야 하리라고 예상했다. 동점이 되면 상금을 절반씩 나눌까 생각 중이었는데 공을 에드윈이 홀에 안착시켜 버디(Birdie)를 하는 바람에 우리 부부가 졌다. 매우 먼 거리에 있는 볼이 홀에 빨려 들어가다니 굉장한 퍼딩이었고 멋진 샷이었다. 져서 기분이 나쁜 게 아니라 아들이 자랑스러워서 흐뭇하기까지 했다.

재미있고 즐거웠다. 골프를 치는 동안 가족의 유대도 강화되고 져도 이겨도 즐거운 경쟁력이 팽팽한 긴장감과 묘미를 주어 매 홀마다 기대와 환호가 넘쳤다. 가족이니 경기에 진들 이긴들 대수이겠는가. 아들 둘이 잘 치면 뿌듯하고 대견하고 자랑스럽고 아내와 내가 잘 치면 그것도 신이 났다. 딸아이가 멋진 폼으로 샷을 날릴 때면 거리와 상관없이 예쁘고 사랑스러웠다.

매 홀마다 샷이 다르고 비거리가 달라서 환성과 감탄과 아쉬움을 토로하는 동안 시간 가는 줄 몰랐다. 사흘을 연속 풀코스로 뛰었는데도 전혀 피곤치 않았다. 온 가족이 한곳에 모여 모두가 좋아하는 골프를 치며 유쾌한 시간을 보내는 일이 참 뜻 깊었다. 잘 자라난 세 자녀들을 바라보며 흐뭇한 시간을 보냈다.

2. 하와이 플랜테이션 골프 코스에서

2017년 1월에 아내와 나는 하와이로 여행을 떠날 계획을 세웠다. 하와이는 풍광이 좋아 골퍼들이 골프라운딩을 하고 싶어 하는 골프 코스가 많다. 그중에 한 군데가 마우이섬 호놀루루의 Kapalua에 있는 Plantation and Kapalua Bay 골프 코스다.

이곳은 매년 1월 첫째 주에 전년도 PGA 경기에서 우승한 선수들이 모여 'Sentry Tournament of Champions'라는 타이틀 아래 경기를 하는 코스로 매우 유명하다. 1953년도에 창설되었는데, 현재는 참가규정이 완화되어 이전 투어 챔피언십에서 자격을 갖춘 사람들도 초대받는 경기다. 참가자들은 20~30명 이내로 많지 않다. 아내와 나는 이곳에서 골프를 칠 예정이었다.

문득 생각 하나가 머리를 스쳤다. 두 아들과 함께 골프를 친다면 얼마나 좋을까. 안 된다 해도 손해 볼 일은 없으니 일단 우리의 생각을 전달이나 해보자고 아내와 의견 일치를 보았다. 두 며느리에게 양해를 얻고 두 아들에게 시간을 낼 수 있는지 알아보자는 것이었다. 두 며느리는 골프를 치지 않았다. 마침 두 며느리가 흔쾌히 승낙하고 두 아들도 모처럼 시간을 내었다. 얼마나 기쁜지, 우리 부부는 마음이 설레어 밤잠을 설칠 정도였다.

넷이서 비행장으로 달리는데 그 오붓한 감정을 어떻게 표현할까. United Airline 접수대에 서니 갑자기 "Congratulation!" 하면서 일군의 스텝들이 쏟아져 나를 에워싸고 사진을 찍기 시작했다. 내가 그날 유나이티드 항공을 통해 1백만 마일의 하늘을 난 사람이 되었단다. 기념 증서까지 주었다. 놀랍고 당황했지만 즐거운 이벤트였다.

두 아들과 함께 지낸 며칠이 꿈만 같았다. 아름다운 물빛을 지닌 섬, 격조 있는 최고급 호텔, 최상의 음식, 환상의 골프 코스에서 시간을 보내면서, 우리 네 사람은 행복했다. 행복을 달리 표현할 수 있다면 최상급으로 그때의 심정을 피력하리라. 우리 네 사람이 오랜만에 함께 골프라운딩을 하는 마음도 벅찼지만, 두 아들과 오롯이 함께 있는 시간 그 자체가 더 행복했다.

여행을 마친 후에도 그토록 행복해하던 아내의 표정이 오래도록 사라지지 않고 내 마음속에 남아있다.

3. 사우스캐롤라이나 키아와 아일랜드 골프 코스에서

2023년 5월 중순에는 사우스캐롤라이나에 있는 키아와 아일랜드 오션(Kiawah Island Ocean) 골프장에서 둘째 아들 에드윈, 손자 알렉스, 그리고 아내와 네 명이 썸을 만들어 골프를 쳤다. 노스캐롤라이나에 있는 웨이크 포레스트 대학교(Wake Forest University)를 졸업하는 에드윈의 딸, Sophie를 축하하러 가는 길에 우리 부부가 동부 여행을 겸하여 집을 떠나 가족 3대가 아름다운 골프 코스에서 골프 라운딩으로 뭉친 것이다. 웨이크 포레스트 대학교는 유명한 프로 골퍼 Arnold Palmer가 졸업한 학교이기도 하다.

키아와 아일랜드에는 5개의 골프 코스가 있는데 오션 골프 코스는 그중 가장 아름다운 코스다. 미국에서 가장 경외감을 많이 불러일으키는 코스라는 긴 수식어를 달고 있는 이 골프장은 해마다 새롭게 선정하는 세계 최고 10대 골프 코스에 여러 번 뽑혔다.

30여 년 전인 1991년에는 유럽 대표와 미국 대표가 매 2년마다 만나 기량을 겨루는 라이더 컵 대회가 열리기도 했다. 2007년에는 68회 시니어 PGA 챔피언십, 2012년에는 94회 PGA 챔피언십 골프 대회가 열렸다.

키아와 섬의 가장 동쪽 끝에 있는데 10개의 홀이 대서양을 품고 있어서 북아메리카에서 가장 많은 해변 홀을 가지고 있고, 나머지 8개의 홀은 대서양과 평행을 이루고 있어서 아름답기로 유명한 골프장으로 정평이 나 있다.

골프 튜어를 기분 좋게 마치고, 다음 날 아침 온 식구가 자동차를 타고 5시간을 달려 손녀의 졸업식장으로 갔다. 자동차 안에서 골프 게임 후기를 나누고, 프로 골프 경기의 하이라이트에 대한 생각을 나누는 일도 골프 경기 못지않게 행복했다.

사우스캐롤라이나주는 전 세계 최고 골프 코스 10위 안에 드는 골프장이 3개나 있고, 100여 개의 골프 코스가 조성된 곳으로 골프 마니아들이 꿈꾸는 도시다.

* La Mer 선상 가족 모임

2023년 7월 마지막 주말, 온 가족이 함께 만났다. 북가주 Orinda에서 에드윈 가족, Irvine에 사는 딸 모니카 가족, 팔로스 버디스에 사는 큰아들 제임스 가족이 모였다. 아내의 82세 생일을 축하하기 위해서였다.

우리는 제임스의 세일링 보트가 정박되어 있는 마리나 델 레이 비치로 달려갔다. 제임스가 아끼는 보트 'La Mer(Ocean, 바다)'에 오르기 전 보트를 배경으로 가족사진을 찍었다. 가족이 한 자리에 모여 사진을 찍는 마음이 벅찼다.

레돈도 비치 인근을 세일링을 하면서 낚시도 하고 선상 식사도 했다. 선수(船首) 덱에 앉아서 즐겁게 대화하며 깔깔거리고 바쁘게 오가는 가족을 바라보니 오붓하고 따뜻했다. 낚시를 하고 맛있는 밥을 함께 먹었다.

이것이 가족인 것을. 가족이라는 이름의 한 배에 오르면 하나의 공동 운명체가 된다. 가족 구성원 모두에게 사랑스러운 존재가 된다. 사랑받는 사람은 사랑스럽다. 가족의 사랑을 받는 사람은 곁길로 나가지 않는다.

그날 밤에는 우리 부부는 손녀 소피와 손자 알렉스와 함께 헐리웃볼 야외음악당에 함께 갔다. 지난 해 반 클라이번 피아노 콩쿨에서 최연소로 우승했던 임윤찬이 연주하는 마흐마니노프 피아노 협주곡 3번을 감상했다. 임윤찬과 협연하는 LA 필 하모닉 오케스트라를 지휘한 사람은 성시연 마에스트로였다. 한국인은 우수하다.

다음 날은 에드윈과 손자 알렉스, 우리부부가 팀을 이루어 팔로스버디스 골프 코스에서 라운딩을 했다. 가족 3대가 함께 모여 골프를 치면서 느끼는 만감을 그대는 알까.

나이 드는 징조임에 틀림없다. 요즘에는 조그만 일에도 감동이 되고 눈시울이 쉽게 젖는다. 노후에 기쁘고 감동적인 일이 많아서 신께 감사드린다. 살면서 감동을 느꼈던 순간이 많았는데, 요즘에는 사소한 일에도 감격한다. 지나온 일을 회상할 때도, 시원한 바람이 불어오는 야외 탁자에 앉아 차를 마실 때마저도 소중하게 느껴진다. 내가 이 세상에 존재함으로써 이 모든 것이 의미가 있다. 눈가가 또 젖어온다.

부모님과 형제자매

∞ 아버지와 어머니

나는 3남 2녀 중 둘째 아들로 1939년 6월 13일에 태어났다. 다섯 명의 형제자매 중 세 번째다. 위로 누나와 형이 있고 내 아래로 남동생과 여동생이 있다.

아버지와 어머니는 이북 출신이다. 아버지는 이인태(李仁泰) 님으로 1906년 5월 10일에 평안남도 용강에서 태어나, 1968년 7월 11일에 서울에서 62세로 돌아가셨다. 천주교 묘지에 모셨는데 1970년에 로스앤젤레스 로즈 힐 공원묘지로 이장했다. 자녀들이 모두 미국에 살고 있고, 가끔 산소에 들를 때마다 관리가 부실해서 이장을 결행했다. 그때 묘지 10기를 샀다.

아버지는 건축가로 건축 관련 사업으로 성공한 분이다. 사업체가 많아 평양, 울산, 서울, 부산에 오피스가 있었다. 서울과 지방 도시에 유명 빌딩을 비롯해서 섬진강 댐을 직접 설계하고 건축하기도 했다.

6·25 전, 내가 초등학교에 다닐 때 아버지가 운영하던 건축 회사가 무교동에 있었다. 회사에 가면 아버지의 집무실 책상 너머로 31층 빌딩 그림이 벽에 붙어 있었다. 31층 건물을 짓는 것이 아버지의 목표라고 했다. 유관순 여사로부터 시작된 3·1절 운동을 기념한 숫자다. 일제강점기 시대 때 일본에 럭비 원정도 했지만 식민지에 사는 식민으로서 고통과 설움을 받고 뼈아프게 생각한 아버지였다. 그 당시에 서울에서 가장 높은 빌딩은 6~7층이었다.

아버지는 그 소망을 이루지 못했다. 아버지의 유지를 받들어 언젠가는 LA에 31층 빌딩을 지으리라 꿈꾸었다. 아버지에게 죄송하지만 그 뜻을 이루지 못했다. 그러나 그 정신만큼은 내내 잃지 않고 있다.

아버지는 진정한 스포츠맨이었다. 체육을 좋아하는 것을 넘어 열정이 대단했다. 한국 럭비팀 대표 선수였고 올스타 럭비팀을 이끌고 일본 원정을 갈 정도였다. 역기와 육상을 하고, 아시안 400미터 경주에서 한국 대표 선수로 발탁되어 일본에서 열린 경기에서 아시안 신기록을 세우며 우승하기도 했다. 1930~1940년대에 있었던 일이다.

아버지는 1945년 조국이 일제로부터 해방된 후, 대한체육회 회장, 대한 럭비협회 회장, 대한상공회의소장을 역임하셨다. 한국인 운동선수 최초로 1936년에 베를린 올림픽을 제패한 육상선수 손기정 씨가 우리집에 자주 오셨다. 아버지는 육상 연맹을 만들어 육상선수들을 지원하고 육성했다. 럭비 협회도 만들어 장려했다. 체육계에 기부를 많이 해서 어머니의 원성을 많이 샀던 것으로 기억한다.

어머니는 백천(白川) 조(趙)씨 가문 사람으로 이름은 응직(應織)이다. 1910년 4월 8일 평남 용강군 금곡에서 태어나 1932년에 아버지와 결혼하셨다. 어머니는 1909년에 설립된 역사 깊은 평양고등보통학교, 일명 평양고보를 나온 인텔리젠트였다. 어머니는 상당한 미인으로 3남 2녀의 자녀를 기르면서도 부인모임 등에서 사회활동을 많이 하셨다.

친할아버지와 할머니는 평안남도 용강에 사셨다. 용강은 진남포와 평양 중간이다. 조부모님은 큰 지주였다. 큰 과수원이 있었는데 다섯 살 때 그 과수원에서 뛰놀았던 기억이 난다. 두 분은 한국전쟁이 났을 때 재산을 지키느라 남으로 내려오지 않으셨다.

어머니는 무남독녀였다. 어머니는 우리 부부가 이민 온 후 5~6년 후인 70년대 초에 미국에 오셔서 우리와 함께 내내 사시다가 노인들에게 살기 편한 LA 한인 타운 노인 아파트로 이사해서 한동안 지내셨다. 다시 우리 부부가 몇 년 모시다가 노환이 깊어진 후에는 양로병원에 모셨다. 어머니는 93세로 돌아가셨다.

외할머니도 북한에서 사셨는데, 서울 우리 집에 방문 왔다가 삼팔선이 막혀 북한으로 돌아가지 못하고 우리와 함께 살았다. 할머니는 사회활동으로 바쁜 어머니를 도와 집안일을 많이 하고 어린 우리 형제자매들을 기르다시피 했다. 외할머니는 체격이 크고 힘이 장사였다. 한창 젊었을 적에는 장정도 힘들어하는 쌀가마니를 번쩍번쩍 들어 올렸다.

내가 중학생 때 할머니가 돌아가셨다. 장의사에서 관을 보내왔는데 그 관이 너무 작아서 돌려보내고 큰 관으로 다시 가져온 기억이 난다. 보통 여자들에게 사용하는 관이라 해도 사람 키나 체격보다 훨씬 여유가 많은 편인데 그조차 맞지 않을 만큼 할머니는 체구가 컸다. 지금 생각해보면 할머니는 큰 체격만큼이나 마음씨가 크고 넓은 분이었다.

정이 많이 든 우리 형제자매는 슬퍼서 많이 울었다. 할머니 주검을 방 윗목에 놓고 병풍을 친 채 사흘을 그 방에서 잠을 잤는데 무서운 줄 몰랐다. 그만큼 할머니와의 관계가 깊었다.

∞ 누님의 결혼축의금

나보다 여섯 살 위인 명숙 누님의 결혼식 날이었다. 아버지의 후광도 있고 집안의 개혼(開婚)이라 하객이 많았다. 축의금도 많이 들어와서 카드와 봉투를 커다란 보자기에 담을 정도였다.

결혼식을 마치고 온 가족이 모였는데 아버지가 그 큰 보따리를 빨간 마후라 이명희 사촌 형에게 통째로 건네주면서 이 돈으로 결혼식을 올리라고 했다. 아버지의 돌발적인 행동에 모든 사람들이 어안이 벙벙해서 말문이 막혔다. 어머니는 너무나 황당해서 한마디로 하지 않고 아버지를 물끄러미 바라볼 뿐이었다. 누님은 자기 결혼식에 들어온 축의금인데 누가 주었는지도 모르고, 봉투를 열어보지도 못한 채 사촌오빠에게 주어야 한다는 사실이 서운해서 눈물만 흘리고 있었다.

나는 참 민망했다. 결혼식을 치르고 행복해야 할 주인공 누님이 이렇게 슬프게 울어야 하다니 도대체 어찌해야 할지 몰랐다. 축의금 일부도 아니고 3분의 일도 아니고, 금액도 모른 채 그걸 통째로 다른 사람에게 건네준 아버지의 행동이 이해가 되지 않아 난감하고 혼란스러웠다.

누님과 우리 가족은 지금도 가끔 그 에피소드를 불평 반 웃음 반 섞어서 얘기한다. 보통 아버지라면 쉽지 않은 행동이다. 자기 딸의 결혼축의금을 봉투도 열어보지 않은 채 돌아가신 형님의 아들에게 준 사람은 전무후무하다고 생각한다.

명희 형은 6·25전쟁 통에 부모를 잃고 부상당한 누이와 어렵게 성장했다. 형의 여자 친구는 사촌누이를 치료해주었던 간호사다. 형은 공군 전투기 조종사라서 전쟁터에도 많이 나가는지라 매우 위험한 직업을 가진 사람이었다. 어느 정도 상황이 안정된 후 결혼한다는 계획을 가지고 있던 터라 몇 년째 싱글로 지냈던 형은 아버지가 주신 누이의 축의금으로 결혼식을 올렸다. 형은 나중에 공군 소장으로 진급하고 공군 비행장 사단장까지 올랐다.

1953년 7월, 휴전 직전에는 전쟁이 맹렬해서 하루는 아군의 수중에, 다음 날은 적군의 손에 들어가 뺏고 빼앗기는 치열한 전투가 있었다. 명희 형은 그 유명한 강원도 351고지를 탈환하고 사수하기 위해 항공지원에 나서서 목숨을 걸고 싸웠다. 며칠 전에 형이 폭격기 머스탱을 조종하며 전쟁터에서 활약하는 장면을 담은 유튜브를 다시 보며 추억에 잠겼다.

이제 와서 아버지가 그럴 수밖에 할 수 없었던 심정을 곰곰 생각해본다. 아버지는 형님과 형수님이 비명에 가시고 남은 조카들에게 늘 안쓰러운 마음을 가지고 계셨다. 자신에게 딸린 식솔이 많아 조카들에게 맘껏 베풀지 못한 것이 늘 마음에 걸려 미안하셨을 게다. 더구나 큰조카가 가난해서 수년째 사귀는 아가씨와 결혼식조차 올리지 못하는 게 안타까우셨으리라.

나는 요즘에야 아버지의 깊은 속을 짐작해본다. 비상책을 쓰신 것이다. 봉투를 열어보고 금액을 알게 되면 마음이 흔들릴까 봐 그리하신 것이라는 것을. 딸의 맘이 몹시 아프겠지만 금액을 알고 빼앗기는 것보다 모른 채 주어버리는 편이 오히려 나중에는 나을 것이라는 것을. 딸은 잘나가는 신랑을 만났으니 앞으로 잘 살 것이고, 든든한 부모와 형제자매가 있으니 그 축의금이 딸의 앞날에 가져다줄 영향이 미미하다는 판단 아래 그 돈이 절실히 쓰일 수 있는 곳에 쾌척하셨다는 것을. 아버지가 이런 분이었다.

아버지는 돈이 조금만 생기면 손기정 씨나 조병화 씨를 불러 돈을 많이 쓰고 수많은 스포츠 단체에서 요청하는 청을 거절하지 못하고 힘껏 도와주었다. 아버지의 이런 기질 때문에 어머니가 많이 힘들어했다.

지금 생각해도 온 가족이 불평 한마디 하지 못한 채 순식간에 어이없이 당한 사건이었다.

∞ 남동생 명삼이

　명삼이는 나와 두 살 터울의 남동생이다. 인현동에 있는 우리집은 크고 특히 정원이 넓고 아름다웠다. 스포츠를 좋아하는 아버지는 마당 한쪽에 각종 운동기구를 설치해 놓았다. 철봉과 수평대가 있었고 줄넘기와 아령 등, 웬만한 운동은 할 수 있는 설비가 갖추어져 있었다. 아버지는 운동 기구들을 설치해 놓기는 했지만 우리들에게 운동을 강요하지는 않으셨다.

　운동을 좋아하는 명삼이와 나는 주로 뜰에 나가 운동을 하면서 시간을 보냈다. 명삼이는 운동 신경이 나보다 월등히 좋았다. 학교에서 기계체조부에서 활동할 만큼 날렵하고 감각이 좋았다. 형은 운동보다는 독서나 음악을 좋아해서 주로 실내에 머물렀다.

　하루는 명삼이가 바에서 회전운동을 하다가 균형을 잃고 땅에 떨어져 크게 부상을 당했다. 얼마나 세게 떨어졌는지 양 팔꿈치 인대가 떨어져서 뼈가 분리될 만큼 큰 사고였다. 어른들은 명삼이의 양쪽 팔뚝이 빠졌다고 했다.

　동생은 이 사고로 팔을 치료하느라 심한 통증과 싸우면서 오랫동안 고생을 많이 했다. 그 이후로 동생은 운동을 그만두었다. 동생이 중학교 1학년 때 일어난 사고다. 형은 양정고등학교에 재학하고 있었는데 아버지가 양정중·고등학교 이사장으로 계신 때였다. 아버지의 사회활동의 단면을 엿보게 하는 직위였다.

아버지는 늘 말씀하시곤 했다. 모든 운동의 기본은 육상이라고. 운동을 하려면 기본운동인 달리기는 필수라고. 그 말을 듣고 운동을 좋아하는 명삼이와 나는 달리기를 많이 했다. 인현동에서 남산 꼭대기까지 짧지 않은 거리를 왕복으로 많이 뛰었다.

명삼이는 현재 LA에서 아내와 살고 있고 아들 둘을 두었다.

∞ 누이동생 명순이와 매제 김시왕

명순이는 나보다 다섯 살 아래 여동생이다. 이민 초창기, 아파트 매니저를 하면서 공부할 때, 우리 집에서 함께 살았다. 한솥밥을 먹으며 어려운 시절을 함께 해서인지 유난히 정이 많이 가는 누이다. 동생도 나를 잘 따랐다.

동생이 남편을 잘 만났다. 우리 집에서 약혼식을 했다. 매제가 비즈니스를 잘해서 미국 내에서 가장 부촌(富村)으로 알려진 Atherton 게이티트 커뮤니티에서 살았다. 넓은 수영장과 넓은 정원, 테니스장까지 갖춘 대 저택에서 1남 2녀의 자녀와 함께 행복한 가정을 이루었다. 이 동네는 스탠퍼드대학이 소재한 Palo Alto 도시에서 가까워서 에드윈을 만나러 갈 때마다 동생 집에 들르곤 했다.

2018년 11월, 경기가 사양 길에 접어드는 조짐을 보일 즈음, 매제는 사업가의 감각으로 이를 알아차리고 회사도 팔고 땅도 팔았다. 인터넷 사업이 활발하게 움직이기 시작한 즈음이라 매제가 제품을 납품하던 백화점 경기가 나빠지는 추세였다. 그는 아날로그 세대로 디지털 시대의 사람은 아니었다. 게다가 사업체를 사겠다고 나선 사람들이 여럿 있으니 이참에 결심한 것이다. 좀 더 붙잡고 있었다면 큰 손해를 볼 뻔했는데 적시에 내놓아 제값을 받을 수 있었다.

동생 부부는 우리 부부가 여행을 많이 다니는 것에 고무되어 있었다. 드디어 스트레스 없는 삶을 살게 되었다면서 여행에 대한 기대가 많았다. 그동안 사업하느라 바빠서 삶을 제대로 즐기지 못했는데, 새해부터는 세계 곳곳을 누비기로 했다면서 기뻐하던 동생 모습이 눈에 선하다.

그런데 다음해 봄부터 누이가 아프기 시작했다. 3월부터 이유 없이 자꾸 쓰러지고 두통과 전신 통증에 시달렸다. 병원에 가니 폐암 4기라는 진단이 나왔다. 소식을 들은 나는 너무 놀라서 비행기 티켓을 구입하고 시간 맞춰 공항에 나가야 하는 번거로움을 기다리지 못하고 그 길로 자동차를 타고 동생에게 달려갔다.

매제는 누이 명순이를 살리려고 무진 애를 썼다. 스탠퍼드 병원에 유명 의사들을 모두 찾았다. 치료에 좋다는 약과 처방을 사방팔방에서 구했다. 참으로 이상한 것은 동생 부부는 3개월마다 건강검진을 해왔는데 폐암이 4기로 깊어질 때까지 발견하지 못한 것이다. 매제는 한때 누이를 검진했던 모든 의사를 고소할 생각까지 한 적이 있었다.

누이가 운명하기 일주일 전에 샌프란시스코에 올라가 만났다. 피골이 상접한 모습을 보니 눈물이 저절로 흘렀다. 그렇게 투병하다가 누이는 1년 반 만에 아까운 생애를 마쳤다. 2021년 5월로 동생 나이 75세였다. 동생이 눈을 감았다는 소식을 듣고 그 어려운 시간을 어찌 지냈는지 모르겠다. 장례식에 참석했는데 그 심정을 도무지 말로 형용할 수 없다.

명순이는 큰누이 수지 누님이 글을 써서 발표하는 것을 보고 큰누이 90세 생신에 회고록을 만들어 선물하겠다고 했는데 그만 약속도 지키지 못하고 갔다. 그 유지를 받들어 매제와 내가 합심하여 올 3월에 누님의 회고록 『모든 것이 은혜였네』를 발간했다.

매제가 아내를 잃은 후 경험했던 그 어둡고 슬픈 시간들을 어찌 짐작이나 할 수 있을까. 정신이 절반 나간 그를 차마 위로할 말을 찾지 못했다. 몇 달 전에 샌프란시스코에 있는 그의 집에 찾아갔더니 제사상을 차려놓고 동생을 그리워하고 있었다. 매제는 우리가 살고 있는 팜스프링스에도 집이 있는데, 아내와의 추억이 어린 그 집을 처분하지 못하고 남가주와 북가주를 오르내리며 지낸다.

매제 이름이 김시왕이다. 누이가 USC 인근에 있는 우리 아파트에서 살 때였는데, 캘리포니아주 토렌스 지역에 있는 엘 카미노 칼리지(El Camino Collage)에서 공부하다가 만났다. 둘 다 가난한 초기 이민자들인지라 커뮤니티 칼리지에 다니면서 꿈을 키웠다. 두 사람은 우리 아파트에서 약혼식을 올렸다.

　매제는 1964년에 미국에 이민해서 자수성가한 사람이다. 내가 미국에 왔을 때 그는 정원사로 일하고 있었다. 1972년에 샌프란시스코에 정착한 후, 의류회사인 키잔인터내셔널을 설립해 한국, 중국, 방글라데시 등지에서 가방을 만들어 루이스 라파엘(Luis Raphael)이라는 상품명으로 샌프란시스코를 비롯해서 미국 각 유명 백화점에 납품했다. 연매출 1억5천만 달러의 큰 기업으로 성장시켰다.

　돈을 많이 벌어 좋은 일을 참 많이 했다. 사회 공헌사업을 다양하게 펼쳐 자신의 성공과 부를 커뮤니티에게 나누어주었다. 매제는 아시아를 대상으로 원조사업을 펼치는 '기브투아시아'(Give2Asia) 재단 이사장과 아시안 아트 뮤지엄 커미셔너 등 공공 활동을 비롯해서 한인들과 주류사회의 어려운 주민들을 돕는 일에도 앞장서 왔다. 이런 업적이 인정돼 매제는 2013년에 한국 정부로부터 국민훈장 동백장을 받기도 했다.

　한인의 권익을 위한 일에 앞장서서 많은 일을 했다. 한인 사회의 성장과 발전에 큰 기여를 해서 샌프란시스코 한인 커뮤니티에서 명순이과 시왕을 모르는 사람이 없을 정도다. 명순이는 남편의 사업과 봉사활동을 적극적으로 도왔다. 한국에서 유명 인사들이 샌프란시스코를 방문하면 그 부부 집에 머무르기도 했다.

　매제는 2017년 7월부터 20년 동안 스미스소니언 자연사 박물관이 개최하는 이민사들의 삶을 조명하는 전시회에 한인 커뮤니티를 대표하는 인물로 선정되기도 했다. 이민사를 포괄적으로 다루는 '다양한 목소리, 한 국가'(Many Voices, One Nation) 전시회 중 한국관에 매제가 한국에서 이민 올 때 가져온 한복, 책, 식기, 사진 등 한국의 토속품 등을 전시했다.

뉴욕 워싱턴 DC에 있는 스미스 소니언 자연사 박물관은 1964년에 설립된 이래 Smithsonian Institution이라고 불릴 만큼 다양한 박물관과 갤러리로 발전했다. 여러 대륙의 예술과 역사를 배울 수 있는 안내자 역할을 하는 이곳은 입장료가 무료여서 더욱 매혹적인 박물관이다. 이제 이곳은 전 세계에서 연 400만 명의 관람객이 찾는 세계적인 명소이다.

매제는 누이가 세상을 떠난 후 부부가 함께 공부했던 엘 카미노 칼리지에 100만 달러의 장학금을 쾌척했다. 매해 10만 달러씩 학교에서 선정한 20명의 학생에게 2천 달러씩 10년간 학비 보조를 하는 것이다. 외국에서 와서 힘들게 공부하는 학생들에게 준다는 소식을 듣고 참으로 고마웠다. 돈이 있다고 아무나 할 수 있는 일은 아니다. 자신의 어려웠던 과거를 잊지 않고 이토록 융숭하게 대접하는 사람은 됨됨이가 갖추어진 사람이다. 내 매제이지만 존경하는 인물이다.

아름다운 인연

인간적인 너무나 인간적인

내 이웃 내 기쁨

세 가지 즐거움

아우성의 진실

팜 스프링스에 있는 PGA West 골프코스 단지 내에 있는 베케이션 홈 뒤뜰 전경.

PGA West 골프코스 단지 내에 있는 베케이션 홈 뒤뜰에 연결된 골프 코스 내에 자리 잡은 호수 겸 벙커.

스코틀랜드의 St. Andrews Old Course에서 700년
전에 만들어진 유명한 Swilcan Bridge에 앉아 동생
부부와 함께. 1998년

티쉬 오픈 경기로 유명한 스코틀랜드의 St.
ews Old Course에서 라운딩을 마치고.

올랜도 Falcon's Fire 골프코스에서 열린 PMA
(Photo Marketing Association) 골프 토너먼트에
서 아내는 여성부 Medalist, Gross Champion, 나
는 남성부 Net Champion 상으로 받은 트로피를
들고. 2003년

ord University golf fundraising
nament에서 에드윈과 우리 부부 팀이 우승
로피를 들고. 2018년

30여 년 전, 샌디에이고에 있는
La Costa 골프코스에
온 가족이 출동했다.

펜타곤에서 열린 제임스의 해군 대령 진급식에 참석해서. 2015년

해군 대령 제임스의 초상화. 2015년

Nimitz 항공 모함 안에서 함장과 부함장, 그리고 초대받은 VIP들과 함께 기념 촬영. 오른쪽에서 첫번째가 필자. 1990년

Nimitz 항공모함 전경.

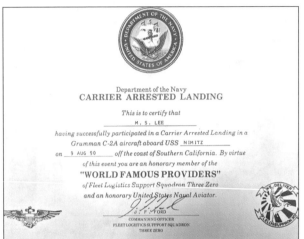

Nimitz 승선을 위한 비행기 탑승과 착륙 체험 인증서.
1990년 8월 9일

Nimitz 항공모함 소개 책자.

한국계 청년 다리우스의 군 사관학교 졸업식에서. 2010년

인간적인 너무나 인간적인

* 새크라멘토 강 범람과 회사원들의 단합

San Joaquim-Sacramento 강 양쪽에 제방이 있었다. 이 제방은 중국인들이 200년 전에 미국에 들어와 노동자로 일할 때 지은 구축물로 요즘처럼 시멘트가 아니라 흙으로 만들었다.

2004년 6월 3일에 새크라멘토 지역에 큰 홍수가 났을 때, 강이 범람하여 그 둑이 파괴되었다. 그 일대가 완전히 물바다가 되었는데, 우리 회사 직원 두 명도 많은 피해를 입었다. 한 직원의 집은 완전히 물에 잠기고 다른 한 명의 집은 심하게 파손되었다.

나는 사원들에게 매주말 동안 이 두 사람의 집을 지어주고 고쳐주라고 부탁했다. 그랬더니 새크라멘토에 사는 직원들 수십 명이 주말마다 그 집에 달려가 힘을 합하여 두 달 만에 집 한 채를 뚝딱 지었다. 다른 집 한 채도 젖은 목재를 잘라내고 파손된 집기를 고치거나 교체하는 등 집 안팎으로 깔끔하게 보수 공사를 해서 새집처럼 만들어 주었다.

나는 집수리에 필요한 모든 비용을 부담했다.

우리 회사 직원들이 재능이 많고 능력이 많은 사람들이라는 사실을 진즉 알고 있었지만 이 일로 새롭게 알게 되었다. 여러 사람이 여러 재능을 한군데 모으니 집 한 채 짓는 일은 아무 문제도 아니었다. 직원들은 동료의 집을 지어주면서 자신에게도 언제든 이런 상황에 빠질 수 있고, 도움을 주는 회사 동료들이 있다는 생각으로 열심히 수고했다.

미국인들이 주말을 얼마나 중요하게 여기는가. 직원들은 여러 주말 동안 가족과 함께 단란하게 보낼 수 있는 시간을 희생하고 동료를 위해 먼지를 둘러쓰고 땀을 흘려가며 무보수로 일했다. 회사원들의 단합과 화합을 보여준 그들에게 감사와 존경의 박수를 쳐주었다.

* Darius Mercer, 한국계 청년

2006년도에 우리 부부는 애나폴리스 해군사관학교에서 복무하고 있는 제임스를 방문했다. 제임스는 예비역 기간 중에 3년 동안 해군사관학교 교관으로 부름을 받아 현역으로 일하고 있었다.

마침 제임스의 집에 와있는 멋진 청년 다리우스를 만났다. 해군 사관학교는 규칙상 1학년생은 스폰서가 없으면 외출을 할 수 없다. 제임스는 가족이 없어 외로운 이 학생의 스폰서가 되어 주고 도와주었다.

다리우스는 키가 크고 용모도 준수했다. 그런데 어딘지 모르게 한국적인 면모가 역력했다. 알고 보니 엄마는 한국인, 아버지는 백인이었다. 아버지가 공군이었는데, 군산에서 근무하다가 엄마를 만났다고 한다. 결혼해서 미국에 건너왔는데 가정이 풍비박산이 났다. 부모가 이혼을 했는데 아버지와 엄마 두 사람 모두 그를 버리고 각자 갈 길로 떠나 천하의 고아가 되었다고 했다. 미국인 친할아버지도 이 손자 양육을 거절했다. 그의 나이 14세였다. 그는 중·고등학교에 다니면서 Home Depot 같은 곳에서 일하고 잠은 창고에서 잤다.

고등학교를 마치고 해군에 사병으로 입대했다. 장교들이 지켜보니 참으로 똑똑해서 모두들 그의 재능을 아까워했다. 여러 장교들이 추천서를 쓰고 상부에 청원하여 그를 해군사관학교에 입학시켰다.

제임스는 유난히 다리우스에게 많은 관심을 베풀고 친구가 되어주었다. 한국식당에 갔는데 상추에 불고기와 쌈장을 얹어 쌈을 싸 먹는 폼이 한국 사람 영락없었다. 한국인의 피는 못 속인다. 그에게 정이 마구 쏠렸다.

그가 사관학교를 졸업하는데 가족과 일가친척이 한 명도 없다고 했다. 우리 부부가 그의 졸업식에 가서 부모의 역할을 해주었다. 아는 사람은 우리밖에 없었다.

한국식당에 가기 전에 나는 제임스로부터 사관학교의 규칙을 들었다. 졸업하면 재학기간 동안 학교에서 제공했던 컴퓨터를 비롯해서 모든 집기를 반납해야 한다고 했다. 나는 한국식당에 가기 전에 애플 스토어로 먼저 갔다. 제임스에게 다리우스와 함께 상점에 들어가서 그에게 필요한 모든 것을 알아 오라고 부탁했다. 그리고 가게에 들어가 다리우스에게 목록에 적혀있는 모든 물품을 구입해 주었다. 그는 나를 꼭 껴안고 눈물을 뚝뚝 흘렸다.

4년 동안 사관학교 공부를 마치면 장교 임관 후, 최소한 5년간 의무적으로 나라를 위해 복무해야 한다. 언젠가 군 복무 중이던 그가 우리가 살고 있는 팜 스프링스에 방문을 왔다. 나는 최고급 스테이크 하우스에 데려가 밥을 먹였다. 그는 이렇게 맛있고 근사한 스테이크는 난생처음 먹어본다면서 감격스러워했다.

그는 군 복무를 마친 후, 결혼해서 행복한 가정을 이루었다. 미네소타에 살면서 회사에 다니고 있는데, 지금도 크리스마스 때나 명절 때면 꼭 카드를 보내준다. 그를 생각할 때마다 가슴에 따뜻한 정이 흐른다.

* George McCarthy의 충성심

조지 메카시는 우리 회사에서 없어서는 안 될 사람이었다. 나보다 두 살 위인데 마치 우리 회사를 위해 태어난 사람처럼 그렇게 회사를 사랑했다. 그는 밤이든 낮이든 성심을 다해서 회사를 돌보았다. 기술자도 오피스 직원도 아니고 건물 관리인인 그를 회사에서 모르는 사람이 없었다.

회사 업무가 6시에 시작하는데 그는 5시에 출근했다. 회사 건물의 모든 출입구마다 설치된 알람을 끄고 건물의 안전 상태를 점검했다. 직원들이 회사에 출근하자마자 곧바로 일을 시작할 수 있도록 부족한 물품을 채우고, 집기들을 정리 정돈한 다음 출근한 직원들이 마실 커피를 내렸다. 저녁에는 모든 사람이 퇴근하기를 기다렸다가 알람을 설치하고 퇴근했다.

그는 회사에서 15분 거리에 살고 있었다. 한밤중이든 새벽이든 알람이 울리면 제일 먼저 회사로 달려갔다. 밤새 심한 바람이 불어서 알람이 울리고, 창문이 깨져서 알람이 울린 적도 있지만 이제껏 회사에 도둑이 들거나 강도를 당한 적이 없다. 그의 공로가 매우 크다.

나는 그에게 가급적이면 부탁하지 않으려고 노력했다. 그에게 부탁하면 무조건 Yes였고, 단 한 번도 거절한 적이 없었다. 그는 내가 회사를 인수했던 1976년부터 은퇴할 때까지 우리 회사에서 일을 했다. 어디로 갈 생각도 하지 않고 줄곧 오직 우리 회사를 위해서 일했다.

그의 아내가 많이 아팠다. 내 아내가 일주일에 몇 번씩 그 집에 가서 그의 아내를 돌봐주었다. 그에게 필요한 것이 있으면 뭐든 도와주고 싶었다. 그의 아내가 세상을 떠나자 우리는 그녀의 장례를 치러주었다.

그는 아내가 세상을 등진 후, 곧바로 은퇴하고 친형님이 사는 시애틀로 주거지를 옮겼다. 자녀도 없었다. 나는 그가 아파트로 이사하는 비용부터 새로운 집기 마련까지 일체를 도와주었다. 그는 크리스마스를 비롯해서 명절 때면 꼭 연락한다.

해마다 추수감사절이 다가오면 나는 터키를 구워 먹으라고 그에게 50달러짜리 월마트 상품권을 보낸다. 사실은 그에게만이 아니라 은퇴한 모든 직원과 가족에게 50달러 상품권을 보낸다. 약 300장정도 된다. 한때 한 우물물을 함께 마신 이들에게 카드를 쓰고 상품권을 부치는 일은 내게 기쁜 연례행사 중의 하나가 되었다.

* Virginia Clark, 내 오른팔

버지니아는 1986년에 HF76에 입사했다. 고등학교가 최종학벌인 필리핀 여인인데 영민하고 일을 참 잘했다. 나는 그녀가 공부할 마음이 있음을 알고 대학과 대학원까지 보내주었다. 그녀는 오랫동안 CFO(Chief of Financial Officer)로 일하다가 지금은 COO(Chief of Operation Officer)로 일하고 있다. 지난 20년 동안 내 손과 발이 되어 주었다. 그녀만 있으면 나는 회사의 연혁과 사건들을 정확한 날짜와 시간대로 알 수 있었다. 내가 전적으로 믿는 직원 중의 한 사람이다. 같은 디파트먼트에서 일하는 이멜다(Imelda)도 버지니아 못지않게 내가 매우 신뢰하는 직원이었다.

* 두 자매

Jacky Turner는 비즈니스 어시스턴트, 내 비서로 일했다. 그녀는 나보다 15년 연상으로 혼자 사는 여인이었다. 두뇌 회전이 빠르고 일을 민첩하게 잘 할 뿐만 아니라 성실해서 나는 그녀를 매우 신임했다. 처음에는 낮은 직급으로 채용한 직원이었으나 Secretory Officer로 승진시키고, 각종 세미나와 트레이닝 프로그램에 많이 보내어 교육받는 기회를 많이 제공했다. 회사 관련 軍 정보와 비밀을 다 알고 있는 그녀는 회사에서 없어서는 안 될 중요한 인물이었다.

그녀의 여동생 이름은 Jean Rudy로 고객 관리부에서 일했다. 두 자매는 성실하게 일하다가 거의 같은 시기에 은퇴하고 샌디에이고 근방의 Santee로 이사했다. 우리 부부는 두 자매가 사는 곳에 몇 차례 방문해서 그들에게 저녁도 사주고 함께 좋은 시간을 보냈다.

두 자매는 내 생일이면 각자 다른 카드를 보낸다. 컴퓨터에서 손수 제작한 카드다. 자신이 어떻게 무엇을 하면서 지내는지, 가족의 근황을 길고 자세하게 쓴 편지가 들어있다. 지난 일 년 동안의 삶을 보고하는 것이다. 한 해도 거르지 않고 두 자매가 보내주는 생일 카드와 편지를 받을 때마다 인간적인 정을 물씬 느끼곤 한다. 미국인들의 성실하고 변함없는 자세에 감탄하곤 한다.

Jacky가 인사과장으로 일할 때 있었던 일이다. 회사에 출근했더니 낯선 여성이 일하고 있었다. 회사의 분위기에 어울리지 않게 노출이 심하고 화려한 옷차림을 한 여성이었다. 필요해서 고용했나 보구나, 했는데 2~3주 후에는 그녀가 더 이상 보이지 않았다. 알아보니 풍기문란으로 회사 분위기를 흐리게 할 여지가 많아서 해고했단다. 그녀가 알아서 회사 직원들을 정리 단속했다.

Jacky는 5년 전에 작고했다. 동생 Jean은 그 후에도 내 생일이면 어김없이 카드와 편지를 보내준다.

* 안투안과 그의 어머니

안투안은 베트남 보트 난민으로 30여 년 전에 우리 회사 커머셜 디파트먼트에서 일했던 컴퓨터 엔지니어다. 영민하고 성실한 청년이었다. 영어는 물론이거니와 프랑스어도 완벽했다. 베트남이 한때 프랑스의 식민지였다지만 그가 프랑스어를 그토록 유창하게 구사하는 사실이 신기할 정도였다. 프랑스 지리에도 환했다.

그의 가족 관계를 물으니 홀어머니가 베트남에 살고 있는데, 오랫동안 뵙지 못해 몹시 그립다고 했다. 나는 평소에 제2차 세계대전 중에 있었던 유명한 노르망디 상륙 작전 현장을 견학하고 싶은 마음이 있었는데, 그와 대화하던 중 불현듯 그곳에 가고 싶었다.

마침 프랑스에서 회사 관련 컨벤션, 국제박람회가 열릴 즈음이었다. 컨벤션 참가 차 프랑스에 갈 때 안투안과 함께 베트남을 경유해서 가면 어떨까 하는 생각이 들었다. 나는 프랑스어가 자유로운 그의 도움을 받아 프랑스 유적지를 방문하고, 그는 그리운 어머니를 만나 뵐 뿐만 아니라 컨벤션에도 참가하고 프랑스를 여행할 수 있는 것이다. 국제박람회 참석은 아무나 할 수 있는 행사가 아니었으므로 그에게는 특권으로 여길 만했다. 그에게 의사를 타진하자 몹시 기뻐했다.

나는 모든 경비를 책임지고 그는 가이드 역할을 하기로 했다. 그는 매우 즐거운 마음으로 우리가 머물 숙소며 방문할 장소 등을 계획하고 예약했다. 자동차를 렌트하고 일정을 기획하는데 빈틈이 없었다.

베트남 국제 비행장은 작고 어설펐다. 건물도 없는 허허벌판에 시설도 빈약해서 사다리를 타고 비행기에서 내려왔다. 베트남은 정말 가난한 나라였다. 떠나기 전에 베트남을 여행했던 사람들이 해 주었던 충고가 생각났다. 거지 소년 소녀들이 따라붙어 다니는데 절대로 1달러 지폐를 보여 주지 마라. 안 그러면 경을 친다. 25센트 동전을 많이 가지고 가서 멀리 던져주어라.

　아닌 게 아니라 20~30명이 따라붙는데 발목과 다리가 잘린 아이들도 많아서 안쓰러웠다. 캄보디아와 베트남 간의 10년 전쟁 중에 모래처럼 뿌려놓은 지뢰가 가져다준 비극을 눈앞에서 실제로 확인하는 마음이 착잡했다. 14퍼센트의 신체 절단이라는 뉴스 제목은 얼마나 냉정한가, 하는 생각이 들었다. 6·25전쟁 직후, 폐허 속에서 눈길이 가는 곳마다 전쟁의 상흔으로 비참했던 우리나라가 생각났다.

　안투안의 집에 들어가니 안투안의 어머니가 반갑게 맞아주었다. 친절이 과하여 마음이 편치 않을 정도였다. 아들의 상사라니 잘해주고 싶은 마음이 많았을 것이다. 동양인의 친절하고 예의 바른 손님 접대일 수도 있고, 그녀의 성품일 수도 있겠다. 그녀는 석류와 드래곤 프룻 등, 열대 과일들을 많이 내오고 어떻게든 많이 먹이려고 애를 썼다.

　프랑스에 들어가 박람회에 참석한 후, 노르망디 견학을 마치고 리옹까지 방문했다. 안투안은 모든 일정 동안 우리 부부를 위해 최선을 다했다. 서로에게 고맙고 흐뭇한 시간을 보냈다.

　귀국한 후, 일상에 복귀하여 프랑스 여행에 대한 기억이 희미해질 즈음이었다. 안투안의 어머니가 미국 이민을 결정했다기에 그녀의 입국을 성의껏 도와주었다. 그녀가 미국에 들어온 후, 안투안이 말하기를 어머니가 자꾸 내 안부를 물으며 보고 싶어 한다고 했다.

어느 날 회사를 방문한 안투안의 어머니가 내게 와서 깊이 머리 숙여 인사했다. 아들을 잘 거두어 주어 고맙다고 했다. 정 많은 우리 한국 어머니들이 생각났다. 어린 자녀를 가르치는 학교 선생님이나 자식의 직장 상사에게 우리나라 부모님들이 느끼는 존경과 감사의 마음이 그녀의 언행에서 고스란히 느껴졌다. 나는 그녀에게 홀몸으로 안투안을 훌륭한 청년으로 길렀으니 장한 어머니라고 격려해 주었다.

안투안은 현재 결혼도 하고 텍사스에 소재한 큰 IT기업으로 영전되어 성실하게 일하고 있다. 서로 바빠서 연락한 지가 꽤 오래 되었다. 그가 어찌 지내고 있는지, 친절하고 마음이 여린 그의 어머니는 건강하신지, 가끔 궁금할 때가 있다.

* Dorothy Slack 직원의 회사葬

도로시 슬랙은 Customer Service 디파트먼트에서 일하는 여성으로 나이가 많았다. 하루는 그녀가 사전에 아무 통보 없이 결근했다. 집 주소 이외에는 다른 연락처가 없었다. 평소에 매우 성실한 직원이었다. 결근해야 할 일이 있으면 전날 꼭 얘기하던 그녀인지라 마음이 왠지 이상해서 직원을 그녀의 집에 보냈다. 그녀는 침대에 누운 채로 운명한 상태였다고 했다.

그녀에게는 연고자가 아무도 없었다. 그런 사람의 주검은 시에서 가져다가 화장 처리한다. 그녀의 죽음은 내게 큰 문화 충격이었다. 나는 회사葬으로 장례를 치러주고 밴 나이스 인근 장지에 안장했다.

* Paul Lindke, 아이디어 맨

PL은 나보다 두 살 아래다. 엔지니어링 디파트먼트의 오퍼레이션 매니저인데 재능이 참 많았다. 대학에서 공부한 적은 없지만 머리가 비상하고 똑똑했다. 손재주가 많고 아이디어가 무궁했다. Zero Discharge System을 발명하고 군 관계 제품을 디자인하는 사람이어서 나는 그를 중역으로 대우하고 신임을 많이 했다.

그런데 성격이 강직하고 자기 주장이 셌다. 그는 두뇌 회전이 빠르고 아이디어가 기발한 사람이어서 다른 사람보다 몇 수 앞을 보는 사람인지라, 보통 사람은 이해하기 힘든 결정과 판단을 내릴 때가 있었다. 그는 다른 사람들이 답답했을 것이다. 이런 경우 그는 차분히 설명하거나 이해시키려 하지 않고 고집을 부려서 언뜻 보기에는 성격이 급하고 타협이 없는 인간으로 보이기 십상이었다. 시간이 지나 일을 추진하다 보면 그의 판단이 옳았다고 인정하는 부분이 많았다. 그의 성품을 충분히 이해하는 나는 그의 의견을 존중하고 귀 기울여주었다.

그는 공군과의 예민한 비즈니스 상황이나 회사의 위탁 관리 입장을 고려하지 않고 자기의 의견을 가감 없이 드러냈다. 상대가 자기 생각과 다를 때는 그건 틀렸다고 단도직입적으로 말을 해서 창피를 주었다. 군대 지휘관들이 있는 현장에서도 언행이 거칠고 참을성이 부족했다. 동료들은 그와 부딪치지 않으려고 조심했다.

하루는 공군 관계자가 면담 요청을 해서 만났다. 그가 격양된 어조로 저 인간을 당장 해고시키지 않으면 당신 회사와의 계약을 취소하겠다고 했다. 심사가 매우 불편해보였다. 무슨 일이 있었는지 묻지 않아도 뻔했다. 그를 탓할 수도, Paul을 두둔할 수도 없는 진퇴양난에 빠졌다.

고민이 되었다. 그는 회사에 꼭 필요한 사람이었다. 그를 잃지 않고 군과의 계약도 파기하지 않을 수 있는 해결책을 찾느라 머리가 아팠다.

나는 그에게 되물었다. 저 사람을 대신할 만한 마땅한 사람이 있는가. 그는 군에서 제대하고 민간인으로 근무하는 사람이 있다고 했다. 그가 Lee Olson다.

나는 그에게 타협점을 내놓았다. 우리 회사에서 중요한 프로젝트를 담당하고 있는 사람이라 나는 Paul이 꼭 필요하다. 그를 매니저 직위에서 강등시키고 당신이 소개한 Olson을 매니저로 세우는 것은 어떤가. 그는 동의했다.

Paul에게 자초지종을 설명하고 그의 양해를 구했다. 그도 원만치 않은 자신의 성격을 잘 알고 있었다. 내 이야기를 듣고 매니저 직위에서 강등되는 것을 수락했다. 재능도 있으니 기분 나쁘다면서 다른 직장을 찾아갈 수도 있었겠지만, 그는 순순히 내 제안을 받아주었다. 수하에 100여 명의 부하 직원을 거느렸던 사람이 자신을 내려놓고 낮은 위치에서 일하는 게 말처럼 쉽지 않을 텐데, 상황을 민첩하게 정리하는 그가 고마웠다.

그는 퇴직 후 콜로라도 덴버 근처로 이사 갔다. 며칠 전에 그와 전화 통화를 했다. 요즘에는 장총에 무늬 새기는 일을 한다고 했다. 손재주가 뛰어난 사람이니 그 방면에서도 빛을 보리라 믿는다.

2000년 초 즈음에 그가 만든 오염 완벽 처리 시스템을 한국이 구입하려다가 불발된 적이 있었는데, 만일 한국에 이 시스템이 들어갔더라면 지금쯤 한국 땅이 그만큼 오염되지 않았으리라고 확신한다. 생각할수록 안타깝다.

* Lee Olson의 전우애

이 사람을 채용할 때 군에서 추천한 사람이고 군대 요직에 있었다는 사실만으로 인선한 것은 아니다.

나는 골프를 친다. 골프는 단순한 스포츠를 넘어 철학을 가르치는 플랫폼이다. 골프를 함께 쳐보면 그 사람의 인품과 비상시에 대처하는 능력을 파악할 수 있다. 그가 골프를 칠 줄 안다기에 골프 라운딩을 제안하니 좋다고 했다. 하루 종일 함께 시간을 보내면서 나는 그가 참으로 정직하고 생각이 반듯한 사람이라는 것을 알 수 있었다. 그를 믿고 채용했다.

그의 나이 60세였다. 집이 새크라멘토에 있었다. 나는 회사를 새롭게 인수할 때마다 그에게 그 디비전을 한동안 맡겼다. 그는 한때 멕시코 아카풀코에도 갔다. 나는 그에게 불필요한 간섭을 하지 않았다. 그의 판단과 선택을 믿고 응원해주었다. 내 생각과 방향이 다를 때는 대화 형식으로 풀어 그의 생각을 듣고 내가 납득할 때도 있고, 내 생각을 말해서 그가 차분히 판단할 수 있는 시간을 주기도 했다. 나는 그를 진심으로 존중하고 지도자로 예우해주었다.

그와 종종 골프를 쳤다. 골프를 함께 치다 보면 속사정을 얘기하게 될 때가 있다. 그는 이제까지 아무에게도 말하지 않은 내용이라면서 내게 자신의 과거를 털어놓았다. 그에게는 아내와 아들이 있는데 그 아들이 친자(親子)가 아니라고 했다. 그 얘기를 듣고 매우 놀랐다. 그의 집에 방문했을 때 만났던 준수하고 예절 바르던 청년이 생각났다.

2차 대전 때 그는 일본 태평양 전투에 친구와 함께 투입되었다. 그 전투에서 친구는 전사했다. 그는 전장에서 돌아와 친구 아내를 위로해주기 찾아갔다. 그녀는 임신 중이었다. 그녀가 얼마나 슬퍼하는지 그의 마음이 무척 아팠다.

그는 싱글이었고 서른 살이었다. 그는 그녀와 결혼하고 그녀가 아기를 낳자 자기 아들로 입적시켰다. 주변에 좋은 사람도 있고 자기를 좋아하는 여인도 있었지만 누군가가 이 가여운 여인을 지켜주고 그 아이를 돌봐줘야 한다는 생각이 들었단다. 전우애가 깊었다.

나는 그의 이야기를 듣고 많은 생각을 하게 되었다. 세상에는 드라마에서나 볼 수 있는 일이 실제로 있구나. 만일 내게 그런 친구가 있다면 어떻게 했을까. 참으로 쉽지 않은 결정이라는 생각이 들었다. 나는 그의 결혼을 축복해주고 격려해 주었다. 그와 골프를 치고 맥주를 한 잔씩 하는 시간이 참으로 좋았다.

사람은 관계다. 인간 성공의 자산은 사람이다. 관계가 긍정적으로 탄탄해야 성공한 인생이라고 할 수 있을 것이다.

* Mac Dover, 한국 전쟁 특공대 출신

Mac은 나보다 열세 살 위다. 비즈니스가 한창 번창할 때에 동부 지역에 매니저가 한 명 필요했다. 뉴욕은 패션과 신기술 개발의 메카다. 뉴욕과 그 인근 도시에서 개발된 이 업계 신제품이라든지 판도에 대한 정보를 신속히 얻고 마케팅과 세일즈를 담당할 만한 사람이 있으면 좋겠다는 판단이 섰다. 광고를 냈더니 워싱턴 D.C.에 사는 Mac이 지원서를 냈다.

그의 이력서를 보니 경력이 좋았다. 한국 전쟁 참전 용사라는 문구가 눈에 확 들어왔다. 여러 지원자가 있었지만 서류 심사를 거쳐 그를 인터뷰했다. 6척 장신에 체격이 건장했다. 콧수염을 턱 아래까지 길러 해적 같았다.

한국 전쟁에 참전해서 무엇을 했느냐고 물었더니 특공대에서 작전을 수행했다고 했다. 특공대란 Special Forces, 군사적으로 기습 공격을 하기 위해 특별히 편성하여 훈련된 공격대다. 그는 다섯 명이 한 조가 되어 알래스카에서 비행기를 타고 한국으로 날아가서 낙하산을 타고 적지에 떨어진다고 했다. 적군 기지에 가까워지면 임무를 전달받는다고 했다. 적진 가까이로 살금살금 침투해서 총구 끝에 달린 망원경으로 그들의 동태를 살피면서 사령관이나 지휘관, 장교 등 요직에 있는 인물을 찾아 저격한다고 했다. 망원경을 통해 상대방의 일거수일투족을 환히 볼 수 있고 사격 발사를 함과 동시에 총알이 상대방의 몸 어디에 맞고 어떤 결과와 상황이 일어나는지 실시간으로 볼 수 있다고 했다. 적군은 총알이 도대체 어디에서 어떻게 날아와 사람이 죽었는지 도무지 알 수 없어 우왕좌왕한다고 했다.

그렇게 미션을 마친 후에는 약속 장소로 전속력을 다해 달려간다고 했다. 그러면 어디선가 나타난 헬리콥터가 그들을 실어간단다. 그렇게 특수한 임무를 다섯 번이나 수행했다고 했다. 그 과정에 총상도 입었다고 했다.

적군에게 발각되는 것보다 더 두렵고 무서운 게 있다고 했다. 동상(凍傷). 양말에 땀이 차서 동상에 걸리면 발가락이나 발을 잘라야 한다고 했다.

나는 그를 동부 지역 마케팅 매니저로 고용했다. 그는 집에서 근무하면서 마케팅 애플리케이션(Application)을 만들어 회사에 필요한 활동을 했다. 나는 그의 의견을 존중하고 마음 한편에 내 조국을 위해 목숨을 내놓고 일한 그에게 고마운 마음을 지니고 있었다.

HF76은 해마다 라스베이거스에서 열리는 컨벤션에 부스(booth)를 설치하고 회사 제품을 전시했다. 경쟁사에서 만든 새로운 상품도 점검하고 유익한 정보도 얻었다. 유익한 세미나도 많았다. 컨벤션에 참여한 회사들이 차려놓은 부스 사이즈만 보면 그 회사의 미래를 훤히 알수 있었다. A라는 회사는 예년에 비해 점점 더 커지고 B라는 회사는 점점 사이즈가 줄어들어드는 것을 알 수 있는 것이다. 나는 우리 회사 마케팅 매니저들을 초대하고 회사원들도 많이 데리고 갔다.

직원뿐만 아니라 그 배우자도 초청했다. 도박 비용만 빼고 교통, 음식, 호텔 숙박 등 모든 경비를 회사에서 지불했다. 회사 직원들은 매년 이 날이 오기를 손꼽아 기다렸다.

그 컨벤션에 Mac 부부를 초대했더니 워싱톤 D.C.에서 날아왔다. 인사과장을 통해 그의 신상을 다시 확인해보니 그 기간 중에 부부의 60주년 결혼기념일이 들어 있었다. 나는 그에게 기억에 남을 만한 특별 이벤트를 마련해주고 싶었다. 한국 전쟁 참전 용사, 그것도 특공대원으로 활동한 사람이지 않은가.

몇몇 임원과 상의 했더니 좋은 아이디어가 나왔다. 컨벤션에는 해마다 회사 임직원과 그 가족 모두 합쳐서 60명 정도가 참석하는데 마지막 날 저녁에는 고급 식당에서 식사를 함께 하면서 화합과 우의를 다지는 시간을 갖곤 했다. 그때 깜짝 축하 파티를 해주자는 것이었다. 직원들이 비밀리에 케이크와 양초를 준비했다.

나는 식당 매니저를 찾아가 200달러를 서비스 비용으로 주면서 한 가지 요청을 들어달라고 부탁했다. 오늘이 회사 중역의 결혼기념일인데 축하해 주고 싶다. 그러니 우리가 부탁한 시간에 30초만 식당의 모든 불을 꺼 달라. 그가 흔쾌히 수락했다.

　식당에서 저녁 식사를 하는 동안 화기애애한 분위기가 무르익었다. 와인과 칵테일로 건배를 하는 중에 8시 35분이 되자 갑자기 정전이 되었다. 식당 전체에 불이 다 꺼진 것이다. 라스베이거스에서 이런 사고는 있을 수도 없고 전무후무한 일이라 예상치 못한 사태에 모두들 어리둥절해서 작은 소동이 났다.

　사람들이 웅성거리는 가운데 제너럴 매니저가 마이크를 잡았다. 이것은 정전이 아니고 우리 기획팀에서 미리 계획한 깜짝 쇼다. 특별히 우리 이명선 회장님께서 한 직원의 결혼기념일을 축하하기 위해서 계획한 이벤트다, 라고 소개했다. 그가 얘기하는 동안 직원이 60이라는 숫자 위에서 춤추고 있는 촛불이 켜진 커다란 케이크를 들고 걸어 나와 어느 한 사람을 향해 움직였다. 넓고 깜깜한 공간을 비추는 그 촛불이 얼마나 환상적이었던지.

　정확히 30초 후에 전깃불이 환히 들어왔다. 나는 흐뭇하고 느긋한 마음으로 짙은 어둠과 눈부신 밝음의 짜릿한 차이를 음미하면서 좌중을 둘러보았다. 케이크를 든 직원이 Mac이 앉아있는 테이블에 도착함과 동시에 제너럴 매니저가 Mac의 이름을 호명하자 식당에 있던 사람들이 모두 일어나 박수를 쳤다.

Mac과 그의 아내가 기절할 듯이 놀라 어쩔 줄 몰라 했다. 체구가 크고 수염을 기다랗게 늘어뜨린 그가 어린아이처럼 당황해서 순진하게 미소를 짓는 모습이 보기 좋았다. 그는 세상에 이런 일이 있을 수 없다, 이렇게 크고 고급스러운 식당, 이렇게 많은 사람들 앞에서 자기 부부의 특별한 날을 이런 이벤트로 축하해 주다니 평생 잊지 못할 거라며 울먹였다. 부부가 나를 꼭 껴안아 주면서 고맙다는 인사를 수차례 했다.

Mac이 15년 전에 세상을 떠났다. 장례식이 워싱턴 D.C.에서 있었는데 비행기 표가 매진되어 갈 수가 없었다. 나는 우리 회사의 전담 여행사에 전화해서 전화를 받은 직원에게 만일 비행기 표를 구하지 못하면 여행사를 바꾸어버리겠다고 엄포를 놓았다. 담당자가 이곳저곳을 수색해서 델타 비행기 표 석 장을 구했다고 연락이 왔다. 밤 비행기였다. 나는 부사장 둘을 데리고 밤새 비행기로 날아가 장례식에 참석해서 미망인을 위로해주었다.

내내 잊히지 않는 사람이다.

* Dick Geer, 전직 미 해군 잠수함 함장

직원을 뽑을 때 이력서를 받으면 가능한 한 군대에 다녀온 사람을 선출할 때가 많다. 백그라운드가 확실하게 인증된 사람이고 군대 정신이 있는 사람이니 기본적인 인격 소양을 갖추었다고 보는 것이다. 더구나 HF76 회사가 군 관계 사업을 하기 때문에 군대 문화와 군사 용어를 잘 알면 더욱 효과적으로 일할 수 있으리라는 기대가 있기도 했다.

한번은 미 해군 잠수함 함장으로 복무하다가 예비역으로 전역한 Dick Geer라는 사람이 이력서를 냈다. 제대한 후에도 예비역으로 국가에 충성하는 사람이어서 눈길을 끌었다. 나는 그를 고용했다. 그가 예비역 훈련을 갈 때마다 나는 그의 업무를 대신해주었다.

예비역 훈련을 받을 때는 국가에서 급여를 지급하는데 그의 월급과 비교해서 모자라는 차액을 채워주었다. 그러니까 그가 예비역 훈련을 받느라 회사 근무를 할 수 없을 때일지라도 매달 받는 월급 액수에 차이가 나지 않도록 배려해준 것이다. 국가수호에 헌신하는 사람이니 그만한 배려는 해주고 싶었다. 나도 한국에서 공군 장교로 제대한 사람이고 또 내 큰아들 제임스도 해군 장교로 복무하고 예비역을 한 사람이라 남다른 애정과 신뢰가 갔다.

핀란드계 조상을 둔 사람인데 매우 정직하고 성실했다. Dick은 예비역 훈련을 샌디에이고에서 했다. 샌디에이고는 미국 내 해군 기지 중 그 규모가 가장 크다. 잠수함, 순항함, 항공모함이 휴식하고 또 물자를 지원받는 곳이다. 그가 예비역 훈련을 받을 때 자기 상사인 나를 어떻게 소개했는지 장교 구락부(俱樂部)에서 나를 초대했다. 나는 그곳에 가서 200~300명의 해군 장교들 앞에서 스피치를 했다. 인간의 존엄성과 가치, 내 비즈니스 모럴과 경영철학에 관해서 얘기했다. 스피치를 하고 나니 박수를 치면서 다시 한 번 와 달라는 초대를 했다. 항공모함을 태워주겠다고 했다. 대단한 처우였다.

* 항공모함 Nimitz 승선 체험

초청을 받은 날짜에 맞추어 샌디에이고 해군기지에 갔다. 샌디에이고에서 군 관계자 8명, 그리고 나처럼 초대받은 민간인 몇 명과 함께 비행기를 타고 바다 멀리에 정박해 있는 항공모함을 향해 날아갔다.

바퀴가 항공모함 갑판 위에 있는 활주로에 닿자마자 앞쪽에서 뭔가 잡아당기는 듯하더니 철커덕 소리와 함께 비행기가 순식간에 멈췄다. 활주로 바닥에는 10센티미터 높이의 쇠사슬 4개가 50미터 간격으로 일정하게 놓여 있었다. 비행기 뒷부분에 매달아 놓은 갈고리가 그 4개 중 어느 한 개에 걸리면 비행기가 멈추는 것이다. 몇 번째 쇠사슬에 걸리느냐에 따라 점수를 주는데 세 번째가 일등이라 최고 점수를 얻는다고 했다.

비행기 바퀴가 땅에 닿자마자 비행사는 전속력을 낸다. 일반 비행기의 착륙 때와는 정반대다. 혹시 비행기 바퀴가 이 쇠사슬 밧줄 네 개 중 어디에도 걸리지 않으면 즉시 이륙할 수 있어야 하기 때문이다. 그렇지 않으면 바다에 떨어진다. 쇠사슬이 얼마나 강한지 알 수 있다.

비행기에 탑승한 사람들이 받는 충격도 어마어마했다. 항공모함에 승선하기 위해 비행기를 타기 전 안전 자세, 특히 머리와 목을 어찌해야 하는지, 그 수칙을 따르지 않으면 어떤 사고가 일어나는지에 대한 준비교육과 실습이 철저했던 이유를 막상 체험하고 나서야 그 중요성을 실감할 수 있었다.

우리가 승선하자마자 항공모함은 새크라멘토 방향으로 30노트 속도로 천천히 움직여 태평양 한가운데 멈춰 섰다. 나는 30시간 동안 항공모함 곳곳을 견학할 수 있는 특권을 받았다. VIP여서 함장실 옆에 내 방이 있었다. 그 방 앞에는 헌병 두 명이 총을 들고 부동자세로 지키고 있었다. 함장의 허락이 없으면 아무도 들어가지 못한다고 했다. 허가 없이 그 선을 넘는 사람에게는 무조건 사격한다고 했다. 미국 대통령도 안 된다고 했다. 안보 시스템과 컨트롤 타워가 함장 방에 있으니 그럴 만도 하다.

이 항공모함의 이름이 Nimitz다. 이 항공모함은 2차 대전 때 활약했던 미국 제독 Nimitz의 이름으로 아이젠하워 대통령이 진수식(進水式)에서 명명해주었다. 무게는 10만 톤이고 5,500명이 근무한다. 떠다니는 도시였다. ATM 기계도 있고 이발소도 있고 운동장도 있다. 사병 다섯 명이 소재 파악이 오랫동안 안 된다고 했다. 규모가 그만큼 크다는 것을 방증(傍證)하는 대목이다. 현재 미국에는 항공모함이 12척 있다.

해군의 규율은 어느 군대보다 엄격해서 명령에 절대복종해야 한다고 했다. 수천 명의 군인들이 바다에서 떠서 수개월 수년간 생활하면서 임무를 수행하려면 필요한 특단의 조치일 것이다.

항공모함 활주로에 근무하는 수병들의 옷 빛깔이 달랐다. 흰색, 빨간색, 노란색, 파란색, 보라색 등 다양했다. 비행기가 이착륙을 할 때에 굉장한 소음이 일어나기 때문에 확성기를 사용해도 명령이 전달되지 않을 만큼 소통이 불가하단다. 그래서 수병들은 임무와 소속에 따라

색깔이 다른 군복을 입고 수화(手話)로 소통했다.

갑판 아래로 서너 층 내려가니 무기고가 있었다. 문 앞에는 빨간색으로 줄이 쳐 있어서 특별히 위험 관리를 하는 곳임을 알 수 있었다. 완전무장한 헌병이 지키고 있었다. 그곳 이외에도 곳곳에 빨간색과 노란색 줄이 쳐져 있었는데 그 줄 안으로 허가 없이 들어오면 계급 여하를 불문하고 발사한다고 했다.

회의실에 들어가서 훈련 브리핑을 들었다. 항공모함 조종사들의 판단력이 얼마나 영민하고 빠른지 매우 감명 깊었다.

내가 공군 출신이어서인지 가장 인상적인 장면은 역시 주기장(Aircraft Standing, 駐機場)에 정연하게 주기 중인 비행기와 격납고까지 갖춘 특이한 비행장 시스템이었다. 갑판 위에는 수십 대의 비행기를 수용할 수 있는 비행장과 활주로가 장관이었다. 그 아래층에는 엘리베이터를 이용하여 비행기를 옮겨 정비하는 곳이 마련되어 있었다.

비행기를 멈추게 하는 시설이 있는 지하에 들어가니 활주로에 겨우 10센티미터 정도로 낮게 올라와 있는 쇠사슬을 작동시키는 시스템의 규모가 어마어마했다. 마치 전체 크기의 80~90퍼센트가 물속에 잠겨 있는 거대한 빙산 같다고나 할까? 고속 돌기(Highly Rolling)를 가능케 하는 순환시스템(Hydronic System)이 매우 정교했다. 마치 커다란 규모의 공군기지가 바다에 떠 있는 듯했다.

항공모함에서 마시는 물맛이 일반 담수하고는 달랐다. 바닷물을 퍼서 소금기를 빼고 정제한 물을 사용한다고 했다. 하기야 5,500명이 장기간 사용하는 식수와 일상에 필요한 물을 어떻게 육지에서 공급받을 수 있겠는가. Marine Desalination System이 무척 흥미로웠다. 바닷물을 담수화하는 비용이 만만치 않다고 했다.

항공모함 뒤편에 원자로가 설치되어 있었다. 일종의 원자력 발전소나 다름없었다. 원자가 깨지면서 발생하는 에너지가 엄청나다고 했다. 항공모함의 모든 전력은 이곳에서 생성된 원자력을 사용한다고 했다. 20~30년 동안 원료 보급이 필요 없다고 했다.

이곳에서 일하는 사병들은 각자 방사능 수치를 측정하는 목걸이를 착용하고 있었다. 병원 방사선과에서 사용하는 방사능 배지 같은 역할을 해서 방사능에 노출된 수치가 기록되는데, 일정한 양을 넘으면 알람이 울려 그 방을 나와야 한다고 했다.

움직이는 항공모함 갑판에 서서 선미를 바라보는데 끝이 보이지 않았다. 평화 시에는 항공모함 한 대가 독립적으로 움직이지만 전쟁 상황에서는 잠수함, 요격함 등 10여 대의 전함이 이 항공모함을 팀으로 에스코트 한다고 한다.

항공모함 견학을 마치고 샌디에이고로 돌아오는 비행기를 탔는데 50미터쯤 활주로를 전속력으로 달리다가 공중으로 치솟았다. 비행기가 활주로를 벗어나 공중에 뜨기까지 걸리는 시간은 4초였다. 비행기에 탄 사람들이 받는 어마어마한 흔들림과 충격은 경험해 본 사람만이 알 수 있다. 말로만 듣고 사진이나 영화에서만 보았던 항공모함을 직접 견학한 체험이 매우 인상적이어서 한동안 꿈에서도 항공모함을 탔다.

* 잠수함 견학

Dick 덕분에 잠수함도 타게 되었다. 그가 나와 HF76을 상부에 소개하자 감명을 받은 해군 지도부가 나를 초대한 것이다. 잠수함 관광은 아내와 함께 갔다. 역시 샌디에이고에 있었다.

잠수함은 암실 같다. 인공 불빛이 있지만 밀폐된 공간이다. 어느 때는 몇 개월간 잠수상태로 지낸다고 한다. 맑은 공기를 마실 수 없으니 얼마나 답답할까. 그래서인지 미군 중 잠수함에서 복무하는 군인들이 수당을 제일 많이 받는다고 한다.

잠수함 역시 항공모함처럼 원자력 에너지를 사용한다. 이 원자력 잠수함은 레이더망에 잡히지 않아 전 세계 어느 바닷속에 잠수해 있는지 알 수 없다고 한다. 러시아 영해 인근에도 간다고 한다.

군인들의 숙소가 비좁았다. 3층으로 된 벙커베드인데 군인 개개인의 침대가 정해져 있는 게 아니고 비어있는 어느 침대에서나 잠을 자고 교대 근무를 하러 간다고 했다. 3교대라고 했다. 잠수함에 머무른 시간은 서너 시간에 불과했지만 매우 특별한 체험이었다.

내 이웃 내 기쁨

* 신대식 대학 후배 부부

신대식 씨는 상대 2년 후배다. 자신의 계리사(計理士) 사무실을 열고 열심히 일하는 성실한 사람이었다. 팔로스 버디스 우리집 이웃에 사는 그는 내 골프 친구이기도 했다. 그와 그의 아내는 내가 한참 바쁘게 회사 일을 하느라 몸으로 시간 내어 할 수 없는 가정사를 가족처럼 도와주었다.

이 후배가 5년 전에 작고했다. 얼마나 슬프고 안타깝던지. 그의 아내 미세스 크리스티나 신이 안쓰러웠다. 그녀는 여동생이 세상을 떠나 황망한 시간 가운데 있던 중, 남편마저 잃었다.

미세스 신은 부동산 에이전트로 매우 활동적인 사람이다. 신대식 후배는 갔지만 그녀는 집사람과 함께 오래전부터 24명으로 구성된 Palos Verdes Korean Women's Golf Club 멤버다. 이 부인 모임은 일주일에 2~3차례 골프를 치고 한 달에 한 번씩 식사를 함께하는데 분위기가 매우 화기애애하다.

신대식 후배가 세상을 떠난 후에도 나는 가정사로 도움이 필요할 때마다 그녀에게 연락했다. 나는 요즘도 그녀에게 도움을 많이 청하는데 그때마다 내 부탁을 거절하지 않고 자기 집안일처럼 발 벗고 나서서 도와준다. 참으로 고마운 사람이다.

지난 7월 11일은 아내의 82세 생일이었다. 나는 아내를 깜짝 놀라게 해주고 싶어서 서프라이즈 생일파티를 미세스 신에게 부탁했다. 그녀는 비밀리에 사람들을 초대하고 동분서주 오가며 깜짝 이벤트를 준비했다. 나는 아내의 생일 아침, 저녁 생일파티에서 아내가 피곤할까 봐 골프 라운딩도 하지 않도록 은밀하게 배려했다. 영문을 모르는 아내는 골프도 못 치게 한다고 짐짓 삐졌다. 저녁에 아내에게 오늘은 당신 생일이니 근사한 식당에 가서 맛있는 밥을 먹읍시다, 했더니 선뜻 따라나섰다. 미세스 신과 약속한 대로 약속보다 15분 후에 식당에 도착했다.

팔로스 버디스에 있는 Avenue of Italy 고급 식당 특실에 들어서니 미리 와서 기다리고 있던 사람들이 모두 일어나 박수로 환영해 주었다. 아무 영문도 모르고 케주얼한 옷차림으로 집을 나섰던 아내는 깜짝 놀라 말을 잇지 못했다. 잘 세팅된 커다란 테이블 위에는 82송이의 장미 부케가 화려하게 자리 잡고 앉아있었다. 아내가 맴버로 있는 Palos Verdes Korean Women's Golf Club 맴버를 비롯해서 총 37명이 모였다. 모두 즐거운 시간을 보내고 하객들은 장미를 나누어가지고 갔다. 아내는 무척 행복해했다.

나도 흐뭇했다. 인생의 가치는 얼마나 오래 살며 숨 쉬느냐에 있지 않고, 얼마나 숨 막힐 정도의 감명적인 순간을 보냈느냐로 판가름 된다는 옛 성현의 말씀이 하나도 그르지 않다는 것을 확인하는 순간이었다.

미세스 신에게 감사한다. 그녀의 선한 마음씨에 언젠가는 보답할 날이 있기를 고대한다.

* 위장 내과 의사 권평일 후배

팜 스프링스 PGA West 골프 단지 커뮤니티에 친구가 한 명 있다. 서울고등학교 1년 후배 권평일 씨다. 그는 서울 의대를 나온 재원으로 LA 한인 타운에서 위장 내과 의사로 오랫동안 한인들을 검진했다. 병을 잘 진단하고 치료를 잘해서 유능한 의사로 이름이 났다. 인품도 좋고 인텔리젠트 하다. 그 외 수많은 장점을 지닌 사람이어서 타운에서 존경을 많이 받는 사람이다.

3년 전에 골프를 치고 클럽 하우스 가게에 들어갔다가 그를 만났다. 얼마나 놀랍고 반갑던지. 지난 30년간 이 커뮤니티에 사는 동창생을 한 번도 만난 적이 없었다. 그는 클리닉을 접고 은퇴한 뒤 이곳으로 이사 왔다고 했다.

그는 베벌리힐스에 집이 있는데 이곳에 상주하다시피 한다. 나는 팔로스 버디스에 있는 집에 자주 가서 이곳에는 드문드문 머무는 편인데 그는 이곳을 좋아한다. 그와 골프 라운딩을 하면 얼마나 즐거운지. 한국 사람이라는 것만으로도 좋은데 고등학교 후배이니 얼마나 정이 많아 가는지.

미세스 권 이야기를 빼놓을 수 없다. 명랑 쾌활하고 사교적인 그녀는 분위기 메이커다. 권평일 후배 부부와 우리 부부가 썸을 이뤄 골프를 치면 그녀 덕분에 항상 좋은 시간을 보낸다. 기쁨이 배가되고 행복감이 업그레이드 된다. 골프 라운딩 약속을 하면 권평일 후배가 모든 예약을 도맡아 한다. 고마운 친구다. 그가 내 이웃이어서 행복하다. 팜 스프링스에 사는 것이 행복한데 그와 미세스 권이 있어서 더욱 기쁘고 행복하다.

* 이병준 선배와의 3자(三字) 인연

이병준 선배는 한국 부산 파이프 주식회사 미국 지사를 총괄하는 대표다. 캘리포니아에서 파이프가 필요한 곳곳에 그의 회사 제품이 들어가 있다. 상당한 재력가다.

그와의 인연이 깊다. 그는 여러 면에서 나보다 3년 선배다. 서울고등학교 3년 선배. 서울대학교 상과 대학 3년 선배. 공군 장교 3년 선배. 심지어는 팔로스 버디스 동네 주민이 된 것도 3년 선배다. 이런 인연이 흔한가. 보통 인연이 아니다. 우리 두 사람의 인간관계가 돈독하다.

선배랑 한 동네에 살 때는 골프도 함께 자주 쳤는데, 선배가 다른 도시로 이사한 후로는 가끔 전화로 대화를 나눈다. 옛날 학창 시절이랑 군대 이야기도 하고, 현 세상 돌아가는 이야기도 나눈다. 선배는 철학적 식견이 높고 생각이 깊다.

* 캘리포니아주 최초의 한미은행 설립자 정원훈 선배

정원훈이라는 선배가 있다. 나보다 15년 연상으로 일제 강점기 때 서울상대 전신인 고상(高商)을 졸업했다. 그는 일찍 도미해서 미국 은행에서 일하면서 괄목할 만한 이력과 크레딧을 쌓았다.

1970년대 남가주에는 한국은행이 없었다. 여러 사람이 이곳에 한인 운영 은행을 설립하려고 많은 노력을 했지만 주정부에서 승인해주지 않아서 그 뜻이 번번이 무산되었다.

크레딧이 좋은 그는 최초로 한국은행 설립허가를 얻었다. 그렇게 허가받기는 쉬운 일이 아니다. 그가 회사로 여러 번 나를 찾아와 자기가 한미은행을 설립했으니 투자하고 이사가 되어달라고 부탁했다. 1979년 말이나 1980년 초였던 걸로 기억한다. 나는 그때 군관계 제품 생산과 여러 디비전을 돌보느라 너무 바빠서 그의 제안을 거절할 수밖에 없었다. 그는 한미은행 설립으로 크게 성공했다. 내가 그와 함께 손잡고 일을 했다면 그에게 많은 것을 배웠을 것이라고 생각한다. 그 당시 그의 청을 거절한 게 몹시 후회되고, 그에게 죄송스럽다.

* 상대(商大) 동문 4자(四者) 단합

　상대(商大) 동문 부부 네 쌍이 4년 동안 4개국을 여행했다. 참여한 동문은 강수헌 부부, 윤덕우 부부, 하기성 부부, 이명선 부부 4팀이다. 팀이 뭉쳐 함께 여행하게 된 동기가 있다. 2004년도에 한국에 나가 대학 친구 셋을 만났다. 모두들 잘 나가는 회사 대표로, 골프도 잘 치고 돈 걱정 없이 사는 사람들이었다. 대화 중에 한 친구가 미국 골프장에서 골프 한번 쳐보고 싶다고 했다. 나는 세 친구들에게 부부 동반해서 미국에 오면 잘 안내하겠다고 약속했다.

　2004년 9월에 San Francisco 공항에 6명이 도착했다. 나는 운전수가 딸린 버스 한 대를 대절하고 먹거리를 잔뜩 실은 다음, 공항에 가서 이들을 픽업했다. 그 길로 몬터레이 베이에 있는 Pebble Beach로 달려가 그곳에서 사흘 동안 머물면서 유명 골프장을 돌면서 골프를 쳤다.

　골프 클럽 식당에서 나오다가 Arnold Palmer를 만났다. 친구 한 명이 그의 사인을 받고 싶다 해서 부탁했더니 흔쾌히 수락해주어서, 즉석 사인회가 벌어졌다. 골프를 좋아하는 친구들인지라 어찌나 행복하던지, 흐뭇했다.

　몬터레이 베이와 카멜 남쪽에 있는 도시로 달려가 Half Moon Bay 골프 코스에서 골프를 치고, Santa Barbara로 옮겨 Sandpiper 골프장에서 골프를 쳤다. Palm Springs 우리집에 도착해서는 PGA West에서 골프 라운딩을 했다. 며칠 동안 연속해서 원 없이 골프를 쳤다.

저녁식사 후, 친구 한 명이 모롱고 카지노(Morongo Casino)에 구경 가고 싶다고 해서 그곳으로 몰려갔다. 밤 9시 반이었다. 친구들을 기다리는 동안, 소일 삼아 1달러짜리 슬랏 머신 앞에 앉아 게임을 했는데 뜻하지 않게 잭팟이 터졌다. 4천 달러에 해당하는 칩이 요란한 음향과 번쩍거리는 불빛 속에 한동안 떨어져서 모두들 깜짝 놀랐다. 나는 어느새 낯선 사람들 속에 둘러싸였다.

카지노 매니저가 다가오더니 축하한다면서 외국인은 30 퍼센트의 세금을 제한다고 했다. 미국 시민권자라고 했더니 그는 내 소셜 시큐어리티 번호와 운전면허증을 확인했다. 다시 돌아온 그가 100달러 지폐 40장을 한 장 한 장 천천히 세어서 내 손바닥 위에 얹어주었다. 부러움과 경탄을 연발하는 수많은 눈길 속에 그 돈을 받으면서 창피하기도 하고 기쁘기도 하고, 기분이 참으로 묘했다. 자동차로 돌아와 운전수에게 100달러를 팁으로 주니 깜짝 놀라며 기뻐했다. 운전수 생활을 오래 했지만 오늘 같은 날은 처음이라고 했다.

다음 날 PGA West 골프샵에 가서 친구들과 부인들에게 그들이 원하는 골프용품을 사서 나누어 주었더니 모두들 즐거워했다. 나중에 연방 국세청에서 1099 Form을 보내와서 4천 달러 수입에 대한 세금을 30 퍼센트 지불했다.

친구들은 열흘 동안 행복한 미국골프 튜어를 마치고 귀국했다. 열흘 간의 모든 경비는 4등분 했다. 일행이 떠나기 전, 그룹 이름을 지었다. 'La Quinta Family'. PGA West 골프클럽을 비롯해서 다양한 고급

스포츠 시설과 휴양시설을 갖춘 리조트의 고유명사에서 따왔다.

2005년에는 New Zealand에 열흘 여정으로 다녀왔다. 하기성 동문이 주선했다. 뉴질랜드는 남과 북, 두 개의 섬으로 이루어진 나라다. 우리는 두 섬에 있는 유명 골프장을 모두 섭렵하며 골프 라운딩을 하고 명승지를 관광했다.

뉴질랜드는 공장이 없어서 공기가 청정한 나라다. 소와 양이 많아서 자연 환경이 유난히 아름답다. 소 방구세에 대한 찬반 논란이 한창 진행 중이던 때였다. 소들이 방구를 많이 뀌어서 공기가 매탄가스로 오염되고 있으니 이로 인한 세금을 목축업자들에게 물려야 한다는 내용이었다. 신문 기사를 읽고 참으로 재미있는 세상이라는 생각을 했다.

2006년에는 강수헌 동창의 주선으로 서유럽의 여러 나라의 명승지를 3주간 샅샅이 여행했다. 강수헌은 독일에 유학했던 재원으로 독일어가 유창하고 독일의 명예영사로 활동하고 있었다. 그의 안내로 일반 여행객들은 들어갈 수 없는 곳까지 구경하는 특권을 누렸다.

독일 프랑크푸르트에서 Mercedes Benz 2대를 렌트해서 하기성 친구 부인과 내가 운전했다. 친구들은 운전수를 고용하고 사는 사람들이라 운전이 익숙지 않았다. 스위스, 이탈리아 독일 등 여러 나라를 돌고, 라인강 유람선 관광까지 알뜰하게 구경했다.

독일에서는 Autobahn Driving 체험도 했다. 일정 구간 자동차 속력 제한이 없는 도로에서 운전하는 것이다. 나와 하기성 동기 부인이 2차선 도로를 시속 200킬로미터 이상으로 달렸다.

벤츠가 좋은 자동차라는 걸 새삼 알게 되었다. 속력을 낼수록 자동차가 땅바닥에 착 가라앉아 안정된 느낌을 주었다. 뒤에서 불이 번쩍거리면 길을 비켜줘야 한다는 사전 교육을 받는데 한참 달리다 보니 정말 흰 불빛이 자동차 뒤에서 번쩍거렸다. 재빨리 차선을 바꾸자마자 포르쉐가 눈 깜짝할 사이에 내 자동차를 추월했다. 시속 250킬로가 넘게 달리는 것 같았다. 독일 스포츠카 Porsche의 명성을 실감할 수 있었다.

그곳에서 자동차 사고가 나면 자동차 네 대가 동시에 온다고 했다. 경찰차, 소방차, 앰뷸런스, 장의사에서 보낸 리무진. 매우 빠른 속도로 달리다가 부딪치거나 뒤집히거나 구르면 많은 사람이 심하게 다치고, 죽는 사람도 많다고 했다. 매우 짜릿하면서도 끔찍한 체험이었다.

스위스에서는 산악 열차를 타고 인터라겐에서 융프라우까지 갔다. 산악 열차는 바퀴에 톱니가 달려있어서 산속을 뚫고 올라가거나 내려갈 때 안전하도록 장치되어 있었다. 해발 4천 미터에 올라가니 산소가 희박해서 호흡 곤란 현상을 겪었다.

2007년에는 윤덕우 동문 주선으로 대한민국 전역을 관광했다. 제주도는 물론이고 서해, 남해, 동해, 내륙 등, 남한 땅의 모든 비경과 아름다운 명승지를 돌아보았다. 2주간의 여정이었는데 전혀 지루함을 느끼지 않았고 고국의 향기에 흠뻑 취했다.

친구 네 명이 4년간 부부 동반으로 네 나라를 돌면서 참으로 신나고 기억에 남는 여행을 했다.

세 가지 즐거움

내 인생에서 가장 좋아하는 세 가지가 있다. 친구, 여행, 운동.

첫 번째는 친구다. 운동을 좋아하지만 여행만큼은 아니다. 내가 운동을 얼마나 좋아하는지 아는 사람은 운동보다 여행을 좋아한다 하면 의아할 것이다. 그 여행보다 더 좋은 게 있으니 바로 친구다. 그토록 좋아하는 여행보다도 운동보다도 친구가 더 좋으니 더 이상 어떤 설명이 필요하랴.

왜 좋은가는 딱히 모르겠다. 그냥 좋다. 무조건 좋다. 친구들만 만나면 청년 시절로 되돌아가기 때문인가. 미국에 와서 고등학교와 대학교 동창회 활동을 열심히 했다. 동기동창 일이라면 발 벗고 나서서 했다. 친구가 좋아서다.

남가주에 친구 모임이 두 군데 있다. LA 다운타운에 예닐곱 명이 있고, 오렌지카운티 지역에 예닐곱 명이 있다. 각각 강북모임과 강남 모임으로 이름 지었다. 각 모임마다 한 달에 한 번씩 모이는데 중간 지역에 사는 나는 두 곳을 활발하게 오간다.

식당에서 친구 열 명이 점심을 먹을 때 나는 밥값을 여러 번 냈다. 친구들에게 점심을 사는 게 참으로 행복하다. 식대가 500달러 정도 나오는데 그만한 돈으로 어떻게 친구 열 명을 즐겁게 해줄 수 있겠는가. 친구들이 맛있는 음식을 먹고 즐거워하는 것을 보면 한없이 기쁘고 흐뭇해지니 이보다 더 우수한 가심비(價心費)가 따로 없다.

자력으로 모임 장소에 나올 수 있는 친구들이 그리 많지 않다. 나는 천주님의 은혜로 아직은 불편한 곳이 없다. 몸이 아픈 친구들을 보면 안타깝다. 조금이라도 건강할 때 부지런히 만나고 서로서로 용기와 위로를 주고받고 싶다.

2013년은 서울고등학교 졸업 55주년을 맞는 해였다. 나는 졸업 55주년 기념행사 위원장을 맡아 일을 벌였다. 미주에 살고 있는 동창들에게 연락해서 한국에 거주하는 동창 93명을 LA로 불러서 55주년 졸업 기념식도 하고 관광도 함께 하자고 부추겼다. 한국에서 비행기 표만 각자 부담해서 오기만 하면 체류와 여행 등에 들어가는 모든 경비를 이곳 동창들이 십시일반 감당하자고 설득했다. 시간과 물질로 솔선수범했다.

미국과 한국에서 164명이 LA에 모였다. 대형 관광버스 4대를 대절해서 유타의 자이언캐년과 그랜드캐년, 네바다의 라스베이거스, 세도나, 라플린, 캘리포니아 요세미티 등지를 나흘 여정으로 다녀왔다. 이만한 규모와 여행 일정은 서울고 역대 동창회 역사상 전무후무한 기록이 되었다. 우리가 여행을 의뢰한 여행사에서는 상품화할 가치가 있는지 알아보기 위해 부사장을 비롯하여 여러 중역들이 동승했는데 나중에 이 코스를 상품화시켰다는 얘기를 들었다.

이때 십시일반 모인 기금이 7~8만 달러였다. 경비를 풍부하게 쓰고도 3만 달러가 남아서 동창들에게 모두 나누어주었다. 동기동창회를 위해 아낌없이 손을 펼쳐준 동기동창들에게 이 지면을 빌어 감사 인사를 전한다. 8일간의 일정을 진행하는 동안 내 별명 아우성이 제 몫을 단단히 했다. 친구들로부터 또 아우성친다고 즐거운 놀림을 받았다.

고등학교 졸업 65주년 기념 모임이 올 2023년 10월에 한국에서 이틀간 열릴 예정이다. 모임에 소요되는 경비를 첫날은 미국 측에서, 이튿날은 한국 측에서 부담하기로 했다. 호텔, 식사, 차량, 관광 경비 등이 모두 포함된 경비다. 나는 미국 측 비용을 혼자 감당하겠다고 자원했는데, 얼마 전에 시카고에 사는 동창 유준호가 자기도 동참하겠다고 해서 그와 함께 부담하기로 했다. 분담함으로써 얻어지는 플러스알파가 물리적이고 심리적인 유익 그 이상이다.

서울상대 입학도 65주년을 맞는다. 이벤트를 기대하고 있다. 공군 48기 동기 모임이 한국에서 매달 17일에 있는데 이번 방문에 만날 수 있으리라 기대한다. 동기들에게 따뜻한 저녁 한 끼 대접하고 싶다.

두 번째는 여행이다. 고등학교 때 교회 성가대에서 함께 활동했던 친구 최희웅이 있는데, 여행 기획의 귀재다. 그의 치밀한 일정 기획으로 전 세계를 돌면서 멋진 여행을 했다. 다닌 곳만큼 소중한 추억도

쌓았다. 얼마 전 희웅이가 10여 년 넘게 다녔던 몇몇 장소를 친필로 적어 보내주었다.

2003년 알래스카, 2005년 일본 가고시마 현, 2007년 중동 크루즈, 2009년 아프리카 사파리, 2010년 남극대륙, 2011년 성지 순례, 2008년 다뉴브 강 크루즈, 2012년 오스트레일리아와 뉴질랜드, 2013년 서울고 10회 졸업 55주년 LA 동창회 주최, 2014년 일본 홋카이도현, 2012년 한국 여행….

지난 3월에 알래스카 여행을 떠난다 하니 친구 몇몇이 그 추운 데를 왜 가느냐, 미쳤느냐면서 염려해주었다. 6월에 일주일 여정으로 세도나에 간다 했을 때도 놀라워했다. 내 나이에 장시간 비행이나 예닐곱 시간을 운전해서 장거리 여행을 하는 것이 쉬운 일은 아니다.

아직까지는 특별히 신체적 한계를 느끼지 못한다. 지금까지 생명을 잘 보호해주신 천주님께 감사드리고, 건강한 유전자를 물려주신 부모님께 감사드리고, 정성이 담긴 집밥으로 내 건강을 챙겨준 아내에게 감사한다.

여행에 대해서는 오랫동안 이야기 할 수 있다. 해외여행도 좋아하고 미국 내 여행도 좋아한다. 미국을 여행하다보면 진정으로 축복 받은 땅이라는 생각을 거듭 한다. 한국 땅의 98배에 해당하는 거대한 대륙, 미국은 면적도 그렇지만 지형적으로 태평양과 대서양, 두 대양에 막힘 없이 열려있어 세계를 향해 원 없이 세력을 뻗어갈 수 있는 위치에 있다. 특히 태평양은 아시아까지 거침없이 날아갈 수 있도록 열려있는데, 세계 1위의 바다 면적을 가진 태평양은 지구 전 면적의 3분의 1이고 전체 바다 면적의 2분의 1을 차지하고 있다.

서부에서 동부까지 각주에 있는 국립공원만 들르는 테마 여행을 한다해도 몇 개월이 걸릴지 모르는 곳이다. 미국 내 여행만 한다 해도 평생이 모자란다고 생각한다. 여행 이야기는 별도로 모아놓았다.

운동은 내가 직접 하는 것도 좋아하고 경기 관전도 좋아한다. 지금은 야외운동으로 골프를 치고, 실내 체육관 운동으로 심근육을 단련한다. 텔레비전을 통해 경기를 관전할 때도 마치 내가 현장에 있는 것처럼 즐긴다.

USC 풋볼은 소파에 앉아서 라면을 먹어가며 경기 실황을 시청하고 재방송까지 본다. 다저스 야구 경기는 모든 중계를 거의 놓치지 않고 시청한다. 구장도 많이 찾는다. 운동 경기 시청은 내 삶의 즐거움 중 중요한 부분을 차지한다.

그 외 즐기는 잡기들이 여러 가지 있다. 팜 스프링스 집에는 당구대가 있는데, 1만 5천 달러를 들여 한국에서 특별 제작해서 공수해왔다. 마음이 심란할 때는 당구대를 잡는다. 정신을 집중하다 보면 과녁이 된 심란한 마음을 시원하게 날리는 기분을 맛본다. 가라오케도 있다. 혼자서도 마이크를 잡고 노래를 즐긴다.

아우성의 진실

내게 아우성이라는 별명을 붙여준 친구들이 아우성의 진의를 얼마만큼 아는지 모르겠다. 아우성이라는 별명 속에 내재되어 있는 의미를 스스로 끌어내 보았다. 내 별명 내 맘대로 윤색한다는데 누가 탓할 수 있을까.

아우성이 주는 뉘앙스는 긍정에너지다. 알면서도 모르는 척 천진하게 행동하는 것이고, 고뇌가 있어도 미소로 표현하는 속 깊은 행동이다.

아우성의 첫째 성립조건은 사람이 많아야 한다는 것이다. 그 사람들과의 관계에는 어떤 식으로든 동질적이고도 근원적인 공통분모가 있어야 한다. 그들 속에서 아우성을 치려면 우선 심신이 건강해야 한다. 사람들을 불러 모으려면 에너지가 있어야 가능하기 때문이다. 그보다 더 중요한 것은 사람에 대한 지치지 않는 애정과 관심이 있어야 한다는 것이다. 이기적인 사람은 자신의 시간과 에너지를 불특정 타인을 위해 결코 낭비하지 않는다. 동창이나 동기는 같은 해 입학했거나 졸업한 사람들로 수백 명의 불특정 타인이다. 연락책이 되어 만남을 주선하고 행사를 도모하는 일은 쉽지 않다. 하루 종일 전화통을 붙들고 그들에게 설명하고 설득해야 한다. 남이 알게 모르게 시간과 물질을 희생해야 한다. 많은 에너지가 소진되는 일이다. 이 모든 것에 앞서 필수 조건이 한 가지 있다. 친화적인 성품을 지녀야 한다는 것이다. 사람들에게 비호감을 주는 사람은 아우성을 칠 기회조차 주어지지 않는다. 누가 그의 말을 듣고 따르겠는가.

사람들과 어울릴수록 에너지가 박탈된다. 사람마다 케미컬이 다르고 취향이 다르기 때문이다. 사람들로 하여금 움직이게 하는 이벤트에는 늘 크고 작은 마찰이 있기 마련이어서 에너지가 엄청나게 소모된다. 그 에너지가 끊임없이 솟아올라 많은 사람들을 대상으로 많은 일들을 도모할 수 있는 힘은 어디서 나오는가.

이 세상은 음양의 세계, 정중동(靜中動)과 동중정(動中靜)의 세계로 유지된다. 한쪽 면이 있으면 반드시 그 이면이 있다. 남자가 있으면 여자가 있다. 산이 높을수록 깊은 골짜기와 물이 있다. 기다란 목을 꼿꼿하게 세우고 호수 위에 떠서 먼 산의 능선을 바라보는 고고한 학을 보라. 물 밑에서 아우성치는 그 학의 두 다리를 보라. 동중정(動中靜)이다. 이 세상은 정과 동이 어울려 하나가 됨으로써 조화를 이루고 아름다움을 창출한다.

내 아우성을 동(動)이라 한다면 그 이면은 고요, 정(靜)이다. 그러니까 내 아우성의 비결은 고독이다. 홀로 갖는 성찰의 시간이다. 천주님께 고해하고 - 요즘 나는 고해실에서 신부님께 고해하는 경우보다 어디서나 아무 때나 천주님께 직접 고해할 때가 많다. - 그 시간을 통해 다친 영혼을 치료하고 상처 난 날개를 어루만진다. 이른 아침에 정갈한 자연을 대하며 심호흡을 하면서 아우성의 기를 모은다. 이렇게 축적된 힘으로 세상으로 나간다. 아우성을 친다. 친구들 앞에서. 동기들 앞에서.

내 아우성은 외로움에서 비롯되었는지도 모른다. 솔직해야겠다. 외롭다. 아는 사람이 많고, 많은 사람들을 수시로 만나지만, 외롭다. 비즈니스로 만나 의식이 멋진 미국인들과 오랜 세월 교류하고 있지만, 그들과는 막걸리 잔을 돌려 마시고 서로의 등을 치고 지고하면서 농담할 수 없다. 쫄깃하고 감칠 맛 나는 표현은 한국말이 제격이다. 그래서 천진했던 청소년 시절에 만났던 학우들과 어울려 마음 탁 풀어놓고 그 시절로 되돌아가고 싶은 것이다.

이 글을 쓰면서 아내와 나눈 대화 중의 하나가 우리 부부의 사생활을 깊이 아는 친구가 그리 많지 않다는 것이었다. 마음을 열지 않으려고 작정한 것은 아닌데 그렇게 되었다. 그럴 필요성을 느끼지 못했다는 부연 설명은 그만큼 편치 않거나 가깝지 않다는 의미일 것이다. 사람은 누구나 외롭다는 진리를 세월이 흐를수록 더욱 깊이 느낀다. 내 아우성은 어쩌면 그 쓸쓸한 속내를 달래기 위한 방책인지도 모른다.

나는 힘이 다하는 날까지 아우성을 치고 싶다. 사람들을 사랑하고 사람들과 어울리고 싶다. 끝까지 아우성으로 남고 싶다.

친구들아, 난바다 같은 아우성의 고뇌를 너희들은 아느냐.

생각의 창가에서

단상(斷想)

미국 유정(有情)

골프 예찬

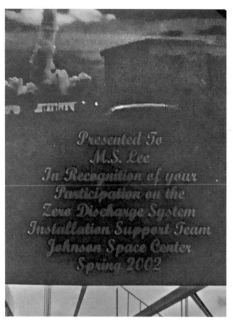

2002년 봄에 Johnson Space Center에 Zero Discharge System을 설치해주고 받은 감사장.

35년간 운영했던 회사를 인계하고 제임스 리로부터 받은 감사장. 2011년 12월

제임스가 26년간의 해군 복무를 마치고 대령으로 제대하면서 메릴랜드 주 애나폴리스에 있는 해군사관학교로부터 받은 감사장. 2020년 2월

Arthur Young/Ventare Magazine 공동 주관으로 수여한 Entrepreneur of the Yea(올해의 기업인) 상을 받고. 1987년

사이언스 공학 석사(MS) 과정을 마치고.
1971년

서울대학교 상과대학 졸업장. 1962년 2월

USC에서 경영학 석사(MBA) 과정을 마치고. 1969년

국 경찰청으로부터 받은 감사장과 호돌이.
000년 3월

USC 컴퓨터 공학 석사(MS) 학위증. 1971년

미 해군에서 받은 교육 인증서.
1982년 7월

캘리포니아 주지사로부터 받은
'올해의 기업인' 상장. 1987년

고용개발 및 캘리포니아 고
용주 자문위원회에서 재향
군인들의 고용을 치하하는
감사장. 1997년 5월

시에서 수여한 산업폐수배출 요구사항 준수패.
년

AIIM에서 받은 감사장. 2004년 3월

향군인들을 회사에 많이 채용하여
향군인회로부터 받은 감사장.

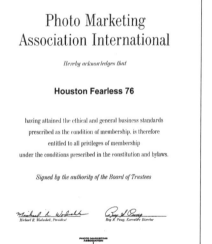

Photo Marketing Association International
협회에서 받은 감사장. 2004년 9월

컨퍼런스 룸 벽면에 진열된 각종 감사장과 회사 로고.

1995년 네덜란드 암스테르담에서 열린 IMC 회원 패.

1998년 영국 런던에서 받은 IMC 우수 회원 패.

1999년 네덜란드 암스테르담에 열린 IMC 회원 패.

M 이사회 이사 패.
9-2004

AIIM 국제 이사회 이사 패.
1999-2000

IACREOT 회의에서 받은
감사장. 1997년

C(International Information Management Congress)
속회원 패.

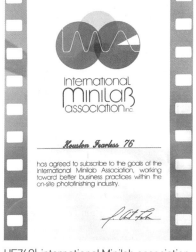

HF76와 international Minilab association
과 상호협력증서.

미국국방부에서 받은 감사패.

IACREOT 연례모임에서 받은 감사장. 1993년

La Sanitary District에서 받은 인정서. 2004년 6월

미 국방산업협회에서 받은 기업회원증.
1999-2000

가주 고용주 자문위원회에서 받은 우수 고용주
상패. 1997년 9월

단상(斷想)

* GPS가 민간인에게 다가온 내력

GPS는 최소한 인공위성 24대가 작동하면서 만든다. 맨 처음 군에서 발명했다. 적군의 동향을 살피고 무기고와 탱크, 군사적으로 중요한 시설물의 위치를 정확히 알 수 있도록 설계되었다.

GPS 시스템이 세상에 처음 등장했을 때 레이건 대통령이 브리핑 받은 후, 기가 막힌 시스템이라면서 칭찬을 많이 했다. 그는 이렇게 좋은 시스템을 상업용으로 개발해서 온 국민이 이 유익을 누리게 하라고 행정 명령을 내렸다.

군에서는 당연히 반대했다. 그러나 대통령의 명령인지라 결국 군과 민간 기업 측이 합의하게 되었다. 산업용은 군대 GPS보다 제한적이고 민간인에게 필요한 만큼만 오픈한다는 조건 아래 기계를 개발하고 제조하게 되었다. 그것이 지금 전 세계 사람들이 사용하고 있는 GPS 시스템이다. 온 인류에게 얼마나 유용한 시스템인가. 전 세계 사람들이 레이건 대통령에게 감사해야 한다.

맏아들 제임스는 HF76 회사에 오기 전에 Aero Space Cooperation에서 GPS 시스템의 전문가로서 일하면서 상도 많이 받았다. 월급도 많이 받고 유능한 일꾼이었는데 HF76로 와서 CEO가 되었다.

* 테슬라

테슬라에 관심이 많다. 테슬라 주식이 올라가는 이유가 있다. 회사의 목표가 미래 지향적이기 때문이다. 첫째 완전 자율주행, 둘째 최고의 배터리 발명과 개발, 셋째 우주개발이다. 테슬라의 CEO 일론 머스크는 미국 재벌이지만 주식의 가치로 보면 세계 최고 부자다.

그는 전기자동차를 만들어낸 최초의 아이디어맨이다. 자율주행의 중요성이 있다. 운전자가 AI로 자동화된다. AI 기능이 발전해서 완전 자동화된 환경을 상상해보자. 우리가 AI에게 LAX 어느 터미널에 몇시까지 도착해야 한다고 얘기해주면 AI가 교통 진행 상황을 분석해서 몇 시에 출발하면 된다고 알려주고 정확히 그 터미널에 그 시간에 우리를 데려다준다. 또 우리가 집에 가고 싶다고 하면 집에 데려다주고 중간에 다른 곳을 들르고 싶다고 하면 그렇게 해준다.

완전 주행이 이루어지면 사고가 없다. 시간이 절약된다. 그 자동차를 소유할 필요가 없다. 필요할 때만 쓰니까 우버 방식이 되는 것이다. 사고가 나지 않기 때문에 보험을 들지 않아도 되어 경비가 들지 않는다. 현재 LA에서는 이 비즈니스가 이미 태동하여 성장하고 있는 중이다. 자동차 생산과정도 모두 AI가 하도록 하는 것이 일론 머스크의 목표다. 샌프란시스코 등지에서는 이미 AI 방식을 도입해서 인건비가 최소화되고 있는데 연구개발을 계속하고 있다. 자동차 가격이 점점 떨어질 전망이다. 그는 이 전기자동차 개발을 15년 전에 시작했다. 미래 산업의 선두 주자로 내부적으로 매우 발전했다. 테슬라 주가가 올라가는 이유는 밝은 미래가 보여서다.

이 사람이 하는 또 하나의 비즈니스가 우주개발이다. 인공위성 여러 개를 동시에 쏘아 올릴 수 있는 시스템을 발명했다. 과거에는 유도탄 동체를 바다에 떨어뜨렸다. 그는 바다에서 유도탄 동체를 받아내는 기구를 발명했다. 회수해서 다시 재활용하므로 가격을 크게 절감했다. 최근에는 동체가 바다에 떨어지는 것이 아니라 동체를 쏘아 올린 바로 그 자리에 그대로 내려오게 할 만큼 테크닉이 정교해졌다. 그만큼 이동 경비를 절감한 것은 물론이다.

최근에 그는 하늘을 날고 수직으로 주차와 발차를 할 수 있는 자동차를 개발하여 시험 주행에 성공했다. 미 정부에서는 그의 요구대로 실험할 수 있도록 허락했다. 한 개인이 정부를 상대로 이러한 일을 실행하고 있으니 그의 비즈니스가 앞으로 어떤 일을 벌일지 자못 궁금하다.

아이 폰에 스티브 잡스가 있다면 전기자동차와 우주개발에는 일론 머스크가 있다. 테슬라 회사는 이 두 분야에 있어서 다른 회사와 경쟁이 안 된다. 테슬라의 기술혁신은 세계 최고다.

* 삼성 그룹의 미래를 전망한다면

자동차 고속 충돌 시스템에 얽힌 이야기다. 2000년대 초였다. 자동차 고속 충돌 시스템을 장착한 기계를 사겠다고 삼성에서 매니저와 직원 두 명이 함께 왔다. 나는 마케팅 매니저와 엔지니어링 매니저 두 사람과 함께 미팅에 참석했다. 삼성 매니저가 영어도 잘하고 서양식 매너에 익숙하고 단정했다. 점심을 사겠다고 했더니 사양했다. 이런 사람을 임원으로 둔 회사이니 뭔가 달라도 다를 거라고 생각했다. 앞으로 삼성 그룹이 크게 성장할 것 같다는 확신이 들었다.

이들의 태도에는 타 회사와 변별성이 있었다. 딜러 마진도 알고, 일을 처리하는 방식과 소통하는 매너가 경우에 조금이라도 어긋나거나 어색하지 않았다. 이런 사람들을 발탁하고 키운 회사가 있다는 게 고무적이었다. 그때부터 나는 삼성 회사를 긍정적으로 보고 이 그룹이 하는 사업을 관심 있게 지켜보게 되었다. 삼성 그룹의 매니지먼트를 존경한다. 1980년대에 전람회에 전시한 상품도 보았는데 우리 부스보다 작지만 앞으로 성장할 여지가 많은 회사라고 생각했다.

* 대한민국 성장의 원동력

우리 대한민국 국민이 결코 잊지 않아야 할 과거와 역사가 있다. 우리나라는 6·25 잿더미 위에서 일어난 민족이다. 우리나라가 오늘날 이렇게 괄목할 성장을 할 수 있었던 기반이 둘 있다.

　첫째는 독일 광부와 간호사들의 헌신이다. 독일에 파견된 광부들은 목숨을 걸고 수천 미터 갱 속에 들어가 땀 흘려 석탄을 팠다. 간호사들은 독일 간호사들이 꺼리는 일들을 도맡아 했다. 시체 닦는 일은 한국 간호사들의 몫이었다. 광부와 간호사들이 일을 열심히 해주어서 독일 정부는 한국 정부에 차관 액수를 늘려주고 기간을 연장시켜 주었다. 험하게 표현하면 우리의 광부들과 간호사들은 현대판 볼모였다.

　두 번째는 사우디아라비아에 파견된 건설 노동자들이다. 이분들은 섭씨 50도를 오르내리는 뙤약볕 아래 사막의 모래 바람이 날리는 건설 현장에서 비 오듯 쏟아지는 땀으로 샤워를 하면서 일했다.

　독일과 사우디아라비아에서 일하신 분들이 벌어들여온 외화로 우리나라가 산업 국가로 발전할 수 있는 기반을 마련할 수 있었다. 나는 우리나라를 위하는 마음으로 열심히 일했지만, 이분들의 노고에 비하면 100분의 1도 안 된다.

　우리나라는 과거에 우리 선배들이 흘린 땀과 눈물을 잊어버린 것 같다. 마치 오랜 옛날부터 이렇게 잘 살아왔던 것처럼, 마치 우리 선조들이 미개해서 쓸모없이 땀과 눈물을 흘린 것처럼, 한때 우리 아이들이 말했던 "그것은 당신들 세대의 문제이고 더 이상 우리 문제가 아니다"라는 의식이 편만한 것 같다. 위험한 생각이다. 역사와 뿌리를 가볍게 취급하는 젊은이들을 보면 한국의 미래가 걱정된다. 과거의 아픔을 잊으면 밝은 미래를 맞이할 수 없다. 학교에서는 국사를 더욱 철저히 공부하고 나라와 개인의 정체성 확립에 힘써야 한다고 믿는다.

우리나라는 자유민주주의 나라다. 갑론을박 토론으로 발전한다. 속도가 느리지만 안정적으로 정치체계가 잡히고 있다고 본다. 정직성만 가미하면 발전 속도가 급격히 빨라질 거라고 확신한다. 국민성이 업그레이드 되려면 정치의 영향을 무시하지 못한다. 근래에 정치인의 정직성이 더욱 요구되는 이유다.

* U-2 드래곤 레이디

U-2는 미 공군정찰기(Spy Plane)로 드레곤 레이디(Dragon Lady)라는 이름을 갖고 있다. 1955년에 처음 비행을 시작해서 미 공군과 CIA(Central Intelligence Agency, 美 중앙정보국)에서 주로 사용하다가 세계 2차 대전, 이라크 전쟁, 한국 전쟁 때 맹활약을 했던 비행기다. U-2는 날개가 길고 속도가 느리다. 소련 정찰기가 이 정찰기를 격추시킨 이후, U-2의 단점을 보완한 비행기 SR-71이 개발되었다. U-2는 현재도 정찰기로 사용되고 있다.

과거에는 정찰 인공위성이 뜨면 한 바퀴 도는 데 시간이 걸렸다. 자국 상공을 지나는 시간을 추적해서 대외에 공표하고 싶지 않은 특정 시설물이나 비행기 등을 덮어놓아 군사기밀을 유지할 수 있었다. 인공위성의 약점이기도 했다. 지금은 인공위성이 여기저기에 하도 많이 떠 있어서 그런 시간이 주어지지 않기 때문에 마음만 먹으면 비밀 시설물들의 위치와 동향을 고스란히 정찰할 수 있다.

현재는 인공위성 때문에 U-2의 활동이 많이 축소되기는 했지만, 여전히 독특한 역할을 수행하고 있다.

* 블랙버드 프로그램

SR-71 블랙버드 프로그램에 종사하는 미국 현역 장교들과 그 가족이 매 2년마다 한 번씩 네바다(Nevada)주 리노(Reno)에서 재회한다. 블랙버드 프로그램 종사자와 그 가족, 계약 관련 인사들도 참여해서 서로 간에 정보도 나누고 화합하는 시간을 갖는다. 보통 금·토·일, 주말을 이용하여 사흘 동안 열리는데 금요일에는 등록을 하고 토요일 오전에는 골프 대회, 오후에는 저녁 만찬과 각종 행사를 진행한다. 군 관계 비밀 미팅도 하는데 격조 있다.

나는 회사원 사기 진작에도 큰 도움이 된다고 여겨서 이 행사를 회사의 큰 이벤트로 만들었다. 이 이벤트에 부부동반 참석하는 모든 회사원들에게는 모든 경비를 회사에서 부담했다.

이 행사를 손꼽아 기다리는 회사 직원들이 많았다. 고급 정보도 얻고 미국을 지탱해주는 정신을 접할 수 있는 특별한 기회였기 때문이다. 이것은 일반인이 누리기 힘든 특권이었고 회사에서 모든 경비를 후원해주니 일종의 무료 휴가 격이어서 매우 즐거워했다. 특별한 회사의 직원이라는 자부심도 갖게 해주는 행사였다.

참석 희망자들을 위해 비행기 표를 구입하고 호텔을 예약하고 이 프로젝트를 위한 연락창구를 위해 전담 직원을 둘 정도였다. 나는 현역으로 일하는 동안 이 행사에 거의 빠지지 않고 참석했다.

내가 특히 중점을 두는 프로그램은 미팅이다. 펜타곤에서 파견 나온 군 고위관리가 브리핑해주는 미래 사업 계획은 늘 고무적이었다. 군 관계 제품을 만들고 국방부와 계약을 맺은 회사로서 군에서 현재 진행 중인 프로젝트와 향후 프로그램은 회사의 미래와 직결된 사안으로 대응과 계획을 위해 매우 중요한 정보다.

제임스가 고등학생일 때 이곳에 데리고 간 적이 있다. 제임스가 골프 토너먼트에 출전해서 챔피언이 되었을 때 무척 기뻤다. 이때 받은 트로피가 집에 있다.

이 프로그램은 지금도 계속되고 있다. SR-71의 활동에 우리 회사의 역할이 컸다. 1980년에 미 공군에서 유리 진공관 안에 SR-71 모형을 넣은 감사패를 보내주었다. 이전에는 모든 게 극비여서 감사패를 받았다고 말도 꺼내지 못했는데 지금은 기밀이 해제되어 맘 놓고 말할 수 있다.

* 군인 예우와 시민 정신

미국은 군인 예우가 특별하다. 비행기 탑승 순서를 보라. 일등석 표를 가진 승객보다 더 우선순위인 그룹이 있다. 장애인과 어린이, 그리고 군복을 입은 사람이나 군인 신분증을 가진 승객이다. 3등석에 앉은 승객은 식사를 돈을 지불하고 사 먹는다. 군인이 3등석에 앉으면 주변에 있는 승객들이 서로 그의 식대를 지불하겠다고 제안하는 진풍경이 벌어진다. 스튜어디스는 이미 다른 승객이 지불했고 당신은 11번째 사람이라고 일러주느라 바쁘다. 살아있는 미국의 정신, 미국 시민의식의 한 단면이다.

미국 군인은 징병제가 아니고 자원제다. 언제든 전쟁에 투입되는 신분이니 얼마나 위험한 직업인가. 자유롭게 일할 수 있는 기회가 많은 이 나라에서 하필 조국을 지키겠노라고 위험한 길을 택한 그들을 예우하는 정서가 대단하다. 군인을 존경하는 사회가 잘 못 될 리가 없다. 한국 군인에 대한 국민들의 시선과 편견을 생각하면 매우 색다른 문화다.

2001년에 9·11이 터진 이후, 미국과 아프가니스탄과의 갈등이 고조에 이른 때의 일이다. 애리조나 카디널스 풋볼 프로팀에 매우 유명하고 돈도 엄청나게 버는 선수 펫 틸먼(Pat Tillman)이 있었다. 그는 풋볼을 그만두고 일순위로 특공대를 자원해서 아프가니스탄에 갔다가 2004년에 그곳에서 전사했다.

라스베이거스에서 30마일 거리에 애리조나와 네바다주 사이를 가로지르는 콜로라도 강을 막아서 만든 후버댐이 있다. 이 댐 하류에 270미터 높이의 아치 모양 다리가 있는데 그 이름이 펫 틸먼 메모리얼이다.

군인과 전몰장병과 상이군인들을 정중하게 예우하는 미국 시민 정신을 본받아야 한다고 생각한다. 이런 마음이 그 나라의 국격이고 힘이라고 생각한다.

* 캘리포니아 주지사 상(賞)

1997년에 캘리포니아 주지사가 주는 우수 기업인 상(賞)을 수상했다. 우리 회사원들이 추천했다고 했다. 회사원들이 추천하면 주정부에서 감사를 해서 결정하는데 이 상이 내게는 매우 의미 있고 감격스러웠다. 내 진심을 알아준 회사 직원들이 고마웠다. 미국에 와서 양심적으로 열심히 살아온 보람을 느꼈다.

나는 66년도에 도미했다. 76년도에 내 사업을 시작하고 87년도에 두 개의 기업이 합력해서 주는 그해의 기업인 상, Entrepreneur of the Year를 받고, 97년도에 주지사로부터 우수기업인 상을 받았다. 거의 매 십 년마다 큰 변곡점을 맞이하거나 상을 받았고, 그동안 회사는 꾸준히 성장했다.

또 공군으로부터 감사장을 받고 NASA로부터 기념비적인 선물과 감사장을 받았다. 150 달러를 들고 미국에 들어온 아시아인이 이룬 아메리칸드림이었다.

* 인도 소녀 마이라

10여 년 전, 인도를 여행할 때 만났던 소녀 마이라의 얼굴이 지금도 또렷하게 기억난다. 타지마할에 당도했는데 8~9세쯤 되어 보이는 행상 소년소녀들이 떼를 지어 몰려들었다. 그 중의 한 소녀가 내게 와서 물건을 사달라고 몹시 졸랐다. 자잘한 물건이 잔뜩 담겨 있는 나무 좌판 양쪽 끝에 매달아 놓은 긴 줄이 그녀의 가녀린 목에 걸려있었다. 작고 예쁜 얼굴 모양새가 손녀를 닮아서 마음이 짠했다. 나는 타지마할이 붐벼서 물건을 사가지고 들어갈 수 없으니 구경하고 나와서 꼭 사주겠노라고 약속했다.

타지마할 궁전은 화려하고 웅장했다. 높은 벽마다 특별한 돌로 쌓았고, 벽과 벽 코너에는 보석 같은 돌이 들어있는데, 바라보는 각도에 따라 색깔이 달라졌다.

2시간 정도 관람을 마치고 나오니 마이라가 내게로 달려왔다. 그녀와의 약속을 까마득히 잊고 있던 나는 그녀를 보자마자 놀라고 감동했다. 어떻게 내가 건성으로 한 말을 약속으로 믿고 지금까지 밖에서 기다렸단 말인가. 그 시간에 다른 곳으로 가서 물건을 팔수도 있었으련만, 내가 나오기만을 기다려 입구를 떠나지 않았다고 했다.

물건을 모두 사겠다고 했더니 깜짝 놀라 떨리는 음성으로 정말이냐며 묻는 그녀의 얼굴에 근심이 서렸다. 이 아저씨가 혹시 자신을 놀리는 것은 아닌가, 탐색하는 표정이 안쓰러웠다. 물건들은 내게 전혀 쓸모가 없는 것들이었다. 내가 물건을 사들고 버스로 올라오니 모두들 놀라워했다.

나는 USC 대학원에서 공부할 때, 파트타임으로 일할 수 있는 퍼밋을 받기 위해 이민국에 갔던 일이 생각났다. 기다리라는 말 한 마디에 근무를 마칠 때까지 기다리고 있던 나를 보고 깜짝 놀랐던 직원의 표정이 떠올랐다.

물건 값으로 내가 마이라에게 지불한 돈은 고작 20여 달러였다. 나는 지금도 마이라의 얼굴 표정을 생생하게 기억한다.

* 중국어 붐

2007년도에 해군사관학교를 방문했다. 한 강의실 밖에 사관생도들이 모여 있었다. 무슨 일이 일어났나 싶어 가까이 다가가서 보니 학생들이 교실에 꽉 차서 교실 밖에서 강의를 듣는 중이었다. 중국어를 가르치는 클래스였다. 왜 그렇게 중국어를 배우려 할까 조금 의아했다. 그 당시에는 중국에 대한 정보가 그리 많지 않은 시대였고 중국의 역할에 대한 기대가 미미한 시절이었다. 앞으로 중국이 크게 성장해서 경쟁 관계가 될 테니 중국을 알아야 한다면서 자발적으로 선택한 과목이라고 했다. 학생들에게 그토록 또렷한 미래지향적이고 목적 지향적인 의지가 있다니 신선한 충격이었다. 미국의 힘이 바로 이런 곳에서 나오는 게 아닌가 싶었다.

* 미 해군사관학교 전시관의 한국 선박 깃발

해군사관학교 전시관을 둘러볼 기회가 있었다. 전시관 한쪽 구석에 특이한 섹션이 있었다. 미국은 역사적으로 美 해군이 전투를 해서 이기면 상대국 군함의 깃발을 회수하게 되어 있는데, 빼앗아 온 그 모든 기를 모아놓은 곳이었다. 뜻하지 않게 한국 국기 2기가 있었다. 군함 사진 옆에 한국어 설명이 붙어 있는데 매우 작고 희미했다.

1871년에 미국이 한국에 처음으로 와서 교역 시도를 한 적이 있었다. 그때 미국이 인천항에 군함을 정박하고 장교와 몇몇 사병이 부두로 내려가니 한국 사람들이 그들을 붙잡아 참수시켰다. 침략군이라고 생각한 것이다. 싸움이 벌어졌다. 전함과 목선의 싸움이니 어찌 되었겠는가. 신미양요(辛未洋擾) 사건의 전말이다.

미군들이 목선 두 척에 꽂혀있던 한국 깃발을 가져갔다. 얼마 전에 한국 정부에서 기(旗)를 돌려달라고 청원했다. 이곳에서 기를 내주려면 대통령과 국회의 승인을 받아야 한다. 한국 정부에서는 로비스트를 보내 교섭을 하고 한 기를 회수했다는 소식을 들었다.

* 서울고등학교 10회 동창회 55주년 기념 LA 모임

2013년, 한국과 미국 전역에서 서울고등학교 동창 164명이 LA에 모였다. 우리 동창회는 매 5년마다 큰 이벤트를 벌여왔는데, 55주년이니 우리 미국 남가주 동문회에서 한 몫을 감당하자고 내가 아이디어를 낸 것이 성사가 되었다. 그때 미국 땅을 처음 밟은 동창생들도 많이 있었다. 가끔 만나면 평생 그 추억을 잊지 못한다고 말한다. 지금 생각해도 정말이지 대단한 기획이었다.

대형 관광버스 4대를 대절해서 3박 4일간 몇 개 주를 넘나드는 여행을 했는데, 이것은 서울고등학교 동창회 역사상 전무후무한 일이었다. 여행사에서조차도 우리가 제시한 여행 일정을 상품화시키기 위하여 여행사 중역들이 동승할 정도였다.

한국에서 일행이 도착하자마자 로텍스 호텔에 여장을 풀고 옥스퍼드 호텔에서 성대한 환영식을 했다. 그 다음날 라스베이거스로 가서 세기적으로 유명한 Le Rêve, The Dream 공연을 Wynn 호텔에서 관람했다. 그 뒤 네바다, 유타, 애리조나, 캘리포니아의 유명 관광지를 섭렵했다.

일정을 마치는 마지막 날 하루 전, 낮에는 코스타메사에 있는 바로나 크릭(Barona Creek) 골프 코스에서 골프 경기를 만친 후, 저녁에는 노대흥 동창 댁에서 가든파티가 열렸다. 노대흥 동문은 유명한 패션 디자이너 노라노 씨의 동생으로 집과 뒤뜰이 넓고 아름다워 운치가 넘쳤다. 멕시컨 마리아치 유명 밴드를 불러 미국 파티의 진면목을 보여주는 최고의 시간을 가졌다. 우리는 서울고 교가를 부르고, 이번 모임의 모토, "양은 더욱더 많이, 질은 최선의 것으로!"를 구호처럼 합창하며 그동안 쌓였던 회포를 맘껏 풀었다.

동문들이 한국으로 떠나는 날, 용수산 식당에서 화기애애한 분위기 가운데 마지막 작별 파티를 하고 8일간의 행사를 마쳤다.

그 당시 고등학교 동창회 간사였던 박희정 동문이 그 당시 상황을 일목요연하게 적어 보내준 메모가 있다. 그는 아예 번호를 붙여 그 때 행사의 특징을 나열했다.

1. 미주 한인 여행사 역사상, 단체여행으로 여러 캐년과 세도나를 연결하여 강행하는 일정은 처음이었다. 상품화 여부를 점검하기 위해 여행사의 부사장, 전무, 상무 등이 동승했고 이것은 나중에 이 여행사의 상품이 되었다.

2. 타 고등학교나 단체에서도 프로그램 디테일을 물어왔다. 그런데 이제까지 어느 단체에서도 실행한 예가 없다.

3. 서울고등학교 각 동문회에서 문의가 많았는데 이제까지 우리 10회 졸업 동문만이 실행한 역사가 깨지지 않았다.

4. 2013년 여행에 동행했던 한국발 어부인들의 대화 중 후렴구 같은 소절이 있다. "서울고 출신과 결혼한 것 참 잘했네! 이번에 처음 느꼈네."

합력하여 선을 이룬 행사였다. 그때 수고한 준비위원 이름을 여기에 써서 감사 인사를 보낸다. 김영덕, 김익풍, 박순하, 박희정, 최희웅. 특별히 예산과 재정을 맡아 수고한 최희웅 동문, 그리고 섭외와 진행을 맡아 수고한 박희정 동문에게 특별 감사를 드린다. 나도 이 모임에 상당한 노력과 헌신을 했다.

* 한인 이민자들의 동창회가 활발한 이유

한국인 이민자들의 동창 모임이 활발하다. 동창회뿐만 아니라 향우회니 취미 단체 활동이 타 인종에 비해 유난히 많다. 연말이나 연초에는 동창회나 각종 단체 모임 광고 소식이 신문지 면을 장식한다. 시간에 대한 감상이 많고 단체로 모이는 것을 좋아한다는 것을 알 수 있다. 그 이유가 무엇일까.

만리타향 미국에 와서 열심히 일한 덕분에 자립적인 삶을 이루기는 했는데, 나이는 들고 주변에 허물없이 맘을 터놓을 사람이 많지 않아서 쓸쓸함과 외로움을 느끼기 때문이 아닐까 생각한다.

특히 동기동창을 찾는 이유는 철없고 순수하던 시절에 만났던 친구들에 대한 그리움이 한 몫 한다. 그들과 옛날이야기를 하다 보면 현재의 삶과는 무관하게 동심으로 돌아가 즐겁고 유쾌해진다. 타당한 이유 없이 선생님에게 야단맞고, 잘못한 것도 없이 단체 기합을 받던 군대 이야기는 나만 당한 경험이 아니어서 위로를 받는다. 슬픈 기억이든 억울한 추억이든 웃음을 자아내지 않는 것이 없다. 주름진 얼굴에 홍조를 띠며 과거 10대와 20대 시절로 되돌아간다.

그렇게 할 수 있는 모임이 동창회밖에는 없다. 동창회에서 만난 친구들에게 맘껏 터놓고 할 수 있는 이야기를 이 미국 땅 어느 누구에게 부끄러움을 느끼지 않고 스스럼없이 말할 수 있는가. 학교 동기 한 사람 한 사람이 소중한 이유다.

내가 미국에 이민 왔던 시절은 유학생이나 이민자들이 그리 많지 않았다. 매달 동창 모임이 소중해서 손꼽아 기다리곤 했다. 서울 상대 58학번 동기나 서울고등학교 10회 졸업 동창들의 열의가 대단했다. 미국에 와서 이미 자리를 잡은 고등학교 1회 선배가 패서디나에 살고 있었는데 그의 집에서 매달 동문회로 모일 때마다 마음이 설레곤 했다.

나는 동창회 임원 중 제일 아래인 총무로 몇 년 동안 봉사하고, 부회장 회장 이사장을 몇 차례씩 했다. 회장이나 이사장은 자금줄 역할을 하는 서비스 차원의 직급이어서 많은 돈을 써야 했지만, 조금도 아깝지 않은 지출이었다.

며칠 전에 대학 졸업 동기 모임 총무가 이메일을 보내왔다. "졸업 320명, 별세 118명, 31명 해외 거주, 15명 주소 불명, 7명 연락 불능, 149명 연락 가능." 이런 숫자가 뭐가 그리 중요하냐고 핀잔할 사람도 있을 것이다. 나는 이 짧은 메모로부터 많은 통찰을 얻는다. 삶과 죽음, 인생의 의미, 한 시대를 함께 호흡했던 사람에 대한 그리움 등, 생각이 꼬리를 문다. 살아있는 사람의 특권이다. 정말이다. 죽은 사람을 추억하고 기억하는 것은 살아있는 사람의 의무이자 예의다.

고등학교는 420명이 졸업했다. 그중 190여 명이 이 세상을 등졌고 100명은 연락이 안 된다. 전화나 이메일로 소통하는 동기는 90명 정도인데, 이 숫자마저도 수년 전 집계라 지금은 더 줄었을 거라고 짐작한다.

이제는 동창회도 쇠퇴 일로에 있다. 후배는 이민이 줄고, 고령자는 이 세상을 등지기 때문이다. 예전에는 저녁에 주로 모였는데, 지금은 밤 운전을 하지 못하거나 부담스러워하는 고령인지라 낮에 모이는 피크닉으로 만남의 양상이 바뀌었다. 밝은 대낮에 경치 좋은 공원에서 바비큐를 구워 먹으며 오붓한 시간을 보낸다.

연말 파티 참석자들도 급격히 줄었다. 예전에는 골프 대회도 수시로 있었는데 이제는 거의 사라지고 피크닉과 연말 파티로 한정되었다.

몇몇 분에게 감사하고 싶다. 서울상대 58학번 동문회 민청기 회장과 최정규 총무, 서울고등학교 10회 졸업 동창회 박원훈 회장과 원방현 총무, 그리고 공군 48기 김동렬 회장이다. 특별히 최정규, 원방현, 두 동문에게 특별히 감사한다. 이들은 내게 이메일과 카카오톡을 통해 동창들의 근황을 친절하게 알려준다. 자신의 시간과 에너지를 희생하고 수고함으로써 여러 사람을 기쁘게 해주고 한국과 연결시켜 주는 이들이 있어서 행복하다.

* 한국과 미국의 속도에 관한 고찰

비즈니스를 하면서 미국인 엔지니어들과 함께 일하다 보니 나 자신과 그들과의 문화차이를 확실하게 알 수 있었다. 내 견해로 보면 미국인 엔지니어들은 프로젝트 진행과 기계제조 과정이 너무 느렸다. 어느 한 과정을 마치는데 한 달이면 충분할 것 같은데 세월아 네월아 하는 것 같고, 겉으로 보면 진척이 전혀 안 되는 것처럼 보였다. 어찌 되어

가느냐고 물으면 순조롭게 잘 진행되고 있다는 대답이 돌아왔다. 차마 말을 하지는 않았지만, 답답하고 불만스러울 때가 많았다.

제품 공정에 드는 시간 소요가 만만치 않다. 여러 번의 미팅을 통해 아이디어를 규합하고, 그에 대한 수렴을 통해 거의 완벽에 가까운 제품 제조에 대한 청사진이 완성되어야 하고, 제품 디자인과 크기, 내부 기능 설치와 배치, 그 안에 들어가는 복잡한 시스템이 고장 없이 빠르고 정확하게 기능할 수 있도록 적합한 재료와 테크닉이 적용되어야 하기 때문이다. 이 모든 사실을 알면서도 나는 그들이 느리다고 여겼다.

35년 동안 그들과 함께 비즈니스를 하면서 깨달은 것은 미국인들은 프로젝트가 주어졌을 때 느린 듯하지만 철두철미하게 한다는 점이다. 분명하고 확실해서 거의 오류가 나지 않는다. 이들이 만들면 틀림없다.

나는 빨리빨리 문화 속에서 자란 사람이라는 것을 느꼈다. 한국 문화가 빨리빨리 문화다. 한국 전쟁 후, 폐허에서 시작한 지 겨우 70년이 지났는데 세계 7~8위의 경제 대국으로 그 위상이 격상되었다. 이것은 빨리빨리 문화의 영향이 크다 할 수 있다.

이런 논리로 보자면 한국은 미국보다 기술과 경제가 더 발전해야 된다. 그런데 미국은 달에 제일 먼저 다녀왔다. 느리게 하는 게 나은지 빨리하는 게 나은지 처음에는 혼동될 때가 있었다. 이제는 천천히, 철저하게, 제대로 분명히 하는 것이 결국은 시간 절약이라는 것을 알았다.

* 군(軍)과 '명선 리'라는 이름

군과의 관계 때문에 많은 에피소드가 있었다. 군에서는 보안 목적으로 매 5년마다 정기적으로 내 주변 인사들을 감사(鑑査)했다. 내가 살고 있는 집 이웃까지 조사했다.

내 이름은 이명선이다. 영어 이름은 Myung Sun Lee다. 미국인들이 발음하기 힘들어서 Lee로 부르라 했더니 문제가 발생했다. 회사 직원 중에 Lee Olson이라는 사람이 있었기 때문이다.

MS로 바꾸었다. 명선의 첫 자 이니셜에서 따온 것이다. 사람들이 MS가 무슨 의미냐고 물었다. Master Science라고 농담 반으로 말하니 또 혼동을 했다. 팜 스프링스로 이사 와서 미국인들과 골프를 치면서 사귈 때 Lee도 MS도 적당치 않아서 내 마지막 이름자 선을 사용하기로 했다. 그래서 Sunny가 되었다.

하루는 군(軍) 인스펙터가 나를 찾아왔다. 정확한 내 이름이 뭐냐고 물었다. 이명선이오, 라고 했더니 아니오, PGA West에서는 당신 이름이 Sunny라고 했소, 어떤 게 맞는 이름이오, 이름을 바꾼 이유를 밝히시오, 하더라.

* 금연(禁煙)

팔로스 버디스에는 Estate가 네 구역이 있었는데, 팔로스 버디스 골프클럽 멤버가 되려면 이 네 단지 중의 한 군데에 거주해야 한다. 마침 매물이 나왔는데 100퍼센트 완공된 집이 아니었다. 주택시공사에서 이 집을 짓던 중 파산을 해서 시세보다 20퍼센트 저렴하게 매물로 내놓은 Foreclosure, 대출금을 내지 못해 은행이 차압에 들어간 부동산이었다. 카펫도 미처 깔리지 않고 군데군데 마감이 덜 된 상태였지만, 풍광이랑 위치가 맘에 들었다.

나는 아이디어를 내어 브로커에게 제안했다. 현재 내가 살고 있는 팔로스 버디스의 집과 이 집을 맞바꾸되 두 집의 감정가에 따른 차액을 내면 어떤가. 흔쾌한 답을 얻어서 내놓은 가격보다 20퍼센트 더 싸게 샀다. 5천 5백 스퀘어피트의 새집으로 넓고 쾌적하고 깨끗했다.

그 집에 살면서 담배를 끊었다. 사회생활을 하면서 끽연은 매우 성가신 걸림돌이었지만 나는 담배를 끊지 못했다. 담배 피는 직원들과 100달러 내기도 해보았지만 일주일만 지나면 내가 먼저 백기를 들고 그만하자고 제안해서 유야무야가 되었다. 매해 새해 결심으로 빠지지 않고 금연을 시도했지만 번번이 실패했다.

스탭 미팅 때 담배를 피우는 사람이 많았다. 그런데 어느 사이 다들 금연하고 나만 남았다. 그런데도 끊기가 힘들었다.

새집으로 이사하고 나니 아내가 부탁했다. 새집이니 실내에 담배 냄새가 배지 않도록 뜰에 나가서 피우고 들어오라고. 담배 때문에 졸지에 밖으로 쫓겨난 것이다. 아내 입장도 충분히 이해가 되었다. 새 카펫에 담뱃불이 떨어져 구멍이라도 나면 얼마나 속상하겠는가.

뜰에서 담배를 피우니 그토록 나를 따르던 개조차도 가까이 오지 않았다. 하루는 밖에서 담배를 피우고 실내로 들어오니 어린 딸 모니카가 내게 와서 안겼다가 도망치며 말했다. "아빠 냄새나. You are so smelly."

나는 그날부로 담배를 끊었다. 개까지 나를 피하고 딸까지 냄새난다고 싫어하지 않는가. 나는 집에 있던 모든 담배를 꺼내어 갈기갈기 찢어버렸다. 새집으로 이사한 지 딱 일주일 만이었다.

얼마나 힘들었는지. 정말 담배 끊기는 힘들다. 지독한 의지가 아니면 어렵다. 1983년 4월이었는데, 결코 잊을 수가 없다.

* 자동차 경적소리

한국은 국토 면적에 비하여 자동차가 너무 많은 것 같다. 30~40년 전에는 운전자들이 교통 법규를 잘 지키지 않았다. 도로도 안전 운전을 할 수 있을 만큼 정비되어 있지 않고 골목이 많았다. 반듯한 골목도 아니고 구불구불하고 경사도 심한 좁은 골목에 불법 주차를 하고, 그 사이를 자동차들이 위태위태하게 다니는데, 길을 걷는 행인들과 엉켜 교통사고가 많이 났다.

그때는 도로든 골목이든 자동차가 경적을 많이 울렸다. 경적 버튼을 눌러도 너무 많이 눌러댔다. 차도와 인도를 구분할 수 없을 만큼 길이 좁아서 행인들을 보호하기 위한 배려였겠지만, 사방에서 빵빵대니 정신이 산란해서 길을 걸을 수가 없었다.

지금은 많이 바뀐 것을 피부로 느낀다. 참으로 다행한 일이 아닐 수 없다. 미국이 잘 나고 한국이 못났다는 비판을 하려는 것이 아니다. 문화차이라기보다는 시민의식의 한 단면이라고 말하고 싶다.

미국은 자동차 경적을 거의 울리지 않는다. 잘 못 눌렀다가는 교통법규에 걸리고, 자칫하면 소송도 당한다. 미국 도로는 경적을 울리면 안 되는 지역이 몇몇 있는데 그중에 한 군데가 메모리얼 공원묘지다. 공동묘지는 그렇다 치고 일반도로에서조차 자동차 경적소리를 듣는 경우가 하도 드물어서 옆이나 뒤에서 울리는 경적소리에 운전자가 놀라서 당황한 나머지 급브레이크나 액셀러레이터를 밟아 교통사고가 나는 경우가 있다.

미국에서는 대부분 이기적인 이유에서가 아니라 상대방에게 경각심을 일깨워주려는 선의의 목적으로 자동차 경적을 울린다. 졸음운전을 한다거나, 자동차 트렁크가 열려있다거나, 자동차 전조등을 켜지 않아 위험할 때, 짧고 낮은 경적을 친절하게 울려 운전자가 자신의 상황을 점검하게 만든다.

* 미국 도시락

한국 출장을 많이 했다. 한국에 나가면 유혹이 많았다. 1970년대 마이크로필름 홍보 차 한국에 출장을 갔을 때 큰 곤욕을 치렀다. 극진

한 손님 접대는 감사한데 그 이상을 하려고 하니 난감했다. 관계자에게 이러지 말라고 아무리 해도 막무가내였다. 한국은 상대방이 아무리 싫다고 거절해도 그들이 맘먹은 호의와 배려를 베풀어야 하고, 상대방으로 하여금 그것을 기어코 받아들이도록 강요하는 문화가 있는 것 같다. 정 이렇게 나오면 비즈니스 계약을 취소하겠다고 정색을 하고, 거의 얼굴을 붉히는 수준까지 이르러서야 상황을 수습할 수 있었다.

하룻밤 일인데 뭐가 그리 어렵냐, 가볍게 생각하라고 설득하지만 나는 그게 용납이 되지 않았다. 아내에게 떳떳하고 싶어서인지, 미국에서 오래 살다 보니 가정 중심적인 문화에 길이 들었는지, 천주교의 신앙으로 다져진 도덕적 양심 때문인지, 잘 모르겠다. 세 가지를 모두 합쳐놓은 것 같다.

한국 방문을 마친 나는 아내에게 말했다. 당신이 동행하지 않으면 나는 이제부터 한국에 안 간다. 내 이야기를 듣고 상황을 이해하게 된 아내는 그때부터 한국을 방문할 때마다 동행해 주었다. 친구들은 그런 나를 놀렸다. 한국에 왔는데 한국 도시락을 먹지 않고 미국 그 먼 곳에서 도시락까지 싸가지고 왔느냐.

한국의 문화와 정서를 나무라거나 얕보는 것이 아니다. 호의를 베풀 때일지라도 상대방의 필요에 맞춰주어야 한다. 그것이 진정한 예의다. 내가 갖고 싶은 선물을 주면서 상대방이 좋아하리라 기대하고, 내가 하고 싶은 방식으로 사랑하면서 상대방에게 그 사랑을 받아달라고 강요하면 그것은 진정한 선물이나 참된 사랑이 아니다. 정신적 폭력이다.

* 돈에 관한 생각

나는 돈에 대한 관념이 또렷하다. 돈은 돈이다. 나쁜 것도, 좋은 것도 아니다. 프랜시스 베이컨은 말했다. 돈은 최고의 종이자 최악의 주인이라고, 돈을 어떻게 사용하느냐에 따라 선도 되고 악도 된다고. 돈이란 그것을 사용하는 사람의 인격을 고스란히 반영한다는 의미일 것이다.

은행 계좌에 있는 1백만 달러는 분명 내 돈이지만 그것을 사용할 때만이 진정 내 돈이다. 보람 있게 써야 진짜 돈이다.

내가 돈을 쓰는 것을 보고 시기하는 친구들이 더러 있다. 성공했으면 얼마나 성공했다고 그러느냐, 지가 뭔데 잘난 체하느냐, 돈이 있으니 저따위 소리를 하겠지, 라는 시선으로 바라보지만 개의치 않는다. 나는 돈을 보람 있게 쓰고 싶고 친구들을 위해 쓰는 돈은 보람 있다. 친구들도 나도 알고 있다. 큰 나무에 깃든 참새 한 마리의 잠자리는 오직 가느다란 두 다리를 걸칠 수 있는 나뭇가지 한쪽이면 족하고 족하다고.

나는 1달러짜리 지폐 뭉치를 자동차에 싣고 다닌다. 길거리에서 만나는 거지나 홈리스들에게 형편에 따라 집어준다. 그들은 1달러 지폐 몇 장을 받아들고 God bless you를 외치면서 복을 빌어주는데 그처럼 진실한 기도와 축복을 어디서 만나볼 수 있는가. 내가 준 그 돈이 태양볕 아래서 구걸하는 그들의 식도를 시원하게 해주는 콜라 한 병이 될 수 있다면, 쓰레기통에서 더러운 음식을 찾아 헤매는 그들의 굶주린 배를 채워주는 햄버거가 될 수 있다면, 그걸로 족하다.

미국 유정(有情)

　미국인들은 돈 버는 일에 둘째가라면 서러워할 만큼 진취적인 민족이다. 돈은 누구나 좋아하고 누구에게나 필요하지만, 돈을 밝히는 사람에 대한 인상이 곱지 않은 이유에는 여러 가지 미묘한 이유가 있을 것이다.

　미국이 돈을 추구하는 마음이 크지만, 격 없는 민족이라는 소리를 듣지 않는 이유는 이들의 돈 싸움이 정의롭기 때문이다. 미국은 돈과는 다소 거리가 있어 보이는 자유와 민주주의가 살아있는 나라다. 미국이라는 불모지가 세계 강국이 된 지는 그리 오래된 역사가 아니다. 여러모로 부패한 부분이 있어서 미국의 미래는 없고 끝났다고 독설을 내뱉는 사람들이 있지만, 이 나라는 초창기 건국 정신이 오늘날에도 여전히 가치를 발휘하는 나라다. 자유주의와 맞닿아있는 기독교 정신이 아직도 우세하다. 자기 생명을 아까워하지 않고 몸을 던지는 정의로운 시민 정신이 살아있는 것이다.

전 세계가 나라끼리 교류하지 못하고 각자 고립된다고 가정할 때, 자립할 수 있는 유일한 나라는 미국이다. 중국도 러시아도 한국도 이 문제에 관한 한, 자유롭지 못하다.

미국은 미래를 준비하는 나라다. 식량과 지하자원이 무궁하지만 함부로 채굴하지 않고 미래를 위해 비축해두고 비싼 가격을 들여 외국에서 사다 쓴다. 이들은 자국과 세계 역사 기록을 마이크로필름 2개에 똑같은 내용을 담아 캡슐로 만들어 동부와 서부 두 곳의 지하에 매몰해 놓았다. 그 속에는 지금까지의 모든 기술과 인류 업적이 담겨있다.

미국은 성경에 예언되어 있는 대로 이 지구의 마지막 시대에 큰 역할을 할 나라다. 드넓은 태평양과 대서양을 품고 있고, 멕시코와 캐나다를 발판으로 전 세계로 뻗어갈 수 있는 천혜의 조건을 잘 갖추었다. 그래서 미 해군은 어느 나라보다 강하고 항공모함은 어느 바다로든 아무런 제한 없이 나갈 수 있다.

미국이 부자가 된 데는 전쟁 중인 나라에 무기와 물자 공급이 큰 몫을 했다는 것은 누구나 안다. 2차 대전, 한국 전쟁, 월남 전쟁을 통해 큰 몫을 챙겼다고 할 수 있다. 하지만 더 근본적인 이유는 신사적이라는 점에 있다. 미국은 전쟁에 이겨도 패전국을 착취하지 않는다. 마샬 플랜으로 유럽을 살린 것이 대표적인 예라고 하겠다. European Recovery Program으로 불리는 이 작전은 제2차 세계대전으로 황폐화된 서유럽 동맹국을 위해 미국이 계획한 재건, 원조계획이다. 혹자는 이들 국가를 살려놓아야 더 큰 것들을 팔아먹고 이용해 먹을 수 있다는 계산 아래 이루어진 도둑놈 꼼수이고 수작이라고 말하겠지만, 그것도 미국 같은 대국(大國)이나 할 수 있는 제스처이지 아무나 흉내 낼 수 있는 일이 아니다.

　냉철해서 맘에 안 들면 돕지 않기도 한다. 월남 전쟁이 실패했다고 보는 역사가도 있지만, 미국이 작정하고 그런 결과를 견인했다고도 할 수 있다. 미국은 월남전 관여를 실패로 보거나 손해 봤다고 여기지 않는다. 이 대인들의 꿍꿍이속은 아는 사람만 안다.

　신생 국가 미국이 달러를 기축통화로 만든 과정을 살펴보라. 그 과정이 절묘하다. 이 세상 어느 나라도 미국의 행적을 따라 하지 못한다. 최근 중국, 러시아, 유럽이 달러 기축통화로 패권을 쥐고 있는 미국에 반기를 들어 도전장을 내밀고 어찌해보려고 하지만 어림없는 몸짓이다. 이 세상 그 어느 것도 영원한 것은 없지만 달러는 그 위상을 한동안 유지할 것이다. 미국은 이제껏 누려왔던 경제 패권과 권좌를 가만히 앉아서 그 어느 나라에게도 빼앗기지 않을 것이다. 미국을 움직이는 거대한 세력이 어떤 계획을 세우고 어떻게 실행하고 있는지는 아는 사람만 안다. 미국은 먼 미래를 내다보고 움직이는 나라다.

　기축통화와 환율은 세계 시장경제에 의해 바뀌는 것이지 나라에서 정하지 않는다. 중국은 공산국가다. 중국의 위안화는 정부에서 통제하기 때문에 그런 결제 시스템은 아무도 믿지 않고 한시적으로 일부에서 사용된다 할지라도 오래 가지 못한다.

　사우디아라비아처럼 돈이 많은 나라일지라도 그 나라의 화폐가 세계

기축통화가 되기는 어렵다. 일본도 기축통화에 도전했다가 1985년 9월 22일에 뉴욕에 있는 플라자 호텔에서 이루어진 플라자 합의로 손들었다. 미국, 일본, 서독, 프랑스, 영국 5개국의 재무장관이 모인 역사적인 미팅이었다. 이 플라자 합의는 '일본에 대한 미국의 경제적인 원폭 투하'라고 역사가는 평가한다.

일본이 언급되었으니 하는 말인데, 일본인은 무시할 수 없는 민족이다. 2차 대전 때 원자폭탄을 맞고 망한 나라다. 70년이 지난 현재 일본의 성장을 보면 기적이라고 말할 수밖에 없다. 그들은 매우 현실적이다. 과거는 과거고 현재는 현재다. 그들은 감정이 정리되지 않았다 해도 미국이 강한 나라이기 때문에 타협하고 함께 일한다.

한국은 감정적이다. 일본이 어떻게 잿더미에서 일어났는지 면밀히 연구해야 한다. 한국인은 미국도 열심히 공부해야 한다. 역사가 짧다느니 예의를 모르는 국민이니 하는 비판은 구세대 낡은 생각이다. 미국을 연구하고 그들의 좋은 시스템을 적용하면 정치적 경제적으로 훨씬 안정이 될 거라고 확신한다.

미국인, 이들은 내일을 사는 오늘의 사람들이다.

골프 예찬

* 골프가 좋은 이유

골프는 여타 다른 운동하고 매우 다르다. 볼을 다루는 일반 스포츠는 몸을 움직여서 움직이는 공을 다룬다. 걷거나 달린다. 몸과 공이 혼연일체가 되어 빠르게 움직이는 것이 승부수를 결정한다.

골프는 움직이지 않는 공을 놓고 온 정신을 집중해서 고요한 마음으로 치는 운동이다. 일반적인 볼게임은 공과 몸이 밀착되다시피 해야 유리하지만, 골프는 경우에 따라 자신의 몸으로부터 멀리 쳐 보내야 기량이 좋다고 말한다. 매우 특수한 스포츠라고 할 수 있겠다. 그렇게 움직이지 않는 공을 요가 하듯 잠잠히 쳐도 작은 공은 생각한 방향으로 생각한 만큼 날지 않는다. 골프의 근성이라고 생각한다. 오죽하면 이 세상에 맘먹은 대로 안 되는 것이 딱 두 가지가 있는데, 자식하고 골프라고 말할까.

그러다 보니 신체적 정신적 수양이 된다. 이번에 내가 왜 못 쳤나 돌아보는 것도 행복하고, 부족한 부분을 연구하고 연습하는 것도 재미있다. 다음에는 좀 더 좋은 스코어를 얻어야지 하는 희망으로 다음 게임 날을 고대하는 마음이 소풍 전날 밤 아이처럼 설렌다.

나이가 들어도 기량이 떨어지지 않고 지속할 수 있는 스포츠는 골프밖에 없다. 골프처럼 섬세하고 매력적인 스포츠가 없다. 골프 룰이 얼마나 섬세한가. 골프는 강요할 수 없는 운동이다. 시간이 엄청 많이 뺏기는 운동이다. 그렇지만 아무리 바빠도 투자할 만한 가치가 있는 스포츠다.

필드에 서서 그린에 떨어진 2번째 볼을 어떤 클럽으로 칠까 망설이며 카트에 앉아있는 골프 클럽들을 둘러보면 유난히 반짝임으로 내 눈앞에 다가오는 클럽이 있다. 내가 좋아하는 골프공을 집었을 때 손바닥에 감지되어 오는 그 짜릿한 촉감이라니…. 내가 골프를 사랑하는 만큼이나 골프공이나 골프 클럽도 나를 즐겁게 해주기 위해 최선을 다한다고 믿는다.

확실히 골프 사랑에 빠진 것 같다. 어떤 생각을 하든 무엇을 하든 골프라는 스포츠에 대입해서 생각하는 경향이 있다. 골프는 지극히 신사적인 스포츠다. 혼자 쳐도 즐겁고 여럿이 쳐도 기쁘다. 썸을 이루어 경기를 할 때 경쟁심이 마음을 흔들고 흐리게 하는 때도 있지만, 궁극적으로는 주변이 어떤 상황이든, 누구하고 치든, 자기와의 싸움이고 자기 자신과 팀을 이루어 스코어 정복을 하는 것이 골프다. 골프는 아무리 얘기해도 지치지 않고, 아무리 쳐도 질리지 않는 내 사랑이다. 골프가 내 단심을 알까. 필드에 나갈 때마다 요번에는 행여나 싱글, 언더파, 이글, 앨버트로스, 더하여 홀인원을 할 수 있지 않을까 하는 기대로 마음이 설렌다. 상상만으로도 즐겁다.

아내와 내가 골프를 칠 때는 스크래치 게임을 한다. 핸디를 주고받지 않고 그냥 치는 막골프다. 그래야 힘이 실리고 재미있다. 홀 당 1달러를 거는데 내가 약해서 보통 3달러를 아내에게 상납한다. 그런데 참 행복하다.

골프를 치는 사람에게는 한 타 한 타가 소중하고 그 한 타를 표상하는 1달러가 100달러보다 더 소중하다. 1달러의 의미를 새겨보는 좋은 기회다.

LA 인근에서 함께 골프를 치던 고등학교 동창 중에 네다섯 명, 대학 졸업 동기 중에는 두세 명만 남았다. 더러는 아프고 더러는 세상을 떠났다. 코로나 이후부터 동기동창 골프 토너먼트 행사가 사라졌다. 나는 아직도 풀 라운드를 칠 수 있어서 행복하다.

골프를 맨 처음 배울 때는 프로에게 맡기는 게 좋다. 운전과 같다. 아내는 80년대 중반부터 골프를 쳤다. 프로한테 배워서 폼도 예쁘고, 스코어 줄이는데도 도움이 많이 되었다. 나는 친구들에게 대강 배워서 폼이 나쁘다. 나중에 폼을 제대로 교정하려고 했더니 처음 배우는 것보다 더 힘들어서 포기했다.

미국 내 골프장이 멋지다. 아기자기하고 매력적으로 만든다. 다른 나라와 비교해 보면 미국 골프장은 시설이나 환경에 많은 돈을 들여서 인지 품격이 월등하다. 다른 나라는 자연성을 살린다는 컨셉으로 조성 되어서인지 그런만 잘 닦아놓았다. 대표적인 골프장이 브리티시 골프 장이다.

미국이 골프장을 잘 조성하는 이유는 경쟁에서 비롯된 것 같다. 미국 내 좋은 골프장이 얼마나 많은가. 골퍼들은 단지 스포츠만 좋아하는 사람들이 아니라 감성이 풍부한 사람들이다. 풍광이 아름답고 꽃과 나 무가 구성지게 어울린 사이사이를 사슴들이 노니는 골프장이라면 거리 가 조금 멀다 해도 기꺼이 달려가는 사람들이다. 5~6시간을 보내는 장소가 쾌적하다면 얼마든지 투자할 가치가 있다.

남가주 골퍼들이 페블비치에서 골프 라운딩하는 것이 위시리스트 중 의 하나라고 하는 말은 가벼운 언사가 아니다. 은쟁반에 옥구슬, 이왕 이면 금상첨화다. 풍광 좋은 골프장에서 시원하게 샷을 날릴 때의 기분 은 어느 나라 왕도 부럽지 않다.

골프장뿐만 아니라 미국은 여러모로 대단한 나라다. 세계 일주 크루 즈를 하면서 41개국을 돌아보니 각 나라 항구마다 골격이 달랐다. 미국 은 그 규모와 시설 면에서 완전히 수준이 다르다. 대단한 나라다.

미국은 골프장 보유 개수만으로도 다른 나라와 게임이 안 된다. 팜 스프링스에만 해도 130개의 골프 코스가 있다. 언젠가 재미 삼아 전세 계 여러 나라가 보유한 골프장 보유 개수를 1위부터 10위까지 순위별 로 찾아본 적이 있다.

미국이 1만 6,752개로 1위다. 2위가 일본으로 3천 169개, 3위 가 캐나다로 2천 633개, 4위가 잉글랜드로 2천 270개, 5위가 오스트레일리아로 1천 616개, 6위가 독일로 1천 50개, 7위가 프랑스로 804개, 8위가 한국으로 798개, 9위가 스웨덴으로 662개, 10위가 스코틀랜드로 614개다. 중국은 11위로 599개가 있다.

매우 흥미롭게도 미국의 골프장 개수가 세계2등부터 10등까지의 숫자를 모두 합쳐놓은 것보다 더 많다. 나는 위에 나열된 모든 나라의 골프장에서 골프를 쳐보았다. 독일과 중국만 예외다.

* 한인 낭자들에게 갈채를

미국에 살다 보니 코리언-아메리칸 여성들의 활약이 고무적이다. 요즘 특히나 미디어에서 많이 접하는 한국인 관련 소식은 남성들보다 여성들이 더 많다. UCLA 공과대학 학장이 한국 여인이다. 공군에도 별을 단 한국 여성이 있다. 공무원, 군 관계, 비즈니스 분야에 한인 여성들이 많이 나왔으면 좋겠다. 그렇게 되리라 믿는다. 어쩌면 필연적이라고까지 말할 수 있다.

한민족이 훌륭하다. 미국에 부부가 이민을 오면 5년 이내에 집을 산다는 말이 있다. 그만큼 근성이 있고 성실하다는 의미일 것이다. 2~3세들에게 기대가 많다. 아직은 초창기라고 할 수 있겠지만 새싹이 자라는 중이다. 각 세계에 뿌리내린 자랑스러운 2세들이 속속 출연할

날을 기다린다. 특히 LPGA에서 한인 낭자들의 선전은 참으로 자랑스럽다. 여성 골퍼들은 아무리 칭찬해도 지나치지 않을 만큼 대한민국의 소중한 자산이다.

구옥희는 최초의 한국 여자 프로 골프 선수다. 20년 전, PGA West에서 있었던 일이다. 어느 날 아침에 골프 라운딩에 나갔는데 구옥희 씨가 한쪽에서 치핑(chipping)을 연습하고 있었다. 골프를 3시간 치고 오니 그녀는 그 자리에서 여전히 같은 동작을 연습하고 있었다. 이것은 내가 직접 목격한 것으로, 그녀의 집념과 열심을 보고 매우 감탄했다.

1998년 7월, 위스콘신주 Kohler에 있는 Blackwolf Run 골프 코스에서 열렸던 제 53회 US Open LPGA 토너먼트 연장전에서 박세리가 보여준 맨발 투혼은 유명하다. 박세리가 양말을 벗는 순간 하얀 발과 햇볕에 그을린 구릿빛 종아리가 보여주는 색의 대비에 현장에 있던 갤러리와 전세계 골퍼들은 얼마나 울컥했던가.

2023년 7월 페블비치에서 있었던 LPGA 토너먼트에서는 박세리에 관한 특집이 전 세계로 방영되었다. 박세리가 우승했을 때 한국은 IMF로 매우 어려운 상황에 처해있었다. 박세리는 맨발 투혼으로 모든 국민들에게 희망과 용기를 불어넣어 주었다. 박세리는 25년간의 선수 생활 동안 5번의 메이저 대회 우승을 비롯해서 통산 25번의 우승컵을 들어 올렸다. 박세리 Kids가 생기고 초·중·고 학생들이 골프를 시작해서 훌륭한 여자골프선수들이 탄생했다. 박세리는 해가 떠서 해가 질 때까지 연습한다고 했다. 그 집념이 참으로 놀랍다.

신지애는 자신의 활로를 잘 캐치해서 성공한 골퍼다. 그녀는 2006년에 프로 골퍼로 전향한 이래 2023년 현재까지 전 세계 통산 64회를 우승했다. 올해 36세로 이 나이가 되면 대부분 은퇴하는데 지금도 현역으로 뛰면서 일취월장하는 실력을 보여주는 한인 낭자다.

한국 여자프로골프가 빨리 성장한 이유가 있다. 한국 여성의 천성도 있고 특수성도 있다고 생각한다. 한국 여성들이 이렇게 주목을 받기 받게 된 것은 갑작스럽거나 우연히 생긴 일이 아니다. 한국 여성들은 다른 나라 여성들하고 다르다. 한국 여성만이 지닌 심오한 침착성과 천성이 있다. 요새는 남성들도 많이 나오지만 여성 골프 선수 10위 안에는 한국 여성이 절반 이상을 차지한다. 보통 일이 아니다.

코리안 낭자들이 왜 그렇게 골프를 잘 치나 미국인들이 연구한 사례가 있다. 침착과 연습이라고 결론을 지었는데 동감한다. 침착은 윗사람을 섬기는 고귀한 성품으로 조선 시대 때부터 수백 년 동안 길러온 유전자로부터 전수된 것 같다. 또 끈기 있게 연습하는 정신적인 자세를 갖추었다.

미국은 초등학교 때부터 대학까지 골프를 체계적으로 배우고 칠 수 있는 시스템이 매우 잘 되어 있다. 한국은 그런 시스템이 잘 갖추어져 있지 않은데도 한인 낭자들이 이렇게 좋은 성적을 내고 두각을 드러내는 것은 기적이 아닐 수 없다. 정신적인 면이 큰 비중을 차지한다고 본다.

한국 여성에 대한 생각이 참으로 많다. 한국 골프 낭자들에게 큰 박수를 보낸다.

스탠퍼드대학 골프팀 펀드레이징 골프 토너먼트

둘째 아들 에드윈이 스탠퍼드대학 골프 장학생 출신이어서 대학 골프 펀드레이징 골프 토너먼트에 합류하라는 제안을 받고 우리 부부도 참여했다. LA 공항에서 새벽 비행기를 타고 샌프란시스코 공항에 내려 아침을 먹고 10시쯤 대회에 나갔다. 오후 3~4시쯤에 경기를 마친 후, 식당에서 밥을 먹으면서 시상식을 마치고 저녁 비행기를 타고 귀가했다. 그렇게 당일치기로 여러 번 이 골프 토너먼트에 참가했다.

이 대회에는 펀드가 많이 들어온다. 골프 토너먼트의 룰이 매우 엄격하고 실력이 막상막하다. 이 대회는 USGA(United Stated Golf Association)에서 인정하는 인덱스(index)로 핸디캡을 결정한다.

시합할 때 200명이 출전하니 4명이 한 조가 되어서 떠나면 30~50팀이 나간다. 공정하고 효율적인 경기를 위해 Shamble 토너먼트 방식으로 진행한다. 한국인들은 쉽게 스크램블(Scramble) 방식이라고 부른다.

우리 팀은 에드윈과 에드윈 친구, 그리고 우리 부부 네 명이 짝을 이루었다. 우리 팀은 2010년도에는 2등, 2018년도에는 챔피언 우승컵을 들어올렸다. 챔피언 되는 것이 쉽지 않다. 우리 부부는 스탠퍼드대학의 발전을 위하여 여러 방법으로 후원을 많이 했다.

한인 유일의 LPGA 마셜(Marshal)

"18번 홀에 배치돼 종종 대역전 드라마 지켜봐요."

"최종 라운드 마지막 18번 홀에서 3퍼트로 무너져 내리는 걸 보고는 가슴이 미어졌어요. 얼마나 안타까웠던지…."

이명선(상대 58) 동문은 지난해 LPGA의 팔로스 버디스 챔피언십에서 박인비 선수의 18번 홀 퍼팅 장면을 결코 잊지 못한다. 1년이 돼가는데도 박 선수의 퍼팅 하나하나가 아주 촘촘하게 눈 앞에 펼쳐지는 듯한 표정이다.

팔로스 버디스 챔피언십은 지난해 5월 처음 시작한 대회다. 4라운드 18번 홀에서 무너진 박인비는 결국 최종합계 4언더파 공동 16위로 주저앉고 말았다. LPGA 겨우 1승에 불과한 미국의 마리나 알렉스가 10언더파로 우승컵을 들어 올렸다.

이명선 동문은 어떻게 박인비의 경기를 지척에서 지켜봤을까. LPGA 경기진행요원, 이른바 '마셜(Marshal)'이다. 'Be Quiet' 손팻말을 들고 갤러리를 통제하며 경기가 원활하게 진행되게 하는 것이 마셜의 임무다.

이 동문은 남가주에서 유일한 한인 프로골프대회 마셜이다. 그래서 가끔 TV의 중계 카메라에 모습이 잡혀 주변으로부터 부러움을 사기도 한다. 모든 마셜의 꿈은 18번 홀에 배치돼 경기 진행을 돕는 것. 막판 버디 퍼트로 역전 드라마가 종종 펼쳐지는 현장이기 때문이다.

"대회 주최 측의 배려로 18번 홀에서 경기를 지켜보는 경우가 많아요." 이 동문은 밝게 웃었다. "마셜을 할 때면 '나이 듦'이 왜 좋은가를 실감하게 돼요." 80을 훌쩍 넘긴 나이가 도움이 된다는 것이다.

"나이를 묻지는 않지만 내가 최고령 마셜이라는 걸 모르는 사람이 없거든요." 그래서 18번 홀은 대게 이 동문의 몫으로 남겨둔다. 나이 차별은커녕 오히려 특혜를 받는다.

LPGA 참가 선수 중 태극낭자들이 거의 15퍼센트나 차지할 만큼 이제 '코리아'가 빠진 대회는 상상조차 하기 어렵다. 이 동문은 리디아 고에 대해서는 할 얘기가 많다고 했다. 뉴질랜드 국적의 고 선수는 세계랭킹 1위. LPGA에서는 가히 독보적인 존재다. 그런데도 사진 촬영에 흔쾌히 응하는 등 매우 겸손하고 예의 바르다며 칭찬을 아끼지 않는다. 지난해 말 현대家 재벌 3세와 부부의 연을 맺어 화제가 되기도 했었다.

마셜은 무보수 자원봉사자다. 대회를 치르는데 최소 100여 명의 마셜이 필요하다. 마셜이 가장 신경을 쓰는 곳은 그린이다. 스코어에 절대적인 영향을 미치는 곳이어서 에티켓이 중요하고 또 잘 지켜야 한다.

"골프의 매력은 200미터 드라이브 샷이나 50센티미터 퍼트나 똑같은 1타의 가치를 갖는 데 있어요."

그린에서는 갤러리들에게 팻말을 살살 흔들어서 조용히 해달라는 신호를 보낸다. 절대 말을 해서는 안 된다. "정말 숨소리 하나 안 들려요."

이 동문은 어린 자녀들이 있는 경우 대회 갤러리를 적극 권유한다. 골프가 에티켓을 중요시하는 스포츠이기 때문에 배울 점이 많다는 것이다.

"언제나 절제된 태도가 필요하고 예의를 지키며 스포츠맨십을 발휘하는 것이 골프의 기본정신입니다. 그래서 매너가 좋지 않은 갤러리는 즉시 퇴장시키는 골프장도 있어요."

LPGA뿐만이 아니다. 팜 스프링스의 PGA West의 스테디엄 코스에서도 팻말을 든다. 김주형(탐 김) 선수는 그가 제2의 타이거 우즈로 꼽는 PGA의 샛별. 약관 20세의 나이에 벌써 우승컵을 2개나 커리어에 담았다. 실력과 흥행성을 담보한 걸출한 스타가 탄생했다며 흥분을 감추지 못했다.

"PGA 웨스트에선 왠지 기를 느껴요. 마치 애리조나의 세도나에 온 듯한 기분이 들거든요. 전 세계에서 볼텍스 기운이 가장 세다고 하는 곳인데 여기서도 그걸 느껴요. 인근 돌산에는 빅혼(big horn) 양떼가 수백 마리 무리 지어 살고 있고…. 이런 분위기가 좋아 가끔 이곳에서 몇 주 묻혀 살아요. 자연과 함께요."

골프가 왜 좋으냐는 질문에 이 동문은 서슴지 않고 세 가지를 꼽았다. 첫째, 나이가 들어도 할 수 있는 운동, 둘째 정신집중을 할 수 있는 스포츠, 그리고 클럽을 손에 쥐면 마음에 잡음이 없어진다는 것이다.

이 동문이야말로 골프를 기업경영에 접목시켜 성공을 거둔 대표적인 케이스가 아닌가 싶다. 골프에서 익힌 집중력으로 하워드 휴즈가 창업

한 'Houston Fearless 76'를 인수, 굴지의 기업체로 키워냈다. 특수 마이크로필름과 영화필름을 고속으로 현상하는 기업이었으나 경영부실로 파산 위기에 처하자 회사를 인수했다.

이후 자동차 고속충돌 테스트 필름현상 시스템, 지문검색 마이크로필름 등 첨단기술을 개발해 1987년에는 캘리포니아 주정부가 수여하는 '올해의 기업인상(Entrepreneur of the Year)'을 받았다. 그가 가장 소중히 생각하는 상이다.

지금은 경영 2선으로 물러나 큰아들 제임스에게 회사를 맡겼다. 장남도 특이한 경력의 소유자다. 스탠퍼드대에서 엔지니어링을 전공한 그는 해군예비군 대령으로 이라크 戰에도 참전한 베테랑이다. 이 동문의 '골프 유전자'는 작은아들 에드윈이 물려받았다. 스탠퍼드대 골프 대표선수로 한때 대학스포츠 유망주로 꼽혔다.

이 동문은 골프의 '신사도' 매너가 몸에 배어있는 듯하다.

"지난 1976년 회사를 인수한 이후 지금까지 소송을 당한 적도, 소송을 해본 적도 없어요. 골프로 정신수양이 된 덕분이겠지요."

골프는 한마디로 정직한 운동이라는 것이 그의 지론이다.

"기업도 정직하게 운영하면 실패할 확률이 거의 없어요. 오죽 투명한 경영을 했으면 IRS 세무조사 감사관이 '당신네 회사는 앞으로 세무조사 받을 가능성이 거의 0퍼센트다.'라고 했겠어요."

이 동문은 몇 해 전 한번 욕심을 내봤다. 팔로스 버디스 친선 토너먼트에서 챔피언이 되기 위해 열심히 연습을 했다. 3등은 했지만 양쪽 어깨에 무리가 가 수술을 해야 했다.

"겸손해야 했는데…. 지금도 1주일에 대여섯 번은 필드에 나가요. 정신수양을 하기 위해서지요. 내 인생에 불만은 없습니다. 골프 덕분에 '원더풀 라이프'를 살고 있어요."

이 동문은 엄지척을 해 보였다.

(서울대학교 미주동창회보, 2023년 4월호)

여행, 세상은 넓고 아름답다

104일 5대륙 41개국 월드 크루즈 참가자들과 함께. 2천 여 명이 승선했다. 2012년

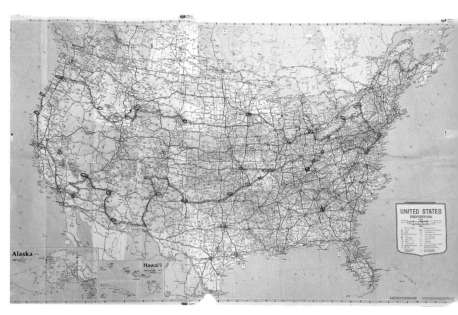

내 나이 75세에 55일 동안 미국 23개 주를 횡단한 경로. 총 1만 1천 435마일이었고 사용한 가스는 485 갤런이었다. 2014년

Sarah, Edwin, Sophie & Alex. 2023년

마리나 델 레이 비치에서 활동 중인 제임스의 세일 보트 La Mer.

아내의 생일을 축하하기 위해 온 가족이 La Mer 선상모임을 가졌다.

2023년 8월 첫 주말에 온 가족이 만났다. 아내의 생일 축하모임이었다. 오전에 Redondo 비치에서 제○
스의 보트를 타고 온 가족이 여름 바다를 즐기고 저녁에는 헐리웃 보울에서 임윤찬 피아노 공연을 ○
람했다. 다음날은 가족 골프 라운딩을 하면서 오랫만에 가족 단합의 시간을 가졌다.

알래스카 여행 중. 2023년 3월

알래스카 개 썰매를 타고.

알래스카 순록 체험.

알래스카 여행중, 앵커리지 Seward에 있는 빙하의 크레바스 앞에서.

알래스카 여행 중, 제임스와 손녀, 그리고 우리 부부.

알래스카 여행 중, 개썰매를 타는 아버지 제임스와 딸 미나의 다정한 한때.

알래스카 오로라 체험.

툼스톤 OK 목장에서 일어났던 실화를 바탕으로 만든 영화『OK 목장의 결투』에서 30초간 벌였던 결투 장면을 재연하는 연기자들과 함께. 2023년 6월

영화에서 주인공 보안관이 입었던 1881년도 보안관 복장 입체를 구입해서 입고 가게 주인과 함께 기념 촬영.

여행을 하는 이유

사업을 하는 동안 많은 여행을 했다. 여행을 좋아하게 된 계기가 있다. 1976년도에 HF76 회사를 인수하고 1977년에 독일 쾰른에서 열리는 유럽 최고 규모의 박람회(Executive Exposition)에 참가했다. 각 회사에서 최신 사진 현상기, 인쇄기, 사진기, 사진 복사기 등을 야심만만하게 선보이는 엑스포다. 이와 비슷한 박람회는 미국에서 가장 큰 Consumer Electronic Show(소비자 전자 박람회)로서 해마다 라스베이거스에서 열린다.

프랑크푸르트에서 기차를 타고 쾰른으로 가는데 차창 밖으로 보이는 풍경이 얼마나 기가 막히게 아름다운지 아내 생각이 많이 났다. 이런 곳에는 혼자 올 게 아니라는 생각이 들었다. 출장을 다녀와서 아내에게 말했다. 외국 여행은 무조건 당신과 함께 간다. 그 결심이 지금까지 이어지고 있다.

맨 처음 아내와 함께한 해외여행은 남미 아르헨티나에서 열린 IMC 이사회에 참석했을 때다. 나는 그 미팅의 세미나 시간에 미국의 테크놀로지를 소개하는 스피치를 하기도 했다. IMC(International Micro-graphics Congress)는 전 세계 사진 관련 회사의 이사회 약자이고, 미국 내 Micrographics Congress는 AIIM(Association of Information Imaging Managers)이다. 나는 두 단체의 상임이사로 활동했다.

프랑스에서 열린 이사 모임에 참석했을 때는 저녁 식사가 에펠탑 15층에서 있었다. 7시에 식사가 시작되었는데 11시에 마쳤다. 파리의 야경을 배경으로 맛있는 요리를 즐기면서 중요한 인물과 안면을 트고 필요한 정보를 주고받는 문화가 인상 깊었다.

아내와 함께 세계 구경을 많이 했다. 세계의 유명 관광지는 거의 다 다녀온 것 같다. 석림(石林)·녹강(錄江)·청해(靑海), 세상은 넓고 아름다움으로 가득 차 있다. 사람의 말로 다 표현할 수 없는 광경이 수도 없다. 이 아름다움을 포착하는 정도는 사람 각자에게 달려있다.

남미 크루즈, 아프리카 사파리, 요르단의 페트라에도 가보았다. 나이아가라 폭포, 이구아수 폭포, 빅토리아 폭포 등 세계 3대 호수도 가봤다. 볼만한 것은 다 보았다. 세계적인 골프 전문지인『골프매거진』이 전 세계 3만 5천여 골프장 중에서 해마다 상위 100개 코스를 선정하는데 세계 최고의 골프 코스로 뽑힌 적이 있는 San Andrews 브리티시 골프장에도 다녀왔다.

여행을 많이 했지만 그중 가장 기억에 남는 여행은 104일 5대륙 41개국 크루즈 세계 일주와 55일 미 대륙 23개주 횡단 여행이다. 이 두 차례의 장기 여행은 내게 잊을 수 없는 많은 추억과 깨달음을 주었다.

세계 크루즈 여행을 할 때 성경을 세 번 통독했다. 크루즈 선박은 어느 때는 사흘 내내 어느 항구에도 닻을 내리지 않고 망망한 바다를 항해할 때가 있었다. 항해가 길어지는 날에는 내 방 앞에 있는 발코니에 앉아서 성경을 읽었다. 어느 안개 낀 이른 아침, 성경을 읽다가 눈을 들어 바다를 바라보는데 안개를 헤치고 예수님이 나를 향해 걸어오시는 것만 같았다. 나는 두 손을 모으고 머리를 숙여 감사의 기도를 드렸다.

여행을 하면 자연과 가까워지고 옆에 있는 사람을 더욱 밀도 있게 알게 된다. 이해가 깊어지고 더욱 소중하게 느껴진다. 맑은 공기 속에서 심신이 정화되는 가운데 생각도 많아지고 시야도 넓어진다.

104일 5대륙 41개국 세계 크루즈는 2013년 1월 서울대 미주동창회 보에, 美大陸橫斷 旅行記는 2018년 12월 서울상대 58회 입학 60주년 기념문집에 장기 여행 감상문을 발표했다.

104일 5대륙 41개국 세계 크루즈

처음 느껴본 월드 크루즈의 감동

누구에게나 평생 한 번은 해보고 싶은 일이 있다. 사람에 따라 다르지만 그중의 하나가 세계 일주다. 자신이 지금까지 직접 보거나 살아보지 못한 미지의 세계를 두루 돌아보는 일은 생각만으로도 가슴이 벅차오른다. 인생의 70을 넘어선 우리 부부(필자 73세, 아내 헬렌 71세)에게도 항상 마음에 간직한 꿈이 있었다. 바로 크루즈를 타고 전 세계를 두루 돌아보는 것이었다. 살아오면서 여러 번 크루즈 여행을 했다. 알래스카, 지중해, 중국, 티베트, 남극 등 많은 곳을 다녀보았다. 그러나 어떤 여행도 이번에 다녀온 월드 크루즈 감동을 넘어서지는 못했다.

5대륙 41개국 관광

우리 부부가 이번에 다녀온 크루즈는 호주 시드니에서 출발해 5대륙 41개국을 104일 동안 다니는 여행이었다. 여행은 다섯 개의 섹션으로 구성돼 있다.

제1 섹션은 시드니에서 시작해 다윈(호주), 싱가포르 (싱가포르), 쿠알라룸푸르, 페낭(말레이시아), 뭄바이(인도)를 거쳐 두바이(아랍에미리트)에 도착하는 일정이다.

제2 섹션은 두바이를 기점으로 살랄라(오만), 럭소(이집트), 아콰바(요르단), 수에즈운하, 카이로(이집트), 마이코노스(그리스), 이스탄불, 앤작코브(터키), 아테네(그리스), 베니스(이탈리아), 두브로브니크(크로아티아), 카프리, 로마, 플로렌스(이탈리아), 칸느(프랑스), 바르셀로나(스페인), 리스본(포르투갈), 파리(프랑스), 런던(영국) 등 유럽 중심 관광으로 구성돼 있다.

제3 섹션은 런던을 떠나 베르젠(노르웨이), 레위크(영국), 레이크야빅(아이슬란드), 핼리팩스를 거쳐 뉴욕(미국)에 기착한다.

제4 섹션은 다시 뉴욕에서 출발해 버진 아일랜드의 세인트 토마스 아루바를 지나 파나마 운하를 보고 코스타리카의 푼타레나스를 지나 로스앤젤레스로 오는 일정이다.

마지막 제5 섹션은 로스앤젤레스에서 시작해 하와이 호놀룰루, 타이티, 사모아의 파고파고, 오클랜드, 베이오브아일랜드(뉴질랜드)를 둘러보고 최초 출발지였던 시드니로 돌아오는 대장정이다.

크루즈 탑승객들 중에는 이 5개 섹션 중 일부를 선택해 여행을 떠나기도 하는데 이번 여행에서 출발은 2천 명 정도로 시작했지만 5개 섹션을 모두 참가한 여행객들은 800명 정도였다. 월드 크루즈 비용은 어떤 객실을 예약하느냐에 따라 5만 달러(2인 기준)에서 9만 달러에 이르기까지 다양하다. 여기에 세계 각 도시에 내렸을 때 로컬 여행 경비로 1만 달러 정도가 소요된다.

비용도 만만치 않은데다가 일정도 3개월이 넘다 보니 승객의 대부분은 70대 이상의 노령층이다. 평생 꿈으로만 간직해 왔던 세계 일주의 소원을 이루기 위해 시간과 돈을 투자한 사람들이다. 월드 크루즈는 언뜻 재력이 있는 사람들의 사치라고 생각할 수도 있다. 그러나 평생을 열심히 살아온 사람들이 자신들에게 주는 최고의 선물이라고 생각하면 의미가 있는 여행이 될 것이다. 실제로 크루즈에서 만난 사람들은 사치하고 호사스러운 느낌을 주기보다는 생을 성실하게 살아온 생활인의 모습이었다.

출발 전 준비사항

일단 월드 크루즈를 떠날 결심을 했다면 차근차근 여행 계획을 세워야 한다. 불과 2~3일을 떠나는 여행에도 계획이 필요한데 3개월이 넘는 기간을 여행해야 하는데 철저한 준비는 당연한 것이다.

먼저 해야 할 일은 크루즈를 예약하는 것. 단기 크루즈는 연중 여러 차례 있지만 월드 크루즈는 1년에 단 두 번뿐이다. 특히 가장 인기가 높은 미니 스윗 객실은 2년 전에 이미 예약이 끝나기 때문에 서둘러야 한다. 평생에 한 번 떠나는 여행인 만큼 승객들이 대부분 가장 비싼 패키지를 선호해 좋은 객실부터 예약이 끝나는 것이 일반적이다.

예전에 우리 부부도 크루즈 여행을 결심하고 미니 스윗을 얻으려고 1년 전부터 예약을 알아봤지만 결국 먼저 한 예약자들로 인해 포기한 적이 있었다. 이러한 여행을 계획하는 분이 있다면 일생에 한 번뿐인 여행을 위해 미리미리 준비하기를 당부 드린다.

참고로 미니 스윗의 경우는 발코니, 테이블, 침실, 응접실, 욕실, 자쿠지까지 골고루 구비돼 있어 전혀 불편이 없다. 백일이 넘는 시간을 보내야 할 공간이니 비용을 좀 더 지불하더라도 좋은 객실을 구할 것을 권한다.

여행 전에 취해야 할 준비 조치들은 개인에 따라 사정이 다르기 때문에 일률적으로 말하기는 어렵다. 다만 모두에게 공통적으로 적용되는 내용을 열거하자면 일단은 현재의 주거지에 대한 우편배달 중지 요청을 하는 것이 좋다. 그러나 우편배달 중지 요청도 현재는 1개월까지만 가능하기 때문에 나머지 기간은 친지나 친척들에게 부탁을 해야 한다.

또한 전화, 인터넷, TV, 쓰레기 수거 등의 각종 서비스도 일시 중단 요청을 하는 것이 바람직하다. 이런 조치를 미리 해두면 서비스 비용을 크게 절약할 수 있다. 평상시 특별한 약을 복용하는 사람들은 충분한 양을 준비해야 한다. 이런 약들은 중간중간 크루즈 선박에서 내려 관광을 할 경우에도 반드시 지참해야 한다. 현지를 관광하는 도중에 약이 필요할 때 약국을 찾아가 약을 사기는 사실상 어렵다. 크루즈 선박 안에 의사와 클리닉 있기는 하지만 치료할 수 있는 범위가 넓지 않아 자신의 건강은 스스로 챙겨야 한다. 또한 여행을 시작하기 전에는 가급적 여행자보험에 가입해 만일의 사태에 대비하는 것도 필요하다. 만반의 준비가 끝났다면 이젠 출발이다. 인생에서 가장 멋진 항해를 위해 배는 푸른 바다를 가르며 세계로 떠난다.

장기 크루즈 여행

104일 동안 41개국을 돌아보는 월드 크루즈의 여정은 단기간 여행하는 것과 차이가 크다. 3개월이 조금 넘는 기간이지만 세계를 일주하다 보면 봄·여름·가을·겨울 사계절을 모두 두루 경험할 수 있다. 매일 아침 눈을 뜨면 전혀 다른 세계가 펼쳐지고 언어와 문화가 다른 나라의 사람들을 만나게 된다.

41개국의 모든 국가를 방문하면서 경험한 것들을 일일이 열거하기는 어렵다. 이미 많은 사람이 이와 비슷한 세계 여행을 했을 것이기 때문에 여행지의 풍광을 모두 자세하게 기술하는 것도 큰 의미가 없을 것이다. 다만 여러 도시를 지나오면서 인상이 깊었던 장소들을 소개하면 다음과 같다.

싱가포르

일단 싱가포르에서 경험한 깨끗하고 질서정연했던 도시 풍경을 잊을 수가 없다. 싱가포르는 1950년대 이후 세계에서 가장 빠르게 성장한 국가 중의 하나다. 나라가 안정되고 투자가 활발해 도시 전체에 활기가 넘치고 싱가포르 항구도 다른 어느 항구보다 배들로 붐볐다. 특히 외국 투자자들은 생활환경이 우수해 가족들을 동반해 싱가포르에 거주하는 경향이 높았다. 이런 이유로 세계가 경기 불황의 몸살을 앓고 있지만 싱가포르는 여전히 활기 넘치는 모습을 보이고 있다.

아랍에미리트

아랍에미리트의 두바이에서 보았던 세계 최고층 높이(810m 160층)의 건물 브루즈할리파는 매우 인상이 깊었다. 아랍에미리트는 중동 산유국이지만 석유 매장량 한계를 일찌감치 파악해 세계 각국으로부터 투자를 유치하고 있다. 세계 지도 모양을 본뜬 인공 섬을 건설해 각국의 관광객 등을 부르고 칠성급의 호텔은 최고 하루 숙박료 3만~4만 달러에 걸맞게 호화로움과 서비스의 극찬을 보여준다. 특히 두바이 건설에 삼성, 쌍용 등의 한국 기업이 진출해 한국인으로서의 자부심을 느끼기도 했다. 두바이는 석유 의존을 줄이고 관광, 금융, 투자 등으로 활로를 모색하는 대표적인 중동의 도시였다.

오만

두바이에서 아라비아반도를 내려오면 조그마한 나라 오만이 나온다. 오만은 나라는 적지만 향수 산업이 발달해 세계적인 명성을 얻고 있다. 향수에 관심 있는 사람들에게는 좋은 쇼핑 장소가 된다. 두바이에서 유럽을 가려면 오만, 예멘, 사우디아라비아를 거쳐 수에즈 운하를 통과해야 한다.

수에즈 운하

1869년에 개통된 수에즈운하는 지중해와 홍해를 연결한다. 이 운하를 통하지 않으면 육로 혹은 아프리카로 우회해 지중해로 들어가야 한다. 수에즈 운하는 건설 당시 지중해와 인도양의 수면이 차이가 나서 많은 애로를 겪었다고 한다. 이 운하를 통과하려면 일단 배를 정박시킨 후 선장이 소형 선박을 이용해 관리 당국에 가서 통행료를 지불해야 한다. 통행료 지불은 반드시 선장이 하도록 한 것이 오래전부터 불문율로 전해지고 있다고 한다. 어떤 이유로 유래되었는지는 모르지만 온갖 역경을 견디고 수에즈 운하를 완성한 노동자들에게 선장이 표하는 최고의 예우 같아서 기분 좋게 느껴졌다.

이집트의 럭소

이집트 관광에서는 단연 럭소(Luxor)를 잊을 수 없다. 럭소는 이집트 왕가의 60개 무덤과 유적들이 위치한 계곡이다. 도굴을 방지하기 위해 피라미드와는 달리 땅속에 무덤을 파서 만들었다. 그곳에는 아직도 미라들의 원형이 보존돼 있었는데 지하 무덤은 온도와 습도가 미라의 원형을 유지하게 하는 최적의 조건을 갖추고 있다고 한다. 찬란했던 이집트 문명을 눈앞에서 보는 것은 가슴 뛰는 감동이었지만 사진을 촬영할 수 없었던 것이 못내 아쉬움으로 남는다.

아이슬란드

월드 크루즈에서 돌아온 지 몇 개월이 지났지만 아직도 눈에 선하게 떠오르는 풍경이 바로 아이슬란드이다. 아이슬란드는 알래스카와 비슷한 위도에 위치하지만 북대서양 해류가 흘러 따뜻하다. 또한 국토의 대부분이 화산활동으로 형성돼 여기저기서 뜨거운 물을 뿜는 간헐천을 볼 수 있다. 아이슬란드는 섬 전체에서 나오는 뜨거운 물로 전력을 생산해 오염이 없는 나라로도 유명하다.

만년설이 쌓인 산들과 수만 년에 걸쳐 만들어진 빙하, 그리고 높은 하늘 아래 펼쳐진 푸른 초원은 지금도 맑고 투명한 기억으로 남아 있다. 조금은 생소한 나라였던 아이슬란드를 이번 여행을 통해 새롭게 알게 된 것은 큰 수확이었다.

파나마 운하

크루즈 일정은 미국의 뉴욕을 거쳐 파나마 운하를 통과한다. 파나마 운하는 대서양과 태평양을 잇는 길이 82km의 수로다. 16세기 초 프랑스에서 공사를 시작했지만 공사 중 2만여 명의 건설 노동자가 숨지면서 건설은 중단됐고 이후 1914년 미국이 건설을 맡아 완공했다. 루스벨트 대통령은 미국 공병대 대장을 파견해 공사를 완성했는데 세계적으로 난공사였다고 한다. 다이너마이트 사고와 말라리아 등으로 2만 7천여 명의 희생자를 내면서 결국 운하는 완공됐고 카터 대통령 시절 소유권이 미국에서 파나마로 넘어갔다.

흔히 파나마 운하는 평생 한 번 꼭 가볼 만한 곳으로 알려져 있는데 규모 면에서 보는 이들을 압도한다. 운하 통과를 기다리는 배들의 정박을 위해 만든 인공 호수의 규모는 감탄을 불러일으킨다. 수로가 좁아 배가 운하에 들어서면 양편에서 차량을 이용해 끌어서 통과시키는 방식이 신기했다. 불과 5시간 운하를 통과하는 비용으로 우리가 탑승한 크루즈 선이 40만 달러의 통행료를 지불했지만 온갖 역경을 이겨내고 힘들게 운하를 만들었다는 역사를 기억하면 결코 비싸게 느껴지지 않았다.

3개월이 넘는 기간 동안 돌아본 세계는 우리 부부에게 소중한 기억들을 남겨주었다. 인류가 만든 위대한 역사 유물에 감탄했고 불굴의 의지로 세운 건설의 자취에 숙연해졌다. 긴 여정에서 경험했던 모든 것들은 우리 생에 아름다운 추억으로 영원히 간직될 것이다.

세계 일주 크루즈

세계 일주 크루즈는 한국인에게는 생소한 여행이다. 우리가 승선했던 배는 2천여 명이 탑승했는데 한국인은 우리 부부뿐이었다. 동양인도 드물어 중국 베이징에서 온 부부가 전부였다. 이천여 명 중에서 아시안은 네 명에 불과했다.

비록 한국인은 없었지만 3개월 넘게 같은 배에서 생활하면서 좋은 친구들을 만날 수 있었다. 그중에서 기억 남는 두 부부가 있다. 두 부부 모두 호주 출신으로 한 집의 남편은 은퇴한 엔지니어였고 다른 집은 호주 도로공사 책임자였다. 이들 부부와는 매번 크루즈에서 지정된 좌석에서 저녁 식사를 같이하면서 친해졌다.

부유층이었던 두 부부였지만 그들이 보여준 검소한 모습이 인상에 남는다. 음식을 먹을 때는 전혀 남기지 않았고 뷔페 음식도 욕심을 내는 경우가 없었다. 한번은 절약하는 모습에 대해 칭찬을 했더니 이구동성으로 전쟁 경험이 있는 세대들이어서 낭비는 절대 금물이라고 말했다. 또한 부부 사이의 깍듯한 예의도 의외였다. 항상 모든 일에 상대방의 의견을 존중하는 모습이 보기 좋게 느껴졌다.

초고추장의 위력

이왕 식사 얘기가 나왔으니 하는 말인데 크루즈를 계획하고 있는 분들에게는 초고추장을 반드시 가져갈 것을 권한다. 크루즈에서는 10일에 한 번 정도 생선회가 나오는데 객실로 음식을 가져와 초고추장에 찍어 먹는 맛이 일품이었다. 깻잎과 김치 캔도 가져갔는데 냄새가 날 것 같아 뜯지도 않고 그대로 가져왔다. 이번에 크루즈 여행을 하면서 가장 많이 들었던 말은 "Sorry"였다. 승객들 모두가 에티켓을 지켜 긴 시간 많은 사람들이 함께 있어도 전혀 문제가 없었다. 크루즈 여행의 질서가 유지되는 것은 타인을 배려하는 이런 마음들이 있었기에 가능했다.

조금도 지루하지 않아

주위 사람들에게 104일간의 세계 일주 크루즈에 다녀왔다고 하면 맨 처음 묻는 말이 심심하고 지루하지 않았느냐. 나는 이런 질문을 받을 때마다 전혀 그렇지 않다고 대답하면서 일생에 한 번은 다녀올 것을 권한다.

크루즈에서의 하루는 강사의 지도로 매일 아침 5시 30분부터 운동을 하는 것으로 시작했다. 낮 시간에는 육지에 내려 관광지를 구경하고 저녁 시간대에는 영화를 감상하거나 쇼 등을 보면서 지냈다. 크루즈 선박에서는 여행 정보가 담긴 뉴스 레터를 매일 발행한다. 그것을 자세히 살펴보면 당일 여행 일정을 비롯해 각종 공연 스케줄, 그리고 교양 강좌 목록 등을 알 수 있다. 관광지를 선택하거나 공연 관람에 많은 도움을 준다.

교양강좌는 또 다른 묘미

특히 다양한 교양강좌가 무료(일부는 유료)로 제공되는데, 분야는 역사, 문화를 비롯해 투자가이드, 사진 기술 등의 실용적인 강좌에 이르기까지 다채롭다. 유명 대학교수가 참여하기도 한다. 이런 강좌들을 최대한 활용하면 관광 외에도 큰 수확을 얻을 수 있는 것이 크루즈가 가진 또 다른 묘미다.

크루즈 중 사망자도 발생

여행이 장기간 계속되고 탑승자의 대부분이 노령층이다 보니 종종 사망자도 발생한다. 크루즈 관계자에 따르면 평균 5명 정도가 사망한다고 하는데 이번 여행에서는 8명이 생을 달리했다.

한번은 미국 본토와 백여 마일 떨어진 카리브해를 지나가고 있었는데 갑자기 객실로 들어가라는 방송이 나왔다. 의아해하면서 모두 객실로 들어갔는데 나중에 알고 보니 급히 수혈을 받아야 할 환자가 생겨 취해진 조치였다.

미국 본토에서 출발한 두 대의 헬기와 물에 앉는 비행기 한 대가 배로 왔다. 헬기 2대가 뜬 것은 만일의 사태를 대비하기 위한 것이었고 비행기는 헬기를 호위하려는 목적이었다고 한다. 응급조치가 필요했던 환자는 무사히 미국 병원으로 이송돼 치료를 받을 수 있었다.

이런 광경을 목격한 타국 사람들은 미국 근처니까 가능했지 다른 나라에서는 엄두도 못 낼 일이라며 미국을 칭찬했다. 실제로 승객 중 사망자가 주로 발생하는 지역은 인도 등과 같이 낙후된 나라라고 한다. 사망자가 생기면 배가 다음번 항구에 내렸을 때 시신을 고국으로 보내는 절차를 밟는다. 크루즈로 여행하면서 견문을 넓히고 많은 관광지를 방문한 것도 좋았지만 나는 나름대로 소중한 시간을 가졌다.

성경을 세 번 읽어

크루즈 기간 동안 성경을 세 번이나 읽었다. 크루즈 여행을 하다 보면 이틀 동안 섬이나 육지가 보이지 않는 망망대해를 지나는 경우가 종종 있다. 이때마다 성경을 읽었다. 푸른 바다의 한가운데서 읽은 성경은 삶을 조용히 돌아보는 겸허한 시간이 됐다.

104일이라는 짧은 시간 동안 세 번 성경을 읽어 이제까지 열한 번 성경을 읽은 셈이 되었다.

이번 여행에서 아내와 많은 시간을 가졌던 것도 감사하다. 지난 1965년에 결혼해 47년을 함께 살아왔지만 이번만큼 둘만의 오롯한 시간을 많이 가져본 적은 없다.

부부가 가장 많은 시간 함께 보내

때로는 즐거웠고 때로는 슬펐으며 때로는 아름다웠고 때로는 힘들었던 지난 이야기들을 풀어놓으면서 둘만의 추억에 빠져들었다. 인터넷, 전화, 신문 등 모든 외부의 것에서 차단돼 우리 부부가 가졌던 바다 위의 시간들은 서로를 더욱 사랑하고 이해하는 계기가 되었다. 특히 여행 기간 중에 나와 아내의 생일, 그리고 결혼기념일이 모두 들어 있었는데 아이들이 크루즈 회사에 연락해 우리 두 사람의 생일, 결혼기념일에 선물과 함께 객실을 예쁘게 장식해 주었던 것을 잊을 수가 없다. 104일을 바다 위에 떠돌며 지구촌을 다녔던 여행…. 다시 그 바다와 그 도시의 풍광들이 그리워진다.

(서울대 미주 동창회보 225호, 2013년 1월호)

55일 美대륙 횡단 여행기

누구든 평생 한 번쯤 해보고 싶은 일이 있다. 흔히 버킷리스트 (Bucket List: 죽기 전에 꼭 해두고 싶은 것의 List)라고도 한다. 이런 꿈을 실현되기도 하지만 끝내 못 이루어 아쉬움으로 남기도 한다.

나에게도 버킷리스트가 있다. 그중의 하나가 美대륙 횡단이다. 자동차로 광활한 미 대륙을 여행하면서 주마다 다른 경치와 풍물을 경험하는 것이 나의 꿈이었다. 그러나 이를 실현하려면 장기간 여행이기 때문에 시간도 많아야 하고 건강도 뒷받침해주어야 한다.

지난 4월 20일, 평생소원이었던 미대륙 횡단을 75세의 나이에 아내와 함께 떠났다. 더는 미뤄서는 안 되겠다는 생각으로 결심했다. 드디어 여행을 떠났다가 집으로 돌아온 날이 6월 8일이니 50일 동안 23개 州를 여행한 셈이다.

차량은 링컨의 스포츠 유틸리티(SUV) MKT를 이용했는데 여행 기간 총 1만1천435마일을 달렸다. 가스는 485갤런을 사용했다. 운전은 하루 평균 300마일 정도, 하루 평균 운전 시간은 5~6시간이었다. 때때로 일정 때문에 450마일을 운전한 날도 있었는데 무리인 것 같아 가급적 300마일을 유지했다. 차량의 오일 체인지는 미주리 스프링필드와 아이다호 래피드시티에서 두 차례 했고, 오리건州 포틀랜드에서는 식당을 찾아가다가 인도 턱에 걸려 타이어가 손상돼 교체하기도 했다.

여행에는 항상 사전 준비가 필요하다.

여행 날짜를 4월 중순에서 6월 초순까지로 잡은 건 이때는 휴가철이 아니면서도 1년 중 기온이 가장 좋은 시기이기 때문이다. 실제로 여행을 다니다 보니 본격적인 휴가철이 아니어서 숙박이나 위락시설을 이용할 때 관광객들이 크게 붐비지 않았다. 숙박 시설 예약을 위해서 미리 힐튼 체인에서 발행하는 비자카드를 만들어 두었다. 이 카드로는 힐튼 체인에서 운영하는 호텔과 모텔 등을 편리하게 이용할 수 있을 뿐 아니라 예약도 쉽다.

또 차량을 점검하고 횡단 일정을 꼼꼼하게 정하는 것도 중요하다. 차는 안전과 직결되기 때문에 문제가 생기면 여행에 낭패를 볼 수가 있다. 여행을 떠나기 전 4개의 타이어를 갈고 차의 각 부분을 점검해 이상이 있는지도 살폈다.

숙박지로 힐튼 체인의 햄튼 인을 주로 이용했는데 이 호텔에서는 아침 식사를 무료로 제공하고 간단한 스낵으로 런치백도 싸주어 편리했다. 저녁은 주로 호텔 근처의 식당에서 사 먹었다. 전체적인 횡단 일정은 LA에서 출발해 남부지역을 관통해 뉴욕까지 간 다음, 북부 지역의 주들을 거쳐 워싱턴 주로 가서 서부 해안선을 따라 내려오는 여정이었다.

드디어 출발!

LA를 떠나 라스베이거스를 거쳐 세도나로 향했다. 세도나는 미대륙에서 氣가 가장 강력한 지역이다. 우리 부부도 바위산(Bell Rock)을 찾아 큰 수건을 깔아놓고 5시간 동안 氣를 받았다. 그런데 신기하게도 만성적인 어깨 통증이 나았다. 나뿐만 아니라 아내도 허리 수술했던 부분에 통증이 있었는데 말끔히 사라졌다고 한다. 말로만 듣던 신기한 氣 체험이었다.

초반에는 여행이 순조로웠는데 미네소타州와 와이오밍州에서 토네이도를 만나면서 처음 난관에 부딪혔다.

토네이도가 지표면까지 내려온 것도 있었지만 토네이도가 되기 직전의 시커먼 구름 떼는 곳곳에 놓인 지뢰밭 같았다. 중서부를 지날 때도 끝이 보이지 않는 넓은 들판 곳곳에 토네이도가 있었으나 운이 좋게 피해 갈 수가 있었다.

결국 미네소타에서는 토네이도를 뚫지 않고는 더 이상 갈 수가 없었다. 돌아갈 생각도 잠시 했지만 모든 것을 하늘에 맡기고 기도한 후에 토네이도를 향해 돌진했다. 다행히 토네이도로부터 피해를 보지 않고 통과했지만 지금 생각해도 아찔한 순간이었다.

대륙횡단 중에 갑작스럽게 쏟아지는 소나기도 복병이었다. 러시모어 지역에서는 시커먼 구름이 몰려오더니 마치 양동이로 물을 들이붓는 것처럼 비가 쏟아졌다. 헤드라이트를 켰는데도 전방에는 아무것도 보이지 않고 윈드쉴드를 최고속도로 작동시켰지만 비를 걷어내기에는 역부족이었다. 할 수 없이 차를 길옆에 세워두고 기다릴 수밖에 없었는데 다행히 소낙비가 15분 만에 그쳤다. 또 텍사스 아말리오 지역에서는 자동차가 날아갈 정도의 강풍을 맞기도 했다.

뉴멕시코州를 방문했을 때 느낌은 주민이 별로 없다는 점이었다.

2차 세계대전 당시 原子彈을 실험한 州로 유명한 뉴멕시코는 전체적으로 황량하지만 산타페라는 도시에 유명한 아트 갤러리가 있다. 뉴욕 다음으로 미국에서 규모가 큰 이 아트 갤러리는 1마일의 거리에 다양한 작품을 전시하고 있는데 많은 예술가들과 관광객들을 만날 수 있다. 19세기 스페니시風의 문화를 고스란히 간직하고 있는 산타페는 예술과 낭만에 흠뻑 빠지게 하는 매력적인 도시였다.

아이다호州도 내가 사는 캘리포니아州와는 느낌이 사뭇 달랐다. 주 면적의 상당 부분이 용암 지대인 아이다호州는 달 표면을 연상시키는 지역들이 많다고 한다. 실제로 아폴로호의 닐 암스트롱도 크레이터 오브 더 문(Crater of the Moon) 지역에서 달 착륙에 대비한 훈련을 했다고 한다.

워싱턴 DC는 이번 대륙횡단 이전에도 자주 가본 곳이었다. 그런데 최근에 문을 연 뉴지엄(Newseum)은 매우 인상적이었다. 이 박물관에는 역사적인 사건을 보도한 각종 자료와 사진을 전시해 놓았다. 첨단 컴퓨터 기술을 동원해 오래된 역사 자료를 생생히 재현해 놓아 관람객들의 호평을 받았다. 저널리즘에 관심 있는 여행객이나 학생들은 반드시 방문해볼 만한 곳이다.

뉴욕州에서는 사우전드 아일랜드(Thousand Islands)를 방문했다. 지명에 섬이 일천 개라고 했지만 실제로는 크고 작은 섬이 1,800개 정도 있다고 한다. 특이한 점은 각 섬마다 주인이 있어 집이 있다는 것이다. 규모에 따라 성채같이 큰집이 있는가 하면 오두막집 같은 작은 집도 있다. 섬들은 바다 밑으로 깔려 있는 전선을 통해 전기를 공급한다고 한다. 사우전드 아일랜드는 동명의 드레싱이 처음 유래된 곳으로도 유명하다. 이 섬들 지역에 사는 부잣집 부인이 요리사들에게 특별히 드레싱을 만들어 줄 것을 요구했는데 그래서 나온 드레싱이 '사우전드 아일랜드 드레싱'이라고 한다.

나이아가라 폭포를 방문해서는 헬리콥터와 배를 이용해 폭포를 위아래에서 보았다. 다행히 우리 여행 기간에 헬기와 배를 모두 탈 수 있는 때여서 폭포를 전체적으로 조망하고 폭포의 밑에까지 가서 떨어지는 물줄기의 위용을 체험하였다. 토론토에 사는 아내의 친구 미세스 김이 나이아가라로 와서 우리와 함께 헬기와 배를 같이 타고 관광을 해서 더욱 즐거웠다. 이 중에서도 캐나다 타워 라운지에서 오색으로 빛나는 야경을 즐기면서 아내와 함께 와인을 마신 일도 잊지 못할 여행의 추억으로 남는다.

미시간州 디어본에서는 헨리포드 뮤지엄을 찾았다. 이 지역을 관광할 계획이 있는 사람이라면 꼭 방문하라고 추천하고 싶다. 50여 일 동안 미대륙을 여행하면서 여행을 여러 곳을 다녔지만 가장 인상이 깊었던 곳의 하나였다. 일단은 규모가 압도적이다. 디즈니랜드보다 더 넓은 지역에 기차까지 다닌다. 자동차에 대한 모든 것을 전시해 놓은 박물관에는 케네디와 레이건 전 대통령이 탔던 자동차도 볼 수 있다. 뮤지엄 옆에는 포드 F−150을 조립하는 공장이 자리 잡고 있어서 1분에 1대씩 차가 만들어지는 과정을 관광객들이 볼 수 있다. 관광객들이 아니라 학습 현장으로도 충분히 가치가 있는 뮤지엄은 하루 종일 봐도 전혀 지루하지가 않았다.

미네소타 블루밍턴 미니애폴리스에서는 세계에서 가장 큰 규모의 실내 놀이공원을 방문했는데 엄청난 규모에 탄성을 자아내게 했다.

사우스다코다州에서는 미사일 사령부를 방문했다. 이곳에서 버튼을 누르면 유도탄이 발사돼 30분 만에 모스크바에 떨어진다는 설명을 들었다. 사우스다코다는 州 면적의 3분의 2가 연방 소유여서 곳곳에 군사시설이 많고 이를 관광자원으로 활용하고 있다.

켄터키州 루이빌에서는 400여 개의 동굴로 이루어진 맘모스 케이브를 방문했는데 동굴 안에 강당이 있을 정도로 넓었다. 에이브러햄 링컨이 생전에 쓰던 식기와 생활용품이 전시돼 있는 生家를 방문해서는 그의 검소했던 생활을 엿볼 수 있었다.

이번 대륙횡단 여행 중에는 몇 개의 국립공원을 거쳤다. 러시모어 국립공원에서는 워싱턴, 제퍼슨, 링컨, 루스벨트 대통령의 얼굴이 새겨진 산을 방문했고 인근에서 현재 공사 중인 수족 인디언의 영웅 크레이지 호스의 조각상도 보았다. 50~60년 정도의 공사 기간이 소요될 조각상 건립은 연방의 지원 없이 인디언 후예들의 돈으로 제작되고 있는데 그 규모가 대통령 얼굴상보다도 크다.

옐로스톤 국립공원의 장관은 이루 말로 형용할 수가 없다. 1987년 공원의 3분의 1이 불타는 대형 화재를 당했지만, 지금은 대부분 복구돼 아름다운 자연의 모습으로 관광객들을 맞는다. 6월이지만 아직 눈이 남아 있고 골짜기에서는 얼음도 볼 수 있었다. 옐로스톤을 관광할 때는 공원 내에서 숙박이 여의치 않아 오래전 사냥꾼들이 묵었다는 움막집에서 하룻밤을 보냈는데 색다른 경험이었다. 다음 날에는 옐로스톤 파크 랏지에서 숙박했는데 간헐천을 창문을 통해 볼 수 있었던 것이 인상적이었다.

옐로스톤 못지않게 경치가 수려했던 곳은 미국의 알프스라고 불리는 글렌 티톤 국립공원이었다. 글렌 티톤은 옐로스톤 바로 아래에 위치해 있는데 따로 여행을 가기보다는 옐로스톤을 방문할 때 들르면 좋을 것 같다. 서부 해안선을 따라 내려오면서는 레드우드 국립공원을 찾아 세계에서 가장 키 큰 나무를 보았다. 높이 378피트에 수령이 무려 1500년 정도 됐다고 한다.

오리건州에서는 번돈 듄스 골프 리조트(Bandon Dunes Golf Resort)에서 골프를 쳤다. 번돈 듄스에는 다섯 개의 골프 코스가 있는데 이들 모두가 미국에서 수위에 링크돼 있는 유명한 골프 코스다. 이곳에서 골프를 한번 치는 것이 모든 골퍼의 소망이다. 카트 사용이 금지돼 있어 불편하기는 했지만, 태평양의 경치를 보면서 친 골프는 평생의 추억으로 남을 것 같다.

이번에 대륙횡단 하면서 미대륙의 아름다운 경치와 경이로운 대자연을 경험했지만 이에 못지않게 뜻깊었던 것은 미국 곳곳에 살고 있는 친지를 방문해 그들과 정을 나눈 점이다. 친지들과의 만남은 지난 추억을 떠올리게 했던 소중한 시간이었다.

콜로라도州에서는 내가 운영하는 회사 HF76에서 30년간 부사장으로 재직하다가 고향에 가서 정착한 직원 폴 링크를 만났다. 대륙 여행을 하게 되면 꼭 방문해 달라는 그의 요청을 받고 찾아간 집에서 지난 얘기로 시간 가는 줄 몰랐다. 엔지니어였던 그는 은퇴한 후에는 장총 등의 문양이나 이니셜 등을 새기는 일을 취미로 하고 있다고 한다.

미주리州 스프링필드에서는 9년 전 돌아가신 큰형님의 아들들을 만났다. 조카들에게 6명의 자녀들이 있었는데 나는 이들 손자녀들에게 한국식으로 인사하는 법과 한국 전통 예법을 가르쳐주었다. 큰조카는 스프링필드에 살면서 이곳 LA에서는 없는 특이한 직업을 갖고 있었다. 그곳에는 골프공만 한 우박이 자주 떨어진다고 한다. 조카는 우박이 떨어져 딜러십에 세워둔 자동차의 유리나 지붕이 손상을 입으면 이를 수리하는 일을 하고 있었다. 전문적인 기술이 필요하기 때문에 고소득 직업이라고 한다.

또 고등학교와 대학교 동문들을 만나 지난 시절의 추억으로 돌아갈 수 있었던 것도 큰 즐거움이었다. 오하이오州 콜럼버스에 있는 아내 친구 미세스 오의 집을 방문했을 때 그녀가 내가 서울고등학교 출신이라는 것을 알고는 동창들을 한국식당으로 초대했다. 나와 동기동창인

10회 이승규, 이근섭 그리고 13회 김창준, 19회 김종현 후배까지 만났다. 우리 동문들은 학창 시절을 이야기하면서 젊은 날로 돌아가는 즐거운 시간을 가졌다.

중서부 지역에서도 전에는 고등학교 동문회 때 많은 동창이 참여했는데 숫자가 줄고 있다고 한다. 의사 등 전문직에서 은퇴한 동문들이 기후가 좋지 않은 그곳을 떠나 서부로 이동하면서 점차 동창회가 축소되고 있다고 했다.

뉴저지 동서 집을 방문했을 때 동기동창들을 만났다. 김여탁, 한갑수, 이영용, 이청원, 정희준, 김광철 동창이 부부 동반으로 모였다. 고등학교 동창들은 언제 만나도 편하고 즐겁다. 어린 시절 같은 학교에 다닌 인연은 평생을 간다. 다만 안타까운 것은 동창들이 70대 중반에 들어서면서 어떤 친구는 지팡이에, 어떤 친구는 휠체어에 의지해 오는 모습이 세월이 많이 흘렀음을 실감 나게 한다.

학창 시절 모교 교정에서 뛰어놀던 파릇한 젊음은 어느새 사라지고 이제 할아버지의 모습들이 됐다. 일부는 이제 더 이상 이 세상 사람이 아니어서 아쉬움이 더 크다. 뉴욕에서는 대학교 동창 정인식이 회원인 세인트 앤드류 골프장에서 이태호, 이우인 동문들과 함께 골프를 치면서 젊은 날의 추억에 잠기기도 했다.

여행을 다니면서 거의 한국 음식은 먹을 수가 없었는데 친척이나 친지 집을 방문해서는 잘 차린 한국 음식으로 환대를 받아 여행으로 지친 몸에 원기를 회복할 수 있었다. 시카고를 방문해서 묵었던 유준호 동문 집에서도 이 같은 환대를 받았다. 특히 우리 부부가 왔다며 이미 세상을 떠난 남편을 대신해서 우리 부부를 보러 왔던 미세스 정(고 정태섭 동문의 미망인)의 방문에 눈시울이 뜨거워지기도 했다.

이 날 이인영, 오정식, 홍원식 동반 동문 부부가 모였는데 우리 부부로 인해 그 지역 동문들은 일 년 만에 동창 모임을 했다고 한다.

50일간 여행을 하면서 많은 것을 보고 많은 사람을 만났고 또 많은 것들을 새롭게 알게 됐다. 그중에서도 가장 소중한 발견은 우리 부부가 인생이라는 긴 여행의 동반자라는 사실을 다시금 확인한 것이다.

자동차의 닫힌 공간에서 우리 부부는 많은 이야기를 나눴다. 그중에는 이제까지 살아오면서 한 번도 하지 못한 이야기도 있고 무심코 지나쳐 버린 이야기들도 있었다. 여행을 마치고 나니 부부 사이가 더 가까워진 느낌이다. 우리 부부가 여행을 통해 얻은 것이 있다면 서로를 의지하며 남은 인생의 여행도 함께 즐겁게 하리라는 다짐이었다.

나는 75세 평생의 소원으로 꿈꾸던 대륙횡단을 마쳤다. 여행하는 동안 순간 힘든 일도 많았지만 버킷리스트 하나를 이뤘다는 성취감으로 무엇과도 바꿀 수 없는 가슴 뿌듯함을 느꼈다.

도전은 아름답다.

나는 또 다른 꿈을 위해 끊임없이 도전할 것이다.

2014년 8월 4일.

(서울 商大 58會 入學 60周年紀念文集,
함께 한 60년 삶의 발자취, 2018년 12월 발간)

알래스카 오로라

지난 3월 중순에 알래스카 내륙을 여행했다. 우리 부부와 제임스, 제임스의 딸 미나와 함께 갔다. 아내의 버킷리스트 중의 하나가 오로라를 보는 것이었다. 3년 전에 여행 계획을 세웠으나 코로나 때문에 묶여 있다가 올봄에야 실행하게 되었다.

LA 공항에서 비행기를 타고 앵커리지 공항에 도착한 후 이틀간 내륙을 여행하면서 사파리를 통해 다양한 야생동물들을 만났다. 울타리가 쳐진 광활한 들판을 열댓 명이 팀을 이루어 자동차를 타고 가다가 짐승이 나오면 먹이도 주고 그들 가까이에 가서 관찰할 수 있는 기회도 얻었다.

이글 리버 네이처 센터(Eagle River Nature Center)에서는 사진이나 영화에서 보았던 reindeer라 부르는 순록과 함께 하는 시간을 가졌다. 이 순록은 뿔이 매우 크고 넓은데 해마다 뿔갈이를 해서 새 뿔이 난다고 한다. 울창한 숲속을 30~40마일로 달리는데 이 커다란 왕관 모양의 뿔이 나뭇가지에 걸리거나 상하지 않는다고 했다. 그 비결이

사물을 3D로 볼 수 있는 눈 때문이란다. 순록의 눈동자를 손가락으로 만져보았는데 툭 튀어나와 있고 추운 지방에서 사는 짐승이어서인지 각막이 두터웠다. 겨울에는 먹을 양식이 없어서 겨울 전에 모든 영양을 축적하기 때문에 가죽이든 털이든 모든 것이 두터워진다고 한다. 우리 부부는 꽃사슴이라고 불러주었다. 먹이를 주거나 손으로 만질 수 있는 야생동물은 비교적 순한 동물들이었는데 순록도 그중 하나였다. 가이드가 짐승을 만져도 되는데 뿔은 절대로 만지지 말라고 주의를 주었다. 뿔을 만지면 공격으로 받아들여 위험한 행동을 할 수 있다고 했다.

짐승의 뿔과 인간의 머리를 비교해보았다. 뿔이 짐승에게는 정체성과 자존감을 표상하는 부위가 아닐까 생각했다. 인간도 물리적으로 머리를 가격하거나 은유적으로 머리를 빗대어 비판하면 공격적이 되지 않던가. 자존감을 짓밟는 언행으로 인식하기 때문이다.

앵커리지 일정을 마치고 비행기로 1시간 정도 날아서 페어뱅크스에 도착했다. 이곳은 온통 눈 천지였다. 이방의 설국에 온 느낌이 났다. 오로라 관광회사에서 마련해놓은 방한복을 빌려 입고 오로라 관광에 나섰다.

오로라는 9월부터 다음 해 3월까지 알래스카 북쪽 밤하늘에 나타나는 '북극의 빛'이다. 주로 맑은 날 밤에 볼 수 있다고 한다. 페어뱅크스에 도착한 날, 밤 9시 반에 오로라 관광 전문 회사의 밴을 타고 북쪽을 향해 달려갔다. 밴에는 우리 일행을 포함해서 10여 명이 승차했다. 밤 12시에 도착하니 다른 곳에서 온 셔틀버스 여러 대가 서 있었다. 한 시간 정도 기다리니 밤하늘에 오로라 쇼가 펼쳐지기 시작했다. 보라, 빨강, 초록 등 자연의 색이 광활한 하늘 무대에서 춤을 추었다.

가이드가 오로라 현상을 설명해 주었다. 태양은 가스로 뭉친 불덩어리로 계속 폭발하면서 열과 빛 에너지를 방출하는데, 지구의 모든 생명체는 해에서 나오는 이 빛과 열로 생명을 유지한다. 태양이 폭발할 때 눈에 보이지 않는 작은 입자들이 수없이 떨어져 나오면서 태양풍을 일으킨다. 이 작은 입자들, 양성자, 전자, 헬륨 등이 지구 자기장에 의해 빨려 들어오는데, 지구 대기를 이루는 각종 산소와 질소 분자, 네온 전자 등과 부딪쳐서 빛을 내는 광전(光電)이 일어난다. 이 현상이 오로라다.

지구로 유입되는 입자들이 고층 대기와 충돌할 때 산소가 많으면 녹색, 질소가 많으면 보라색이 된단다. 지구 자장이 없으면 물이 사라져 화성처럼 변할 거라고 했다.

오로라 관광을 두 차례 신청했는데, 두 번째 날은 오로라 현상이 나타나지 않아 아쉽게 발걸음을 돌려야 했다. 그래도 전날 체험했으니 그나마 다행이었다. 다음날, 다양한 오로라 사진과 현상에 관한 설명이 자세히 전시되어 있는 알래스카대학교 전시관에 들렀다. 자연의 섭리가 오묘하고 인간의 능력은 미약하다는 사실을 새롭게 절감했다.

페어뱅크스 얼음조각 전시회도 장관이었다. 매해 3월이 되면 세계적으로 유명한 아이스 조각가들이 모여들어 조각한 얼음 조각작품 전시회가 열린다고 했다. 마침 그곳을 여행 중이던 우리는 눈과 마음이 즐거웠다.

알래스카 파이프라인의 규모에 놀랐다. 알래스카 북쪽 꼭대기에서 시추한 기름을 송유관을 통해 페어뱅크스까지 옮기는데 그 길이가 7백 마일에 달한다고 한다. 송유관 시설이 매우 과학적이고 정교했다.

개썰매 체험도 했다. 개 열 마리가 서로 이어진 작은 썰매 여러 대를 끄는데 20분간 설야를 달리는 체험이 매우 독특했다.

유황온천도 했다. 바깥 온도는 영하인데 온천 안은 뜨거웠다. 손녀 미나가 온천에서 밖으로 나오자마자 젖어있던 머리카락이 순식간에 꽁꽁 얼어 얼음이 부스스 떨어졌다.

오래전에 알래스카 크루즈를 다녀왔지만, 이번 내륙 여행은 진기한 볼거리가 훨씬 더 많았다. 여름보다는 겨울 관광이 더 이채롭다고 한다.

알래스카 면적은 텍사스보다 넓다. 미국이 러시아에게 7백 20만 달러를 주고 이 땅을 구입한 해가 1867년 3월이다. 알래스카는 값으로 환산할 수 없는 천연자원의 보고(寶庫)다. 그 당시 국무장관 윌리엄 수워드는 격한 비난과 반발을 무릅쓰고 알래스카 구입을 주창하고 매입했다. 이 천혜의 땅의 가치를 알아본 그의 혜안에 큰 박수를 보낸다.

OK 목장의 결투 현장에서

2023년 6월 중순, 세도나 여행을 하면서 애리조나주의 Tombstone 에 들렀다. 7년 전에 역시 세도나 가는 길에 잠깐 들렀다가 뜻밖에 만난 감동을 다시 한 번 더 느껴보고 싶었기 때문이다.

팜 스프링스 집에서 출발한 지 6시간 만에 이 작은 마을에 닿았다.

한국에 있을 때 미국 문화와 역사를 공부하기 위해 서부활극을 많이 보았는데 그 중 기억에 남는 영화가 『OK 목장의 결투(Gunfight at the OK Corral)』다. 1881년 피닉스에서 2시간, 투산에서 한 시간 거리에 있는 작은 시골 마을 툼스톤의 OK목장에서 실제로 있었던 사건을 토대로 제작된 영화다. 카우보이 5명과 보안관 일행 4명이 30초 동안 벌인 총격전 장면은 미서부 개척 시대를 배경으로 한 영화에 등장하는 수많은 결투 중 백미로 꼽힌다.

사건은 1870년대 미서부 대륙으로 사람들이 몰려왔을 때 일어난다. 백여 명이 사는 작은 마을 툼스톤에서 한 사람이 우연히 주운 돌멩이를 깼는데 은덩어리였다. 이후 일확천금을 꿈꾸는 수천수만 명이 몰려들어 여기저기에서 은광이 개발되어 채굴이 이루어졌다. 골드러시가 아니라 실버러시가 시작된 것이다. 외부인들이 마차를 타고 들어온 길이 보존되어 있었다.

외지에서 온 사람 중에는 깡패와 도둑 무리도 있었다. 깡패는 좋게 표현하면 카우보이이지만 무법자다. 총을 든 무법자들이 활개를 치니 치안 문제가 심각하게 대두되었다. 숫자가 한정된 보안관들이 이 무법자들을 상대하기에는 게임이 안 될 만큼 열세였다. 카우보이들이 마을 사람들을 위협하고 질서를 어지럽혔다. 보안관들이 골치를 앓게 되고 결국 오랜 갈등이 결투로 이어지게 되었다.

서부활극의 결투가 인상적인 이유는 그 규칙에 있다. 그 사회에서 살아남는 방식이기도 했던 결투 규칙 중의 하나는 상대방의 등 뒤에서 총을 쏘지 않는 것이다. 상대방이 5미터 앞으로 다가와 손에 총을 대는 순간에 쏜다. 어느 쪽이 얼마나 빨리 총을 쏘느냐에 따라 생사가 엇갈린다. 이 영화 주인공은 15초 만에 30발의 총알을 쏜다. 참으로 멋진 장면이다. 보통 사람의 능력으로는 도무지 상상할 수 없는 속도다.

두 주인공으로 분한 버트 랭커스터와 커크 더글러스의 우정과 의리가 멋지다. 목숨을 구해준 사람에 대한 보은이 긴장으로 숨 막히도록 속도감 빠른 총잡이들의 활약 속에서 따뜻하게 펼쳐진다. 갈등과 복수, 남녀 간의 애증, 이 모든 것이 복합된 이 영화는 어느 유명 서부활극과 비교해도 부족함이 없다고 생각한다.

넓게 펼쳐진 황야를 달리는 마차 뒤로 펼쳐지는 황혼이 절경이다. 디미트리 티옴킨이 부르는 OST는 이 영화의 줄거리를 대변하고 있는데 감미로우면서도 쓸쓸하다. 사랑하는 여인과의 결혼을 앞두고 보안관 직을 내려놓으려는 찰나, 다른 도시에서 근무하는 동생 보안관이 도와달라는 요청이 들어온다. 실망하여 자신을 떠날지도 모르는 여인을 뒤로 하고 죽을지도 모르는 위험한 결투 현장으로 달려가는 주인공의 고뇌에 찬 연기가 일품이다. 이 영화는 사나이의 의리와 우정을 통해 인간의 존엄성을 느끼게 해준다.

툼스톤에서는 관광객들을 위하여 영화의 배경이 되었던 오케이 목장 주변 길 서너 블록을 그 시대 풍경을 고스란히 보존해서 보호구역으로 만들어놓고, 30초간의 결투를 재현한다.

나는 이 영화를 청년 시절에 관람했었는데, 7년 전에 이 마을에 들렀을 때 이 총격전을 매우 인상적으로 보았다. 이번에도 7년 전에 느꼈던 감동을 하는 데는 조금도 부족함이 없었다.

나는 OK목장 기념품 가게에 들어가서 모자와 장갑 등, 150년 전에 보안관이 입었던 복장 일체를 구입했다. 조끼는 권총, 탄창을 넣는 포켓을 비롯해서 일반 조끼와는 사뭇 다른 디자인과 용도로 제작되었다. 나는 그 복장을 입고 30초간의 연기를 재연한 스탭들과 기념 촬영을 했다.

볼텍스 체험

아내와 함께 일주일간 세도나 여행길에 올랐다. 세도나는 우리 부부가 즐겨 찾는 여행지로 심신을 내려놓고 쉴 수 있는 곳이다. 그곳에 머물 때마다 뼛속까지 차 있던 세상의 온갖 미진이 정화되고 새로운 에너지로 충만해지는 느낌을 받곤 한다.

미 원주민 인디언들은 세도나를 영원한 생명을 주는 어머니 지구의 에너지가 나오는 땅, 영혼이 깃들어 있는 땅으로 신성시하여 자연과의 조화를 매우 중요하게 여긴다. 1900년대에 미국인들이 들어와 살기 시작했다.

호텔 인포메이션 디파트먼트에 소속된 컨시아지(concierge)가 볼텍스 체험 관광 예약을 도와주었다. 아내는 호텔에서 쉬고 나 혼자 갔다. 비용이 수백 달러로 만만치 않았지만 그만큼 기대가 컸다. 접객 담당자가 일러준 대로 시간에 맞추어 호텔 로비에 나가니 70대쯤 되어 보이는 인디언 원주민 가이드가 나타났다. 남편은 세미나에 참석중이어서 혼자 왔다는 50대 미국인 여성과 팀을 이루어 떠났다.

볼텍스는 하나의 축을 중심으로 물체가 나선형으로 소용돌이치는 현상으로 토네이도를 예로 들 수 있다. 지구에는 21개의 강력한 볼텍스가 있는데 그중 4개가 세도나에 있단다. 벨 락(Bell Rock)과 에어포트 메사(Airport Mesa), 대성당 바위(Catheral Rock), 보인튼 캐년(Boynton Canyon). 지구 파장 에너지가 가장 많이 모여 있는 곳이다.

그 네 곳을 모두 도는 볼텍스 체험이 시작되었다. 침묵 속에 높은 바위 위에 앉아 1시간 동안 명상을 하면서 마음속에 있는 모든 미운 감정들을 털어내고 증오심을 날려 보내는데 집중했다. 산꼭대기에 올라가서 땅바닥에 앉아 30분간 명상 시간을 가졌다. 마음속에 든 모든 부정적인 감정을 내려놓으라 했다.

가이드가 기분 나쁜 감정, 증오심 등을 구체적으로 설명해 주었다. 가이드는 가는 곳마다 증오심을 언급해서 우리 사람들에게 증오심이 많다는 것을 알 수 있었다.

명상을 마치자 돌멩이 2개를 깊은 골짜기 아래로 떨어뜨리라고 했다. Evil mind, 악한 감정을 깊이깊이 던지는 세레머니. 나는 내 속에 있는 모든 악한 감정들을 돌멩이에 실어 멀리 던졌다. 나쁜 생각들아, 이 돌멩이와 함께 내 속에서 영원히 떠나거라.

붉은 땅 위에 펼쳐놓은 인디언 담요 위에 드러누웠다. 가이드가 여러 가지 정신 수련에 관한 이야기를 해주었다. 한참 후에 아랫배가 뜨거워지면서 어디서 나타났는지 뜨거운 불덩이 하나가 온몸을 돌아다니는 느낌이 들었다. 무아의 경지를 느꼈다. 가이드는 볼텍스의 효과와 무아의 경지를 체험한 사람들을 자신이 당장 알아볼 수 있다고 했다.

마지막 프로그램으로, 둥글게 만들어진 미로 체험장으로 갔다. 땅바닥에 자갈이 깔린 사이사이로 빨간 색과 파란 색이 칠해진 커다랗고 둥근 길을 따라 걸었다. 둥근 원을 돌면서 머릿속에 들어 있는 부정적인 감정을 스스로 들여다보고 참 나의 음성을 들어보라고 했다. 그 길 어딘가에 돌멩이를 내려놓고 그 위치를 기억하라고 했다.

평소와는 다른 특별 체험을 할 수 있는데 그중의 하나가 자신에 대해 깊이 알고 느끼고 진정한 꿈과 멸망을 깨닫는 것이라고 했다. 이는 본래 자기 속에 무의식적으로 내재되어 있는 힘으로 볼텍스의 자기(磁氣) 활동이 도와주는 것일 뿐이라고 했다. 나는 진정 그런 경지를 원했다.

카드 읽기도 있었다. 마치 타로 카드(Tarot card)와 비슷한 것으로 두꺼운 여러 장의 카드를 화투처럼 손에 펼쳐 든 가이드가 참가자들에게 각자 한 장씩 뽑으라고 했다.

미국인 여성에게는 코요테가, 내게는 독수리가 나왔다. 가이드는 인디언 성경책에서 각 형상이 의미하는 내용을 찾아 읽어주었다. 독수리는 높은 자리에서 힘과 권위가 있는 사람을 상징한다고 해석해 주었다. 이로서 모든 볼텍스 체험을 마쳤다.

특이한 체험을 하고 호텔로 돌아와 아내에게 이야기해주었더니 두 눈이 동그래졌다. 나는 왠지 마음이 청결해지고 차분해진 느낌을 받았다. 아내와 대화를 나누는데 내게서 나오는 말투가 이전보다 부드러워 진 것을 확실히 알 수 있었다.

나는 미신을 믿는 사람은 아니지만, 세도나에 들를 때마다 새로워지는 느낌을 받는다. 세도나에서 체험한 볼텍스 영향을 받은 건지, 마음으로부터 이미 그렇다고 믿고 기대하니까 실질적으로 그렇게 된 건지는 잘 모르겠다. 확실한 것은 이번 볼텍스 체험 이후, 내가 확실히 바뀐 것이다.

나는 나이가 들면서 아내의 설거지를 도와주기 시작했다. 그런데 문제가 있었다. 늘 불합격 판정을 받았다. 아내가 항상 다시 씻었다. 왜 이 접시에 이런 것이 붙어 있느냐, 저 그릇도 잘 닦이지 않았네, 하면서 잔소리를 했다. 내가 하는 설거지가 아내를 도와준다는 기쁨이나 남편의 배려에 감사하다는 마음이 들기보다는 둘의 기분이 오히려 나빠지니 무용지물이었다. 도와주고 싶지만 나는 불량품이라 당신 수준에 맞지 않으니까 앞으로 설거지는 하지 않겠다고 선언하고 부엌일에서 손을 내려놓았다. 아내가 피곤할 때는 설거지도 해 주고 이런저런 일을 도와주고 싶은데 아내 맘에 들지 않으니 어쩔 수가 없었다.

아내는 성격이 철두철미하고 융통성이 없다. 이런 일로 한두 번 다투었다. 조금 더러운들 대수냐, 우리 두 사람이 사용한 그릇인데 더러우면 얼마나 더럽겠냐, 내가 항변해도 아내에게는 통하지 않는 변명이었다. 아내는 그런 것들을 받아들이지 못했다.

변기도 깨끗하게 써야 한다. 간호사이어서인지 아내는 결벽성이 있고 꼼꼼하다. 한때는 그것이 무척 답답하게 느껴졌다. 이제는 모두 초월했다. 마음에 갈등 없이 아내의 성격이 있는 그대로 받아들여진다.

2023년 6월에 세도나 여행에서 돌아온 후, 아내와 나는 합의를 보았다. "우리가 살 날이 얼마 남지 않았으니 이제부터는 사이좋게 지냅시다. 앞으로는 상대방의 단점을 얘기하지 말고 장점만 보고 얘기하며 삽시다."

나는 완전히 바뀌었다. 이제는 아내가 불평해도 화가 나지 않는다. 진공상태가 된 것 같다. 아내의 불평에 나는 평온한 마음으로 말한다. "It doesn't matter to me. Don't waste your time because I am not gonna be changed."

정말 그렇다. 상대를 바꾸려고 하면 안 된다. 나 스스로 바뀌는 길 이외에는 방법이 없다. 가족은 가장 기초적인 사회 단위라는 생각으로 어느 때는 함께, 어느 때는 각각이어야 오래 간다. 각자 어느 누구도 터치할 수 없는 자유로운 영혼을 소유한 개체로서의 감각을 잃지 않아야 하고, 상대방의 영혼도 같은 의미로 존중해주어야 한다. 혈육보다 더 진한 부부로 맺어진 무촌지간이지만, 서로를 배려하고 자신을 분별하는 정신을 잃지 않아야 한다.

∽

자동차의 닫힌 공간에서

우리 부부는 많은 이야기를 나눴다. 그중에는

이제까지 살아오면서 한 번도 하지 못한 이야기도 있고

무심코 지나쳐 버린 이야기들도 있었다.

여행을 마치고 나니 부부 사이가 더 가까워진 느낌이다.

우리 부부가 여행을 통해 얻은 것이 있다면 서로를 의지하며

남은 인생의 여행도 함께 즐겁게 하리라는 다짐이었다.

나는 75세 평생의 소원으로 꿈꾸던

대륙횡단을 마쳤다.

∽

기고문, 인터뷰 기사

기고문과 인터뷰 기사에 관하여

이미지 처리 技術 정착을 위한 提言

오염관리분야 무궁무진

모험 없는 아메리칸 드림은 없죠

경영진과 직원 간 신뢰가 최고라 봅니다

오염관리 분야 무궁무진, 미주한국일보에 실린 회사 활동 기사. 2002년 4월 24일

The New York Times에 실린 회사 활동 기사. 2011년 10월 31일

the micrographics market place

NEWS OF MICROFILM & ALLIED TECHNOLOGIES   ISSN 0953-3737   JULY/AUGUST 2001 No 76

Fujifilm and Houston Fearless 76 team up

Fuji Photo Film U.S.A. and Houston Fearless 76, have announced today that Houston Fearless 76 will be the sole, North American distributor of Fujifilm document imaging micrographic products and services. Effective from September 4th, 2001, a newly formed subsidiary of Houston Fearless 76, *Ascendant Solutions International, Inc.*, will handle the combined sales, marketing and service of Fujifilm's and Houston Fearless 76's complete lines of document imaging and micrographic products and related services.

Ascendant Solutions International will distribute hundreds of document imaging and micrographic products from both companies, including Fujifilm's micrographic film and retrieval devices like the M Drive as well as Houston Fearless 76's micrographic film processors, Extek duplicators, Mekel film scanners, chemical handling equipment and quality control accessories.

Ken Kopald, former Vice President and General Manager of Fujifilm USA's Document Products Division, will lead the new distribution company, which will be staffed by former Fujifilm U.S.A. Document Products employees and current members of Houston Fearless 76's sales and marketing team.

"By combining the strengths of Fujifilm and Houston Fearless , Ascendant Solutions International will be a one-of-a-kind force in the market with the ability to deliver a complete document imaging solution," said Ken Kopald, President, Ascendant Solutions International, Inc. "Customers who have come to expect nothing but the best in terms of product and service from Fujifilm and Houston Fearless 76 will continue to see the same from Ascendant Solutions International. Our intent is to deliver the same offerings, seamlessly, through each company's distribution channels."

President and CEO, M.S. Lee

"This new venture is great news for the document imaging industry," said M.S. Lee, President and Chief Executive Officer, Houston Fearless 76, Inc. "Our strategy of creating a new marketing and distribution company under the leadership of Ken Kopald will allow customers of both Fujifilm and Houston Fearless 76 to enjoy an unprecedented level of service, quality and range of products. This bundling strategy will enable

businesses to better succeed in today's competitive environment. Through Ascendant Solutions International, we look forward to serving our customers and the document imaging industry for a long time to come."

About Fujifilm
Fuji Photo Film U.S.A., Inc. is the U.S. marketing subsidiary of Fuji Photo Film Co., Ltd. of Tokyo (FUJIY), a leading global manufacturer of imaging and information products. Recognised for its technological innovation and high quality, Fujifilm offers a complete portfolio of imaging and information products, services and e-solutions to retailers, consumers, professionals and business customers.

About Houston Fearless 76
Houston Fearless 76, Inc. is a diverse manufacturing company headquartered in Los Angeles and best known as a leader in providing film-based equipment to several industries. For more than 60 years, Houston Fearless has served micrographics, color photo, motion picture, and government customers worldwide beginning with the first automated film processor in the 1930s. Houston Fearless 76 acquisitions have included Extek Microsystems in 1990, Houston International in 1997, and Mekel Technology in 1999.

Microfilm & Allied Technologies 뉴스레터에 실린 HF76 소식. 2001년

LOS ANGELES BUSINESS JOURNAL

APRIL 22-28, 2002 $3.50

Branching out: M.S. Lee, foreground, and son, James, are expanding their business.

TODD FRANKEL / LABJ

PROFILE

Houston Fearless 76

Year Founded: 1936

Core Business: Photographic film and paper processing; industrial waste water treatment systems; traffic citation systems.

Revenues in 2001: $17.5 million

Revenues in 2002: $28 million (projected)

Employees in 2001: 120

Employees in 2002: 140

Goal: To reach $40 million in revenues in 2003.

Driving Force: To build high-quality products and offer top service to customers while providing financial rewards for employees.

A BIGGER Picture

Houston Fearless 76 uses expertise in photo processing to move into a growing market for industrial strength pollution control systems for manufacturers

By DARRELL SATZMAN
Staff Reporter

To appreciate the various incarnations **Houston Fearless 76** has been through since it was established in 1936, a good place to start would be the name.

Founded by H.W. Houston, a business partner of Howard Hughes, the company invented a film processing system for the legendary mogul and later merged with Fearless Camera Corp., a maker of cameras and processing equipment. The company was expanded to include machinery for photochemical processes, but business waned by 1976, with only a few employees left on the payroll.

Sensing an opportunity, M.S. Lee, at the time a company manager, put up $100,000 with two other employees, secured a $265,000 Small Business Association loan, and borrowed another $70,000 from the now-defunct Southern California Job Creation Corp.

They added the bicentennial year to the end of the name and Houston Fearless 76 was born.

Lee bought out his two partners in 1981 and 1994 and is now president and chief executive.

Under Lee's direction, Houston Fearless has broadened its scope to include not just film processing equipment, but making and servicing equipment for imaging, duplication and photographic paper processes.

"We are one of the few companies left making photo processing equipment," said James Lee, M.S. Lee's son and vice president of business operations. "The company has diversified in a way that kept us moving forward."

That includes several acquisitions, including Merkel Technology, a Brea manufacturer of traffic photo citation systems, which Houston Fearless bought for $1.3 million in 1999, and Houston International, a Yuma, Ariz. maker of film and paper processors it acquired in 1997.

Last year, Houston Fearless, now based in Compton, created a subsidiary, Ascendant Solutions International, which became the outside sales and distribution arm for marketing **Fujifilm USA Inc.**'s micrographic products in the United States and Canada.

The core business remains manufacturing and servicing imaging systems, especially those used for microfilm. But it's the newest venture, according to M.S. Lee, that holds the potential to take the business to a new level.

Playing off its strengths in photo processing, the company is branching into pollution control systems that filter contaminants, such as heavy metals, from water in various manufacturing processes.

It has sold a handful of the systems to the U.S. government for use in photographic labs, and Lee says that tightening environmental standards will mean a growing market in various commercial applications. The systems cost upwards of $500,000, depending on the chemicals in use and the specifications needed for a particular lab.

"We've spent millions of dollars and almost 15 years developing this product," Lee says. "This is a milestone, a turning point for the company."

Sandra Parker, an environmental specialist for NASA at the Johnson Space Center in Houston, said space officials bought one after traveling to Beale Air Force Base near Sacramento, where Houston Fearless had installed one of its systems to clean water used in developing photographs taken by spy planes.

"We looked at a number of systems over the years and the problem we kept running into was that most of the systems have cartridges that need to be replaced frequently, which is time consuming and expensive," Parker said.

Public potential

Lee anticipates revenues of $28 million in 2002, and the company has bumped its workforce to 140, up from 120 last year. If the pollution control systems catch on, Lee figures that Houston Fearless could see up to $50 million in revenues by 2003.

Assuming that type of growth can be maintained, Lee says he would like to go public. But to do that, he knows he will have to show steady profit growth. Until now, profits have been modest, Lee said, because the company has reinvested in research and development. "It's not a huge company but we've got a continuous growth pattern and we've got good employees," Lee said.

Lee, 63, said he would like to retire in a few years, but not before working to establish Houston Fearless' pollution control systems as the industry standard.

LA 비즈니스 저널에 실린 회사 탐방 뉴스. 2002년 4월 22-28일

Mission of mercy in infamous Iraq town

The U.S. seeks to upgrade the hospital in Haditha, where Marines killed 24 civilians in 2005.

By TONY PERRY
Times Staff Writer

HADITHA, IRAQ — This struggling town along the Euphrates River may long be remembered as the place where U.S. Marines killed 24 civilians in 2005, an incident that led to troops being charged with murder and their superiors accused of dereliction of duty for failing to properly investigate.

But if a doctor-professor from Tennessee, a Georgia cattle rancher-turned-Marine officer and a Navy engineer from Los Angeles are successful, Haditha may also be remembered as the site of one of the largest hospital renovation projects in Iraq funded by the United States.

Navy Capt. John Nadeau, Marine Maj. Kevin Jarrard and Navy Lt. Cmdr. James Lee have made it their personal goal to see that the dilapidated Haditha hospital, the only such facility for a region of 150,000 people, is repaired and expanded.

The three reservists are determined that the project break ground before they leave for the United States and return to civilian life.

So far $4 million has been authorized by the U.S. government. Nadeau, a battalion surgeon and a medical professor at Vanderbilt University in Nashville, is pushing for the project to be expanded, possibly to $10 million.

"We have momentum, we have a master plan, we need to keep pushing," Nadeau said.

If there is a moral to the story, it could be that individual initiative by front-line troops can make the difference between success and failure in pushing a project through the web of U.S. bureaucracy and Iraqi cultural and political complexities.

Several smaller health clinic projects in the region have floundered, in part because of lack of U.S. continuity and difficulties getting cooperation

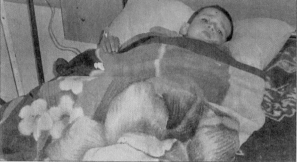

Photographs by TONY PERRY Los Angeles Times
YOUNG PATIENT: *A boy awaits treatment at Haditha hospital. Three U.S. reservists have made the facility their pet project.*

SPEAKING OUT: *An Iraqi mother complains to Anbar Gov. Mamoun Sami Rasheed, right, about the lack of adequate care for her child at the dilapidated hospital.*

from the Iraqis, American officials said.

But the Haditha project, because of the fierce advocacy by individuals on the U.S. side and high-level interest on the Iraqi side, may turn out differently.

"In government, nothing gets done unless it has a champion who is of sufficient rank to push it, or it gets done only perfunctorily," said John Matel, a State Department employee who heads numerous projects

in Anbar province but is not involved in the hospital project.

In 2005, the hospital's laundry and kitchen were destroyed in a suicide car bombing. Patients these days must bring their own clothing and have their meals provided by family members.

Windows are broken. There is no air conditioning or heating. In winter, the hospital is chilly; in summer, sweltering. There is no system for disposing of medical waste.

The hospital lacks systems for fire alarms, intercoms or water filtration and it needs better power generators. The surgical wing is damaged, with plaster falling from the ceiling onto patients.

"This will be a complete day-and-night change for the hospital, allowing them to much better serve their public," said Lee, officer in charge of the Army Corps of Engineers in this region of Anbar.

Jarrard, commander of Lima Company, 3rd Battalion, 23rd Regiment, usually works as a farmer and an American government teacher at a Georgia high school. Lately, he has held a series of meetings with tribal sheiks and government leaders about the hospital.

At his urging, the Marines brought Anbar Gov. Mamoun Sami Rasheed to Haditha to see the hospital and listen to the pleas of patients and officials. In a spirited give-and-take with his constituents, Rasheed promised to send a CT scan machine and possibly more medical personnel.

Jarrard and Nadeau teamed up for another daunting task: arranging for a 2-year-old Haditha girl to be taken to the

United States for lifesaving heart surgery.

After a fundraising drive by Jarrard's wife and hours spent dealing with multinational red tape, the girl was flown to Nashville, and is recuperating after what doctors say was a successful operation.

"You do what you can," Jarrard said. "You do for people like you would want them to do for you if things were reversed."

Lee, who was teaching at the Naval Academy when he was assigned to Iraq, said he was appalled that insurgents had attacked the hospital. "That they tried to hurt their own people is just incredible to me," he said.

No one directly mentions the courts-martial or the ongoing controversy about the conduct of enlisted Marines who engaged in the 2005 shootings or Marine officers who did not fully investigate. But the case seems to hang in the air.

"Maybe something good can come out of Haditha this time," Nadeau said. "If we can get this done, this hospital will be set for the next 10 years."

The hospital is but a few blocks from the site where Marines of the 3rd Battalion, 1st Regiment, lost a comrade to a

roadside bomb and then killed 24 civilians, including women and children. Eight Marines were indicted in the killings.

Courts-martial are pending at Camp Pendleton for two enlisted Marines charged with the shootings and two officers charged with not investigating.

Sheik Daham Husayn Dumaythir, asked whether the town remembers the 2005 killings, gave a roundabout answer. Before August 2005, insurgents controlled the city through violence, he said, and they were responsible for many killings.

The sheik, at a feast he gave for Jarrard, said he prefers to look toward the future. He is an enthusiastic booster of the hospital project.

Too many residents must now make the perilous trip to Syria or Jordan for medical care, he said.

"This must be done for the children, for all of our children and their mothers," he said.

In gratitude, he promised to name his next three sons after Marine officers, including Jarrard.

A Navy contracting specialist is due to visit the site soon to focus on the myriad details involved with allocating money and possibly putting the project out for additional bids. An enlisted Marine, who was an industrial design major at Auburn University in Alabama, is drawing floor plans that would allow better movement for patients and staff.

Last month, Nadeau met with doctors from the hospital. He favors pushing ahead even before an expansion of the project is approved. To wait, he reasons, is to risk losing the initial pot of money.

One challenge is making sure the hospital can remain open during construction, which could include adding a second story on some buildings.

Lee said that during his visit to the hospital, he was struck by the sight of crying children crowded into a small room while they awaited care.

"I kept thinking of my own kids and wishing these kids could have the same level of care we enjoy," he said.

"We have to get this done."

tony.perry@latimes.com

여행기

50일 동안의 미대륙 횡단

이명선(상대 58) CA
Houston Fear less 76, INC 대표

↑왼쪽 사진은 나이아가라의 거대한 폭포, 오른쪽 사진은 러시모어산을 배경으로 찍은 것이다.

▶Bucket List = 누구에게나 평생 동안 꼭 해보고 싶은 일이 있다. 흔히 'Bucket List' 라고도 한다. 이런 일들은 성취되기도 하지만 끝내 못 이루어 아쉬움으로 남기도 한다.

나에게도 버킷 리스트가 있다. 그 중 하나가 미대륙 횡단이다. 자동차로 광활한 미대륙을 여행하면서 주마다 다른 경치와 풍물을 경험하는 것이 꿈이었다. 그러나 이를 실현하려면 시간도 많아야 하고 장거리 여행이기에 건강도 뒷받침을 해주어야 한다.

지난 4월 20일 평생 소원이었던 대륙횡단을 75세의 나이에 아내와 함께 떠났다. 더 이상 미뤄서는 안되겠다는 생각에 결심하고 여행을 떠났고 돌아온 날이 6월 8일이니 50일 동안 23개 주를 여행한 셈이었다.

▶철저한 준비 = 차량은 링컨의 SUV MKT를 이용했는데 여행 동안 총 1만 1천 435마일을 달렸다. 개스는 485갤런을 사용했다. 하루 평균 300마일 정도로 운전시간은 5-6시간이었다. 때때로 일정 때문에 450마일을 운전한 날도 있었으며 무리인 것 같아 가급적 300마일을 유지했다.

오일 체인지는 미주리 스프링필드와 아이다호 래피드 시티에서 두 차례 했다. 오리건주 포틀랜드에서는 식당을 찾아다니다가 인도 턱에 걸려 타이어가 손상돼 교체하기도 했다.

여행에는 항상 사전준비가 필요하다. 여행 기간을 4월 중순에서 6월 초순까지로 잡은 것은 이 기간이 휴가철이 아니면서도 1년 중 기온이 가장 좋은 시기이기 때문이다. 실제로 여행하다 보니 본격적인 휴가철이 아니어서 숙박이나 위락시설이 크게 붐비지 않았다. 숙박시설 예약을 위해 힐튼제인에 발행되는 비자카드를 미리 만들어 두었다. 이 카드는 힐튼제인에서 운영하는 것으로 모델 등을 편리하게 이용할 수 있을 뿐 아니라 예약도 쉽다. 차량 점검과 횡단 일정을 꼼꼼하게 짜는 것도 중요하다. 차 안전과 직접되기 때문에 차가 생기면 큰 낭패를 볼 수 있다. 떠나기 전 4개 타이어를 바꾸고 각 부분을 점검해 이상이 있는지도 살폈다. 특히 힐튼제인의 힐튼 안을 주로 이용했는데 아침 식사를 무료로 제공하고, 간단한 스낵으로 편의점을 싸주어 편리했다. 저녁은 주로 호텔 근처의 식당을 이용했다.

▶드디어 출발 = 횡단 일정은 LA에서 출발해 남부지역을 관통해 뉴욕까지 간 다음 북부 지역의 주들을 돌아 워싱턴주로 가서 서부 해안선을 따라 내려오는 여정이었다.

LA를 떠나 라스베이거스를 거쳐 세도나로 향했다. 세도나는 미대륙에서 기가 가장 강력한 지역이다. 우리 부부는 Bell Rock을 찾아 온 수련을 쌓아놓고 5시간 동안 기를 받았다. 그런데 신기하게도 만성적인 어깨 통증이 나아졌다. 나 뿐만 아니라 아내도 허리 수술을 했던 부분의 통증이 있었는데 말끔히 사라졌다고 한다. 말로만 듣던 신기한 기 체험이었다.

▶토네이도를 만나 = 초반부 여행은 순탄했으나 미네소타주와 와이오밍주에서 토네이도를 만나면서 처음 어려움을 겪었다. 그 중에는 지표면까지 내려온 것도 있었지만 토네이도가 되기 직전의 검은 구름떼는 곳곳에 놓인 지뢰밭 같았다. 중서부를 지날 때도 끝이 보이지 않는 넓은 들판 곳곳에 토네이도가 입었으나 운 좋게 피해갈 수가 있었다. 그러나 미네소타에서는 토네이도를 뚫지 않고는 더 이상 갈 수가 없었다. 잠시 돌아갈 생각도 했지만 모든 것을 하늘에 맡기고 기도한 후 토네이도를 향해 돌진했다. 다행히 토네이도의 피해를 입지 않고 통과했지만 지금 생각해도 위험한 순간이었다.

▶소나기도 폭탄 = 대륙횡단을 하다 보니 감각스럽게 쏟아지는 소나기도 복병이다. 리저모어 지역에서는 시커먼 구름이 몰려오더니 마치 양동이로 붓는 것처럼 비가 쏟아졌다. 헤드라이트를 켰지만 전방에는 아무 것도 보이지 않았고 윈트쉴드를 최고 속도로 작동시켰지만 역부족이었다. 결국 차를 길 옆에 세우고 기다릴 수밖에 없었는데 다행히도 15분 후에 그쳤다. 또 텍사스 아말리오 지역에서는 자동차가 날아갈 정도의 강풍을 맞기도 했다.

뉴멕시코주에서의 느낌은 주민이 별로 없다는 점이었다. 2차 세계대전 당시 원자탄을 실험한 주로 황량함과 쓸쓸함이 스며들었다. 미국내에서 뉴욕 다음으로 규모가 크다는 이 아트 갤러리가 1마일의 거리에 다양한 작품을 맞는다. 19세기 스페니시풍의 분위를 고스란히 간직하고 있는 산타페는 예술과 낭만의 흥목 빠지게 하는 매력적인 도시였다.

아이다호주에서 내가 살고 있는 캘리포니아와는 느낌이 많이 달랐다. 면적의 상당부분이 용암지대로 달 표면을 연상시키는 지형 탓이 많다고 한다. 실제로 아폴로호의 달 암스트롱도 Crater of the Moon 지역에서 달착륙에 대비한 훈련을 했다고 한다. 이 지역을 도착는 와싱턴 DC는 이번 여행 전에도 자주 가본 곳이다. 그런데 최근 건물인 Newseum은 매우 인상적이었다. 이 박물관은 역사적인 사건을 보도한 각종 자료와 유물을 전시해 놓았다. 첨단 컴퓨터 기술로 오래된 역사자료를 생생하게 재현해 놓아 관람객들의 호평을 받았다. 저녁

리층에 관심있는 분들은 반드시 방문해 볼만한 곳이다.

뉴욕주에서는 Thousand Islands를 방문했다. 지평에 섬이 1천개 라고 했지만 실제로는 크고 작은 섬이 1천 800개 정도라고 한다. 특이한 점은 각 섬마다 주인이 있고 집이 있다는 점이다. 규모에 따라 성채처럼 큰 집이 있는 반면 오두막집 같은 집도 있다. 섬들은 바다 밑으로 깔려 있는 전선을 통해 전기를 공급받는다고 한다.

사우전드 아일랜드는 지명의 드레싱이 처음 유래된 곳으로 유명하다. 이들 섬 지역에 살고 있는 부잣집 부인이 요리사들에게 특별한 드레싱을 만들어 줄 것을 요구했는데 이렇게 해서 나온 것이 '사우전드 아일랜드 드레싱' 이라고 한다.

▶나이아가라 = 나이아가라 폭포를 방문해서는 헬리콥터와 배

를 이용해 폭포를 위 아래에서 의 하였다.

일단은 규모가 압도한다. 디즈니랜드보다 더 넓은 지역에 기차까지 다닌다. 자동차에 대한 모든 것을 전시해 놓은 박물관에는 케네디와 헤이건 전 대통령이 탔던 자동차도 볼 수 있다.

뮤지엄 옆에는 포드 F-150 조립 공장이 위치해 1분에 1대씩 차가 만들어지는 과정을 관광객들이 볼 수 있다. 관광지 뿐만 아니라 학습현장으로도 충분히 가치가 있는 뮤지엄은 하루종일 봐도 전혀 지루하지가 않았다.

미네소타 블루밍턴 미네아폴리스에서는 세계에서 가장 큰 규모의 실내 놀이공원에 갔는데 엄청난 규모에 탄성을 자아냈다. 사우스 다코타주에서는 미사일 사령부를 방문했다. 이곳에서 버튼을 누르면 6초 동안 발사돼 30분만에 모스크바에 떨어진다는 설명을 들었다. 사우스 다코타는

리층에 관심있는 분들은 반드시 대통령 얼굴상보다도 크다.

▶옐로 스톤 = 옐로스톤 국립원의 장관은 이루 말로 형용할 수가 없다. 1987년 공원의 3분의 1이 불타는 대형화재를 당했지만 대부분 복구돼 아름다운 모습으로 관광객을 맞는다. 6월이면 아직 눈이 남아 있고 골짜기에서는 얼음도 볼 수 있었다. 옐로스톤 공원 내 숙박이 의치 않아 오랜 전 사냥꾼들이 묵었다는 움막집에서 하룻밤 보냈는데 색다른 경험이었다. 엘로스톤 롯지 넓게 걸치가 러웠던 곳은 미국의 율프스로리는 글레티튼 엘로스톤 국립공원이의 글레티튼은 엘로스톤 바로 아에 위치하는데 따로 여행을 기보다는 엘로스톤을 방문할 때 르면 좋을 것 같다.

서부 해안선을 따라 내려오면은 레드우드 국립공원을 찾아 계속에서 가장 키 큰 나무들을 보다. 높이 378피트에 수령은 무 1500년 정도 됐다고 한다.

▶골퍼의 소망 = 오리건주에는 Bandon Dunes Golf Resort에 들를 했다. 이곳은 미국의 프로스가 있는데 모두 미국에 수위에 랭크돼 있는 유명한 코스다. 이곳에서 골프를 쳐보 것은 모든 골퍼들의 소망이 카트 사용이 금지돼 있어 불편 기는 했지만 때깔양의 경치를 며 쳤던 골프는 평생의 추억의 남을 것 같다.

이번에 대륙횡단을 하면서 다운 경치와 경이로운 자연의 경험했어 이 여행 동안 깊었던 것은 엘로우에 살고 진지를 방문했던 경을 나누었다. 점이다. 친지들과의 반가운 주억을 떠올리게 했던 소중한 간이었다.

▶30년 경력 퇴직 직원도 만 = 홀로리도주에서는 내가 운 는 회사 HP에서 30년간 부사 로 재직하다가 퇴직해 가서 한 전 직원 폴 링크를 만났다.

《26면에 계속》

"가장 소중한 것은 우리 부부가 인생이라는 긴 여행의 동반자라는 사실을 다시금 깨닫는 계기가 됐다는 점이다. 자동차의 닫힌 공간에서 우리는 많은 이야기를 나눴다"

▶헬리 포드 뮤지엄 = 미시간주 디어본에서는 헨리포드 뮤지엄을 찾았다. 이 지역을 관광할 계획이 있는 사람이라면 꼭 방문하라고 권하고 싶다. 51세기 동이 이 대륙을 여행하면서 여러 곳을 다녔지만 가장 인상이 깊었던 곳

주 면적의 3분의 2가 연방소유라 곳곳에 군사시설이 많고 이를 관광자원으로 활용하고 있다. 켄터키 루이빌에서는 400개의 동굴로 이뤄진 맘모스 케이브를 방문했는데 동굴 안에 강이 있을 정도로 넓었다. 에이브러햄 링컨이 생존시 쓰던 식기와 꿈을 볼 때가가 전시돼 있는 생가를 방문했는데 그의 검소했던 생활을 알 수 있었다.

이번 대륙횡단 여행 중에는 9개의 국립공원을 거쳤다. 러시모어·밀런·루스벨트 대통령의 얼굴이 새겨진 산을 방문했고, 인근에서 공사 중인 수족 인디안의 영웅 크레이지 호스의 조각상도 보았다. 50-60년 정도의 공사기간이 소요될 조각상 건립은 연방의 지원없이 인디언 후예들의 힘으로 제작되고 있는데 그 규모는

↓레드우드 국립공원의 세계에서 가장 키가 큰 나무 아래, 그리고 와이오밍의 자연보호 구역에서.

04일 동안 5대륙 41개국의 여행기<상>

처음 느껴본 월드 크루즈의 감동

이명선(상대 58)
Houston Fearless 76, Inc
Chairman

누구에게나 평생 한 번은 해보고 싶은 일이 있다. 자신이 지금까지 직접 보거나 살아 보지 못한 미지의 세계를 두루 돌아보는 일은 생각만으로도 가슴이 벅차 오른다.

인생의 70을 넘어선 우리 부부 필자 73세, 아내 헬렌 이 71세에게도 항상 마음에 간직한 일이 있었다. 바로 크루즈를 타고 전 세계를 두루 돌아보는 것이었다.

살아오면서 여러 번 크루즈 여행을 했다. 알래스카·지중해·중국·남극 등 많은 곳을 다녀 왔다. 그러나 어떤 여행도 이번에 다녀 온 월드 크루즈의 감동을 넘어서지는 못했다.

▶5대륙 41개국 관광= 우리 부부가 이번에 다녀 온 크루즈는 호주 시드니에서 출발해 5대륙 1개국을 104일 동안 다니는 여행이었다. 여행은 5개의 섹션으로 구성됐다.

제1 섹션은 시드니에서 시작해 다윈(호주), 싱가포르(싱가포르), 쿠알라룸푸르, 페낭(말레이지아), 뭄바이(인도) 등지 두바이(아랍에미레이트)에 도착하는 일정이다.

제2 섹션은 두바이를 기점으로 살랄라(오만), 럭소(이집트), 아카바(요르단), 수에즈운하, 카이로(이집트), 미코노스(그리스), 이스탄불, 엑자로브(터키), 아테네(그리스), 베니스(이탈리아), 두브로브니크(크로아티아) 카프리, 로마(이탈리아), 플로렌스(이탈리아), 칸느(프랑스), 바르셀로나(스페인), 리스본(포르투갈), 파리(프랑스), 런던(영국) 등 유럽쪽으로 이어지는 일정으로 구성돼 있다.

제3 섹션은 런던을 떠나 베르

←아랍 에미레이트의 두바이에서는 세계 최고층 건물 부르즈칼리파가 아주 인상적이었다.

젠(노르웨이), 레위크(영국), 레이크야빅(아이슬란드), 헬리팩스를 거쳐 뉴욕(미국)에 기착한다.

제4 섹션은 다시 뉴욕에서 출발해 버진 아일랜드의 세인트 토마스 아루바를 지나 파나마 운하를 보고 코스타리카의 푼타레나스를 지나 로스엔젤레스로 오는 일정이다.

마지막 제5 섹션은 로스엔젤레스에서 시작해 하와이 호놀룰루, 타이티, 사모아의 파고파고, 오클랜드, 베이 오브 아일랜즈(뉴질랜드)를 둘러보고 최초 출발지였던 시드니로 돌아오는 대장정이다.

크루즈 탑승객들 중에는 이 5개 섹션 중 일부를 선택해 여행을 떠나기도 하는데 이번 섹션에서 출발은 2천명 정도가 시작했지만 5섹션을 모두 참가한 여행객들은 800명 정도였다.

월드 크루즈의 비용은 어떤 객실을 예약하느냐에 따라 5만 달러(2인 기준)에서 9만 달러에 이르기까지 다양하다.

여기에 세계 각 도시에 내렸을 때 여행 경비로 1만 달러 정도가 소요된다.

비용도 만만치 않은 데다가 일정도 3개월이 넘다 보니 승객의 대부분은 70세 이상의 노령자들이다. 평생 꿈으로만 간직해

왔던 세계일주의 소원을 이루기 위해 시간과 돈을 투자한 사람들이다.

월드 크루즈는 언뜻 재력이 있는 사람들의 사치라고 생각할 수도 있다. 그러나 평생을 열심히 살아 온 사람들이 자신들에게 주는 최고의 선물이라고 생각하면 의미가 있는 여행이 될 것이다. 실제로 크루즈에서 만난 사람들은 사치하고 호사스러운 느낌을 주기보다는 성실하면서 살아온 생활인의 모습이었다.

▶출발 전 준비사항= 일단 월드 크루즈를 떠날 결심을 했다면 차근차근 여행계획을 세워야 한다. 불과 2~3일을 떠나는

여행에도 계획이 필요한데 3개월이 넘는 기간을 여행해야 하는 데 철저한 준비는 당연한 것이다.

먼저 해야 할 일은 크루즈를 예약하는 것. 단기 크루즈는 연중 여러 차례 있지만 월드 크루즈는 1년에 단 두번 뿐이다. 특히 가장 인기가 높은 미니스 윗 객실은 2년 전에 이미 예약이 달나기 때문에 서둘러야 한다. 평생에 한 번 떠나는 여행인 만큼 승객들이 대부분 가장 비싼 패키지를 선호해 좋은 객실부터 예약이 끝나는 것이 일반적이다.

예전에 우리 부부도 크루즈 여행을 결심하고 미니 스윗을 원하려고 1년 전부터 예약을 알아봤지만 결국 먼저 한 예약자들로 인해 포기한 적이 있었다. 이러한 여행을 계획하는 분이 있다면 일생에 한 번 뿐인 여행을 위해 미리미리 준비하기를 당부 드린다.

참고로 미니 스윗의 경우는 발코니, 테이블, 침실, 응접실, 욕실 자쿠지까지 골고루 구비돼 있어 전혀 불편이 없다.

100일이 넘는 시간을 보내야 할 공간이라면 조금 비용을 더 지불하더라도 좋은 객실을 택할 것을 권한다.

여행 전에 취해야 할 준비 조치들은 개인의 짐과 사정이 다르기 때문에 일률적으로 말하기는 어렵다.

다만 모두에게 공통적으로 적용되는 내용을 열거하면 일단 현재의 주거지에 대한 우

른 세계가 펼쳐지고 언어와 문화가 다른 나라의 사람들과 만나게 된다.

41개국의 모든 국가들을 방문하면서 경험한 것들은 일일이 열거하기는 어렵다. 이미 많은 사람들이 이와 비슷한 세계의 모습을 봤을 것이기 때문에 여행지의 풍광을 모두 자세하게 기술하는 것도 큰 의미가 없을 것이다.

다만 여러 도시들을 지나오면서 인상이 깊었던 장소들을 소개하려고 한다.

▶싱가포르= 일단 싱가포르에서 경험한 깨끗하고 질서 정연했던 도시 풍경을 잊을 수가 없다.

싱가포르는 1950년대 이후 세계에서 가장 빠르게 성장한 국가 중의 하나다. 나라가 안정되고 투자가 활발해 도시 전체에 활기가 넘치고 싱가포르 항구도 다른 어느 항구보다도 배가 많다.

특히 외국 투자자들은 생활환경이 우수해 근래들을 동반해 싱가포르에 거주하는 경향이 있다. 이런 이유로 세계가 경기불황의 몸살을 앓고 있지만 싱가포르는 여전히 활기 넘치는 모습을 보이고 있다.

▶아랍에미레이트= 아랍에미레이트의 두바이에서 보았던 세계 최고층(높이 810미터, 160층)의 건물 부르즈칼리파는

↑지중해와 홍해를 연결하는 수에즈 운하에서 아내와 함께. 선장이 직접 통행료를 지불해야 하는 희귀한 시스템으로 운영되고 있다.

▶장기 크루즈 여행= 104일 동안 41개국을 돌아보는 월드 크루즈 여정은 단기간 여행하는 것과 차이가 크다. 3개월이 조금 넘는 기간이지만 세계를 일주하다 보면 봄·여름·가을·겨울 사계절을 모두 두루 경험할 수 있다.

매일 아침 눈을 뜨면 전혀 다

매우 인상이 깊었다.

아랍에미레이트는 중동 산유국이지만 석유 매장량의 한계를 일찌감치 파악해 세계 각국으로부터 투자를 유치하고 있다. 세계 지도 모양을 본뜬 인공섬을 건설해 각국의 관광객들을 부르고 7성급의 호텔은 최고 하루 숙박료 3만~4만 달러에 걸맞게 호화로움과 서비스의 극치를 보여 준다.

두바이는 석유의존을 줄이고 관광·금융·투자 등으로 활로를 모색하는 대표적인 중동의 도시였다.

▶오만= 두바이에서 아라비아 반도를 내려오면 조그만 나라 오만이 나온다.

오만은 나라는 작지만 향수산업이 발달해 세계적인 명성을 얻고 있다. 향수에 관심있는 사람들에게는 좋은 쇼핑 장소가 된다.

두바이에서 유럽을 가려면 오만·예멘·사우디아라비아를 거쳐 수에즈운하를 통과해야 한다.

▶수에즈 운하= 1869년에 개통된 수에즈 운하는 지중해와 홍해를 연결한다. 이 운하를 통과하지 않으면 육로 혹은 아프리카로 우회해 지중해로 들어가야 한다. 수에즈 운하는 건설 당시 지중해와 인도양의 수면이 차이가 나서 많은 애로를 겪었다고 한다.

이 운하를 통과하려면 일단 배를 정박시킨 후 선장이 소형 선박을 이용해 관리당국에 가서 통행료를 지불해야 한다.

통행료 지불은 반드시 선장이 하도록 한 것이 오래 전부터 내려온 관문으로 정해져 있다고 한다. 어떤 이유로 유래됐는지는 모르지만 온갖 역경을 견디고 수에즈 운하를 완성한 노동자들에게 선장이 표하는 최고의 예우 같아서 기분좋게 느껴졌다.

<계속>

"누구나 평생 한 번 해보고 싶은 것중 하나가 세계일주일 것이다. 지금까지 직접 보거나 살아보지 못한 미지의 세계를 두루 돌아보는 것은 생각만으로도 가슴이 벅차오른다"

편메달 방송요청을 하는 것이 좋다. 그러나 우편 배달 중지 요청도 현재는 1개월까지만 가능하기 때문에 나머지 기간은 친지나 친척들에게 부탁을 해야 한다.

또한 전화, 인터넷, TV, 쓰레기 수거 등의 각종 서비스도 일시중단 요청을 하는 것이 바람직하다. 이런 조치를 미리 해두면 서비스 비용을 크게 절약할 수 있다.

평상시 특별한 약을 복용하는 사람들은 충분한 양을 준비해야 한다. 이런 약들은 중간 중간, 기항지에서나 내려 관광을 갈 경우에도 반드시 지참해야 한다.

현지를 관광하는 도중에 약이 필요할 때 약국에서 약을 사기는 사실상 어렵다. 또한 크루즈 선박 안에 의사와 클리닉이 있기는 하지만 치료할 수 있는 범위가 넓지 않아 자신의 건강은 스스로 챙겨야 한다.

또한 여행을 시작하기 전에는 가급적 여행자 보험에 가입해 만일의 사태에 대비하는 것도 좋다.

만반의 준비가 끝났다면 이제 출발이다. 인생에서 가장 멋진 항해를 위해 배는 푸른 바다를 가르며 세계로 떠난다.

104일 동안 5대륙 41개국외 여행기<하>

처음 느껴본 월드 크루즈의 감동

이명선(상대 58)
Houston Fearless 76, Inc
Chairman

▶이집트의 혁소= 이집트 관광에서는 단연 럭소(Luxor)를 잊을 수 없다.

럭소는 이집트 왕가의 60개 무덤과 유적들이 위치한 계곡이다. 도굴을 방지하기 위해 피라미드와는 달리 땅 속에 무덤을 파서 만들었다.

그곳에는 아직도 미이라들의 원형이 보존돼 있었는데 지하 무덤의 온도와 습도가 미이라의 원형을 유지하게 하는 최적의 조건을 갖추고 있다고 한다. 찬란했던 이집트 문명을 눈 앞에서 보는 것은 가슴 뛰는 감동이었지만 사진을 촬영할 수 없었던 것이 못내 아쉬움으로 남는다.

▶아이슬란드= 월드 크루즈에서 돌아온 지 몇 개월이 지났지만 아직도 눈에 선하게 떠오르는 풍경이 바로 아이슬란드다. 아이슬란드는 알래스카와 비슷한 위도에 위치하지만 북대서양 해류가 흘러 따뜻하다. 또한 국토의 대부분이 화산활동으로 형성돼 여기 저기서 뜨거운 물을 뿜는 간헐천을 볼수 있다. 아이슬란드는 섬 전체에서 나오는 뜨거운 물로 전력을 생산해 오염이 없는 나라로도 유명하다.

만년설에 쌓인 산들과 수 만년에 걸쳐 만들어진 빙하, 그리고 높은 산 위로 아래 펼쳐진 푸른 초원은 지금도 잊고 투명한 기억으로 남아 있다. 조금은 생소한 나라였던 아이슬란드를 이번 여행을 통해 새롭게 알게 된 것은 큰 수확이었다.

▶파나마 운하= 크루즈 일정은 미국의 뉴욕을 거쳐 파나마 운하를 통과한다.

파나마 운하는 대서양과 태평양을 잇는 길이 82킬로미터의 수로다. 16세기 초 프랑스에서 공사를 시작했지만 공사 중 2만여명의 건설 노동자가 숨지면서 건설은 중단됐고 이후 1914년 미국이 건설을 맡아 완공했다.

루스벨트 대통령은 미군 공병대 대장을 파견해 공사를 완성했는데 세계적으로 난공사였다고 한다. 다이나마이트 사고와 말라리아 등으로 2만7천여명의 희생자를 내면서 완공됐고 카터 대통령 시절 소유권이 미국에서 파나마로 넘어갔다.

흔히 파나마 운하는 '평생 한 번 꼭 가볼 만한 곳'으로 알려져 있는데 규모 면에서 보는 이들을 압도한다. 또한 운하 통과를 기다리는 배들의 정박을 위해 만든 인공호수의 규모는 수로가 좁아 배가 운하에 들어서면 양편에서 차량을 이용해 끌어서 통과시키는 방식이 신기했다.

물론 5시간 운하를 통과하는 비용으로 우리가 탑승한 크루즈선이 40만 달러의 통행료를 지불했는데 온갖 역경을 이겨내고 힘들게 운하를 만들었던 역사를 기억하면 결코 비싸

게 느껴지지 않았다.

3개월이 넘는 기간 동안 돌아본 세계는 우리 부부에게 소중한 기억들을 남겨 주었다. 인류가 만든 위대한 역사 유적에 감탄했고 불굴의 의지로 세운 건설의 자취에 숙연해졌다. 긴 여행에서 경험했던 모든 것들은 우리 생에 아름다운 추억으로 영원히 간직될 것이다.

▶세계일주 후 크루즈= 세계일주 크루즈는 한국인에게는 생소한 여행이다. 우리가 승선했던 배에는 2천여명이 탑승했는데 한국인은 우리 부부 뿐이었다. 동양인도 드물어 중국 베이징에서 온 부부가 전부였다. 2천여명 중에서 아시안은 4명에 불과했다.

비록 한국인은 없었지만 3개월 넘게 같은 배에서 생활하면서 좋은 친구들을 만날 수 있었다. 그 중에서 기억 남는 두 부부가 있다.

두 부부 모두 호주 출신으로 한 집의 남편은 온화한 엔지니어였고 다른 집은 호주 토목공사 책임자였다. 이들 부부는 매번 크루즈에서 지정된 좌석에서 저녁 식사를 같이 하면서 친해졌다.

부유층이었던 두 부부였지만 그들이 보여준 검소한 모습은 인상에 남는다. 음식을 먹을 때는 전혀 남기지 않았고 뷔페 음식도 욕심을 내는 경우가 없었다.

한 번은 절약하는 모습에 대해 칭찬을 했더니 이구동성으로 "전쟁 경험이 있는 세대들이어서 낭비는 절대 금물"이라고 말했다. 또한 부부 사이의 각별한 예의도 의외였다. 항상 모든 일에 상대방의 의견을 존중하는 모습이 보기 좋게 느껴졌다.

▶초고추장의 위력= 이왕 식사 얘기가 나왔으니 하는 말인데 크루즈를 계획하고 있는 분들에게는 초고추장을 반드시 가져 갈 것을 권한다. 크루즈에서는 10일에 한 번 정도 스시가 나오는데 객실로 음식을 가져와 초고추장에 찍어 먹는 맛이 일품이었다. 또한 김치 냄새를 가져갔는데 냄새가 낯설

목록 등을 알 수 있다. 관광지를 선택하거나 공연관람이 많은 도움을 준다.

▶교양강좌는 또다른 묘미= 특히 다양한 교양강좌가 무료(일부는 유료)로 제공되는데 분야는 역사, 문화를 비롯해 투자 가이드, 사진기술 등의 실용적인 강좌에 이르기까지 다양하다. 강사로 유명 대학 교수가 참여하기도 한다. 이런 강좌들을 최대한 활용하면 뱃 삯 외에도 큰 수확을 얻을 수 있는 것이 크루즈가 가진 또다른 묘미다.

▶크루즈중 사망자도 발생= 여행이 장기간 계속되고 탑승자의 대부분이 노령층이다 보니 종종 사망자도 발생한다. 크루즈 관계자에 따르면 평균 5명 정도가 사망한다고 하는데 이번 여행에서는 8명이 생을 달리했다.

한 번은 미국 본토와 100여 마일 떨어진 카리브해를 지나가고 있었는데 갑자기 객실로 흐어가라는 방송이 나왔다. 외아해 하면서도 모두 객실로 들어갔는데 나중에 알고 보니 급히 수혈을 받아야 할 환자가 생겨해 취진 조치였다.

미국 본토에서 출발한 2대의 헬기와 롤에 임는 비행기 1대가 배로 왔다. 헬기 2대가 뜬 것은 만일의 사태를 대비하기 위한 것이었고 비행기는 헬기를 호위하려는 목적이었다고 한다. 응급조치가 필요했던 환자는 무사히 미국 병원으로 이송 치료를 받을 수 있었다.

이런 광경을 목적한 타국 사람들은 미국 근처니까 가능한 일이라면서 다른 나라에서는 엄두도 못낼 일이라며 미국을 칭찬했다. 실제로 승객 중 사망자가 주로 발

▶이집트 왕가의 60개 무덤과 유적들이 위치한 Luxor계곡이다. 방지를 위해 피라미드와 달리 무덤을 땅 속에 만들었다.

생하는 지역은 인도 등과 낙후된 나라라고 한다.

사망자가 생기면 배가 다항구에 내렸을 때 시신을 으로 보내는 절차를 밟는다. 크루즈로 여행하면서 견뎌내고 많은 관광지를 보았지만 깊었지만 나는 대로의 소중한 시간을 가졌다. 그 중의 하나가 크루즈 동안 성경을 3번이나 읽은 것이다.

▶성경을 3번 읽어= 크루즈 행을 하다 보면 이틀동안이나 육지가 보이지 않는 망망한 바다를 지나는 경우가 종종 있다. 이 때마다 성경을 읽었다. 푸른 바다의 한 가운데서 성경은 삶을 조용히 돌아보게 깊이 검허한 시간이 됐다. 104라는 긴 시간 동안 3번을 읽어야 이제까지 11번 성경을 읽은 셈이 됐다.

이번 여행에서 아내와 많은 시간을 가졌던 것도 감사하다. 지난 1965년에 결혼해 47년 함께 살아 왔지만 이번만큼 둘만의 오롯한 시간을 가져본 적은 없다.

▶부부가 가장 많은 시간 보내= 때로는 즐거웠고 가끔 슬펐으며 아름다웠던 지난 이야기 속에 둘만의 추억에 흠뻑 빠져 들었다.

인터넷·전화·신문 등 모든 것에서 차단돼 우리가 가졌던 바다 위의 시간은 서로를 더욱 자세히 아 는 계기가 됐다.

특히 여행 기간 중에 나는 사람의 생일, 그리고 결혼 일이 모두 크루즈 회사에 연락 돼 아내의 생일, 결혼 기 에 선물과 함께 크루즈에서 장식해 주었던 것을 잊을 수 없다.

104일을 바다 위에 떠있는 구한을 다녔던 여행...다 바다와 그 도시의 풍광들을 잊혀진다. ••• <끝>

mslee@hf76.com (서울고

"아내와 결혼해 47년을 살았지만 이번만큼 둘만의 오롯한 시간을 가져본 적이 없다. 때로는 즐거웠고, 슬펐으며 아름다웠고 힘들었던 이야기 속에 둘만의 추억에 흠뻑 빠져들었다"

다. 이번에 크루즈 여행을 하면서 가장 많이 들었던 것은 "Sorry"라는 말이었다. 승객들 모두가 에티켓을 지켜 긴 시간 동안 사람들이 함께 있어도 전혀 문제가 없었다. 크루즈 여행의 질서가 유지되는 것은 아마도 타인을 배려하는 이런 마음들이 있었기에 가능했을 것이다.

▶조금도 지루하지 않아= 주위 사람들에게 104일간의 세계 일주 크루즈에 다녀왔다고 하면 매번 처음 듣는 말이 "심심하고 지루하지 않았느냐"는 질문이다. 나는 이런 질문을 받을 때마다 "전혀 그렇지 않다"고 대답하면서 일생에 한 번은 다녀볼 것을 권한다.

크루즈에서의 여행정보가 담긴 뉴스레터를 매일 발행한다. 그것을 자세히 살펴보면 당일 여행 일정을 비롯해 각종 공연 스케줄, 그리고 교양강좌

← 이탈리아의 물의 도시 '베네치아'에서 아내와 함께 곤돌라를 타고 찰칵.

한인 유일의 LPGA · PGA 마셜(marshal)
"18번 홀에 배치돼 종종 대역전 드라마 지켜봐요"

Quiet' 손팻말을 든 이명선 마셜 남가주에 한인 유일의 PGA · LPGA 대회 진행요원이

이명선
상대 58

챔피언 라운드 마지막 18번 홀에서 3-퍼트로 무너지 내리는 걸 보고는 가슴이 미어졌어요. 얼마나 안타까웠는지.

이명선(상대 58) 동문은 지난해 LPGA 팜스버디스 챔피언십에서 박인비의 18번 홀 퍼팅 장면을 결코 잊지 못한다. 1년이 돼가는데도 박 선수의 하나 하나가 아주 촘촘하게 눈앞에 펼쳐지는 듯한 표정이다.

팜스버디스 챔피언십은 지난해 5월 처음 시작한 대회다. 4라운드 18번서 무너진 박인비는 결국 최종합 언더파 공동 16위로 주저 앉고 말 았다. LPGA 겨우 1승에 불과한 미국의 리사 앨렉스가 10언더파로 우승컵을 올렸다.

이명선 동문은 어떻게 박인비의 경기를 가까운 곳에서 지켜봤을까.

PGA 경기진행요원, 어른들 '마셜 (marshal)'이다. 'Be Quiet' 손팻말을 들고 갤러리를 통제하며 경기가 원활하게 진행되게 하는 것이 마셜의 임무다.

이 동문은 남가주에선 유일한 한인 골프대회 마셜이다. 그래서 가끔 중계 카메라에 모습이 잡혀 주변에서 부러움을 사기도 한다.

이 마셜의 꿈은 18번 홀에 배치돼 진행을 돕는 것. 막판 버디 퍼트로 드라마가 종종 펼쳐지는 현장이

기 때문이다.

"대회 주최측의 배려로 18번 홀에서 경기를 지켜보는 경우가 많아요." 이 동문은 밝게 웃었다. "마셜을 할 때면 나이 늙어 이 좋은 가슴 심쿵하게 되요." 80을 훌쩍 넘긴 나이가 무색해 진다는 것이다.

"나이를 보지는 않지만 내가 최고령 마셜이라는 걸 모르는 사람이 없거든요. 그래서 18번 홀은 대개 이 동문이 몫으로 남겨준다. 나이 차별은커녕 오히려 특혜를 받는다.

LPGA 참가 선수 중 태극낭자들은 거의 15%나 차지할만큼 이제 '코리아'가 빠진 대회는 상상조차 하기 어렵다.

이 동문은 리디아 고에 대해서는 할 얘기가 많다고 했다. 뉴질랜드 국적의 고 선수는 세계랭킹 1위. LPGA에서는 가히 독보적인 존재다. 그런데도 사진촬영에 흔쾌히 응하는 등 매우 겸손하고 예의 바르며 칭찬을 아끼지 않는다. 지난해 말 현대가 재벌 3세와 부부의 연을 맺어 화제가 되기도 했었다.

마셜은 무보수 자원봉사다. 대회를 치르는데 최소 100여 명의 마셜이 필요하다.

마셜이 가장 신경을 쓰는 곳은 그린이다. 스코어에 절대적인 영향을 미치는 곳이어서 에티켓이 중요하고 또 잘 지켜야 한다. "골프의 매력은 200m드라이브 샷이나 50cm 퍼트나 똑같은 1타의 가치를 갖는데 있어요."

그린에서는 갤러리들에게 팻말을 살살 올려주며 조용히 해 달라는 신호를 보낸다. 절대 말을 해서는 안 된다. "정말 숨소리 하나 안 들려요.

이 동문은 어린 자녀들이 있는 경우 대회 갤러리를 적극 권유한다. 골프가 에티켓을 중요시하는 스포츠이기 때문에 배울 점이 많다는 것이다. "언제나 절제된 태도가 필요하고 예의를 지키며 스포츠맨십을 발휘하는 것이 골프의 기본정신입니다. 그래서 매너가 좋지 않은 갤러리는 즉시 퇴장시키는 골프장이 있어요."

LPGA 뿐만이 아니다. 팜스프링스의 PGA웨스트의 스테디엄 코스에서도

미국 여자골프의 간판선수 역시 톰슨과 함께, 화려한 외모와 운동으로 다져진 탄탄한 몸매로 늘 갤러리들의 관심을 받는다.

리디아 고는 세계랭킹 1위의 골퍼. 그런데도 늘 겸손하고 사진 촬영에 기꺼이 응한다.

뭇맘을 돋는다. 김주형(담 김) 선수는 그 가 제 2의 타이거 우즈로 꼽는 PGA의 샛별. 약관 20세의 나이에 벌써 우승컵을 2개나 커리어에 담았다. 실력과 행색을 담보한 겸손한 스타가 탄생했다며 흥분을 감추지 못했다.

"PGA 웨스트에선 왠지 기를 느껴요 마치 애리조나의 세도나에 온듯한 기분이 늘어서요. 전세계에서 붉덴스 기오이 가장 세다고 하는 곳인데 여기서

도 그걸 느껴요. 인근 돌산에는 빅혼 (big horn) 양떼가 수백마리 무리져 살고 있고…. 이런 분위기가 좋아 가끔 이곳에서 며칠 묻혀 살아요. 자연과 함께요.

골프가 왜 좋으냐는 질문에 이 동문은 서슴지 않고 세가지를 꼽았다. 첫째 나이가 들어도 할 수 있는 운동, 둘째 정신집중을 할 수 있는 스포츠, 그리고 클럽을 손에 쥐면 마음에 잡념이 없어진다는 것이다.

이 동문이야말로 골프를 기업경영에

접목시켜 성공을 거둔 대표적인 사례 스가 아닌가 싶다. 골프에서 익힌 집중력으로 하워드 휴즈가 창업한 'Houston Fearless 76'를 인수, 굴지의 기업체로 키워냈다. 특수 마이크로 필름과 영화필름을 고속으로 현상하는 기업이었으나 경영부실로 파산위기에 처하자 회사를 인수했다.

이후 자동차 충돌 테스트 필름현상 시스템, 지문검색 마이크로 필름 등 첨단 기술을 개발해 1987년에는 캘리포니아 주정부가 수여하는 '올해의 기업인상(Entrepreneur of the Year)'을 받았다. 그가 가장 소중히 생각하는 상이다.

지금은 경영2선으로 물러나 큰아들 제임스에게 회사를 맡겼다. 장남도 특이한 경력의 소유자다. 스탠퍼드서 엔지니어링을 전공한 그는 해군예비군 대령으로 이라크전에도 참전한 베테랑이다. 이 동문의 '골프 유전자'는 작은 아들 에드워드에 뿌려야졌다. 스탠퍼드대 골프 대표선수로 한때 대학스포츠 유망주로 꼽혔다.

이 동문은 골프의 '신사도' 매너가 몸에 배어있는 듯 하다. "지난 1976년 회사를 인수한 이후 지금까지 소송을 당한적도, 소송을 낸 본적도 없어요. 골프로 정신수양을 한 덕분이겠지요."

골프는 한마디로 정직한 운동이라는 것이 그의 지론이다. "기업을 정직하게 운영하면 실패할 확률이 거의 없어요. 오죽 투명한 경영을 했으면 IRS 택스 감사관이 '당신네 회사는 앞으로 세무조사 받을 가능성이 거의 0%다'라고 했겠어요."

이 동문은 몇해 전 한 번 욕심을 내봤다. 팜로스버디스 친선 토너먼트에 챔피언이 되기 위해 열심히 연습을 했다. 3등은 했지만 양쪽 어깨에 무리가 가 수술을 해야 했다.

"힘벌써야 했는데…. 지금도 1주일에 대여섯번은 필드에 나가요. 정신수양을 하기 위해서지요. 내 인생에 불만은 없습니다. 골프 덕분에 '원더풀 라이프'를 살고 있어요." 이 동문은 엄지척을 해 보였다.

기고문과 인터뷰 기사에 관하여

개요

나는 미주 일간지와 전자신문에 회사 관련 기사를 많이 쓰고 인터뷰도 많이 했다. 새로운 기계를 발명하거나 회사에 관련된 상을 받을 때마다 미국과 한국의 신문과 잡지에 소개되었다. 여행과 취미 관련 글은 대학 동창회보에 쓰고 회사에 관련해서는 언론과 인터뷰를 많이 했다.

지금은 낡은 정보가 되었지만 발표 시기에는 혁신적이었다. 앞서 쓴 내용과 다소 겹치는 내용이 있으나 기사를 써준 기자나 면담자의 시각이 달라서 새롭게 이해할 수 있는 여지를 제공한다고 판단되어 한곳에 모아보았다. 또 다른 이유는 여기저기 실린 글들을 일목요연하게 정리 정돈 하고 싶다는 생각이 들었기 때문이다. 낱장으로 여기저기 흩어져 있는 글들을 한군데 모아놓으면 유유하게 흐르는 맥(脈)이 드러날 거라는 기대도 있었다. 내 젊음을 불태워 이룬 사업이니 이 사업의 정체성을 통해 내 인생의 문양과 컬러도 더욱 선명해지리라 기대했다.

차제에 HF76 회사 관련 기사와 내 개인 이야기를 실어주고 인터뷰

해서 실어주신 모든 기자 여러분들에게 감사 인사를 드린다. 기자의 이름을 밝힌 경우에는 표기를 했지만 찾을 수 없는 글도 있었다. 양해 바란다.

신문과 동창회보에 발표한 글은 다음과 같다.

- 1994년 12월 20일, 전자신문, [테마 특강]
  이미지 처리 技術 정착을 위한 提言

- 2001년 7월/8월 호, The Market Place,
  Fuji Film and Houston Fearless 76 team up

- 2002년 4월 22일, LA Business Journal,
  A Bigger Picture

- 2002년 4월 24일, 미주한국일보
  오염관리분야 무궁무진

- 2002년 8월 8일, 미주중앙일보, [비즈니스맨 인물탐구]
  모험 없는 아메리칸드림은 없죠

- 2012년 11월, 서울대 미주 동창 회보 223호, [이달의 초대석]
  경영진과 직원 간 신뢰가 최고라 봅니다

이미지 처리 技術 정착을 위한 提言

– 전자신문, 1994년 12월 20일

[테마 특강, 전문가에게 듣는다]

마이크로필름 分野 육성 급하다

문서 이미지 처리 산업은 종이와 인쇄술의 발명 이후 인류의 보편적인 정보 저장매체로 여겨져 온 종이 문서를 대신하려는 노력이 집약된산업이다. 종이 문서에 담겨있는 정보의 이미지를 읽어 이를 다른 매체에 보관 저장하는 한편, 필요할 때 쉽게 꺼내 쓰려는 기술과 이를 위한제품 및 솔루션 등의 총합체로 정의할 수 있다.

이렇게 본다면 국내에서 光파일이라고 부르는 이 시장에 대한 정의와 접근은 재고해볼 필요가 있다. 학술적인 논쟁을 위한 것은 아니고국내 업체 및 일반인들이 이 분야에 대해 좀 더 넓은 시각을 갖는 계기가 됐으면 하는 생각에서 이미지 처리에 대한 개념에서부터 이 글을시작하겠다.

이미지 처리 산업의 과거와 현재 미래를 고려해 이 시장을 구분하면 이미지를 처리하는 방식에 따라 빛을 이용하는 마이크로필름 분야와 컴퓨터 기술을 인용하는 전자 미디어 분야로 대별된다. 관련 기술과 제시하는 해결책은 다르지만 두 분야 모두 종이 문서의 이미지 처리를 근간으로 한다는 의미에서 경쟁적이면서도 상호보완적인 성격을 갖고 있어 넓은 의미의 문서 이미지 처리 산업의 범주에 포함시켜 분류하는 것이 미국과 유럽 등에서는 일반화돼 있다.

마이크로필름은 보존성이 뛰어난 반면 담겨 있는 데이트의 검색이 상대적으로 불편하고, 특히 그 안에 담겨있는 데이터를 이용해 필요한 업무에 응용하는 것이 어렵다.

이 같은 단점을 개선하기 위해서 관련 업계에서는 마이크로필름의 光신호 데이터를 컴퓨터 시스템 속으로 끌어들여 각종 처리 및 다양한 출력 데이터 전송 등을 할 수 있는 하이브리드 시스템에 대한 연구가 활발히 이뤄지고 있으며 독자적인 시장이 형성되고 있다.

넓게 볼 때 컴퓨터를 이용한 이미지 처리 기술이라고 할 수 있는 전자 이미지 처리 시장은 DIMS·DIP·EIM·EDMS(우리나라와 일본에서만 통용되는 光파일시스템) 등으로 지칭되고 있다.

이 시장에서 다른 하나의 영역은 서류의 이미지 데이터 전체나 필요한 정보만을 텍스트 데이터로 바꾸어 처리하는 형태다. 스캐닝, 인식 기술, 데이터 처리 기술, 통신 네트워크 기술 등이 결합된 전자 이미지 처리 솔루션의 영역이라고 볼 수 있다.

실제로 문서 이미지 처리 기술과 시장이 상대적으로 발전한 미국 유럽 등지에서는 문서 관리 서비스, 마이크로그래픽, 이미지 처리, 워크 플로, 문서 관리 소프트웨어, 그룹웨어 등을 포괄한 시장으로 구분해 분야별로 시장 형성과 기술 발전이 이루어지고 있다.

이미지 처리시장에 대한 전 세계적인 시장 규모는 우선 미국의 경우 93년 기준으로 45억 달러를 넘어섰으며, 5년 후인 98년까지 연간 11퍼센트의 성장세를 유지할 것으로 내다보고 있다. 유럽 역시 93년 기준으로 미국 시장보다 조금 적은 43억 달러 정도의 시장 규모를 보인 것으로 조사됐으며, 98년에는 96억 5천만 달러를 넘어설 것으로 전망하고 있다.

우리나라를 포함해 아시아권에 대한 공식적인 시장조사 자료는 없지만, 짧게는 5년 안에 아시아권이 유럽과 미국 각각의 시장만큼 성장할 것이라는 게 관계자들의 일반적인 견해다. 이렇게 본다면 향후 5년 사이에 컴퓨터를 이용한 전자 이미지 처리 기술과 산업이 종이를 대신하는 저장매체로 자리 잡게 된다는 이야기다.

최근 내가 상임이사로 몸담고 있는 IMC에서 조사한 유럽 시장보고서에 따르면 이미지 처리의 분야별 시장 규모는 마이크로그래픽 장비 및 공급 제품 16억 3백만 달러, 이미지 처리장비 및 소프트웨어 5억 2천만 달러, 그룹웨어 워크 플로 및 DM 소프트웨어 6억 1천 3백만 달러, 서비스 15억 2천 7백만 달러 등이다. 기술적인 측면에서 본다면 전체 마이크로그래픽 제품 및 서비스 24억 7천7백만 달러, 이미지 처리 제품과 서비스 8억 5천만 달러, 그룹웨어 워크 플로 DM 소프트웨어 및 서비스 9억 3천8백만 달러 등이다.

향후 5년 동안 유럽의 전체 문서 관리 및 이미지 처리시장은 급변할 것이다. 마이크로그래픽 시장은 전체 시장에서 차지하는 비율이 크게 감소할 것이다. 예를 들면 마이크로그래픽 장비 및 공급 제품의 시장 규모는 전체 40퍼센트 선에서 20퍼센트 이하로 줄어들 것이다. 또 마이크로그래픽과 컴퓨터의 이미지 처리와 연결시켜주는 하이브리드 분야에 대한 관심이 늘어날 것이며 디지털 기술에 근거한 솔루션과 컨설팅 기술이 시장을 주도할 것이다.

이런 막대한 시장을 두고 볼 때 우리 한국은 엄청나게 뒤떨어져 있다는 것을 매년 국제 쇼에서 발견하곤 한다. 고작 몇몇 업체가 국제적인 쇼에 참관하는 정도이고 출품하는 업체는 거의 없다. 국내 업계가 인식 부족으로 눈앞에 펼쳐진 거대 시장을 보지 못하고 있어 못내 아쉽다.

더욱이 이 시장이 이제 막 본 궤도에 오르려는 성장시장임을 감안한다면 관련 업체들의 이 부분에 대한 투자와 기술 확보가 시급한 때이다. 향후 몇 년을 놓치면 그때 가서 시작해 격차를 줄이기는 더욱 힘들고 기회비용도 더욱 많이 든다.

가까운 일본의 예를 보면 지금으로부터 15년 또는 20년 전에는 이 부분에 대한 기술 확보가 눈에 보이지 않았지만, 지금은 세계 일류급 수준의 이미지 정보장치를 수출하는 국가로 자리 잡고 있다. 지금은 일본의 산업 발전의 상징이 바로 이 마이크로필름이다. 내가 볼 때 한국에도 충분한 능력이 있으며 투자 시기는 빠를수록 좋다.

또 한 가지 하고 싶은 이야기는 우리나라 사람들이 너무 눈에 보이는 것, 새로운 것을 좋아하는 조급함을 갖고 있다는 것이다. 개인적인 이야기일 수 있지만 거의 30여 년 동안 이미지 처리산업에 종사하면서 국내 시장을 생각하면 늘 염려스러웠던 점이 바로 이 조급함이다.

우선 우리의 산업 발전도 내 눈에는 기형적이다. 자동차, 선박, 전자 등은 급성장하고 있지만, 행정 서류를 이미지화하는 인프라도 구축하지 못하고 있는 게 현실이다. 정보산업 측면에서 이야기한다면 지나치게 하드웨어에 치중하고 있다는 느낌이다. 소프트웨어나 통신처럼 눈에 보이지 않고 느껴지지 않는 것은 뒷전으로 미루고, 만져지는 컴퓨터 케이스에만 집착하는 것이 국내 정보통신업계의 큰 특징이자 단점이다.

이런 측면에서 자신 있게 말할 수 있는 것은 정보화 사회는 컴퓨터만 몇 대 들여온다고 되는 것이 아니라는 사실이다. 정보화된 문화 그 자체를 받아들이고 만들어가야 하는 것이다. 비근한 예를 들면 우리 국가의 행정전산망 구축이 컴퓨터 산업과 동시에 이뤄져야 할 마이크로필름 분야에 대한 고려가 전혀 없이 추진되고 있다는 것이다.

행정의 모든 일들이 서류로 이뤄지는 이상 마이크로필름과 컴퓨터는 각각의 역할과 기능이 있는데, 한국 정부와 기업은 그것을 컴퓨터로만 한다고 생각하고 있다. 이것은 대단히 잘못된 오해다.

이미 선진국이 정보화 사회가 되었다는 말은 바로 내가 말하는 마이크로필름이나 전자 매체(Electronic Media)로 전향되었다는 말이지 컴퓨터로 활자화되었다는 말이 아니다. 다시 말하지만 컴퓨터화한다고 해서 모든 행정이 저절로 돌아가는 것이 아니다. 왜냐하면 행정은 문서를 통해야 가능하고 문서를 이미지로 본떠서 저장하거나 검색할 수 있어야 하며, 이를 빛의 속도로 다른 곳에 보낼 수 있게 해야 하기 때문이다. 이것은 하나의 전송에 불과한 팩스의 의미와는 전혀 다른 의미로 문서보관의 처리, 검색 및 연구 보존할 수 있는 시스템이다.

서류의 저장 공간도 10평짜리 아파트에 가득한 서류들을 담배 한 보루에 축소할 수 있으며 몇 시간이 걸려 찾아낼 수 있는 서류를 단 1초 안에 검색할 수 있다. 때문에 마이크로필름의 발전이 바로 선진국 진입의 전제조건처럼 돼 있다. 이러한 분야에 대한 고려와 투자 없이 컴퓨터 몇 대만 들여온다면 정부나 각 기업 내지 조직에서 이뤄지는 행정은 여전히 일백 년 전과 다름없이 저발전의 모습을 볼 것이다.

이 마이크로필름 분야에 대한 중요성에 대해 아직 눈을 뜨지 못하고 기계 수입만 하고 있는 실정이다. 우리나라 기업 및 정부의 생산성을 높이기 위해서는 이런 정보 이미지 처리에 대한 기술이 병행돼야 하는데 그렇지 못한 것 같고, 그렇게 되면 우리나라는 궁극적으로 한계를 가질 수밖에 없다.

지금 상황에서 우리가 해야 할 일은 컴퓨터의 발전, 즉 전자 미디어 발전뿐만 아니라 마이크로필름 시스템도 함께 발전시키지 않으면 안 된다는 것이 내 주장이다. 이를 외국의 어휘로 표현하면 하이브리드 프로덕트, 다시 말해 복합 시스템을 우리 한국인이 개발해야 할 때가 된 것이다.

오염관리분야 무궁무진

– 미주한국일보, 2002년 4월 24일

파워 한인업체 '마이크로(최소형)에서 코스모스(우주)로'

마이크로필름 현상과 복사기계 제조업체로 출발한 한인 부자가 환경 오염 관리 분야에서 비약하고 있다.

주인공은 캄튼시에 있는 '휴스턴 피어리스–76'(Houston Fearless–76)의 이명선 대표와 제임스 이 씨로, 이들 부자가 개발한 최첨단 오염관리 시스템(HF–PCS)이 미 항공우주국(NASA)의 사진 기술 실험실에 설치되는 등, 유수 기업들로부터 러브콜을 받고 있다. 덕분에 2001년에 1천 7백 50만 달러였던 매출액이 올해는 2천 8백만 달러, 내년 목표는 4천만 달러다.

이 같은 제2의 전성기는 이 대표의 '날카로운 외도'가 적중한 것이다. "오염 관리 시스템은 잠재력이 무궁무진한 시장이고, 마이크로필름 하이브리드는 현상 유지 외에 더 기대할 것 없는 숙성(mature) 산업"이라는 짤막한 답변 속에 그가 사업의 방향을 전환한 이유가 들어 있다.

'휴스턴 피어리스 76'은 이미 마이크로필름의 현상 및 복사 기능을 전산화한 하이브리드 시스템 분야에서 국내 굴지에 올랐으나, '더 큰 그림'을 그리기에는 한계가 있더라는 설명이다.

그는 매뉴팩처링의 과제였던 산업용수 처리 문제를 고민하면서 자연스럽게 또 하나의 개발 사업을 연구했고, 자사 이름을 딴 오염 관리 시스템 HF-PCS(Pollution Control System)를 탄생시켰다. HF-PCS는 사진 랩, 금속 도금, 화학제품 매뉴팩처링, 농업의 비료 처리, 염색 등 다양한 분야에서 방출되는 산업용 폐수를 100퍼센트 재활용하는 최첨단 관리 기능을 갖고 있다고 한다. HF의 성장 가능성을 읽은 LA 비즈니스 저널은 최신호에서 이들 부자의 비전을 'A Bigger Picture'라는 제하의 기사로 다루기도 했다.

지난해 미국과 캐나다에 수출되는 일본 후지사의 마이크로필름 독점 판매권을 획득한 뒤 회사 재정이 더욱 견실해졌다는 이 대표는 "1천 4백만 달러에 달하는 오염 관리 시스템 시장에 도전하면서 마이크로필름 하이브리드의 종주권을 지킬 것"이라고 포부를 밝혔다.

모험 없는 아메리칸드림은 없죠

– 미주중앙일보, 2002년 8월 8일

[비즈니스맨 인물탐구, 대담 : 전영식 부국장]

휴스턴 피어리스 76 이명선 회장

'위기를 기회로 만들라'

교과서적인 충고로는 자주 듣는 말이기도 하지만 사실 이건 아무에게나 적용되는 말은 아니다. 도전과 모험 그리고 추진력이 없이는 불가능한 경영 이론이다. 이것을 이미 지난 1976년, 이민자로선 척박하기 그지없는 주류사회 경쟁사회에서 일궈낸 자랑스러운 이가 이명선(63) 회장이다. 문을 닫을 수밖에 없는 여건에 놓인 회사, 그리고 훨씬 좋은 조건의 모회사 계열사 전출 준비가 동시에 이루어지고 있는 상황에서 '위기를 기회로 만들자'란 도전으로 방향을 결정한 이 회장은 아메리칸 드림을 이뤄낸 주인공이었다. 최근 들어 새로운 도약의 도전을 시도 중인 이 회장은 '큰 성공'의 조짐이 나타나고 있어 주류사회에서도 시선이 집중되고 있다. 또 다른 성공 스토리를 들어본다.

필름 처리 과정의 자동화를 주 업무로 1936년 휴즈사에 의해 시작된 휴스턴 피어리스(Houston Fearless, 이하 HF)사는 1970년대 후반부터 치열한 경쟁에 휘말리게 된다.

다니던 회사 만성 적자 허덕이다 인수
안정이 보장되는 자리를 마다하고 도전과 모험의 길 선택
종업원과 한 마음 합쳐 하나씩 정상 회복
마이크로필름 복사기 독주로 사세 확장

1972년에 HF 계열사에 입사, 매니저에까지 이르렀던 이 회장은 회사의 해체 위기 소식을 접하고 갈등을 겪는다.

"사실 회사의 해체가 거의 결정되고 다른 지역의 디비전 매니저로 전출이 확정되어 갈 무렵, 미국에 온 목적을 다시 한 번 생각하게 되었습니다. 아메리칸드림은 창조적인 일이 아니고서는 어려운 것이 아니냐, 모험 없는 아메리칸드림의 실현은 불가능한 거다, 이런 생각이 앞서더라고요. 안정된 디비전 매니저보다는 새로운 도전의 길이 창조적인 길이라는 결론을 내리고 만성적자로 허덕이는 회사를 인수하기로 어려운 결정을 내렸습니다."

동료 몇 명을 설득, 공동 투자 형식으로 주택 담보 융자를 포함, 대부분 금융기관 등 정부 융자 등을 통해 이 회장이 회사를 인수한 것은 1976년의 일.

HF란 회사명 뒤에 덧붙인 76은 인수한 76년을 의미한다. 그로부터 26년이 지난 금년 이 회장은 HF를 연 매출 3천만 달러에 달하는 탄탄한 중소기업체로 탈바꿈시켜 놓았다.

서울 토박이인 이명선 회장은 서울고를 거쳐 서울상대 졸업 후 공군 장교 정규복무까지 마치고 1966년에 USC로 유학 온 유학생 출신이다.

이 회장은 USC에서 MBA(69년)와 MS(71년) 두 개의 학위를 취득하고 곧바로 HF에 취업하게 된다.

항공 분야 디비전 컨트롤러, 캔자스 코퍼레이트 컨트롤러 등을 역임하며 승승장구하던 이 회장은 HF 포토 디비전의 위기 소식을 접하고 자진해서 보고서를 겸한 사업계획서를 작성, 회사에 제출하고 HF사를 인수하기에 이른 것.

"회사는 전망이 있어 보이고, 세부적인 경영과 기술만 과감히 변화하면 될 것 같은 생각이 든 거지요. 동료 셋이서 주택 담보 등을 통해 겨우 수만 달러를 마련하고 SBA에서 26만 5천 달러, 남가주 지원기관에서 7만 달러를 빌려 회사를 인수한 겁니다. 무모한 도전이기도 했어요. 경쟁사들과 남들은 모두 몇 달 못가 망한다고 소문을 내기도 했을 정도였습니다."

기술 개발은 물론 회사 일을 위해 새벽 4시 30분이면 기상, 6시 이전에 현장에 도착하는 열성을 보이는가 하면 8명뿐이기만 했지만 직원들 간의 신뢰를 바탕으로 회사를 하나하나 일궈 나갔다.

경쟁사가 많기도 했지만 모두가 가족처럼 맡은 일을 내 일처럼 소화해내는 종업원들의 신뢰는 오히려 경쟁사들이 스스로 문을 닫게 할 정도로 사세를 확장시켜 나갈 수 있었다.

마이크로필름 현상 자동화 작업 기기의 독보적인 자리 구축에 이어 엄청난 잠재력을 가진 마이크로필름의 고속 복사기로 또다시 관심을 모은 HF76은 시장을 거의 독점하다시피 성장했다.

"각 항공기의 설계 도면은 수만 장의 마이크로필름을 필요로 하고 각 항공기가 이착륙하는 공항에는 반드시 이 도면의 마이크로필름 복사본의 완비를 의무화하고 있습니다. 각 종류의 항공기마다 수천 벌의 마이크로필름이 필요한 이유가 바로 여기에 있어요. 이 고속 복사기의 보급이 사세확장에 기폭제 역할을 해 줬습니다."

이후 HF76은 관련 산업의 회사들을 속속 접수하게 된다. 자력으로는 버틸 수 없는 기업들로부터 회사를 맡아달라고 부탁하는 지경에까지 이르게 된 것.

아날로그 체제에서 디지털 시스템으로 바뀌면서 HF76에도 변화가 왔다. 마이크로필름을 스캐닝해 각종 데이터를 디지털 화하는 시스템을 개발, 생산 보급하면서 이의 시장도 거의 장악하게 되는 호기를 맞기도 했다.

지난해에는 일본 후지 마이크로필름의 북미대륙 독점 판매권을 획득, 기업 판매 볼륨뿐 아니라 견실한 재정기반을 다질 수도 있었다.

오염물질 폐수처리 시스템 개발, 제 2도약 심호흡
NASA 납품과 함께 의욕적인 보급 등 제2의 도약을 시도 중
마이크로필름 처리 부문에서 독보적인 위치 확보

가장 최근에는 화학 처리 과정에서 발생하는 극히 위험한 오염물질의 완벽 처리 시스템(HF-PCS, Pollution Control System)의 개발로 관계 당국으로부터 시선을 모으고 있다.

"현대 각 생산기업체에서 가장 중요한 것은 환경오염 관리 아니겠어요. 필름 처리 과정에서 발생하는 독성 화학물질 오염 폐수를 완벽하게 처리하기 위해 지난 15년 동안 연구 개발해온 시스템을 상품화시켰습니다. 정부 당국의 요청에 의해 시작되긴 했지만 2001년에 NASA에 이 시스템을 납품, 대대적인 호평을 받았어요. 당분간 이 시스템에 승부수를 걸어볼 작정입니다. 기대가 커요."

이 오염물질 폐수처리 시스템의 NASA 보급은 이제 시작에 불과하다. 벌써부터 숱한 러브콜이 쇄도하고 있다는 것. 전 미국의 서비스망을 지원하는 HF76의 1백 20여 종업원들은 주 4일 근무에 익숙해져 있다. 하루 10시간 주 4일 근무체제를 원칙으로 하고 개인적인 스케줄에 근무 시간을 탄력적으로 운영, 종업원들의 전폭적인 지지를 받고 있다.

안정된 미래를 등지고 모험의 길에 나선 지 26년 만에 또 한 번의 도약을 꿈꾸며 아메리칸드림을 향해 나가는 이 회장은 현재 장남 제임스 씨에게 경영수업을 시키고 있는 중이다.

경영진과 직원 간 신뢰가 최고라 봅니다

– 서울대 미주 동창회보, 2012년 11월, 223호

[이 달의 초대석]

도산 기업 인수, 연 3천만 달러 매출로 환생
1987년 캘리포니아 '올해의 기업인상' 수상

현대 · 기아 · 삼성 · 쌍용 자동차 등에

충돌 테스트용 고속 필름 현상 시스템 제공

경찰청에 고속의 지문 검색 마이크로필름 전산화 시스템 제공

일본 경시청이 배워가

'명장(名將) 밑에 약졸(弱卒)없다'는 흔히 듣는 말이다. 또한 논어(論語)의 안연편(顔淵篇)에 민무신불립(民無信不立)이라는 말이 있다. 백성들의 신뢰가 없으면 나라가 설 수 없다는 뜻이다. 캘리포니아에 위치한 Houston Fearless 76, Inc의 이명선 Chairman의 사업 정신이 바로 이 경구에 딱 어울리는 스타일이지 싶다.

'휴스턴 피얼리스 76, Inc.'의 전신은 1936년 하워드 휴즈에 의해 설립된 Houston Fearless로 특수 마이크로필름, 영화 필름 등에 관한 필름을 고속으로 현상하는 기계 제조기업이었다. 그만큼 유서 깊은 업체였으나 경영 부실로 1970년대에 도산 지경에 이르러 시장에 매물로 나왔다. 그러나 아무도 거들떠보지 않아 부득이 그냥 폐쇄될 운명에 처했다. 이 'Houston Fearless'를 1976년 인수해 장차 연 매출 3천만 달러에 이르는 굴지의 기업체로 성장시킨 분이 바로 이명선 동문이다.

마이크로필름의 현상뿐만 아니라 마이크로필름 복사기 외에도 폐수 처리 시스템 등 환경 관련 기술도 개발해 NASA에 납품하는 등 첨단 기술력도 보유하고 있다. 이 배경에는 이명선 동문의 명장(名將) 기질의 타고난 사업적 수완과 재능 외에도 바로 '민무신불립(民無信不立)'의 초석이 깔려 있다고 본다. 편집주간이 캘리포니아 LA에 위치한 이명선 chairman의 사무실로 찾아가 지금까지 살아온 삶을 들어봤다.

– 유학생 신분으로 오신 걸로 알고 있습니다만…

"모교에서 상대 졸업 후 공군 장교로 입대해 만기 제대한 다음 바로 USC로 유학 와서 1969년에 MBA를 마쳤습니다."

– 상대 출신으로 이 화학 계통의 업체 운영이 특이한데요.

"USC에서 MBA를 마친 후 나름대로 공부를 더 해보자는 생각에서 1971년 엔지니어 MS를 다시 땄습니다. 이것이 이 계통으로 오게 된

연유랄까요."

– 학교 졸업 후 처음엔 회사 직원으로 입사하셨다면서요.

"졸업 6개월 전 LA공항 부근의 'Puritan Bennett'이라는 회사에 취업했어요. 항공 의류나 산소통 등 항공 산업 관련 전문 회사였는데 Kansas 본사의 지사였지요. 경영 수지가 늘 마이너스였는데 입사 후 열심히 일한 덕분에 흑자로 돌아서자 신임이 대단해져서 본사에서 스카우트 영전시켜 줬지요. 회사가 Kansas에 이사를 모두 대신해주어 식구들과 몸만 달랑 Kansas로 떠나도록 예우해주더군요."

– 그런데 어떻게 다시 LA로 오시게 됐나요?

"당시 Kansas에는 동양인이라고는 거의 우리밖에 없었습니다. 만이가 초등학생으로 축구를 잘했는데 백인들한테 여간 구박을 받는 것이 아니었어요. 게다가 겨울철에는 몹시 춥고 해서 1년 반이 지난 뒤 다시 LA로 보내달라고 했지요."

– 회사 측에서 응해 주었습니까?

"당시 CEO가 하버드 MBA 출신으로 한국전 참전 용사이기도 해서 잘 이해해줬어요. 그런데 같은 계열 지사에 자리가 없으니 휴스턴 피어리스라는 곳에 보내줘 이 회사에서 일하게 됐어요."

– 회사 상태가 별로 좋지 않은 곳으로 보낸 것이 아닌가요?

"그렇긴 했어요. 막상 와보니 기울어져 가는 회사로 도저히 이익을 낼 수가 없는 상태였어요. 살려보려고 별의별 노력을 다 기울여 보았지만 원체 기울어져 있었던 탓에 속수무책이었지요. 급기야 시장에 내놨지만 소문이 나빠져서 아무도 나서지 않아 마침내 폐쇄 결정이 내려졌어요."

– 그런 회사를 인수한다는 것은 대단한 모험이 아닌가요?

"그렇지요. 당시는 다들 너무 무모한 짓이라고 만류했습니다. 하지만 나름대로 세밀하게 분석했어요. 기술 개발에 주력하고 경영만 제대로 한다면 충분히 승산이 있다고 판단됐거든요. 그래서 같이 일하던 경영진 엔지니어 매니저 한 사람과 미국인 마케팅 매니저에게 우리 3인이 공동 투자해서 살려보자고 설득했어요."

– 그들이 응해주던가요?

"물론 처음엔 반신반의했지요. 그러나 그들은 결국 나의 열정을 믿고 나를 신뢰했기에 적극적으로 따라줬습니다. 3인이 각각 2만 달러씩 출자하기로 했는데 인수 비용은 50만 달러가 필요했어요."

– 지금이 너무 부족했네요.

"론을 얻어야 하는데 은행에서는 아예 들어주려고도 하지 않았어요. 갖은 노력 끝에 SBA에서 26만 5천 달러를 빌렸습니다. 이것만으로는 턱도 없는데 알아보니 캘리포니아주 정부에서 전망이 있는 기업에 융자를 해주는 Job Creation Corporation Funding이라는 것이 있었지요. 이것을 알아내 7만 달러를 빌렸어요. 그리고 나머지는 본사에 차용증서를 써주고 드디어 1976년 7월 인수했죠. 미독립 200주년이 되는 해로 '76'을 넣어 'Houston Fearless 76, Inc.'이 됐습니다."

- 창업 시 빚이 너무 많으면 이자 때문에 도산하기 쉬운데요.

"그렇습니다. 공동 출자했던 2명이 내 열정을 믿고 나를 대표로 추대해 대여섯 명의 직원들로 시작했는데 너무 걱정스러워 밤에 잠을 제대로 못 잘 지경이었습니다. 그때부터는 새벽 4시 반에 일어나 6시에 출근했어요. 사활을 건 셈이지요. 덕분에 7년 상환이었던 론을 3년 만에 모두 갚을 수 있었습니다. 비슷한 계통의 업체까지 모두 인수했습니다."

이명선 회장은 이 같은 공로로 캘리포니아주 정부가 해마다 선정해 시상하는 '올해의 기업인상(Entrepreneur of the Year)'을 1987년에 수상했다.

- 그래도 열정만 가지고는 안 되는 일이 많지 않습니까?

"물론이죠. 미국 사회에서 성공하려면 근면은 기본이고 패션 즉 열정 외에 가장 중요한 것 중 첫째가 바로 Honesty, 즉 정직입니다. 거짓말을 하면 들통 나는 순간 당사자는 바로 끝입니다. 이것은 용서가 없이 무섭지요. 직원들에게도 늘 정직을 강조합니다. 1982년 IRS에서 세무조사를 나온 적이 있었습니다. 그들이 조사를 마치고 돌아가서 편지를 보냈는데 '당신 회사는 너무나도 정직하게 회계 처리를 했기 때문에 앞으로 또 조사를 나가는 일은 없을 것이다'라고 했어요."

– 경영에 필요한 요소는 그것뿐이 아닐 텐데요?

"경영진과 직원 간의 신뢰가 무엇보다 중요하지요. 나는 '직원이 제일', '인화단결이 제일'이라고 봅니다. 직원들이 CEO와 회사를 신뢰하지 않으면 그 회사는 오래 버틸 수가 없어요. 지금까지 스스로 퇴직한 경우 이외는 직원을 한 번도 해고해 본 적이 없습니다. 창업 이후 지금까지 한 번도 소송을 당해본 적이 없지요."

– 경영 수지 개선에 구조조정만 한 것이 없다고들 하는데요.

"1980년대 후반 경기가 너무 나빠 업체마다 대량 해고하던 적이 있었습니다. 우리도 너무 힘들었던 때라 직원들을 모아놓고 사정을 이야기했더니 직원들 스스로가 자기 월급을 깎아달라고 했어요. 눈물겨운 이야기이지요. 그리고는 더욱 열심히 일을 하는 겁니다. 현재 우리 직원들 능력은 다른 동종 업체에 비하면 '일당백'이라 할 수 있어요."

– 그러니 직원들에 대한 예우 대우도 상당하겠네요.

"Profit Sharing으로 회사 이익을 공동 분배하는 시스템은 기본이고 매월 우수 사원, 연말 최우수사원을 선정해 시상하고 있습니다. 학업이 필요한 직원은 대학은 물론 대학원 등록금도 지원해 주고 있어요. 직원은 손자 손녀 장학금을 만들어 고교 졸업 시 1천 달러, 대학 입학 시 1천 달러씩을 장학금으로 주고 있고요.”

— 다른 기업 환경에서는 상상할 수 없는 대우 아닌가요?

“직원들에 대해 이만큼 대우해 왔기 때문에 그들의 노력으로 우리 회사가 이만큼 커 왔다고 생각하고 있습니다. 사람이 최고라는 생각에는 변함이 없습니다.”

— 환경 관련 업종까지 영역을 확대한 배경은 무엇입니까?.

“산업이 발달할수록 폐수처리 등 환경 관련 기술은 더욱더 필요해집니다. 더욱이 우리는 마이크로필름 현상 과정에서도 상당한 폐수가 발생해 이 처리에 관한 기술 개발이 절실했지요. 여기에 집중해 지난 2002년부터 NASA에 기기를 납품한 것이 큰 성과라고 할 수 있습니다.”

— 한국에도 상당히 기여하신 걸로 알려졌는데요.

“1980년대 현대, 삼성, 기아, 쌍용 자동차 등에 고속충돌 테스트를 위한 특수 필름을 현상하는 시스템을 제공했어요. 경찰청에도 고속의 지문검색 마이크로필름을 전산화하는 시스템을 제공했고요. 이 시스템은 일본 경시청이 한국에 와서 배워갈 정도였습니다.”

– 가족관계는 어떻게 되나요?

"아내(장세은)와 2남 1녀가 있습니다. 장남(James Lee)은 스탠퍼드에서 항공우주공학을 전공한 뒤 지난해부터 내 뒤를 이어 이 회사 대표를 맡고 있고 차남(Edwin)도 스탠퍼드에서 경제학을 전공한 뒤 미국인 회사에서 일하고 있지요.

딸 모니카는 University of Pennsylvania를 나왔습니다."

– 여행을 많이 하시는 걸로 알려졌습니다만…

"여행은 심신의 Relax에 가장 적합한 레크레이션이라고 생각합니다. 그래서 짬만 나면 여행을 떠납니다. 지금까지 세계 곳곳 안 가본 곳이 거의 없을 정도입니다. (이 회장은 최근에도 무려 104일간 41개국을 순방하는 크루즈를 다녀왔다.)

– 연세에 비해 건강해 보이는 비결이라도 있나요?

"사업가에게 건강만큼 중요한 것이 어디 있겠습니까? 일주일에 서너 번 Palos Verdes 골프장에서 9홀을 돕니다. 건강 증진에 골프만한 것도 없다고 봅니다. 실내 체육관에서도 늘 적당한 운동으로 체력을 유지하고 있습니다."

(대담: 편집주간 이기준)

아직도 못 다한 이야기

내 인생을 뒤돌아보면

아직도 못 다한 이야기

내 인생을 뒤돌아보면

1958년에 서울대 상대에 입학하고 긍지와 자신감에 도취되었던 1학년 때가 내 일생에서 가장 즐거웠던 시절이었던 것 같다.

아침에 등교해서 공 선생에게 신고하자마자 친구들하고 조조할인 당구장, 중국식당 등에 몰려다니고, 돌아가면서 시계를 맡기고 어울려 놀던 시절. 아, 그립다!

그 후, 4·19학생 데모와 5·16군사혁명이 있었던 격동의 세월이 지금도 기억 속에서 생생하다. 공군 장교로 4년 4개월의 군 복무를 마치고 드디어 가슴에 새긴 American Dream을 꿈꾸며 1966년에 미국 유학길에 올랐다. 150달러가 전 재산이었다.

이때부터는 그야말로 전쟁사다. 낯선 땅에서 고학은 참으로 힘들었다. 모든 유학생은 나름대로 할 말이 많을 것이다. 나도 있다. 남가주 대학원에서 1969년에 MBA(경영학 석사)를, 1971년에 MS(공학 석사)를 마쳤다. 그리고는 나도 언젠가는 제조업 회사의 CEO의 꿈을 꼭 이루겠다는 다짐이 항상 내 곁을 떠나지 않았다.

1976년에 내가 다니던 회사가 경영부실로 도산되는 일이 생겼다. 나는 그 회사를 우여곡절 끝에 인수했다. 1987년에 올해의 기업인상(Entrepreneur of the Year), 1997년에 캘리포니아 주지사로부터 훌륭한 기업인으로 표창을 받았다. 2002년에는 NASA로부터 스페이스 프로그램에 공헌한 감사장과 함께 우주에 나갔다 온 성조기를 증정받았다.

첨단기술을 유지 발전시키면서 Microfilm 사진 촬영기, 현상기, 필름 복사기, Film Scanner, Water Purification's System을 개발하고 한국 자동차 현대, 기아, 삼성 기술 발전에도 기여하였다.

대한민국 경찰청의 지문을 전산화한 일에 대해서는 지금도 자부심을 가지고 있다. 2000년 즈음부터 서서히 큰아들(현우, James)에게 업무 인계를 해서 2010년에 CEO(Chief Executive Officer)를 물려주고, 나는 지금 COB(Chairman of Board, 이사장)로 돕고 있다.

돌이켜보면 경마장에서 말이 앞만 보며 달리듯, 광대가 줄을 타고 껑충껑충 뛰어오르듯, 살았다. 참으로 아슬아슬한 흥분과 긴장 속에서 살다 보니 어느덧 나이 80이 넘고, 결혼 60주년이 거의 다 되어간다. 이 모든 현실을 가능하게 한 내 인생의 동반자 장세은에게 모든 크레딧을 바친다.

아들 둘에 딸 하나, 손자 셋과 손녀 넷이 있다. James, Edwin, Monica. 제임스의 두 딸 Mika와 Mina, 에드윈의 딸과 아들 Sophie

와 Alex, 모니카의 두 아들 Elliot와 Jaxon, 딸 Naomi. 나는 내 아이들과 손자 손녀의 이름을 마음속으로 자주 호명하곤 하는데 그때마다 행복해진다.

10년 전 어느 날 큰아들과 함께 장의사에 갔다. 우리 부부 장례식에 사용할 꽃과 관을 고르고 장례비용을 모두 치렀다. 그 영수증을 아들에게 건네주었다. 가족묘는 70년대 중반에 아버지 묘를 이장하면서 Rose Hills 공원묘지에 10기를 샀다. 현재 4기가 남았다.

나는 5피트 5인치의 키에 150파운드다. 나쁘지 않은 체격이다. 건강도 특별히 아픈 곳이나 불편한 곳이 없다. 얼마 전에 정규 신체검사를 하고 일곱 명의 의사들과 면담했는데 모든 생체수치와 기관 기능이 양호하다고 한다. 84세 내 나이를 생각할 때 감사하다. 아내도 건강한 편이다. 아이들도 모두 건강하게 자기 일을 하면서 잘 살고 있다.

맘만 먹으면 아무 걸림돌 없이 내가 좋아하는 골프를 칠 수 있으니 더 없이 만족한다. 아내와 나는 팜 스프링스에 있는 베케이션 홈에 머물 때는 일주일에 서너 차례 풀코스로 18홀 골프를 치고, 팔로스 버디스 집에 머물 때는 1984년부터 회원으로 가입한 팔로스 버디스 골프 클럽에서 일주일에 두세 번 9홀 골프를 혼자 친다. 골프를 함께 치던 한국인 네다섯이 있었는데 모두 세상을 떠나 혼자 남았다. 아내는 다행히 부인들 24명이 모이는 그룹에 있어 함께 골프도 치고 한 달에 한 번씩 모여 밥도 먹으니 보기가 좋다.

가고 싶은 곳이 있으면 운전해서 갈 수 있고 여행하고 싶으면 장소와 시간에 아무런 구애를 받지 않고 언제든 떠날 수 있다. 몇 년 전에 했던 美서부와 동부를 관통하는 대륙횡단을 다시 한 번 더 시도하고 싶은데 아내가 자신이 없다고 해서 망설이는 중이다.

1~2주일간의 단거리 여행은 아무 때나 떠난다. 넓은 대륙 미국, 아직도 발을 디디지 못한 곳이 많다. 곳곳에 보석 같은 비경(秘境)을 간직하고 있는 천혜의 땅이요 축복받은 대륙이다. 나는 힘닿는 데까지 이 땅을 순례하고 싶다.

15년 전에 고등학교 동창 의사가 제안해서 65세가 되면 나오는 메디케어에 베네핏을 추가한 롱텀 메디케어 보험에 들었다. 우리 부부가 아프면 좋은 기관에 들어갈 수 있고 매달 7천 달러씩, 부부 합쳐서 1만 4천 달러가 나온다. 이를 위해 지금은 연 5~6천 달러를 불입하고 있다. 4년 동안만 유효하므로 낭비라고 여겨질 때도 있지만 우리 부부가 건강해서 양로 기관에 들어가지 않는 것이 더욱 감사하다.

불평불만이 없다. 행복한 삶을 살고 있다. 지금은 즐길 일만 남았다.

아직도 못 다한 이야기

나는 내 조국 한국에서 살았던 기간보다 미국에서 지낸 세월이 더 길다. 하지만 미국을 사랑하는 만큼 내 고국 대한민국을 사랑한다. 사랑하는 사람들과 그 아름다운 국토가 늘 그립다.

내가 똑같이 사랑하는 두 나라는 매우 다르다. 좋은 점도 다르고 나쁜 점도 다르다. 나는 사회학자가 아니니 깊은 부분을 터치하고 싶은 생각은 없다.

그래도 한 가지는 꼭 말하고 싶다. 미국인들은 책을 많이 읽는다. 전자 매체가 최고로 발달한 나라이지만 책은 여전히 종이 출판이 우세하다. 미디어에는 스티브 잡스나 일론 머스크나 혹은 유명인들이 독서를 즐기는 장면을 보도하고 그들이 책 속에서 보화를 캐낸다고 얘기하는데, 때로 그것은 오해를 불러일으킬 수 있다. 미국은 유명인들만 책을 많이 읽는구나. 독서는 성공한 사람들만의 특권이구나.

앞서 언급한 사람들은 미국인 중 극히 일부분일 뿐이다. 책을 한 권 읽으면 인생 30년의 지혜를 얻는다고 했다. 10권이면 300년의 지혜의 보고(寶庫)를 소유하는 셈이니 얼마나 가치 있는 투자인가. 나는 내 자손들이 책을 많이 읽어 깊이 있고 진정한 성공을 소유하기를 바란다.

나는 내 세대에 남북통일이 되기를 바란다. 전후 세대들은 남북통일을 고대하는 사람들의 절절한 심정을 모를 것이다. 통일이 성큼 한발 다가온 것 같기도 하고 더욱 요원해진 것처럼 느껴지기도 한다.

동서독이 통일하게 된 배경이 있다. 동과 서는 통일 당시 경제력 비율이 3대 1이었다. 남한과 북한은 현재 40~50대 1이다. 북한은 발표를 하지 않기 때문에 정확하지 않고 유엔에서 측정하는 비율이다. 북한은 중국과 소련이 약해지면 갈 곳이 없다. 그러면 통일이 가능하다. 우리 세대에 통일이 되기를 바라는 마음 간절하다.

새가 흔들리는 나뭇가지 위에서
노래 부를 수 있는 이유

참 많은 이야기를 했다. 아직도 하고 싶은 이야기가 많이 남아 있다. 하지만 딱 한 가지만 선택해서 말하라고 한다면 정직과 성실과 끈기를 실천하시라, 이다.

회고록을 집필하는 동안, 많은 시간 홀로 조용히 앉아 지난 시간을 회고할 수 있어서 좋았다. 기쁜 일이든 슬픈 일이든, 과거를 불러들이는 작업이 즐거웠다. 희로애락의 기억들이 그저 그립고 따뜻했다. 그 모든 시간과 사건을 무사히 통과하여 지금 이 순간 숨을 쉬고 있기 때문이다. 감사한 마음으로 슬픈 기억은 물기를 닦아주고, 좋은 기억은 차분히 가라앉혀 의미를 부여하는 시간을 가졌다.

예상치 않게 새로운 경험도 했다. 현재도 중요하지만 과거도 좋아야 한다는 것, 그러니까 매 순간순간 잘 살아야 한다는 의미를 새삼 깨달았다. 과거는 현재가 만들고 미래도 현재가 만든다. 현재가 중요하다. 오늘, 지금, 잘 살아야 밝은 미래를 맞이하고 의미 있는 과거를 만든다.

마치 고해성사를 준비하는 마음이었다. 무슨 얘기를 쓸까, 중요한 사건을 놓치지 않기 위해 기억의 회로를 돌리자니 유년기의 뜰이 생각났다. 토요일 저녁만 되면 다음 날 신부님께 고해할 내용을 기억하려고 고민했던 그 시절로 돌아간 것이다. 청년기의 열정, 장년기의 미션도 되살아났다. 돌아보니 많은 사건으로 채워진 길고 다양한 여정이었다.

불현 듯 스치고 지나가는 생각들을 수첩에 메모했다. 회고록 출간을 맘먹은 이후에는 여행을 하든 사람을 만나든, 예사로 지나치지 않았다. 새벽 2시에 갑자기 떠오른 어떤 생각으로 정신이 활짝 깨기도 했다. 이렇게 소중한 내용을 어떻게 그동안 까마득히 잊고 있었을까, 싶은 일들이 많았다.

내 삶에 만족한다는 말은 내 인생이 완벽하다는 의미가 아니다. 좋은 일로만 점철되어 잘 나가는 인생이라는 뜻도 아니다. 삶속에 어찌 화사한 일만 있겠는가. 서럽고 억울한 일이 왜 없을까.

좋아하는 글귀가 있다.

"The smile on my face doesn't mean my life is perfect. It means I appreciate what I have and what God has blessed me with. (내 얼굴에 어린 미소는 내 삶이 완벽하다는 것을 의미하지 않는다. 내가 가진 것과 신께서 내게 축복해 주신 것에 감사한다는 뜻이다.)"

좋아하는 문장이 또 있다. 조병화 선생님이 고등학교 수업 시간 중에 하신 말이다.

"인생을 멋지게 살아라."

스포츠맨이자 수학자, 시인인 조병화 선생은 꿈 많은 우리들에게는 멋진 인생의 모델이었다. 나는 그때 멋의 진정한 의미를 몰랐지만 그 단어가 지닌 뉘앙스 자체가 멋지다고 느꼈다. 나는 지금도 선생님이 말씀하신 '멋'을 자주 생각한다. 멋이란 감동과 감명적인 순간으로 이어지는 삶이 아닐까. 아직도 그 멋의 깊은 맛을 안다고 자신할 수는 없지만, 그렇게 살려고 노력한다.

내가 사랑하는 이들을 기쁘게 하고, 멋진 이벤트를 몰래 준비하면서 행복하다. 그들과 함께 세상의 아름다움과 멋스러움을 향해 한껏 가슴을 열고 맘껏 숨 쉬고 흡수하고 사랑하고 싶다.

생명을 지속하기 위해서는 그만한 대가를 치러야 한다. 어른이 된다는 것은 삶 속에서 경험하는 억울하고 괴로운 일들을 품어 안고 받아들인다는 뜻이다. 그것이 체화되어 마음과 정신이 평안하고 넉넉해질 때 어른이 된다고 믿는다. 평안하기 위해서는 부지런히 자신의 내면을 들여다보고 과거에 입은 상처를 쓰다듬어주고 돌보아 주어야 한다.

문득 내 글을 읽는 독자가 오해 하지 않을까 염려된다. 성공한 사람이구나. 그래서 당당하구나. 아픔을 모르는 사람이구나. 이 세상에 단 한 사람도 성공한 인생이라고 말할 수 없다. 인생은 영원히 미완성이다. 아픔 없는 인생이 어디 있는가. 인생은 고해(告解)다.

사업에 성공했다 하자. 성공하기까지의 눈물 나는 과정을 잊으면 오해받기 십상이고 교만해지기 쉽다. 사업은 치열한 긴장 속에서 외로운 경쟁을 끊임없이 해야 하는 숨 가쁜 곡예다.

영원한 것은 없다. 이만하면 됐다고, 자긍하는 마음이 들 때마다 나는 고린도후서 4장 18절을 생각한다.

"우리가 주목하는 것은 보이는 것이 아니요 보이지 않는 것이니 보이는 것은 잠깐이요 보이지 않는 것은 영원함이라."

나는 어린 시절 고해실에 들어가던 때로, 천주님께 나아가던 때로 되돌아가야 한다는 것을 안다. 완전한 사랑, 무한한 사랑, 무조건의 사랑, 무변의 사랑, 영원한 사랑은 오직 한 분에게만 합당한 표현이다. 내가 살아온 삶을 그분은 아신다. 그분께서 지금까지 선한 길로 인도해 주셨던 것처럼 앞으로도 선하게 인도해 주실 것을 믿는다.

원고를 쓰는 동안 나는 내내 세 가지 라틴어 문장을 생각했다. 메멘토 모리(Memento mori, 죽음을 기억하라), 카르페 디엠(Carpe diem, 현재에 충실하라), 아모르 파티(Amor fati, 운명을 사랑하라).

한국에서 6·25 전쟁과 정치적인 혼란기를 통과하고, 이민이라는 메마른 광야의 시간을 건너는 동안, 죽을 고비를 수없이 넘긴 나는 '죽음을 기억하라'는 말의 의미를 뼛속 깊이 안다. 나는 세계 여러 나라를 여행하고 수많은 출장으로 떠나고 돌아오기를 반복할 때마다 죽음을 생각했다. 그래서 사업 파트너와 같은 행사에 참석하면서도 단 한 번도 같은 비행기를 타지 않았다.

'현실에 충실하라'는 말은 일상에서 실천한 개념이다. 현재를 잘 살아야 아름다운 과거가 되고 멋진 미래를 소유할 수 있다고 믿는다. 한 순간 한순간이 모여 시간이 되고 날이 되고 달이 되고 해가 되고 세월이 된다. 시간의 축적은 지금이라는 순간으로 이루어져 있고, 삶의 모든 순간이 결정적인 순간이라는 점을 잊지 않으려고 노력했다.

'운명을 사랑하라'는 말도 그렇다. 나는 좋은 가정환경에서 태어나고 자랐기 때문에 그렇지 않은 사람들에 비해 운이 좋았다. 하지만 그 운을 주어진 상태로 누리지 않았다. 꿈과 목표를 이루기 위해 최선을 다했다. 앞만 보고 달렸다. 마치 경주마가 자신을 뒤쫓아 오는 다른 말에 대한 불안과 두려움을 없애려고 곁눈을 가리고 앞만 보고 달리듯이, 힘들고 지칠 때 나는 더욱 내 자신에게 채찍을 가했다.

이 책 집필의 대장정을 마치자니 빅토르 위고가 한 말이 떠올랐다.

"새는 나뭇가지가 흔들리는 것을 느끼면서도 자기에게 날개가 있다는 것을 알기에 노래를 부를 수 있다."

심하게 흔들리는 나뭇가지에 앉아있는 새가 두려움을 느끼지 않고 노래를 부를 수 있는 이유는 여차하면 창공으로 날아오를 수 있는 능력이 자신에게 있다는 것을 알기 때문이다. 자신을 믿는 것이다. 나도 한때는 내 자신이 유능하다고 착각한 적이 있다.

이제 돌아보니 아니다. 인간이 어떻게 한 치 앞을 예상할 수 있는가. 내 삶은 얼마든지 나빠질 수 있었고, 추락할 수도 있었다. 나는 이제 안다. 내 날개는 내가 지닌 능력이나 스펙이 아니고 부나 명예도 아니다. 천주님이다. 오늘까지 지켜주시고 살려주신 그분의 은혜다. 천주님의 은혜, 그것이 내 인생 전체를 관통하는 주제이고 결론이다.

내 가족과 친지와 친구들이 이 글을 통해 진정으로 복되고 아름다운 삶은 부귀영화가 아니라 삶을 향한 긍정적인 마인드와 자신을 신뢰하는 마음, 그리고 신을 중심에 모시고 성실하게 살 때 이루어진다는 것을 느낄 수 있다면 기쁘겠다.

아무튼 나는 오늘 여기에 이렇게 건재하다. 아, 감사하다.

팔로스 버디스 Rolling Hills Estates 우거(寓居)에서,

저자 이명선

이명선(李明善) 연보(年譜)

1939년   6월 13일, 서울에서 아버지 이인태(李仁泰)님과 조응직
             (照應織)님 사이에 3남 2녀 중 둘째 아들로 출생

1940년   유아세례

1952년   덕수초등학교 졸업
             서울중학교 입학

1958년   2월, 서울고등학교 10회 졸업
             서울대학교 상대 입학

1962년   서울대학교 상대 졸업
             공군 장교 임관

1965년   8월 28일, 장세은(張世恩) 씨와 명동성당에서 결혼

1966년   공군 장교 만기 제대

1966년   渡美, USC 대학원에 입학

1968년   2월 2일, 맏아들 James 현우 出生

1969년   MBA, 경영학 석사 학위 취득

1971년   9월 19일, 둘째 아들 Edwin 현석 出生

1971년	USC 정보시스템 관리 및 MS, 공학 석사 학위 취득
	Zep-Aero Company 입사
	Puritan Bennett Company 입사
1974년	Houston Fearless社 입사
1976년	7월, Houston Fearless76, Inc. 설립
	Carson으로 회사 이전
1978년	7월 21일, 딸 Monica 현숙 出生
1987년	Houston Fearless76, Compton으로 이전
1990~1997년	IMC 상임집행 이사
1999~2004년	AIIM 이사
1991년	HF-PCS(오염물질의 완벽 처리 시스템) 개발
1992년	Houston Fearless76, 단독 명의로 등재
2001년	12월 19일, AIIM International 이사 추대
2001년	일본 후지사의 마이크로필름 북미대륙독점판매권 획득
2001년	NASA 사진기술 실험실에 폐수처리 시스템 보급
2010년	경영권 아들 현우 James에게 인계
	현재 Houston Fearless76, Inc. 이사장

인수한 회사명 Lists

1. Extek, Microfilm 복사기 제조 회사, 밴 나이스, 1988년
2. Oscar Fisher Corporation, 현상기 제조 회사, 뉴욕, 1982년

3. Houston Yuma, 영화 필름 현상기 제조 회사, 애리조나, 1997년

4. Mekel, 프리웨이 사진 촬영 / Scanner 제조 회사, 1999년

5. ASI, 필름 복사기와 현상기를 제조하는 Fuji USA, 뉴욕, 2001년

상장과 감사장, Certificates

1987년	Arthur Young CPA 회사와 Venture Magazine 공동 주관한 Entrepreneur of the Year(올해의 기업인) 상 수상
1997년	Employer Excellence Award by Governor of California(캘리포니아 주지사로부터 훌륭한 기업인상 수상)
2000년	한국 경찰청으로부터 감사장
2002년	NASA로부터 Space Program 공헌 감사장

성실 誠實
Sincerity

아메리칸 드림의 旅程
The Journey of the American Dream

이명선 회고록
Memoir by Myung Sun Lee